Jean G. Goodhind
Mord zur Bescherung

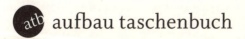 aufbau taschenbuch

JEAN G. GOODHIND wurde in Bristol geboren und ist fast das ganze Jahr mit ihrer Yacht unterwegs, die im Grand Harbour von Malta ihren Liegeplatz hat. Sie hat bei der Bewährungshilfe gearbeitet und Hotels in Bath und den Welsh Borders geleitet.

Im Aufbau Verlag erschienen bisher »Mord ist schlecht fürs Geschäft« (2009), »Dinner für eine Leiche« (2009), »Mord zur Geisterstunde« (2010), »Mord nach Drehbuch« (2011), »Mord ist auch eine Lösung« (2011), »In Schönheit sterben« (2012), »Der Tod ist kein Gourmet« (2012) und »Mord zur besten Sendezeit« (2013).

Die Weihnachtsvorbereitungen im Green River Hotel in Bath laufen auf Hochtouren, und eine Weihnachtsfeier jagt die andere. Da stellt sich heraus, dass der Besitzer des kleinen Verlags, dessen Mitarbeiter im Hotel auf seine Kosten eine tolle Party gefeiert haben, mit seinem eigenen Brieföffner ermordet wurde. Zu allem Überfluss ist im Green River ein Professor aus den USA abgestiegen, der Honeys Tochter Lindsey total zu beeindrucken scheint, weil er ihren verstorbenen Vater kannte.

Das alles stellt Honey und ihren Verlobten Chief Inspector Steve Doherty vor große Rätsel und sorgt für jede Menge Stress und Aufregung zum Fest.

Jean G. Goodhind

Mord
zur Bescherung

Honey Driver ermittelt

Kriminalroman

*Aus dem Englischen
von Ulrike Seeberger*

aufbau taschenbuch

Titel der Originalausgabe
The Ghost of Christmas Past

Mit einer Nachbemerkung über
Weihnachten in England
von Ulrike Seeberger

ISBN 978-3-7466-2877-6

Aufbau Taschenbuch ist eine Marke
der Aufbau Verlag GmbH & Co. KG

3. Auflage 2013
© Aufbau Verlag GmbH & Co. KG, Berlin 2012
Copyright © by Jean Goodhind 2011
Die deutsche Erstausgabe erschien 2012 bei Aufbau Taschenbuch
Umschlaggestaltung Mediabureau Di Stefano, Berlin
unter Verwendung mehrerer Motive von iStockphoto
© Annarki, © Steven Dern, © Bill Noll und © Brandi Powell
Satz LVD GmbH, Berlin
Druck und Binden CPI – Clausen & Bosse, Leck
Printed in Germany

www.aufbau-verlag.de

Prolog
Maine, USA.

Die Lautsprecher im Gefängnis plärrten Weihnachtslieder, und zwei Wärter waren damit beschäftigt, einen aufblasbaren Weihnachtsmann hinter einem eisernen Gitter aufzustellen.

Professor Jake Truebody hüstelte, um ihre Aufmerksamkeit zu erregen. Widerwillig kam einer der beiden über den Hof auf ihn zu.

»Was ist los, Doc?«

»Einer meiner Aktenordner ist verschwunden.«

»Das tut mir leid, Professor. War was Wichtiges drin?«

Auf einer Skala von eins bis zehn hatte die Reaktion des Wärters eine dicke fette Null erreicht. Waffen – das heißt alle scharfen Gegenstände mit einer Spitze, die brachten acht bis zehn. Hereingeschmuggelte Dinge wie Drogen, Mobiltelefone oder Schnaps irgendwas zwischen sechs und sieben. Die Unterlagen eines Professors, der nur ab und zu hier auftauchte, erzielten etwa den gleichen Wert wie ein Paar sechs Jahre alte Sportschuhe oder ein ausgeleierter Slip. Null.

Der Professor versuchte seine Ungeduld zu zähmen. »Für mich schon. Es war ein wichtiger privater Brief drin, der auf die Post muss, und dann waren da noch einige Notizen für den Geschichtskurs. Die Gefangenen haben sich darauf gefreut.«

Die Miene des Wärters verzog sich leicht. Ernsthaftes Interesse kämpfte mit Belustigung. Die Belustigung siegte.

Grinsend sagte er: »Ich hoffe, es ist nichts zu Blutrünstiges, Professor. Sie wissen doch, wie sehr der Direktor darauf bedacht ist, unsere Insassen vor zu viel Blut und Horror zu beschützen. Tom und Jerry stehen schon auf der schwarzen Liste, und im Augenblick überlegt er, ob bei Schneewittchen und den

Sieben Zwergen nicht zu viele sexuelle Untertöne mitschwingen.«

Der Wärter schaute zu seinem Kollegen und zwinkerte ihm listig zu. Beide grinsten.

Jake Truebody blinzelte nervös, ehe er kapierte, dass der Mann nur Witze machte. Scherze gehörten in dem großen Gefängnis, wo der Professor einen Geschichtskurs abhielt, einfach dazu. Jeder machte Witze; die Gefangenen, die Wärter, die Lehrkräfte, die allesamt von draußen kamen, das medizinische Personal, sogar der Direktor. So wurden sie besser damit fertig, immer mit den gleichen Gefangenen zu tun zu haben, mit der gleichen Hoffnungslosigkeit, jahrein, jahraus.

Sobald er begriffen hatte, dass der Wärter nur gescherzt hatte, rang sich Professor Jake Truebody ein kleines, schmallippiges Lächeln ab. Die Gefängnisumgebung war ohnehin deprimierend, und der hemdsärmelige Humor der Bewacher half ihm auch nicht darüber hinweg. Er war ein Mann mit einem ausgeprägten sozialen Gewissen und nahm alles, was er hier tat, sehr ernst. Indem er einen Geschichtskurs für eine Gruppe Lebenslänglicher abhielt, leistete er seiner Meinung nach etwas Wichtiges für die Gesellschaft. Zwei Stunden pro Woche, mehr waren bei seinem Vorlesungsprogramm an der Uni und seinem vollen Terminkalender nicht drin. Die Wärter waren jeden Tag hier; ein wenig Spaß und Leichtherzigkeit half ihnen, das auszuhalten. Dem Professor lagen Witze nicht. Ihm war auch nicht immer klar, ob jemand einen Scherz gemacht hatte oder nicht.

Er nahm den Kommentar des Wärters ernster, als er gemeint gewesen war.

»Ich habe mir große Mühe bei der Auswahl der Themen gegeben. Keine blutigen Sachen, nur spannende Einzelheiten zu interessanten Epochen. Kürzlich haben wir uns herausragende Frauen in der Geschichte vorgenommen«, erklärte der

Professor mit seiner üblichen Begeisterung für das Thema, das er liebte.

»Sie haben sich die Damen vorgenommen?«

»Natürlich im übertragenen Wortsinn«, erwiderte Truebody und errötete vom Hals bis zu den Haarwurzeln.

Der Wärter, der zweideutige Bemerkungen liebte, aber Geschichte für Blödsinn hielt, zog die buschigen Augenbrauen in gespielter Besorgnis in die Höhe. »Ich hoffe, das war nicht zu sexy, Professor. Der Direktor hat sehr …«

»Ja, ja, ich weiß, der Direktor hat etwas gegen einen Lehrplan mit zu viel Sex. Daran halte ich mich natürlich. Es waren übrigens auch einige persönliche Unterlagen bei meinen Vorlesungsnotizen in dem Ordner. Ich habe einen kurzen Abriss meines Lebens verfasst und einen Familienstammbaum aufgezeichnet. Dabei sind einige Überraschungen aufgetaucht, die weitere Nachforschung verdienen würden. Ich hätte also die Papiere wirklich sehr gern zurück. Sie halten also bitte die Augen offen?«

»Darauf können Sie wetten.«

Sobald der Professor ihm den Rücken zugewandt hatte, verzog der Wärter den Mund zu einem zynischen Grinsen. Warum um alles in der Welt sollte es sich ein Gefangener antun, die Unterlagen eines Professors zu klauen, der hier Kurse abhielt?

»Sind ja keine Aktien oder ein Mobiltelefon«, erzählte er später einem Kollegen, als sie zusammen Dienst taten. »Seid ihr mit dem Weihnachtsmann fertig?«

Sein Kollege versicherte ihm, der Weihnachtsmann sitze fest hinter den nachgebildeten Fenstergittern. »Der kommt da so schnell nicht wieder raus. Aber jetzt machen wir besser hier weiter.«

Lametta und Weihnachtskugeln wurden zur Seite geräumt, und es ging an die Schreibarbeit. Heute durften gleich zwei

Gefangene in die Freiheit, weil es nicht mehr lange bis Weihnachten war. Einer von ihnen hatte mit irgendeinem juristischen Trick seine vorzeitige Freilassung erwirkt. Er war der zweite an diesem Tag. Der erste hatte bereits vor zwei Stunden gehen dürfen. Es war keine gute Idee, die Leute in Gruppen aus dem Gefängnis zu entlassen. Zwei bildeten bereits ein Team. Gleich und gleich gesellt sich gern, aber wenn gleich und gleich zwei Ex-Knackis waren, dann barg das gewisse Gefahren, fand jedenfalls der Gefängnisdirektor, der sich für supergescheit hielt, wenn es um die Einschätzung Krimineller ging.

»Frohe Weihnachten«, riefen die Wärter hinter dem zweiten entlassenen Häftling dieses Tages her.

Der drehte sich nur um und zeigte ihnen den Stinkefinger.

Die Wärter lachten.

Sie bildeten sich beide ein, ihre Schützlinge gut zu kennen, sogar sehr gut.

»Unterlagen über Geschichte. Welcher Trottel würde denn Notizen zur Geschichte oder den Stammbaum des Professors haben wollen? Ein bisschen Heroin oder eine Flasche Schnaps, okay, das ist schon was anderes.«

Die beiden lachten über die Naivität des Mannes und wandten sich wieder ihren Aufgaben zu, in dem sicheren Wissen, dass sie die Menschen und ihr Verhalten besser kannten.

Es hatte den ganzen Tag nach Schnee ausgesehen. Nun wehte das atlantische Tief einen eisigen Regen, der frisch und beißend nach Meer und Salz roch, vor sich her an die Küste. Es war früh dunkel geworden. Beladen mit dem verbliebenen Rest seiner Papiere, privater und nicht privater, rannte Professor Truebody zu seinem Auto, stapelte alles auf den Beifahrersitz und ließ heulend den Motor an.

Alle vernünftigen Leute waren auf dem Heimweg, froh, dass es nur noch zwei Wochen bis Weihnachten waren. Die ganz

Vernünftigen waren schon zu Hause, geschützt vor dem aufziehenden Schneesturm und der frühen Dunkelheit. Die Nacht war finster, und die Straßen waren nass. Er fuhr also schön langsam, während er über seine Reise nach Europa nachdachte.

Er lächelte vor sich hin. »Jake, du bist ein Glückspilz.«

Das Licht seiner Scheinwerfer fiel auf eine einsame Gestalt, die an der Bushaltestelle nur etwa zweihundert Meter vom Gefängnis entfernt stand. Es war ein hoch aufgeschossener Mann, der ein Bündel unter dem Arm trug. Das Gesicht, das geradewegs ins Licht blinzelte, kam Jake bekannt vor. Der Mann war ein Gefangener und eifriger Besucher seines Geschichtskurses gewesen.

Jake summte »God Rest Ye Merry Gentlemen« und fühlte sich gut. Richtig gut.

Er hielt an und fragte den Ex-Knacki, ob er ihn irgendwohin mitnehmen könnte.

»Ich glaube, ich weiß, wohin Sie wollen. Ich fahre Sie dahin. Dann müssen Sie nicht hier an der Haltestelle bis auf die Haut nass werden«, sagte er und verströmte aus jeder Pore Menschenfreundlichkeit.

Eine Bö fuhr zur offenen Wagentür herein, als der Mann einstieg, und wirbelte die Papiere im Auto herum.

Dahin – das war das Rehabilitationszentrum, in dem die meisten Ex-Gefangenen landeten, während sie noch auf Bewährung frei waren. Er überlegte, dass dieser Typ keine Ausnahme bildete, obwohl er den Anschein vermittelte, sich wirklich gebessert zu haben.

»Was für ein Mistwetter«, fügte er noch hinzu.

Der eben entlassene Sträfling nickte nur mit weit aufgerissenen Augen und seinem bleichen Gefängnisgesicht, das ab und zu von den Scheinwerfern der entgegenkommenden Autos in ein gespenstisches Licht getaucht wurde.

Der Professor verspürte zu gleichen Teilen Mitleid und

Beglückung, während er beobachtete, wie der Mann auf die bunten Weihnachtslichter, die Plastikschneemänner und beleuchteten Rentiere schaute, die vom Wind und Regen gepeitscht wurden – bisher war keine einzige Schneeflocke in Sicht.

Jakes Begeisterung für sein Fach und seine Besorgnis um die weniger vom Glück begünstigten Menschen gingen mit ihm durch.

»Sehen Sie mal, ich habe bemerkt, dass Sie in den meisten meiner Geschichtskurse waren und dass Sie sich sehr für Ahnenforschung interessieren.«

»Klar doch. Gut zu wissen, wo du herkommst, wer dein Papa war und so Zeugs.«

»Das ist es ganz bestimmt«, sagte der Professor. Er hielt inne, und seine Gedanken wanderten wieder zu den Forschungen, die er zu seiner eigenen Familiengeschichte betrieben hatte.

»Wissen Sie, wo Sie herkommen, Professor?«

»Ja. Es hat mich einige Anstrengungen gekostet, aber es hat sich gelohnt. Wenn Sie sich auch draußen weiter mit diesem Thema beschäftigen möchten, vielleicht sogar studieren und einen Abschluss machen ...?«

Der Mann hieß Wes Patterson, meinte sich Jake zu erinnern. Jetzt schaute er ihn an.

»Vielleicht schon.«

»Nun, wenn Sie sonst nichts vorhaben ...«

Jetzt tobte der Sturm noch wilder, peitschte Wasser und von den Bäumen gerissene Äste über die Straße. Inzwischen war der Regen in einen heftigen Schneeregen übergegangen, und die Graupeln prasselten gegen die Windschutzscheibe.

Der Wagen kam ins Schleudern.

»O Gott, das war knapp«, japste der Professor atemlos. Das Herz pochte ihm in der Brust, und ihm stand der Schweiß auf der Stirn.

Vor ihnen war die Straße gesperrt, und die Polizei hielt den Verkehr an, leitete die wenigen Autos, die noch unterwegs waren, nach rechts um. Das Rehabilitationszentrum für Ex-Strafgefangene lag geradeaus. Jake Truebody bog ab, wie die Polizei ihn angewiesen hatte.

»Mistwetter für die Jahreszeit. Weihnachten sollten wir richtigen Schnee haben«, sagte er, sobald er sich wieder ein bisschen beruhigt hatte.

Wes Patterson stimmte ihm zu. »Wirklich schlimm, dieser Sturm. Soll wohl noch schlimmer werden, habe ich gehört.«

Diese Aussicht schien ihn zu erfreuen. Der Professor meinte festzustellen, dass der ehemalige Gast der staatlichen Gefängnisbehörde langsam etwas auftaute. Es war ja keine Überraschung, dass Leute, die lange eingesperrt waren, zunächst nach der Freilassung ein wenig schüchtern waren. Bisher hatte das Gefängnis alles für sie gemacht. Sich wieder ans freie Leben zu gewöhnen, das war keine leichte Aufgabe. Es war, als hätte man eine schützende Decke verloren. Plötzlich musste man wieder selbst denken und sich unter die anständigen Menschen mischen.

»Ich glaube, wir schaffen es heute nicht, Sie ins Rehabilitationszentrum zu bringen«, sagte der Professor. »Es wird wohl das Beste sein, wenn wir jetzt zu mir nach Hause fahren. Sie können da übernachten. Ich rufe noch heute Abend oder morgen früh im Reha-Zentrum an und erkläre, was das Problem war – obwohl die das eigentlich selbst sehen müssten, wenn sie aus dem Fenster schauen«, fügte er trocken hinzu.

Der athletische Mann, der neben ihm saß, schien vor Erleichterung zu seufzen. »Wie Sie meinen, Professor. Ich bin mir sicher, dass wir es bei Ihnen zu Hause sehr bequem haben werden.«

»Vielleicht können wir über Ihre weiteren Pläne bezüglich Ihrer Geschichtsstudien sprechen«, sagte Jake fröhlich und

bemerkte, dass der Mann gesagt hatte, dass »wir es bei Ihnen zu Hause sehr bequem haben werden«.

»Ganz bestimmt können wir das«, sagte Wes. »Und Ihr Interesse weiß ich wirklich sehr zu schätzen. Ich glaube, mir würde am besten frühe amerikanische Geschichte gefallen. Ich interessiere mich besonders für die ersten Siedler und ihre Beziehung zu den Indianern, auf die sie trafen.«

Der Professor nickte. Der Mann fand sich zurecht, gewann sein Selbstbewusstsein zurück.

»Eine gute Wahl. Eine sehr gute Wahl.«

Jake Truebody schwoll vor Zufriedenheit an. Im Gefängnis hatten sie Wes Patterson »Die Legende« genannt. Andere hatten gedacht, dass es etwas mit seinem Verbrechen und der Art und Weise zu tun hatte, wie er die juristischen Aspekte seines Falls gehandhabt hatte. Er hatte einen Verfahrensfehler gefunden, der nicht einmal seinem Verteidiger aufgefallen war.

Jake hing eher der Ansicht an, dass der Spitzname von dem Interesse herrührte, das Wes der Geschichte entgegenbrachte.

»Sie werden damit wunderbar klarkommen, Wes.«

»Wirklich?«

»Ich garantiere Ihnen, Sie werden nicht mehr rückfällig werden.«

»Ach ja?«

Der Mann schien ihm nicht zu glauben. Aber Jake war sich sicher. Wes Patterson würde nie wieder ein Verbrechen begehen.

Wes Patterson jedenfalls war klar, dass er das richtige Thema angesprochen hatte. Sein Freund Sheldon hatte ihm das geraten. Sheldon wusste sehr viel über Geschichte, obwohl er nicht ganz richtig im Kopf war. Jeder, der sich für die Reinkarnation eines längst verstorbenen Indianers hielt, musste doch eine Schraube locker haben, oder nicht? Na ja, es war nicht immer ein Indianer. Manchmal waren es andere Leute, historische Persönlichkeiten, von denen Wes noch nie etwas gehört hatte.

Manchmal war Sheldon auch ein Vampir oder ein Gespenst; er interessierte sich zudem für das Paranormale, nicht nur für Geschichte, und sie waren prima Kumpels gewesen. Das war das Beste daran.

Das Wetter wurde nicht besser. Äste und rollende Mülleimer wurden vom Sturm die Straßen entlanggetrieben, als wären es Papierschnitzel. Keine Menschenseele war zu sehen, kein Hund, keine Katze, kein Vogel.

Professor Truebody schaute vorsichtig durch die Windschutz-scheibe seines japanischen Autos, war auf alles gefasst, würde jedes Problem angehen, das sich ihm auf der Fahrbahn entge-genstellte. In der Straße, wo er wohnte, war nirgends Licht.

»Sieht ganz so aus, als hätten wir keinen Strom«, sagte der Professor überflüssigerweise, während er in seine Einfahrt ein-bog.

Er hielt eine Sekunde inne, die Hand schon am Türgriff, während er auf den dunklen Umriss seines Hauses schaute. Plötzlich blitzte in einem Fenster eine Taschenlampe auf und war sofort wieder verschwunden.

»Stimmt was nicht, Professor?«

Jake kniff die Augen zusammen. Jetzt war kein Licht mehr zu sehen. Alles war dunkel.

»Ich dachte, ich hätte drinnen Licht gesehen. Das muss ich mir eingebildet haben.«

Seine Papiere fest unter den Arm geklemmt, während die dicke Aktentasche ihm gegen das Bein schlug, machte sich Jake Truebody auf den Weg zu seiner Haustür, schloss sie auf und trat ins Dunkel. Wes Patterson folgte ihm und konnte sein Glück nicht fassen.

Eins

Auf der anderen Seite des Atlantiks in der Stadt Bath war das Wetter eiskalt. Der Raureif hatte sich wie Zuckerguss auf die Mansardendächer der Gebäude aus dem 18. Jahrhundert gelegt. Jede Nacht wurde die Schicht, die tagsüber nicht abtaute, ein kleines bisschen dicker. Es sah nach Schnee aus.

Honey Driver kaufte ein und war nur mit sich und ihrer Geschenkeliste beschäftigt. Aber das sollte nicht lange so bleiben.

»Der ist es! Der war's, der den Rentieren die roten Nasen angeklebt hat! Ich habe eine in seiner Tasche gesehen!«, rief jemand.

Überraschte Aufschreie ringsum, weiße Atemwolken standen vor offenen Mündern.

»Haltet ihn!«, brüllte jemand anders.

Honey Driver wirbelte herum. Als Verbindungsperson zwischen dem Hotelfachverband und der Kripo hatte sie zwar sonst mit Vandalismus nichts zu tun, aber jetzt war sie eben zur richtigen Zeit am richtigen Ort.

Die Anschuldigung hatte den jungen Mann sehr erschreckt, der neben einem der Glasfaser-Rentiere stand.

»Keine Bewegung!«, brüllte Honey und bereute das, sobald sie es gesagt hatte, denn der Typ war größer als sie. Sie brauchte Unterstützung. Mit großem Schwung zog sie aus ihrer Einkaufstasche das Baguette, das sie gerade gekauft hatte, und schwenkte es wie einen Baseballschläger über dem Kopf.

Der junge Mann mit der halb geöffneten Sporttasche warf einen Blick auf sie und rannte weg.

»He! Komm sofort zurück!« Honey jagte ihm hinterher. Zum Glück trug sie flache Stiefel. Mit Absätzen hätte sie das nie im Leben geschafft.

Überall in der Stadt hatten die Leute Tag für Tag das Gleiche entdeckt: Über Nacht hatte jemand den Glasfaser-Rentieren, die man ringsum aufgestellt hatte, rote Nasen angeklebt. Schlimmer noch, sie waren mit Sekundenkleber befestigt und nur mit größter Mühe wieder zu entfernen. Die Verbreitung der roten Nasen hatte im *Bath Chronicle* und in der *Western Daily Press* Schlagzeilen gemacht. Die Rentiere waren Teil einer Spendensammelaktion. Sie waren etwas über einen Meter hoch und von VIPs und Künstlern verziert worden. Nun standen sie überall in der Stadt herum: an den Eingängen zu den Parks, an irgendwelchen Geländern und an beiden Enden des Royal Crescent.

Der Artikel auf der Titelseite des *Bath Chronicle* deutete an, dass jemand genau wusste, wer hinter diesen üblen Streichen steckte, und die Täter schützte.

Wenn ich ihn erwische, komme ich auch auf die Titelseite, überlegte Honey, während sie dem jungen Mann durch eine Geschäftsarkade hinterhersprintete, die eine Hauptstraße mit der anderen verband. Beim Anblick ihrer hoch über den Kopf erhobenen Baguette-Waffe gaben ihr die einkaufenden Menschen schnell die Bahn frei.

Der Verfolgte flitzte auf das elegante Wellness-Zentrum der Stadt zu, das man erst kürzlich umfassend renoviert hatte. Von dem Whirlpool oben auf dem Dach konnte man die ganze Stadt überblicken. Der junge Mann bog um eine Ecke, wo sich früher eine schmale Durchgangsgasse befunden hatte – die nun aber zu seinem Pech zur Sackgasse geworden war.

Honey prallte gegen ihn.

Das verschlug ihm den Atem, die Knie wurden ihm weich, und er sackte gegen eine Mauer.

»Nicht schlagen!«

Er hatte die Arme schützend über den Kopf gehoben. Seine Augen waren auf das Baguette gerichtet.

Das Brot blieb jedoch nur noch ein paar Sekunden aufrecht in der Luft, ehe es in der Mitte durchbrach und eine Hälfte nur noch traurig zur Seite hing.

Der junge Mann schaute überrascht. Sein Mund stand vor Staunen offen.

Honey strahlte triumphierend. »Hab ich dich erwischt, Bürschchen!«

»Nur nichts umkommen lassen«, murmelte sie vor sich hin, brach das Weißbrot endgültig in zwei Hälften und verstaute diese in ihrer Einkaufstasche.

Der junge Mann war wie versteinert.

»Was wollen Sie?«

Er hatte große braune Augen und lange Wimpern und erinnerte sie ein bisschen an einen Spaniel. Sie hatte eine Schwäche für Spaniels, konnte sich aber gerade noch zurückhalten, ehe sie ihm den Kopf tätschelte.

»Dich! Ich will dich!«

»Sie sind ja verrückt!«

Honey war außer Atem, aber auch wirklich high. Sie konnte die Schlagzeile schon vor sich sehen: »HOTELBESITZERIN SCHNAPPT DEN VANDALEN MIT DEN ROTEN NASEN.«

Erst einmal brauchte sie sein Geständnis. Jemand hatte doch gerufen, dass er eine rote Plastiknase in der Sporttasche gesehen hatte, die der junge Mann bei sich trug. Außerdem hatte er sich mit einem Arm lässig an eines der Rentiere gelehnt, ehe er – zweifellos – seine üble Tat begehen wollte. Die Tasche mit dem Beweisstück lag zu seinen Füßen.

»Zeig's mir«, forderte sie ihn auf und drückte ihn mit einem Arm an die Wand.

Er starrte sie an. »Keine Chance! Von Frauen wie Ihnen habe ich schon gehört.«

»Ach ja?«

»O ja. Alte Mädels, die hinter jungen Männern herrennen und scharf auf ihren Körper sind. Pervers, das sind Sie!«

Da war endlich der Groschen gefallen. Der Idiot glaubte, dass sie einen Blick auf sein bestes Stück werfen wollte!

»Träum weiter! Und das mit dem alten Mädel kannst du auch vergessen. Ich hab dich eingeholt, oder nicht? Also, jetzt zur Sache! Du hast eine rote Nase in deiner Tasche da unten. Ein Passant hat sie gesehen.«

»Nein, das ist keine rote Nase!«

»Ich nehme an, jetzt willst du mir gleich weismachen, dass du nicht der Mistkerl bist, der rote Nasen an all die Rentiere geklebt hat, Rentiere, die übrigens verkauft werden sollen, um Geld für wohltätige Zwecke einzubringen!«

»Nein, das bin ich wirklich nicht. Ich bin Installateur.«

»Beweis es mir!«

Er schaute sie misstrauisch an, beugte sich nach unten, zog den Reißverschluss seiner Tasche auf und brachte einen Schwimmer zum Vorschein, eines dieser kugelförmigen Dinger, die an einer Stange hängen und im Wasserkasten einer Toilette die Wasserzufuhr steuern. Es war ein roter Schwimmer.

In der Tasche befanden sich auch noch Werkzeuge, Klebeband, Messingteile, alles Dinge, die ein Installateur benutzte. Von roten Nasen keine Spur.

Honey kaute auf der Unterlippe herum. Mein Gott, wie peinlich! Das Ding war eindeutig ein Schwimmer und keine rote Nase. Sie fühlte sich zu Wiedergutmachung verpflichtet.

»Ähm«, begann sie mit leichtem Zögern. »Also. Ich habe in der Damentoilette in meinem Hotel ein Klo, das ein kleines Leck hat. Könnten Sie vielleicht mal bei mir vorbeischauen? Ich zahle Spitzensätze.« Das war das mindeste, was sie tun konnte.

Der junge Installateur zog rasch den Reißverschluss seiner Tasche wieder zu. Was er als Nächstes sagte, war kurz und knapp und kam von Herzen. Und mit diesem kernigen Fluch war er auch schon verschwunden.

Zwei

Honey erzählte all das Mary Jane, die ihr gerade die Haare mit Colorierung in einer subtilen Schattierung von Kastanienbraun einstrich. Zumindest hatte Mary Jane ihr versichert, dass es Kastanienbraun war, ob es auch subtil war, würde sich noch herausstellen.

Als Dauergast im Green River Hotel gehörte die alte Dame, die in Kalifornien Professorin für das Paranormale gewesen war, inzwischen beinahe zur Familie. Über ihre Zwiegespräche mit Gespenstern, ihr rosa Cadillac-Coupé und ihre schrillbunte Kleidung wunderte sich schon längst niemand mehr.

Mary Jane war der Meinung, dass die roten Nasen den Rentieren ein gewisses Etwas verliehen.

»Die hätten ohnehin rote Nasen haben sollen. Um diese Jahreszeit sollten das alle Rentiere haben.«

»Ich frage mich, wo er die herkriegt. Der muss doch ein ganzes Lager voll besitzen.«

»Völlig egal, wo er die herkriegt. Meiner Meinung nach befestigt er sie an der richtigen Stelle.«

Honey fing an, das Lied von Rudolf Rotnase zu trällern. Sie war in bester Feststimmung – bis Mary Jane ihr das Handtuch vom Kopf nahm.

»Arrgh!«

Ein Blick in den Vergrößerungsspiegel, den sie aus dem Badezimmer mitgebracht hatte, genügte völlig, um jeden Gedanken an fröhliche Weihnachten zu verbannen. Vorsichtshalber überprüfte sie das Ergebnis noch einmal in dem eleganten Spiegel im Goldrahmen, der über der Anrichte hing. Auch da zeigte sich die Wirkung der Colorierung in ihrer ganzen Tragweite. Ihr Haar hatte nun eine Farbe, die man nur mit Neonkarotte beschreiben konnte.

Honey schlug die Hände vor die Augen und schickte einen Wunsch gen Himmel. »Bitte, bitte, mach, dass es weggeht.«

»Ach, komm schon«, drängte Mary Jane sie in ihrem breitesten kalifornischen Tonfall. »Wir haben doch alle ab und zu einen schlechten Tag mit unseren Haaren.«

Honey schüttelte den Kopf und weigerte sich, der Welt ins Antlitz zu sehen. »Das ist nicht nur ein schlechter Tag mit meinen Haaren. Das ist die völlig falsche Farbe. Das ist desaströs.«

»Desaströs?« Mary Jane schob ihre Brille halb die Nase herunter, nahm die Schachtel zur Hand, in der sich das Set zum Selbst-Colorieren befunden hatte, und überprüfte die Einzelheiten. Wenn sie die Stirn runzelte, sah man ihre Augen vor Fältchen beinahe gar nicht mehr.

»Nein, so nennen sie das hier nicht. Hier auf der Schachtel steht ›Leuchtendes Kupfer‹. Jawohl! Das ist leuchtendes Kupfer.«

»Karotte!«, schrie Honey, und Entsetzen schwang in ihrer Stimme mit. »Es ist leuchtende Karotte!«

Mary Jane hatte nicht begriffen, dass Honey sie richtig verstanden hatte, und schaute noch einmal nach dem Farbnamen auf der Schachtel.

»Nein, also hier steht ›Leuchtendes Kupfer‹.« Sie schüttelte verwirrt den Kopf und schnalzte mit der Zunge. »Ich habe die Anweisungen genau befolgt. Es kann höchstens daran liegen, dass irgendwas im Wasser ist, was die Farbschattierung beeinflusst.«

Diese Aussage war wieder einmal typisch Mary Jane. Nie war es ihr Fehler. Nie. Sie gehörte zu der Gruppe von überaus selbstbewussten Leuten, die überzeugt waren, alles zu können, selbst wenn das offensichtlich keineswegs der Fall war. Haarefärben konnte sie jedenfalls nicht.

Honey war außer sich. »Also, das hier ist eindeutig nicht leuchtendes Kupfer, auch kein glühendes Kupfer oder irgendein sonstiges Kupfer, noch viel weniger Kastanienbraun. Sieh es dir doch nur an!«

Mary Jane schaute hin, zuckte zusammen und lenkte ihren Blick auf einen kahlen Rosenstrauch vor dem Fenster.

Vielleicht muss sie ihre Augen ausruhen, überlegte Honey. Niemand konnte diese Farbe lange anschauen, ohne Gefahr zu laufen, dass er erblindete.

»So kann ich mich über Weihnachten nicht sehen lassen. Weckt mich einfach irgendwann Mitte Januar auf.« Sie war selbst schuld, überlegte sie, dass sie Mary Janes Colorier-Künsten vertraut hatte. Sie versteckte ihren Kopf unter einem Kissen und stöhnte.

Mary Jane strahlte immer noch völlig unvermindertes Selbstbewusstsein aus.

»Ach, komm schon, Honey. Davon, dass du es nicht ansiehst, geht es auch nicht weg. Mir hilft ja immer Meditation, wenn die Dinge nicht nach Plan laufen. Zusätzlich genehmige ich mir dann ein intensives Gespräch mit Sir Cedric. Der gibt immer sehr gute Ratschläge.«

Für Außenstehende, die sie nicht kannten und auch keine Ahnung hatten, wer Sir Cedric war, könnten Mary Janes Worte ziemlich philosophisch klingen, als wäre der längst verblichene Ritter ein Angestellter bei der Verbraucherberatung, der bei einem Caffè Latte und einem Sandwich weise Worte von sich gab. Tatsächlich war Sir Cedric aber tot, und zwar schon seit über zweihundert Jahren.

»Frag ihn doch mal, ob er die Telefonnummer einer guten Coloristin hat.«

Die Wahrscheinlichkeit, dass Sir Cedric in diesem Fall helfen konnte, ging gegen null, hauptsächlich, weil er nie in seinem Leben ein Telefon benutzt hatte, natürlich auch keine Coloristin kennen konnte, wenn sie es recht überlegte. Sir Cedric hatte eine Perücke getragen, dazu enge Kniehosen und weiße Seidenstrümpfe. Die Haare oder irgendwas anderes hatte er sich wohl eher selten gewaschen. Mary Jane teilte sich ihr Zimmer mit Sir Cedric, obwohl man natürlich seine Anwesenheit nicht bemerkte. Nur Mary Jane konnte sehen, wie er durch die Wände spaziert kam oder aus dem Kleiderschrank auftauchte. Niemand konnte es beweisen oder widerlegen, aber schließlich war die lange, schlaksige und sehr exzentrische Kalifornierin Professorin für das Paranormale und hielt sich daher für eine ausgemachte Expertin. Alle anderen tolerierten ihre exzentrische Art und stellten Sir Cedrics Existenz nie in Frage.

Mary Jane packte ihre Sachen zusammen, stand vom Stuhl auf und reckte den mageren Körper. »Ich muss jetzt wirklich weg. Aber mach dir keine Sorgen wegen deiner Haare, Honey. Sieh es mal so: Du brauchst bei dieser Haarfarbe keine Verkleidung mehr, wenn du zu einem Kostümfest gehst.«

»Klar. Ich kann als Clown gehen. Perücke benötige ich keine mehr.«

»Ach, komm schon, Kopf hoch!« Sie strich Honey über die Schulter und schüttelte sie dann ein wenig, als wollte sie dadurch alle Verzweiflung aus ihrem Körper vertreiben. »Komm schon. Du wirst mit Verbrechen fertig. Dann wirst du damit auch fertig.«

Das tröstete Honey nicht. »Mein Haar *ist* ein Verbrechen. Sieh's dir doch mal an!«

Sie wollte noch hinzufügen: Und das ist alles deinetwegen. Aber sie verkniff sich das. Ehrlich gesagt, sie hatte genauso viel Schuld daran. Kurz vor Weihnachten musste eben alles besonders schnell gehen.

»Das werden die Leute einfach als vorweihnachtlichen Wahnsinn begreifen – so wie andere blinkende Rentiergeweihe und falsche Weihnachtsmannbärte tragen. Das machen wir doch alle. Außerdem musst du ja gar nicht viel vor die Tür«, sagte Mary Jane wegwerfend. »Keine Verbrechensbekämpfung und so.«

Honey musste zugeben, dass Mary Jane mit den Rentiergeweihen recht hatte. Die alte Dame trug selbst eins, und das grell leuchtende Rot biss sich mit ihrem Hausanzug in Pistaziengrün und schrillem Pink.

Honey seufzte abgrundtief – bis in die rentierförmigen Hausschuhe hinein – und hoffte, dass Mary Jane auch sonst recht hatte. Denn niemand würde sie als Amateurdetektivin für voll nehmen, wenn sie mit diesem Karottenkopf auftauchte. Das wollte sie nun wirklich nicht. Sie wollte, dass man sie für eine ernste Bekämpferin schwerer Verbrechen hielt, auch wenn sie sich anfänglich überhaupt nicht so gefühlt hatte.

Man hatte ihr den Posten als Verbindungsfrau zwischen dem Hotelfachverband von Bath und der Kriminalpolizei vor geraumer Zeit mehr oder weniger aufgedrängt.

Casper St. John Gervais, der Vorsitzende des Hotelfachverbandes, hatte sie damals vor der Jahresversammlung bedrängt, diese Aufgabe zu übernehmen. Eigentlich hatte sie nicht gewollt, aber da sie gerade beinahe eine halbe Flasche Shiraz getrunken hatte, war sie in einer Laune, in der sie noch ganz andere Aufgaben übernommen hätte.

Kurz darauf hatte sie bei einer Auktion eine Unterhose, einen Liebestöter, ergattert, die angeblich Königin Viktoria gehört hatte. Im Hochgefühl dieses Triumphes hatte sie Casper ihre Zusage noch einmal bestätigt. Die Unterhose der Königin von England und Kaiserin von Indien war ziemlich groß gewesen. Der Preis war entsprechend, aber Honey war trotzdem hochzufrieden gewesen. Der Tag war phantastisch gelaufen – bis Casper anrief und sie daran erinnerte, was sie neulich abends versprochen hatte. So war sie zu diesem Posten gekommen. Casper hatte es geschickt eingefädelt. Er hatte sie bestochen.

»Ich garantiere, dass es nicht zum Schaden des Green River Hotel sein wird, wenn Sie meinen Vorschlag annehmen«, hatte er ihr zugeraunt.

Wie konnte sie da ablehnen. Es ist ja nur für eine Weile, hatte sie sich gesagt. Im Januar und Februar liefen die Geschäfte immer ziemlich flau. Sie wäre verrückt gewesen, das nicht anzunehmen.

Entgegen ihren Erwartungen hatte ihr die Aufgabe gefallen. Ebenso hatte ihr der leicht reizbare Kriminalpolizist, Detective Inspector Steve Doherty, gefallen, der kernige Typ mit dem guten Aussehen, dem Dreitagebart und dem coolen Benehmen. Erst hatten sie sich ziemlich gekabbelt, aber jetzt hatten sie sich zusammengerauft und rauften nur noch privat.

»Sieht es wirklich so schrecklich aus?« Wenn sie die Augen fest zusammenkniff, wirkte die Farbe nicht mehr halb so grell.

Sie hoffte auf Bestätigung. Sie hoffte vergebens. Mary Jane schaute, blinzelte nervös und ging in Richtung Tür.

»Ich bespreche das mal mit Sir Cedric. Das macht die Sache bestimmt besser.«

»Für wen?«

Die Frage hätte sie sich sparen können. Mary Jane war schon zur Tür hinaus, als sei sie auf dem Weg, um einen alten Freund zum Nachmittagstee zu treffen.

Honey blieb voller Verzweiflung in ihrer Wohnung zurück. Das umgebaute Kutscherhäuschen lag hinter dem Hotel, vom Green River nur durch einen Innenhof getrennt. Honey saß da, den Kopf in den Händen, und fühlte sich ein bisschen wie Aschenputtel, die nicht schön genug angezogen war, um auf den Ball zu dürfen. Zum Glück für Aschenputtel war ja die gute Fee gekommen und hatte sie gerettet. In Honeys Haus würde wohl keine auftauchen. Sie kannte nur eine Fee, die im Weihnachtsspiel im Theatre Royal diese Rolle übernommen hatte. Aber trotzdem konnte es nicht schaden, sich etwas zu wünschen, oder? Sie schloss die Augen.

Bitte mach, dass das wieder weggeht. Dreh die Uhr zurück. Mach alles so, wie es vorher war.

Karottenrote Haare zu haben, das war nicht die erste Katastrophe der Vorweihnachtszeit. Es war schon eine andere passiert, die sie völlig unverhofft getroffen hatte.

Aus irgendeinem dusseligen Grund, an den niemand sich recht erinnern konnte (obwohl anklagende Finger in ihre Richtung zeigten), hatte das Green River den Termin für die Aufnahme in eine wichtige Touristenbroschüre verpasst. Diese Broschüre wurde vom englischen Tourismusverband veröffentlicht und, wenn man den Gerüchten Glauben schenken durfte, beinahe überall auf der Welt verteilt, einschließlich Timbuktu, Timor und Tokio.

Honeys Tochter Lindsey, die sie von ganzem Herzen liebte, hatte darauf hingewiesen, dass ihre Reservierungen für das nächste Jahr nicht so zahlreich waren, wie sie sein sollten. Wieder deutete der anklagende Finger in Honeys Richtung. Honey hatte den Termin vergessen.

Auf Flüche folgten Entschuldigungen. »Ich hatte so viel zu tun.«

»Wir hatten alle viel zu tun.«

Honey nahm die Sache gelassen. »Das kriegen wir schon

hin. Du wirst sehen. Alles wird gut. Das ist nur eine kleine zeitweilige Schwierigkeit.«

»Eile mit Weile.«

Honey hatte inzwischen einen Hut gefunden. Auf keinen Fall würde sie durch den Empfangsbereich laufen und aussehen, als wäre sie einem Zirkus entsprungen. Lindsey schaute hoch. Honey flitzte vorbei. Es musste doch einen Frisör geben, der noch einen Termin für sie freihatte.

»Ich bin mal kurz weg. Dauert nicht lange«, rief sie über die Schulter zurück.

Lindsey hatte erraten, was sie vorhatte. »Du kriegst bestimmt nirgends mehr einen Termin. Ich will ja nichts sagen, aber ich habe dich gewarnt. Genau wie mit dieser Anzeige, von der du gesagt hast, du würdest sie nicht vergessen – die du dann aber doch verschwitzt hast.«

Großer Gott! Diese neunmalkluge Tochter!

Voller Gewissensbisse blieb Honey stehen, knöpfte ihren dunkelgrünen Wollmantel zu und legte sich den hellroten Strickschal vor die untere Hälfte ihres Gesichts. Hier ging es nicht um Haare, das wusste Lindsey. Hier ging es darum, dass sie den Termin für die Anzeige vergeigt hatte.

Du wolltest ja nicht zuhören. Du bist so stur. Schon immer.

Diese kritische Stimme in ihrem Kopf war wohl die vernünftige Seite ihrer Persönlichkeit, die mit beiden Beinen fest auf dem Boden der Tatsachen stand, klare Entscheidungen traf und sich nie irrte. Ihr anderes Selbst, das alltägliche, setzte im Leben eher auf Improvisation und nahm Entscheidungen locker. Man konnte doch genauso gut eine Münze werfen, oder nicht?

So war es wahrscheinlich auch mit der Broschüre gekommen. Sie hatte eine Münze geworfen, anstatt genau nachzusehen, wie viele Gäste die Anzeige in der Publikation des Vorjahres ihnen eingebracht hatte.

Sie versuchte sich, wider besseren Wissens, einzureden, dass alles schon wieder in Ordnung kommen würde, und drückte sich fest die Daumen. Sie brauchte so viel Glück wie nur möglich. Inzwischen hatte sie sich unter die vorweihnachtliche Menschenmenge gemischt, machte gelegentlich einen Abstecher in einen Frisörsalon, in der schwachen Hoffnung, dass man sie irgendwo dazwischenschieben konnte. Sie erntete überall nur mitleidige Blicke.

»Tut mir leid.«

Nur noch zehn Tage bis Weihnachten. Überall auf den geschäftigen Straßen und den uralten Gassen von Bath gaben die Leute das Geld aus, als wären ihre Taschen bodenlos und ihre Bankkonten übervoll.

Furchtlos wuselten die Leute durch die kleinen Läden, großen Kaufhäuser und zu dem Geschäft, das heiße Pasteten und Teigtaschen verkaufte. Der köstliche Duft zog alle wie magisch an, und außerdem brauchten sie die Energie und mussten sich auch mal aufwärmen.

Die Atmosphäre war feierlich aufgeregt, wie immer in dieser Jahreszeit. Fremde tauschten Weihnachtswünsche aus, und zwei Gruppen, die auf dem Abbey Churchyard Weihnachtslieder sangen, wetteiferten mit ihren Darbietungen von »Stille Nacht« und »God Rest Ye Merry Gentlemen« miteinander. Die Letztere gewann die Schlacht um die Trommelfelle, aber nur weil sie von einem Tubaspieler begleitet wurde.

Lichterketten waren quer über die Straßen gespannt und tanzten hell glänzend vor dem bleigrauen Himmel. Auch die Augen der Ladenbesitzer glänzten. Die Kassen in den überfüllten Geschäften klingelten. Damit konnten nicht einmal »Jingle Bells« und der darin erwähnte Pferdeschlitten mithalten.

Der Weihnachtsmarkt war in vollem Schwung. An Dutzenden kleiner Buden wurde alles Mögliche verkauft, von handgefertigten Pralinen bis hin zu Kleidung aus Recyclingmaterialien.

Honey blieb eine Weile in der Nähe des Stands mit den Duftkerzen stehen und atmete das Aroma von Mandarinen, Kiefernnadeln und Röstkastanien ein.

Alles war wunderbar, und die Leute waren in dieser Jahreszeit merklich freundlicher. Alle machten wirklich gute Geschäfte, auch die Hotels und Restaurants. Weihnachtsfeiern der verschiedensten Büros und Firmen waren in diesen Wochen das Lebenselixier der Branche. Es war ja auch eine ganz besondere Art von Party. Bei diesen Feiern machten die Leute Dinge mit ihren Arbeitskollegen, an die sie im ganzen restlichen Jahr nicht einmal im Traum denken würden.

Auch das Green River bildete keine Ausnahme in diesem weihnachtlichen Trubel. Ende August war bereits der letzte mögliche Termin für eine solche Büro-Orgie gebucht worden.

Honey verbannte alle Sorgen hinsichtlich des nächsten Jahres und stürzte sich ins Einkaufsgetümmel. Sie genoss es sehr, auch zu dieser vorweihnachtlichen Menschenmenge zu gehören.

Sie fühlte sich immer noch großartig, als sie ihre Taschen mit Weihnachtspapier, Geschenken und letzten Ergänzungen für die Weihnachtsdekoration am Empfangstresen absetzte. Ihr Lächeln erstarrte und verging ihr dann ganz, sobald Lindsey den Telefonhörer aufgelegt hatte.

»Grigsby und Jones haben ihre Weihnachtsfeier abgesagt.«

»Nein!« Verschiedene Firmen wollten an dem betreffenden Abend in einer Woche hier ihre Feiern abhalten. Insgesamt sollten an die siebzig Leute kommen, und da würden zwölf leere Stühle wirklich schlecht aussehen. Bei Partys musste es immer ein bisschen Gedränge geben. Das machte die Sache irgendwie fröhlicher.

»Na ja, wenn sie so spät absagen, dann behalten wir die ganze …« Lindsey bemerkte Honeys Gesichtsausdruck. »Die haben nicht die ganze Summe im Voraus bezahlt?«

Honey biss sich auf die Lippe.

»Die Hälfte.«

»Mutter!«

»Ich habe denen vertraut.«

»Mein Gott, hier geht's ums Geschäft!«

»Ich habe sie ein paarmal angerufen.«

»Offensichtlich nicht oft genug!«

»Verdammt!«

Sie verdiente diese Gardinenpredigt tatsächlich. Sie kannte ihre Schwächen, ihre Neigung, sich um manche Dinge zu drücken. Ach, egal. Sie würde sich wieder davon erholen.

»Was haben sie denn für einen Grund angegeben?«, erkundigte sie sich.

»Einer der Partner ist mit dem Geld eines Mandanten und der Frau des anderen Partners durchgebrannt. Der Partner und die Angestellten, die noch übrig sind, sind nicht in der Stimmung für eine Feier. Die Firma muss wohl zumachen. Ich glaube, die Angestellten gehen heute in einen Pub und ertränken ihre Sorgen.«

Wenn jemand so spät absagte, ärgerte das Honey immer sehr. Klar, die hatten die Hälfte angezahlt, aber darum ging es nicht. Leere Stühle, das sah nie gut aus. Es wäre natürlich toll, wenn sie so spät noch eine Reservierung bekämen, aber die Wahrscheinlichkeit war ziemlich gering.

Honey fluchte.

Lindsey schüttelte den Kopf, warf ihrer Mutter einen mitleidigen Blick zu und überließ sie dann ihrem Schicksal.

Honey begab sich hinter den Empfangstresen und glitt

auf den Bürostuhl. Sie tätschelte ihren Kopf. Der Hut würde draufbleiben müssen. Auf gar keinen Fall wollte sie irgendjemanden ihren Haarschopf sehen lassen. Erst die Haarfarbe, dann die vergessene Anzeige und nun noch eine Stornierung. Das Leben war so ungerecht – na ja, jedenfalls zu ihr. Über ihrem Kopf hing eine große, widerliche graue Wolke. Sie wünschte, die würde endlich verschwinden.

Ihre gute Fee hatte anscheinend zugehört. Plötzlich läutete das Telefon.

»Haben Sie für den 19. 12. noch Platz im Restaurant, außerdem Zimmer, und dann später noch für ein Weihnachtsmittagessen am ersten Feiertag? Für zehn Personen? Ich möchte mich bei meinen Mitarbeitern mit einer Party und einem tollen Weihnachtsessen und so weiter bedanken, weil sie das ganze Jahr hindurch so wunderbar gearbeitet haben.«

Honey stieß triumphierend die Faust in die Luft und bedankte sich im Stillen bei ihrer guten Fee.

»Ja. Ja, das lässt sich machen. Weihnachtsfeier für zehn Personen. Übernachtungen im Hotel. Und ein Mittagessen am ersten Weihnachtstag. Mallory und Scrimshaw. Gut. Wenn Sie mir jetzt bitte noch die Einzelheiten zu Ihrer Kreditkarte durchgeben würden …«

Es war völlig unprofessionell, so begeistert zu reagieren, wenn man eine Reservierung entgegennahm, aber sie konnte einfach nicht anders. Ein Wunder! Darum ging es doch an Weihnachten. Es war ein Wunder, ein Geschenk, wenn auch das Besetzen leerer Stühle Kinderkram war, verglichen mit dem Geschenk der Weisen aus dem Morgenland, die einen Brocken Gold und duftende Spezereien brachten.

Der Name der Firma sagte ihr nichts, außer dass er ein bisschen so klang, als stammte er aus einem Roman von Dickens: Mallory und Scrimshaw.

Die Kreditkartennummer, der Sicherheitscode und alles andere war überprüft und in Ordnung. Der Name des Bestellenden wurde bei einer telefonischen Reservierung nicht benötigt, also schrieb sie ihn nicht auf. Hauptsache, sie hatte die Reservierung, und das war's. Es gab schließlich dringendere Probleme zu lösen.

Drei

»Was meinst du? Werden mich die Leute anstarren?«

Lindsey schaute sich das Haar ihrer Mutter an, schluckte und kaute auf der Unterlippe herum.

»Du kannst so ehrlich sein, wie du willst«, sagte Honey.

Lindsey räusperte sich. »Es ist eine sehr positive Farbe. Mehr kann ich dazu nicht sagen.«

Honey verzog das Gesicht. Die Botschaft war laut und deutlich angekommen.

»Klar. Sie leuchtet wie ein Neonschild in der miesesten Geschäftsgegend.«

»Ich versuche, in ein paar Frisörsalons anzurufen, aber irgendwie kann ich mir nicht vorstellen, dass wir da viel Glück haben werden.« Lindsey war wieder mal wirklich hilfsbereit.

Honey war ihr für dieses Angebot dankbar, wusste aber, wie die Sachlage war. »Ich hab's probiert. Bei jedem Frisör in der zivilisierten Welt.« Es war natürlich nicht die ganze Welt, aber in ihren Augen war Bath doch ein ziemlich großes Stück davon.

»Ich könnte dir eine andere Tönung holen – etwas, das diese Farbe ein wenig ruhiger macht.«

»Nein. An meine Haare lasse ich nur noch Profis heran. Ich habe mich inzwischen mit dem Gedanken angefreundet, dass ich die Weihnachtszeit mit Kopfbedeckung verbringen werde. Es wird wohl etwas Festlicheres als eine Strickmütze sein müssen. Ich könnte mir ja eine von diesen glitzerigen Geschenktüten über den Kopf stülpen und die rote Schleife unter dem Kinn zubinden. Das würde vielleicht gehen.«

Lindsey sah, dass für sie hier nun nichts mehr zu tun war, und verkündete, sie würde jetzt ins Fitnessstudio gehen. Wie sie dazu die Zeit fand, begriff Honey einfach nicht. Allerdings plante ihre Tochter ihre Tage sehr genau. Sie fuhr nie aus der Haut, hatte sich immer unter Kontrolle – ganz anders als ihre Mutter.

Die Dinge sahen nicht sonderlich rosig aus. Um sich besser zu fühlen, was war da geeigneter, als sich ein bisschen Trostessen zu gönnen? Zunächst einmal suchte sich Honey eine Tüte mit Marzipanpralinen. Dann füllte sie sich ein Fußmassagebad mit warmem Wasser und einem kremigen Badegel, stellte es vor ihr Sofa und setzte sich zwischen die dicken, weichen Kissen.

Das Fußmassagebad hatte ihr Lindsey zum Geburtstag geschenkt. Ihre Tochter war wirklich eine praktisch denkende junge Frau. Leute, die in Hotels arbeiten, müssen viel leiden in ihrem Beruf – zumindest was ihre Füße angeht.

Pralinen essen, während man seine Füße in warmes Wasser taucht, das war wirklich die reine Dekadenz. Was konnte sie noch machen, um sich besser zu fühlen? Ihr Blick fiel auf den goldumrahmten Spiegel. Sie runzelte die Stirn. In ihrer Wohnung waren einfach zu viele Spiegel, aber daran konnte man was ändern. Wenn man Stechpalmenzweige, Misteln und glitzernde Rentiere mit großen roten Nasen ringsum anbrachte, konnte man die Wirkung der Spiegel minimieren.

Sie seufzte. »Nun! Ich kann nicht ewig hier sitzen und träumen.«

Während sie sich den ersten Umschlag von dem Stapel nahm, den sie aus dem Hotel mit in ihre Wohnung gebracht hatte, langte sie mit der anderen Hand nach der Tüte mit den Marzipanpralinen. Es waren nur sechs von Thorntons' besten Zartbitterpralinen drin. Das wäre jetzt die Dritte, die sie aß. Sie schaute sie nachdenklich an. Ach was, so schrecklich sah die doch gar nicht aus. Sie steckte sie in den Mund.

»Hat keinen Sinn, da welche aufzuheben«, murmelte sie vor sich hin. »Ich brauche die Energie über Weihnachten.«

Sie wandte ihre Aufmerksamkeit wieder dem Stapel Post zu.

Eine Weihnachtskarte nach der anderen, mit hübschen Bildern von niedlichen kleinen Rotkehlchen, glitzernden Sternen oder beschneiten Pferdekutschen vor altmodischen Gasthäusern. Irgendwas an dem letzten Bild – da sich doch zur viktorianischen Zeit Weihnachten immer um die Familie, um kaltes Wetter und warme Kaminfeuer gedreht hatte – traf den richtigen Ton. Honey dachte an Dickens, Plumpudding und Zuckerwerk – und an Leute, die wegen der großen Mengen an Rum und Brandy, die in dem Plumpudding und der Soße gewesen waren, ein wenig übermütig wurden. Sie wollte einmal bei Smudger nachfragen, wie großzügig er mit dem Alkohol umgegangen war. Auf keinen Fall wollte sie, dass sich die Vorfälle vom vergangenen Jahr wiederholen würden. Damals war eine Gruppe von Pfarrern nach dem Weihnachtsessen am Mittag höchst beschwingt aus dem Hotel getorkelt, und die Herren hatten im Abendgottesdienst kaum die richtigen Sätze zusammenbekommen. Dabei hatten sie nur je einen Sherry getrunken, aber sehr große Portionen vom Plumpudding mit viel Brandysahne vertilgt.

Ehe sie den allerletzten Umschlag öffnete, stutzte Honey. Die Adresse war handgeschrieben, mit Tinte und einem richtigen Füllfederhalter und in einer wunderschönen Schrift, richtiger Kalligraphie.

Sie drehte ihn in den Händen hin und her. Der Umschlag war nicht steif genug, eine Weihnachtskarte konnte also nicht drin sein. Ein Brief? Wen kannte sie denn noch, der keine E-Mails schrieb?

Scheinbar ohne Honeys Zutun begannen ihre Finger, den Brief aufzureißen. Warum zum Teufel war sie wegen dieses Umschlags so nervös?

»Schlechte Schwingungen«, murmelte sie und beantwortete damit ihre eigene Frage.

Sie ging die Gründe durch, warum sie dieser Brief so verstörte.

Erstens war die Adresse handgeschrieben. Das war schon mal ein Alarmzeichen. Zweitens bestätigte die wunderschöne Kalligraphie, was sie bereits vermutet hatte. Niemand, der den Adressaten gut kannte, würde sich solche Mühe geben. Jedenfalls nicht in unserem Jahrhundert.

Drittens war der Brief an Mrs. HANNAH Driver gerichtet. Das bedeutete, dass er nicht von einem Freund oder einer Freundin kommen konnte. Honey konnte sich nicht erinnern, wie lange es her war, dass die Leute sie nicht mehr Hannah, sondern nur noch Honey nannten. Alle außer ihrer Mutter. Gloria Cross hatte den Namen Hannah ausgesucht, und den würde sie auch weiterhin benutzen, selbst wenn sie die Einzige war, die das noch tat.

All das zusammen machte Honey nervös. Handgeschriebene Briefe waren ja wirklich so altmodisch wie Sänften und Hochräder. Der Poststempel brachte sie allerdings am meisten ins Grübeln. Das Schreiben kam aus einer Stadt in Maine, gar nicht weit weg von Rhode Island.

Rhode Island! Der Ortsname traf sie mitten ins Herz und ließ ihr kalte Schauer über den Rücken laufen. Mit diesen beiden kleinen Wörtern war ihr verstorbener Mann Carl von den Toten wieder auferstanden – wenn auch hoffentlich nur in Briefform. Der Gedanke, dass er durch das Green River Hotel latschen, ein Bett und ihre Gegenwart in diesem Bett verlangen könnte, war ein echter Alptraum. Aber er war ertrunken. Futter für die Fische. So vergessen wie das altbackene Brot von gestern.

Doch war er das wirklich? Schließlich war Weihnachten, und alle guten Gespenstergeschichten wurden am weihnachtlichen Kamin erzählt. Ihr ging die Geschichte aus einer Geisterserie im Fernsehen durch den Kopf. Da war eine Ehefrau blutüberströmt aufgewacht. Das Ganze hatte auf einem Boot auf hoher See gespielt. Von ihrem Mann war weit und breit keine Spur gewesen, und die unglückselige Frau war wegen Mordes vor Gericht gestellt worden. Sie saß ihre Strafe ab, und als sie wieder frei war, folgte sie den wenigen Hinweisen, die sie gefunden hatte, und spürte ihn tatsächlich auf. Es stellte sich heraus, dass er quicklebendig war und eine junge Ehefrau und ein Baby hatte. Zumindest hatte Carl ihr das nicht angetan. Er war einfach mitten auf dem Atlantik ertrunken. Seine Leiche hatte man nie gefunden.

Eine weitere schreckliche Möglichkeit fiel ihr ein. Auch dieses Klischee schien aus einer amerikanischen Seifenoper zu stammen. »Hi Honey. Da bin ich wieder. Ich bin nicht tot. Es war alles ein Irrtum. Es war mein Zwillingsbruder, der da ertrunken ist.«

Es wurde ihr heiß und kalt, während sie versuchte, dieses Bild wieder zu verdrängen.

Sie bemerkte, dass der Umschlag wegen des Dampfes aus dem Fußbad langsam ganz weich wurde, und legte ihn zur Seite.

Dann trocknete sie ihre Zehen ab, deren Haut ganz zart geworden war, und rieb ihre Fersen mit Vaseline ein – billiger als jede Creme und sehr effektiv –, ehe sie ihren Füßen noch ein paar Kleckse Creme von Molton Brown spendierte. Die Vaseline leistete die Vorarbeit in der Tiefe, und das teure Produkt roch wunderbar und schenkte ihrem vom Winterwetter mitgenommenen Spann einen matten Glanz.

Jetzt wandte sie sich dem Brief zu, öffnete ihn und begann zu lesen.

Liebe Mrs. Driver,

wahrscheinlich erinnern Sie sich nicht mehr an mich, da es schon einige Jahre her ist, dass Ihr Mann und ich ...«

Honey erblasste. Der Brief teilte noch einmal die Ankunftszeit eines gewissen Professor Jake Truebody mit. Er hatte vor einigen Wochen für die Weihnachtsferien per E-Mail ein Zimmer im Green River reserviert und auch eine Buchungsbestätigung erhalten.

Honey wurde ganz kalt.

Genau in diesem Augenblick kam Lindsey ins Kutscherhäuschen gestürmt. Natürlich hatte das Gebäude nichts mehr mit dem Ort gemein, der einst für die Kutsche und die Pferde und den Kutscher reserviert war. Im Untergeschoss befanden sich die Schlafzimmer und das Bad, die Küche und das Wohnzimmer waren oben, damit man die schöne Aussicht und das Licht hatte – im Wohnzimmer mehr als in der Küche. Von dort sah man nämlich nur auf Kamine und Mansardendächer.

Lindsey schaute Honey an. »Was ist denn mit deinem Gesicht los?«

Honey überschlug sich mit ihrer Antwort. »Das liegt am Dampf. Dann werden meine Wangen immer ganz rosig.«

»Die sind aber nicht rosig, sondern bleich. Als hättest du ein Gespenst gesehen.«

»Das ist die Haarfarbe. Die macht mich so blass.«

»Ah! Das stimmt wirklich.«

»Wenn ich keinen Termin in einem Frisörsalon kriege, werde ich über Weihnachten wohl einen Glockenhut tragen. Ich bin sicher, Mutter kann das passende Kleid aus den zwanziger Jahren dazu für mich finden – oder so was Ähnliches.«

»Das ist jetzt nicht mehr so einfach für sie, weil sie nicht mehr im Second-Hand-Geschäft ist.«

Da stimmte Honey ihr zu. Ihre Mutter war bis vor kurzem Partnerin in einem Laden gewesen, der hochwertige Kleidung aus zweiter Hand verkaufte. Neulich hatte sie jedoch verkündet, sie hätte sich jetzt auf eine andere Geschäftsidee verlegt. Worin die bestand, darüber wahrte sie auch nach einigen Fragen Stillschweigen. »Ihr werdet alles schon rechtzeitig erfahren«, hatte sie ihnen mit gerümpfter Nase und klappernden Augendeckeln erwidert.

Honey räusperte sich. »Lindsey, da kommt ein Mann über Weihnachten als Gast ins Hotel.«

»Na, das ist aber mal eine Überraschung. Meiner Erfahrung nach, Mutter, sind die Gäste gewöhnlich das eine oder das andere – Mann oder Frau. Was ist denn an diesem Mann so besonders?«

»Nichts. Er ist Amerikaner.«

Lindsey schaute belustigt drein. »Daraus können wir ihm eigentlich keinen Vorwurf machen.«

Honey räusperte sich ein zweites Mal. »Es ist ein gewisser Professor Jake Truebody.«

»Ich weiß.«

»Wirklich?«

»Ich habe heute Morgen die Reservierungsliste durchgeschaut.«

Lindsey war effizient wie immer. Nichts brachte sie aus der Ruhe. Aber jetzt kam es hart auf hart.

»Er behauptet, er wäre ein alter Freund deines Vaters.«

Lindsey verriet ihre Gefühle nur dadurch, dass ihr Lächeln ein wenig gezwungen wirkte. Die Nachricht hatte sie nicht kaltgelassen, aber kaum umgeworfen.

Sie nickte bedächtig. »Ich verstehe. Kommt er dich besuchen?«

»Ich glaube nicht. Ich kenne den Mann nicht. Zumindest denke ich das. Der Name sagt mir gar nichts.«

»Warum kommt er dann?«

Honey zuckte die Achseln. »Ich weiß es nicht. Er scheint mir ziemlich seltsam zu sein, und er ist wohl auch ein Angeber.«

»Ein Angeber?« Lindsey runzelte die Stirn und nahm den Brief in die Hand. Sie zog die Augenbrauen in die Höhe, als sie die wunderschöne Schrift sah. »Wow! Da hat sich aber jemand Mühe gegeben. Was ist das denn für einer?«

Honey streckte die Hände mit nach oben gedrehten Handflächen aus. »Ich habe es dir doch schon gesagt, ich erinnere mich nicht an einen solchen Namen.«

»Ich nehme an, du hast nicht alle Freunde von Dad gekannt?«

»Nein«, antwortete Honey mit einer Grimasse. »Besonders einige der Freundinnen hat er vor mir ziemlich geheim gehalten.«

»Das hier ist aber ein Mann.«

»Mit einem Vornamen wie Jake sollte er das sein, ja.«

»Truebody. Das ist ein ziemlich ungewöhnlicher Name.«

Honey schüttelte den Kopf. »Sein Problem. Nie gehört.«

Ihr Handy begann zu trällern wie ein gewürgter Wellensittich. Das musste Doherty sein. Sie hoffte, er würde ihr den Vorschlag machen, sich mit ihr auf einen Drink im Zodiac zu treffen. Das war ihre Lieblingskneipe, der Klub, in dem sich Hotelbesitzer und Wirte gegen Mitternacht zu versammeln pflegten, um sich ihre Probleme von der Seele zu reden und sich ganz allgemein gepflegt zu betrinken.

Tatsächlich wollte er sich dort mit ihr treffen, und sie sagte gern zu.

»Ich wollte dir auch noch mitteilen, dass ich Mark Ben-
nett, den Installateur, hinter dem du hergejagt bist, davon
überzeugt habe, keine Anzeige zu erstatten.«

»Ah ja!«

»Ich habe ihm erklärt, das hätte man in deinem Alter
manchmal.«

Vier

Zwei Tage nach dem Eintreffen des Briefs aus Maine und nachdem die Firma Mallory und Scrimshaw in die Lücke gesprungen war, die entstanden war, weil eine Anwaltskanzlei storniert hatte, ging Honey einkaufen. Sie hatte einen sorgfältig zusammengefalteten Einkaufszettel in der Tasche. Doherty lief neben ihr.

»Ich hätte nicht gedacht, dass du gern einkaufen gehst«, sagte sie zu ihm.

»Tu ich auch nicht, aber so habe ich die Gelegenheit, mir mal die Sehenswürdigkeiten anzuschauen.«

Als sie um die Ecke in die Milsom Street einbogen, blieben sie kurz stehen, um ein sehr buntes Rentier zu betrachten. Das unten in den Sockel eingeätzte Schild teilte ihnen mit, dass es sich um ein »Regenbogen-Rentier« handelte.

»Sonst auch unter dem Namen Rudolf Rotnase bekannt«, meinte Honey. Beide hatten sie sofort die rote Plastiknase bemerkt, die ein Witzbold diesem Kunstobjekt angeklebt hatte. »Habt ihr eine Ahnung, wer das macht?«

»Nein. Er taucht zwar auf den Videos einiger Sicherheitskameras auf, aber er trägt immer eine Kapuze, und die Bilder sind zudem nicht besonders scharf.«

»Schnee, selbst wenn es gar nicht schneit.«

»Jawohl. So klar sind die ungefähr.«

Inzwischen hatte sich Nebel über die Stadt Bath herabgesenkt, und eisige Luft biss sie in die Nasen. Alle Farben wirkten ein wenig gedämpft, aber die Weihnachtslichter glitzerten unverändert hell. Nur in den engsten Gassen, in denen die Beleuchtung etwas schummrig war, hatte der Nebel alles

völlig eingehüllt. Gebäude, die bereits in die Jahre gekommen waren, als Jack the Ripper noch ein kleiner Junge war,
ragten finster auf, und ihre Umrisse waren nur als geister-
hafte Schemen wahrzunehmen.

Honey wusste, dass Doherty ihr jetzt gleich die Million-
Dollar-Frage stellen würde, und das machte sie nervös.

»Hast du es ihr schon gesagt?«

Es hatte also nicht funktioniert, Steve Doherty durch die
schwierige Aufgabe des Einkaufens vom Thema abzulenken. Er hatte ihr einen Ring geschenkt, den sie tragen sollte.
Seine Absichten waren eindeutig – und ehrenhaft. Der Ring
hatte bisher das Tageslicht nicht erblickt. Er befand sich in
der Warteschleife.

Wie sollte Honey Lindsey sagen, dass sie noch einmal heiraten wollte? Das war Honeys Problem. Lindsey war sehr
erwachsen, etwa seit ihrem dritten Lebensjahr. Aber Honey
betrachtete sie immer noch als ihr liebes kleines Baby, und
irgendwie kam es ihr vor, als würde sie dieses Baby im Stich
lassen und grob vernachlässigen, wenn sie jetzt zugab, dass
Detective Chief Inspector Steve Doherty sie gebeten hatte,
ihn zu heiraten.

»Steve, ich habe im Augenblick ziemlich viel zu tun, mit
Weihnachtsvorbereitungen und so …« Nichts als Ausflüchte.

»Sind wir nun verlobt oder nicht?«

»Natürlich sind wir das … glaube ich. Aber muss das jetzt
schon öffentlich verkündet werden?«

»Ich kann es ihr selbst sagen.«

»Nein! Das brauchst du nicht. Okay, sag ruhig, dass ich
feige bin, aber ich muss den richtigen Augenblick abwar-
ten.«

Sie tat so, als hätte ein Schaufenster mit einer dieser mo-
dernen Auslagen, in denen eine Aktentasche, von Misteln
und Stechpalmenzweigen umgeben, scheinbar mitten in der

Luft schwebte, ihr ganz besonderes Interesse erregt. Dabei war das Fenster außerordentlich langweilig. Sterbenslangweilig. Die Aktentasche bekam höchstens vier von zehn möglichen Punkten auf der Geschenkeskala.

»So ein Ding würde ich niemals benutzen«, kommentierte Doherty. »Du brauchst mir also keines zu kaufen.«

»Hatte ich auch nicht vor. Wie wäre es mit Socken?«

»Aber nur, wenn keine Schneemänner drauf sind und sie nicht bei jedem Schritt bimmeln.«

Honey hielt die Luft an, als wäre das genau das Geschenk gewesen, an das sie gedacht hatte. »Aber, Steve, die wären unbedingt dein Stil!«

Mit diesem Unsinn wollte sie ihn ablenken, sie wollte im Augenblick nicht über die Verlobung reden. Sie hasste es, sich wie ein alberner Teenager zu fühlen. Ein alberner Teenager, der Gewissensbisse hatte. Sie hatte einfach Angst, mit anderen über ihre Absichten zu sprechen, sich zu binden. Allerdings war sie über vierzig, sogar über vierundvierzig, keineswegs ein alberner Teenager, auch wenn sie sich so vorkam. Das musste aufhören.

Doherty verursachte ihr Gewissensbisse. Lindsey verursachte ihr Gewissensbisse. Der Feigling in ihr kam wieder voll zum Vorschein. Wenn gar nichts hilft, lass dir eine glaubhafte Entschuldigung einfallen.

»Hör mal, jetzt ist wirklich die falsche Zeit, mich um so was zu bitten. Im Restaurant ist für heute eine große Gruppe angemeldet, Gott sei Dank die letzte wirklich große Büroweihnachtsfeier. Und zu allem Überfluss sehe ich auch nicht gerade besonders aus. Mary Jane hat mir die Haare gefärbt ...«

»Mary Jane kann so was doch gar nicht.«

»Das weiß ich. Und du weißt das auch. Du hast die Farbe ja schon gesehen.«

»Und?«

»Ich hatte es eilig. Selbst wenn nicht alles ganz schrecklich schiefgegangen wäre, wäre es nicht meine Farbe gewesen. Nicht die, die ich haben wollte.«

»Ganz eindeutig ist es nicht deine Farbe. Die gehört eher zu Coco dem Clown.«

Doherty hatte beim Anblick ihrer neuen Haarfarbe um Fassung gerungen und dann gleich gefragt, ob sie nicht zufällig eine Perücke besaß.

»Ich würde mich sehr viel wohler fühlen, wenn ich unsere Verlobung mit einer normalen Haarfarbe verkünden könnte.«

»Ich will ja nicht behaupten, dass diese Farbe besonders gut für dein Selbstbewusstsein ist, aber sei doch mal ehrlich: Das sind alles Ausflüchte.«

Er hatte natürlich recht. Ein Bergtroll hätte sich über ihre Haarfarbe gefreut. Der Haarige Wilde Mann von Borneo wäre vielleicht vor dem schrillen Kupferton zurückgeschreckt, aber insgesamt mit der zotteligen Frisur recht zufrieden gewesen, die im Augenblick nicht zu bändigen war.

Doherty hatte ihr einen Ring geschenkt – den sie nicht trug. Er hatte sie gebeten, ihn zu heiraten. Bisher gab es noch keinen Termin für die Hochzeit, denn sie hatte gesagt, sie müsse das erst mit Lindsey besprechen. Genau das war das Problem. Sie brachte einfach nicht den Mut auf, es ihrer Tochter zu beichten – na ja, jedenfalls jetzt nicht.

Mutter und Tochter hatten im Laufe der Jahre natürlich über eine solche Möglichkeit sehr vernünftig und wie Erwachsene gesprochen. Doch damals war dieser Gedanke nur ein Phantasiegespinst und nicht Wirklichkeit gewesen. Jetzt war alles anders, und das war das Problem, ein echtes Problem.

»Ich sag dir was, ich erzähle es ihr Weihnachten. Dann bist du ja auch da, nicht?«

»Honey, du hast überhaupt kein Rückgrat.«

»Stimmt, aber sonst habe ich einiges zu bieten.«

»Ist mir auch schon aufgefallen.«

Was er sich zu Weihnachten wünschte, war kein Geheimnis. »Gut, dann machen wir es am ersten Feiertag. Ich werde dich an dein Versprechen erinnern.«

Als Honey wieder ins Green River Hotel zurückkehrte, war ihre Nase rosig vor Kälte. Wegen der Reservierungen fürs nächste Jahr machte sie sich große Sorgen. Es gab jedoch noch jede Menge andere Probleme, die sie lösen musste, so dass sie wirklich den Kopf voll hatte.

Lindsey zu beichten, dass Doherty ihr einen Heiratsantrag gemacht hatte, das musste erst einmal warten. Sie redete sich ein, dass sie ihr das irgendwann, wenn der passende Zeitpunkt gekommen war, schon sagen würde. Manche Leute würden das als Feigheit auslegen. Die hatten natürlich recht.

In Bath war sehr viel los. Im Green River Hotel auch.

Bereits seit Anfang Dezember fand eine Firmenweihnachtsfeier nach der anderen statt. Dazu kamen noch Leute, die ihre Verwandten besuchten, Leute, die ihre Freunde besuchten, und alle Welt ging zum Essen und Trinken aus und drängelte sich in den Geschäften.

Insgesamt war die Atmosphäre im Green River festlich und freundlich. Und alle halfen in dieser Zeit liebend gern aus.

Sämtliche Mitarbeiter, vom Küchenpersonal bis zu den Zimmermädchen und den Vertretungen am Empfang, waren in vorweihnachtlicher Stimmung, obwohl sie über die Feiertage arbeiten mussten. Doppelte Stundenlöhne und ein zusätzlicher freier Tag milderten ihren Schmerz ein wenig. Außerdem gab es ja am Weihnachtstag für die ganze Belegschaft noch ein großartiges Essen.

In solchen Zeiten mussten alle mit anfassen, Geschirr spülen, servieren und in der Bar Bier zapfen. Das galt auch für die Chefin. Sie hatte eigens einen besonders großen Vorrat an Gummihandschuhen fürs Geschirrspülen eingekauft. Bereit sein ist alles.

»Ich kann Neujahr kaum erwarten«, murmelte sie vor sich hin und stürzte sich dann ins Getümmel, allerdings erst, nachdem sie endlich etwas Besseres als ihre Strickmütze gefunden hatte, um ihre Haare darunter zu verstecken. Dieses Etwas war ein schwarzer Samtglockenhut, Teil eines Outfits aus den 1920er Jahren, unter dem sich der größte Teil ihres neonroten Haars, wenn auch leider nicht alles, verbergen ließ.

Erste Station: Maschinenraum.

In jedem Hotel, in jedem Restaurant ist die Küche zweifellos der Maschinenraum, das Allerheiligste, in dem der Chefkoch unumschränkter Herrscher ist.

Smudger Smith war dieser Chefkoch, der sein kleines Königreich voll im Griff hatte. Er war ein echter Profi, leidenschaftlich und aufbrausend und sehr stolz auf den Qualitätsstandard seiner Küche. Das bedeutete aber nicht, dass er nicht auch zu feiern verstand. Erst in der Woche zuvor hatte man ihn in inniger Umarmung mit einem Truthahn im Kühlraum gefunden. Als man ihn aus dem Schlummer aufweckte, hatte er irgendwas über ein cooles Mädchen aus Island gemurmelt.

Honey steckte nachdenklich den Kopf zur Küchentür herein. »Alles in Ordnung hier?«

Smudger schlug schwungvoll die Backofentür zu und funkelte sie an, als hätte sie ihn eines Mordes bezichtigt.

»Du willst doch nicht etwa andeuten, ich könnte hier nicht klarkommen?«

»Natürlich nicht.«

Sie wusste, dass sie jetzt besser gehen sollte, aber das aromatische Gemisch aus feinen Düften – Plumpudding, Glühweingelee und Mandelpaste – ließ sie wie angewurzelt stehen bleiben.

»Truthahn schon fertig für den Ofen?« Die Frage war nur ein Vorwand dafür, noch nicht gleich wieder weggehen zu müssen.

Wieder tauchte das wütende Funkeln auf Smudgers rosigem Gesicht auf. »Warum? Zweifelst du an meinen Fähigkeiten? Willst du es lieber selbst machen?«

Ihre Stimme klang ein wenig schrill. »Natürlich nicht.«

Das Letzte, was sie jetzt tun wollte, war, die Leitung einer Restaurantküche zu übernehmen. Im richtigen Leben ging es keineswegs so glamourös zu wie bei den Fernsehköchen. Eine Restaurantküche, das war die Hölle auf Erden!

Sie trat einen Schritt zurück. Smudger machte einen Schritt vorwärts.

»Ich wollte nur mal sehen, ob es dir gutgeht«, sagte sie lahm.

»Natürlich geht es mir gut! Und wenn du jetzt so freundlich wärst, mich meine Arbeit machen zu lassen?«

Sie hielt es für das Beste, ihm Honig ums Maul zu schmieren. »Tut mir leid. Ich weiß ja, dass du unter Druck stehst. Noch ein, zwei Truthahnkeulen mehr, was?«

»Natürlich. Solange sonst alles in Ordnung ist.«

Er zwinkerte, als überlegte er, ihr etwas hinterherzuwerfen. Sie schaute schnell auf die Arbeitsflächen aus Edelstahl. Kein Hackebeil in Sicht. Das war gut.

Mit einem knappen Kopfnicken wandte er sich ab und

ging wie ein Wirbelwind wieder an die Arbeit. Töpfe und Pfannen klapperten, und das Küchenpersonal duckte sich.

Mit der Erwähnung der Truthahnkeulen hatte sie offensichtlich einen wunden Punkt getroffen. Nach beinahe einem Monat mit Firmenweihnachtsfeiern war der Gefrierschrank mit Keulen vollgestopft. Denn die meisten Speisegäste zogen das weiße Brustfleisch vor. Die tiefgefrorenen Truthahnbeine würden bis Mitte April locker reichen. Zunächst hatte sich das Personal gefreut, ab und zu ein, zwei Keulen mit nach Hause zu nehmen. Aber nach all den Weihnachtsfeiern war auch hier eine Grenze erreicht. Jetzt lehnten alle kategorisch weitere überzählige Keulen dankend ab. Man konnte ja nicht andauernd Truthahn-Curry kochen oder essen.

»Gut, dann lasse ich euch machen. Ich schau mal, dass ich für später in Form komme.«

»Ich finde Ihre Form jetzt schon ziemlich gut«, ertönte eine Stimme von der Spüle her. Über den Edelstahlregalen wippte ein mit Lametta verzierter Heiligenschein auf und ab.

Rodney (Clint) Eastwood schrubbte Töpfe und Pfannen, packte Teller in die Geschirrspülmaschine, stellte eine Ladung in die Schränke, ehe er den nächsten Stapel schmutziges Geschirr in die Maschine räumte.

Clint, am ganzen Körper eine wahre Galerie von Tätowierungen, hatte das Ganze noch mit einem jahreszeitlichen Touch gekrönt: einem aus Draht gebogenen Heiligenschein, der mit Lametta und bunten Weihnachtskugeln geschmückt war und auf seinem Kopf klemmte. Er sah aus wie ein etwas zu groß geratener Hauself aus Hogwarts.

»Vielen Dank«, rief sie über die Schulter und überließ die Küche wieder ihren Aufgaben. Als die Tür mit einem Zischen hinter ihr zufiel, stieß sie einen erleichterten Seufzer aus.

Alle mussten mit anfassen, und so wickelte Lindsey hinter dem Empfangstresen Chipolata-Würstchen in Speck ein, die mit einem der unzähligen Truthähne im Ofen gebraten werden sollten.

Außerdem grübelte sie gerade über Mary Jane und ihre Gespenstergeschichten nach und hatte daher nicht sofort bemerkt, dass jemand einen Koffer abgestellt hatte und sich über den Tresen zu ihr herüberlehnte.

»Hi, ich bin Jake Truebody. Sie müssen Lindsey Driver sein.«

Verdutzt ließ Lindsey ein Würstchen in die Ablage mit der Aufschrift »Lieferungen und ausstehende Zahlungen« fallen.

»Tut mir leid. Habe ich Sie erschreckt?«

Hinter einer eulengleichen Brille zwinkerten blaue Augen. Er streckte ihr die Hand entgegen. »Sie fragen sich vielleicht, woher ich Ihren Namen kenne.«

»Ich habe Ihre Reservierung entgegengenommen.« Lindsey lächelte höflich.

Er strahlte sie an. »Oh, ich habe nicht persönlich mit Ihnen gesprochen. Ich habe online reserviert und dann geschrieben. Ich schreibe gern mit der Hand. Es geht doch nichts über das geschriebene Wort, mit einem richtigen Füllfederhalter und Tinte aus der Flasche verfasst.«

»Ah ja, ich habe Ihren Brief gesehen.« Sie zögerte, weil sie nicht sicher war, wie sie seine Blicke deuten sollte. »Sie meinten, Sie hätten meinen Vater gekannt.« Mehr fiel ihr nicht ein.

Er nahm seinen schwarzen Hut ab und strich sich übers Haar.

»Wir haben zusammen ein Unternehmen gegründet. Natürlich wissen Sie nichts davon. Sie waren ja noch ziemlich klein, als er gestorben ist. Ich nehme an, Sie kannten ihn nicht gut.«

»Nein, eigentlich nicht.«

Lindsey war seltsam verlegen und wandte sich ab, vorgeblich, um im Computer nachzuschauen. Normalerweise war sie sehr selbstbewusst, aber der Mann hatte sie aus der Fassung gebracht. Er hatte ihren Vater gekannt. Sie hatte nur sehr wenige Leute getroffen, die ihren Vater gekannt hatten, eigentlich alles Verwandte aus den Vereinigten Staaten. Ab und zu bekam sie eine Geburtstagskarte oder ein Geschenk von jemandem, an den sie sich nicht erinnern konnte. Sie war noch sehr klein gewesen, als ihr Vater ertrunken war. Da hatte der Mann recht.

Sie fand seine E-Mail. »Wenn Sie bitte das Meldebuch unterschreiben und hier auf dem Anmeldeformular in diesen Kästchen Ihre Passnummer und Adresse eintragen würden.«

Er nahm den Kugelschreiber entgegen und kam ihrer Bitte nach.

»Und wenn Sie mir bitte Ihren Pass geben könnten, damit ich die Angaben überprüfen kann …«

Er reichte ihr seinen Reisepass. Die dort angegebene Adresse war in Maine, und er sah mehr oder weniger seinem Passbild ähnlich.

»Das Foto ist nicht ganz neu«, sagte er lachend.

Lindsey lächelte. »Passfotos sind nie besonders schmeichelhaft, nicht?«

Da musste er ihr zustimmen.

Auch die Passnummer stimmte. Es schien alles in Ordnung zu sein.

»Zimmer 36«, sagte sie und reichte ihm den Schlüssel.

Nur einen Augenblick, den Bruchteil eines Augenblicks, hielt er ihre Finger fest und starrte ihr in die Augen.

»Sie sehen Ihrem Vater wirklich ähnlich, Lindsey.«

Es lief ihr ein eiskalter Schauer über den Rücken.

»Ehrlich?«

»Ich würde es nicht sagen, wenn es nicht so wäre.«

»Einen angenehmen Aufenthalt.«

Er dankte ihr und ging in Richtung Treppe.

Sie gab seinen Namen, seine Passnummer und Adresse ins Computersystem ein. Da stand es. Professor Jake Truebody und eine Adresse in Maine. Alles passte – außer seiner Handschrift. Die war ganz ordentlich, aber bei weitem nicht so kunstvoll wie in dem Brief, den ihre Mutter ihr gezeigt hatte.

Seine Ankunft hatte sie nervös gemacht. Ihr Vater hatte in Maine gelebt, und dieser Mann behauptete, ihn gekannt zu haben. Aber stimmte das wirklich? Und was machte er jetzt hier?

Sie sah sich noch einmal das Anmeldeformular an. Die Großbuchstaben waren ziemlich schön geschrieben, aber als Kalligraphie konnte man sie nicht bezeichnen. Für die kunstvolle Schrift im Brief und auf dem Umschlag brauchte man vielleicht mehr Zeit?

Sie fragte sich, ob sie das misstrauische Hirn ihrer Mutter geerbt hatte. Amateurdetektivinnen mussten ja ständig Verdacht schöpfen. Vielleicht war das einfach in ihrer Familie bei allen so, und warum auch nicht? Warum sollte sie kein Sherlock-Holmes-Gen haben?

Plötzlich war sie so neugierig auf ihren Vater wie noch nie.

Später wunderte sie sich darüber, wie impulsiv sie gehandelt hatte. Im Augenblick konnte sie aber nicht anders. Sie wählte die Nummer im Zimmer des Professors.

»Herr Professor, ich habe darüber nachgedacht, dass Sie meinen Vater kannten. Wir müssen uns einmal treffen, Sie und ich. Ich würde gern hören, was Sie und er zusammen gemacht haben – wenn Ihnen das nicht zu große Umstände bereitet.«

Sie merkte, dass er zögerte, und sie überlegte, dass sie ihm auch die Möglichkeit geben musste, ihr Angebot abzulehnen.

»Wenn es Ihnen zu viel Mühe bereitet, dann sagen Sie das bitte.«

»Nein, kein Problem.«

Offenbar entsprach das nicht ganz der Wahrheit, aber sie hatte gefragt, und er hatte ja gesagt.

»Ich könnte Ihnen im Gegenzug vielleicht die Stadt zeigen? Sagen Sie mir einfach, was Sie gern sehen möchten.«

»Das ist sehr freundlich von Ihnen«, antwortete Jake Truebody. »Geschichte ist mein Fach. Deswegen bin ich hier, und, ehrlich gesagt, wäre ich sehr dankbar, wenn mich eine so hübsche junge Dame wie Carl Drivers Tochter herumführt. Aber wenn es Ihnen zu viele Umstände macht ...«

»Überhaupt kein Problem.«

»Dann stimme ich gern zu. Wie kann ich ablehnen, wenn eine so charmante junge Dame anbietet, mich bei der Hand zu nehmen?«

»Quatsch mit Soße«, murmelte Lindsey, als sie den Hörer aufgelegt hatte. Jake Truebody hatte sicher einen Grund für seinen Besuch. Weiß der Himmel, worin dieser Grund bestand. Sie konnte nur hoffen, dass es nichts war, was das Leben ihrer Mutter auf den Kopf stellte.

Fünf

»Mallory und Scrimshaw. Sind wir die Ersten?«

Honey bestätigte das und schenkte ihnen ihr strahlendstes Lächeln. Die Leute, die heute zehn Plätze für eine Firmenweihnachtsfeier plus Übernachtungen für zehn Personen reserviert hatten und schon im Voraus das Abendessen am ersten Feiertag gebucht hatten, waren im Hotel erschienen. Daran hatte sie natürlich nicht gezweifelt. Es war ja alles schon bezahlt. Und Angestellte schauten dem geschenkten Gaul nicht ins Maul. Wenn der Chef zahlte, dann waren alle ausnahmslos mit von der Partie, das war Honeys Erfahrung.

Sie strahlte begeistert weiter.

»Willkommen im Green River Hotel. Wenn Sie sich bitte hier erst eintragen, dann können Sie schon einmal auf Ihre Zimmer gehen. Die Party fängt um acht Uhr an. Sie haben also noch viel Zeit, um sich zurechtzumachen. Ab Viertel nach sieben reichen wir in der Bar ein Glas Champagner auf Kosten des Hauses.«

Das festgetackerte Lächeln drohte inzwischen ihr Gesicht in zwei Teile zu spalten. Der Countdown hatte begonnen. Während der Feiertage waren nur Dauergäste und Teilnehmer an den Weihnachtsessen im Haus. Damit kam man leichter zurecht als mit den vielen Weihnachtsfeiern und den Leuten, die nur kurze Zeit blieben und innerhalb von ein, zwei Tagen ein- und auscheckten.

Der Anblick der Angestellten von Mallory und Scrimshaw erhöhte ihre Festtagsstimmung. Alle – mit Ausnahme einer Frau mit blauschwarzem Haar und kreidebleichem

Teint – waren so rosig im Gesicht wie Engelchen auf einer Pralinenschachtel. Das Wetter war für Dezember eisig. Sonst wurde es in Bath eigentlich erst im Januar richtig kalt. Dieses Jahr bildete eine Ausnahme. Es war Schnee gefallen, und auf dem Avon trieben schon ein paar dünne Eisschollen wie kühle weiße Pfannkuchen. Sogar den Eisbären, der in Bear Flat – einem Stadtteil bei der A37 – auf der Markise einer Kneipe stand, hatte man angeblich bibbern sehen.

»Ich kann das alles gar nicht glauben«, hauchte eine Blondine mit kugelrunden Augen, die sich die Kristallleuchter, die Einrichtung im Stil des Louis Quinze und die zartblauen Wände ansah.

Honey nahm an, dass sie sich auf die geschmackvolle Inneneinrichtung bezog und sagte mit stolzgeschwellter Brust: »Habe ich mitentworfen.«

»Oh, das ist nett.« Die junge Frau schaute ein wenig verwirrt.

Honey war enttäuscht, wenn sie sich auch damit tröstete, dass die Dame, nach ihrer Kleidung zu urteilen, nicht gerade auf höchstes Niveau eingestimmt war.

Einer der jungen Männer aus der Gruppe klatschte die flache Hand auf den Empfangstresen und grinste. »Unsere Samantha ist ein bisschen überwältigt – eigentlich sind wir das alle. Für uns ist das hier eine absolute Premiere, denn bisher hat der Chef an Weihnachten nie so tief in die Tasche gegriffen, dass es für eine Feier gereicht hätte. Schon mal was von Scrooge* gehört?«

»Oder vom Gespenst seines Geschäftspartners Marley?«

---

* Ebenezer Scrooge ist die Hauptperson in Charles Dickens' *Eine Weihnachtsgeschichte,* ein Geizhals, der durch die Begegnung mit dem Geist seines früheren Geschäftspartners Marley und den Geistern der vergangenen, gegenwärtigen und zukünftigen Weihnacht von seinem Geiz kuriert wird.

»Ja, natürlich auch von ihm«, behauptete Honey, der der Name dieses Gespenstes eigentlich entfallen war. »Und wann dürfen wir Mr. Scrimshaw erwarten?«, fragte sie fröhlich.

»Der kommt bald.«

»Und Mr. Mallory?«

»Der ist tot.«

Der überaus selbstsichere junge Mann war sich völlig bewusst, dass all seine Kolleginnen und Kollegen ihm an den Lippen hingen. Er plusterte sich beinahe zu doppelter Größe auf, während er weitererklärte.

»Aber unser Ebenezer Scrooge ist Wirklichkeit und noch wohlauf – glauben wir zumindest.«

Die kleine Gruppe nickte einhellig mit dem Kopf. Witzige Bemerkungen und bissige Kommentare flogen hin und her. Honey vernahm Worte wie Geizkragen, knauserig und raffgierig.

Sie lächelte nur und hörte zu. Auf keinen Fall würde sie irgendeine Meinung äußern. Was sie betraf, so war Mr. Clarence Scrimshaw von Mallory und Scrimshaw in Ordnung. Er hatte ein Fünf-Gänge-Menü bestellt und Zimmer gebucht, so dass die Mitarbeiter, die sicher reichlich dem Alkohol zusprechen würden, hier übernachten konnten. Außerdem war ein Weihnachtsessen für den ersten Feiertag bestellt. Ein Geizkragen? Keine Spur!

»Ich weiß nicht, was in den alten Pfennigfuchser gefahren ist«, sagte der selbstbewusste junge Mann, der sich als David Longborough eingetragen hatte.

»Vielleicht hat er seinem Herzen einen Stoß gegeben?«, schlug Honey vor.

Die blonde junge Frau schniefte verächtlich. »Wusste gar nicht, dass der eines hat.«

Die Bemerkung wurde mit zustimmendem Lachen quittiert. David tätschelte der jungen Dame den blonden Kopf.

»Komm schon, Samantha. Du bist mit dem alten Knacker doch immer ganz gut klargekommen.«

Honey, die erfahrene Hotelbesitzerin, hob den Blick nur ein wenig von den Anmeldeformularen und beobachtete alles, ohne dass es jemand bemerkt hätte. Sie sah, dass Röte auf die Wangen der jungen Frau stieg, und zog daraus den offensichtlichen Schluss, dass der gute alte Scrooge wohl ein Faible für mindestens eine seiner Angestellten hatte.

Gesprächen zuzuhören, während man völlig unbeteiligt wirkte, diese Fertigkeit entwickelte man in der Hotelbranche.

»In Ihren Zimmern können Sie auch Tee oder Kaffee zubereiten«, sagte sie, während sie einem durchgefrorenen Mitglied der Gruppe nach dem anderen das Meldebuch und einen Kugelschreiber unter die Nase hielt.

»Genießen Sie Ihre Party. Ich wünsche Ihnen viel Spaß. Schließlich ist ja bald Weihnachten, Zeit für ein Wohlgefallen für alle Menschen«, sagte Honey fröhlich.

David Longborough lachte glucksend. »Da liegen Sie richtig, Schätzchen. Wir werden es uns richtig gutgehen lassen. So was wird's vielleicht nie wieder geben.«

»Ja«, stimmte ihm eine Frau mit schwarzem Haar und dick aufgetragenem Make-up zu. »Es muss ja einen Grund geben, warum sich unser Chef so völlig untypisch verhält. Wenn ich mir auch wahrhaftig nicht vorstellen kann, worin dieser Grund bestehen könnte.«

Sechs

Mr. Clarence Scrimshaw war viel zu klein für seinen Schreibtisch. Der war außerordentlich reich verziert und aus tiefdunkelrotem Mahagoni, ein Erbstück, das von seinem Großvater, Mr. Percival Charles Scrimshaw, stammte.

Sein Großvater hatte das Unternehmen im Jahr 1898 mit hundert Pfund gegründet, die er, wie die Familiengeschichte berichtete, durch seine Heirat mit einer gewissen Daphne Beatrice Moore, der Tochter eines Bischofs, bekommen hatte. Weitere hundert Pfund waren dazugekommen, als sein Partner, Eamon Mallory, zum Unternehmen stieß.

Das Unternehmen veröffentlichte hauptsächlich Bücher von lokalem Interesse, nostalgische Sachbücher mit Titeln wie »Die Korbrollstühle von Bath und Invaliden im 19. Jahrhundert«, »Eine Geschichte des Bahnhofs von Green Park« oder »Lüsterne Stadtbewohner der Regency-Zeit«.

Letzteres war bisher das erfolgreichste Buch, und der alte Clarence war sehr darauf erpicht, den Autor zu einer zweiten Folge zu überreden – natürlich wieder mit einem anzüglichen Titel. Bath war eine Regency-Stadt, und man konnte sich darauf verlassen, dass jeder, der etwas mit dem vierten Hannoveraner-König zu tun hatte, ein ziemlicher Draufgänger gewesen war.

Leider war Arthur Lovell, der Verfasser dieses Einblicks in die Regency-Zeit, nicht mehr zur Hand, es sei denn man engagierte ein Medium, um mit ihm im Jenseits Kontakt aufzunehmen. Arthur hatte bei dem Versuch, eine Katze aus der Mündung des Avon zu retten, ein trauriges Ende gefunden. Die Katze hatte überlebt, indem sie elegant über

Arthurs Leiche an Land trappelte, während er langsam im Schlamm des Avon versank.

Das Büro von Mallory und Scrimshaw lag an einer schmalen Gasse, die auf einen von alten Gebäuden umsäumten schattigen, gruftähnlichen Innenhof führte. Cobblers Court hatte sich im Laufe der Jahrhunderte kaum verändert, wenn man einmal von der besseren Kanalisation und den Plastikregenrinnen absah. Im Inneren der Gebäude war auch noch alles beim Alten.

Obwohl man Computer und Innentoiletten hatte einführen müssen, dazu alles andere, was man so im 21. Jahrhundert für die Veröffentlichung von Büchern benötigte, herrschte in den Geschäftsräumen von Mallory und Scrimshaw noch die düstere Atmosphäre einer längst vergangenen Zeit. Draußen hing schief an einer Mauer eine alte Gaslaterne, die man längst auf Elektrizität umgestellt hatte. Drinnen knarrten die Dielen bei jedem Schritt, und die Wände waren uneben und hellbeige gestrichen.

Nicht dass irgendetwas davon dem alten, unglücklichen Mr. Clarence Scrimshaw etwas bedeutet hätte.

Sein Schreibtisch hatte ihn immer winzig aussehen lassen, wenn er dahinter saß. Aber jetzt saß er nicht. Sein Körper lag ausgestreckt auf der Tischplatte, der Griff eines Brieföffners ragte ihm aus einem Ohr, und Blut tropfte auf ein genau an der richtigen Stelle platziertes Blatt Löschpapier.

Eine behandschuhte Hand hatte das Löschpapier dort hingelegt, und ein verschlagener und rachsüchtiger Mörder hatte im Stillen darüber gelacht, mit was für archaischen Gegenständen der alte Junge sich doch umgab. Die meisten hätte man längst wegwerfen sollen. Füllfederhalter? Löschpapier?

Der Job war erledigt. Zeit zum Gehen.

Die Dielen und die alte Treppe knarrten unter den Schritten dieses Menschen, als er das Gebäude verließ. Die Wände waren immer noch uneben und langweilig. Nichts auf der Welt hatte sich geändert, außer dass Clarence Scrimshaw nicht mehr lebte.

Ein kalter Nebel hatte sich auf Cobblers Court herabgesenkt und ließ einen die uralte Laterne und die wenigen noch verbliebenen Lichter im Gebäude gegenüber nur noch verschwommen erkennen. Dort erledigten die Putzfrauen ihre Arbeit in den Büros im ersten Stock. In der Etage darüber brannten die Lichter hell, und man sah Leute hin und her gehen. Ein Transparent, das man von innen über die Fenster gehängt hatte, verkündete, dass dort kürzlich ein Frisörsalon aufgemacht hatte.

Unten im Cobblers Court trat eine in einen Umhang gehüllte Gestalt aus der Tür von Mallory und Scrimshaw, bog rasch in die Gasse ein und verschwand dann im Nebel.

Anna, die junge polnische Frau, die am Empfang des Green River Hotel aushalf, leitete ein Gespräch auf Zimmer 18 weiter, ohne sich den Namen und die Telefonnummer des Anrufers aufzuschreiben. Normalerweise machte man das, falls jemand zurückrufen wollte und die Nummer vergessen oder verlegt hatte.

Anna war aber nicht in der Stimmung, pedantisch alle Regeln zu befolgen. Sie war beinahe neun Monate schwanger und hatte in letzter Zeit ein bedrohliches Zwicken verspürt. Aber sie wollte auf keinen Fall aufgeben. Sie wollte doch all die Feierlichkeiten zu Weihnachten nicht verpassen.

Oben in seinem Zimmer trat Mr. Paul Emmerson, der Buchhalter von Mallory und Scrimshaw, einen Trampelpfad in den Teppich. Seine Frau saß auf dem Bett, beobachtete ihn und warf ihm aus ihren dunklen Augen wütende Blicke zu. Der Anruf war für ihn gewesen.

»Das war *sie,* nicht wahr?«

Er nickte, ohne den Blick zu heben, hielt die Augen fest auf seine auf und ab gehenden Füße geheftet.

Sie stieß ein verächtliches Geräusch aus. »Dann lass *ihn* doch die Sache klären. Er hat den Vertrag aufgesetzt und nicht du.«

»Die ist hartnäckig, das muss man ihr lassen. Sie hat mich angerufen, weil sie ihn im Büro nicht erreicht hat.«

»Er muss ja auch längst dort weggegangen sein. Er sollte inzwischen hier im Hotel angekommen sein.«

Paul Emmerson blieb unvermittelt stehen.

Susan Emmerson zuckte zusammen, als sie den Blick sah, den er ihr zuwarf. Verachtung stand darin geschrieben.

»Du glaubst doch nicht etwa, dass er hier auftauchen wird? Er hasst Feiern.«

»Aber er hat schließlich schon alles bezahlt. Warum sollte er da nicht kommen?«

Ihr Mann schüttelte den Kopf, während er seine Frau mitleidig ansah. »Denkst du wirklich, dass der all das hier bezahlt hat?«

Ein verwirrtes Stirnrunzeln betonte die feinen Fältchen, die 45 Jahre in die Haut seiner Frau eingegraben hatten. »Aber das muss er doch. Wenn er es nicht getan hat, wer dann?«

Er zuckte die Achseln. »Wen schert es? Wie man so schön sagt: Einem geschenkten Gaul schaut man nicht ins Maul. Und der alte Scheißkerl schuldet mir noch was. Verdammt, der schuldet mir noch was.«

In Zimmer 19, gleich nebenan von Mr. und Mrs. Emmerson, gab sich David Longborough alle Mühe, seiner Kollegin die Zunge so tief wie möglich in den Hals zu rammen.

Samantha Brown befreite sich in dem Augenblick aus

seiner Umarmung, als seine Hand sich seitlich in ihr schulterfreies Kleid stehlen wollte, ein dunkelgrünes Modell, das ihre größten Aktivposten nur eben gerade noch unter Kontrolle hielt.

»Willst du mich nicht, Baby?« Er wirkte verletzt und setzte wieder das Kleine-Junge-Gesicht auf, mit dem er sie schon früher herumgekriegt hatte.

Sie hielt ihn auf Armeslänge von sich. »Es geht jetzt nicht um Sex, und das weißt du verdammt gut.«

»Böses, böses Mädchen.« Er tippte ihr mit dem Finger auf die Lippen. »Der gute alte Clarence würde sicher gar nicht gern hören, dass du so unartige Wörter verwendest, süße kleine Samantha.«

»Es ist alles deine Schuld. Wenn du mich nicht dazu überredet hättest …«

Ihre glatte Stirn kräuselte sich, und ihre glänzend geschminkten Lippen schmollten.

»Wenn das jemand rauskriegt …«

»Niemand kriegt es raus, und wenn sie's rauskriegen, sind wir längst über alle Berge. Wir gehen nach London. Da finden wir bestimmt sofort einen Job bei einem Verlag. Da nehmen sie jeden.«

Samanthas Stirn war noch immer umwölkt. »Ich habe Angst, was wir getan haben, könnte für uns wirklich böse Folgen haben. Wir könnten im Kittchen landen.«

David Longborough liebkoste ihr beruhigend die Schultern. Das Letzte, was er wollte, war, dass sie jetzt ernst wurde. Lieber wäre ihm gewesen, sie würde nur noch an Sex denken. Er hatte sich das ganze Jahr darauf gefreut. Jetzt war die Zeit reif. Er hatte sich so viel Mühe gegeben, auf diese Verführung hinzuarbeiten, und schließlich war bald Weihnachten. Zeit, dass der kleine David sein Geschenk auspacken durfte.

»Ach, mach schon. Jetzt ist Zeit zum Feiern! Wir haben gesagt, wir würden das alles hier genießen, und das tun wir, oder? Stimmt's? Nun lächle mal für mich.«

Ihre Stirn glättete sich. Sie lächelte ein wenig zögerlich, aber zumindest lächelte sie, und das hatte sich David Longborough wirklich sehr gewünscht.

Er verspürte erneut heftiges Begehren. Der kleine Feger hatte ihn das ganze Jahr über hingehalten. Sie hatte wohl gedacht, sie hätte die Zügel in der Hand, alles würde nach ihrer Pfeife tanzen. Da irrte sie sich gewaltig. Jetzt hatte er sie – oder würde sie zumindest sehr bald haben.

Er umarmte sie wieder, aber Samantha Brown hielt ihn auf Abstand.

»Nur noch eines«, sagte sie, ehe er sie wieder küsste. »Deine Zunge schmeckt nach Knoblauch. Es wäre mir lieber, wenn du sie bei dir behalten könntest.«

Es war halb fünf, und in Zimmer 20 genoss Mrs. Janet Finchley die tiefe Badewanne und die unerschöpflichen Heißwasservorräte des Hotels in vollen Zügen. Sie hatte sich auch die Handtücher angesehen und für gut befunden. Insgesamt war sie recht zufrieden mit dem Zimmer und seinen Annehmlichkeiten. Sie hoffte, dass das Essen auch köstlich sein würde, aber wie sie Clarence kannte, würde es das sein. Er bestand stets darauf, dass er so viel wie möglich für sein Geld bekam.

Kaum hielt sie ihren Zimmerschlüssel in der Hand, da hatte sie die anderen am Empfang stehenlassen. Sie freute sich darauf, allein zu sein. Sie wollte sich für die Ankunft von Clarence Scrimshaw vorbereiten.

Die ganze Sache war eine große Überraschung gewesen. Sie hatte es noch nie zuvor erlebt, dass Clarence Geld für die Bewirtung von Angestellten ausgab. Vielleicht hätte sie mehr in Erfahrung bringen können, hätte sie nicht die letzten zwei Wochen bei ihrer Schwester in Bournemouth Ferien gemacht. Manchmal sprach Scrimshaw ja offen mit ihr und verriet etwas über seine Pläne. Die meisten bezogen sich auf die Arbeit, aber gelegentlich erzählte er ihr auch etwas aus seiner Kindheit und von den alten Zeiten, als Eamon Mallory noch lebte.

»Was sind also Ihre Pläne für Weihnachten?«, hatte sie ihn bei ihrer Rückkehr gefragt.

Seine Augen hatten hinter seiner Nickelbrille hervorgestrahlt, und ein gemeines Lächeln war über seine Lippen gehuscht.

»Nichts Außergewöhnliches«, hatte er geantwortet. »Weihnachten ist ein Tag wie jeder andere. Und wieder ist ein Jahr vorbei.«

»Ich glaube, dieses Jahr werden Sie uns alle überraschen«, hatte sie gesagt und ihn angelächelt, so wie sie es Samantha Brown abgeschaut hatte. »Sie verdienen einmal ein fröhliches Weihnachtsfest, Mr. Scrimshaw. Nach all der harten Arbeit, die Sie das ganze Jahr über getan haben.«

Seine dünnen Lippen hatten sich zu einem Lächeln verzogen. »Ich weiß, was ich verdiene, Mrs. Finchley, und ich belohne mich entsprechend.«

»Und zwar wie?«

Er tippte sich mit dem Zeigefinger an die Lippen. »Das ist ein Geheimnis, Mrs. Finchley. Ein streng gehütetes Geheimnis.«

Er wollte es also geheim halten. Alle anderen schienen bereits eingeweiht zu sein, wenn auch niemand es laut aussprach. Es wurde nur getuschelt. Für sie war all diese Geheimniskrämerei eine Enttäuschung gewesen. Sie mochte es gern, wenn Mr. Scrimshaw sie ins Vertrauen zog, aber sie wollte die Einzige sein, die er einweihte. Diesmal wussten alle Bescheid, redeten aber nicht darüber. Nur die jungen Frauen schwatzten davon, was sie anziehen würden, und die jungen Männer brüsteten sich, was für Saufgelage sie schon bei Firmenweihnachtsfeiern miterlebt hatten.

Während das heiße Wasser in die Wanne sprudelte, hatte sie die stark parfümierten Körperpflegeartikel aufgereiht, die sie mitgebracht hatte. Erst kippte sie eine halbe Flasche feuchtigkeitsspendendes Schaumbad ins Wasser. Auf der Flasche stand zwar, dass ein Schraubdeckel voll reichen würde, aber hier ging es ja um einiges. Ihre Augen strahlten bei der Aussicht, endlich den Mann für sich zu gewinnen, an den sie ihr Herz gehängt hatte.

Während der Schaum sich immer höher auftürmte, stellte sie noch eine Flasche mit teurer Körperlotion neben das Shampoo, die Haarspülung und das Deodorant.

Sie schaute sich das Arrangement mit einem leicht mulmigen Gefühl an, weil sie den Verdacht hatte, dass etwas Wichtiges fehlte.

»Parfüm!«, rief sie, und das Herz klopfte ihr beim bloßen Gedanken aufgeregt in der Brust. Sie, Janet Finchley, schwelgte in parfümiertem Luxus. Wie sollte es nur mit ihr weitergehen?

Nur um nachzusehen, dass sie das Parfüm da abgestellt hatte, überprüfte sie noch einmal den Frisiertisch im Schlafzimmer. Genau, da war das Parfüm. Sie wollte es großzügig über sich verteilen, sobald sie gebadet hatte.

Sie kleidete sich vor dem Ganzkörperspiegel aus, drehte und wendete sich hin und her und kam zu dem Ergebnis, dass sie für ihr Alter keine schlechte Figur hatte. Clarence würde nicht enttäuscht sein. Sie war sicher, dass er, wenn sie ihn erst einmal kompromittiert hatte, wie Wachs in ihren Händen sein würde. Ein Mann wie er würde sich ja seinen Ruf nicht ruinieren wollen, oder?

Sie ließ sich in den dampfenden Schaum sinken. Die Schaumberge schlossen sich über ihr, während sie es sich mit einem tiefen Seufzer im Bad gemütlich machte.

Inzwischen hatte er bestimmt die Weihnachtskarte gefunden, die sie ihm auf den Schreibtisch gelegt hatte. Nachdem er die gelesen hatte, würde er sicherlich keinen Zweifel mehr hegen, was sie von ihm wollte und was passieren würde, wenn er nicht beipflichtete.

Schönes Wort, beipflichten. Das war wohl Juristensprache für zustimmen. Und er würde zustimmen müssen. Er hatte gar keine Wahl mehr, und wenn er erst ihr Parfüm gerochen hatte …

Sieben

Lindsey hatte Dienst am Empfang, als die Emmersons aus dem Haus gingen. »Wir müssen meine Mutter besuchen. Sie ist ins Krankenhaus eingeliefert worden«, erklärte Paul Emmerson. »Wir sind hoffentlich nicht lange weg. Wir hatten schon oft solche kleinen Notfälle.«

Sie warfen den Zimmerschlüssel in den Schlitz im Empfangstresen, und schon waren sie weg.

Zugluft wehte herein, als die Tür hinter ihnen zufiel, und brachte die ordentlich auf einem Beistelltisch aus dem 18. Jahrhundert gestapelten Broschüren durcheinander.

Lindsey drehte die Augen gen Himmel, hoffte, dass sie nicht noch weiter wegflattern würden, und ging sie aufheben.

Als sie sich wieder aufrichtete, erspähte sie durch das Fenster neben dem Tischchen Mr. und Mrs. Emmerson. Die beiden standen vor dem Hotel und schienen sich zu streiten. Was immer das Ergebnis der Auseinandersetzung war, keiner von beiden sah sonderlich erfreut aus. Sie wandten einander den Rücken zu und marschierten in entgegengesetzte Richtungen davon. Lindsey war gerade vom Fenster zurück an den Empfangstresen gegangen, als Mrs. Finchley die Treppe herunterkam. Ihr Gesicht glühte rosig, und sie zog eine Duftwolke hinter sich her, die ziemlich stark und teuer roch.

»Ich muss noch mal weg«, sagte sie aufgeregt. »Frische Luft schnappen. Hier ist mein Schlüssel.«

Sie wäre beinahe mit Mary Jane zusammengestoßen, die sofort die Gelegenheit ergriff und sich vorstellte.

»Hallo. Ich bin Mary Jane Porter. Ich weiß nicht, ob Sie es schon gesehen haben, aber wenn Sie über Weihnachten hier sind, interessiert es Sie vielleicht, dass ich nach dem Abendessen am ersten Feiertag eine Veranstaltung plane, bei der Gespenstergeschichten vorgelesen und erzählt werden. Eigentlich sollte sie am zweiten Feiertag stattfinden, aber dann sind ja oft schon die ganze Festtagsstimmung und der Zauber verflogen, finden Sie nicht? Kann ich mit Ihnen rechnen?«

Die Frau schaute sie leicht verdattert an, als hätte man sie plötzlich in eine Wirklichkeit katapultiert, von der sie bis dahin nicht einmal etwas geahnt hatte.

»Gespenstergeschichten?«

»Ja. Weihnachtliche. Die meisten sind von Autoren aus Bath und Umgebung, zum Beispiel von Patricia Pontefract, und natürlich lesen wir auch ein paar amerikanische Geschichten. Das wird ein großer Spaß. Ich habe sogar einen Sponsor, einen Verlag aus Bath, hauptsächlich, weil eine seiner Autorinnen eine ganze Sammlung von Gespenstergeschichten geschrieben hat …«

Mrs. Finchley erstarrte.

»Ein Verlag aus Bath? Und Sie wollen eine Geschichte von Patricia Pontefract vorlesen?«

Mary Jane stimmte energisch zu. »Genau. Also, kommen Sie?«

Die Frau nickte. »Wenn ich kann. Ganz bestimmt.«

Lindsey hatte alles beobachtet. Mrs. Finchley wollte unbedingt aus dem Haus. Mary Jane hatte sie daran gehindert, wenn auch nur für kurze Zeit.

»Unerwiderte Liebe«, verkündete Mary Jane, als sie ihre Tasche auf den Empfangstresen stellte und ihren Schlüssel entgegennahm. »Im Leben dieser Frau gibt es einen Mann, der noch nicht einmal gemerkt hat, dass sie existiert.«

»Woher weißt du das denn? Hast du ihr aus der Hand gelesen?«

Mary Jane war eine große Freundin von Tischrücken, Astrologie und anderen seltsamen Dingen. Handlesen war erst kürzlich dazugekommen.

»Nein.« Mary Jane schüttelte den Kopf und nahm ihre vollgestopfte Tasche wieder an sich, ein schrill pinkes Teil, das an den Ecken grüne Troddeln hatte. »Keine Frau würde so viel teures Parfüm benutzen, wenn sie nicht ihr Auge auf einen Mann geworfen hat. Und Mannomann, das war sündhaft teures Parfüm!«

Samantha Brown, die offiziell in Zimmer 16 übernachtete, aber von David in sein Zimmer befohlen worden war, weil er sich von ihr ein besonderes Weihnachtsgeschenk erhoffte, kam weinend die Treppe heruntergestürzt.

Als Lindsey das sah, eilte sie sofort hinter dem Tresen hervor.

»Ist was passiert?«, fragte sie. »Kann ich Ihnen irgendwie helfen?«

Samantha Brown schüttelte den Kopf und drückte sich ein Papiertaschentuch an die Nase, was ihr eine gewisse Ähnlichkeit mit Miss Piggy verlieh.

»Samantha!«

Das hatte David Longborough gerufen, der ihr folgte und mit seinen langen Beinen zwei Stufen auf einmal nahm, wobei ihm sein kastanienbraunes Haar in die Stirn fiel.

Lindsey musterte ihn kritisch. Typen wie den kannte sie. Er hatte einen Hauch von Eton, dieses lässige Selbstbewusstsein, das einem nur eine teure Privatschule vermittelte. Sie spürte jedoch, dass sein Charakter noch eine andere Seite aufwies. Sie wäre jede Wette eingegangen, dass er auch den schnellen Witz eines gerissenen Cockney-Jungen hatte.

Seltsam, dass er in einem Verlag arbeitete. Politik oder die Börse hätte viel besser zu ihm gepasst.

Samantha Brown schüttelte die Hand ab, die sie festzuhalten versuchte. »Lass mich in Ruhe, David. Ich gehe einkaufen.«

Sie flitzte aus dem Hotel. Er stand da und schaute hinter ihr her, und sein Gesichtsausdruck war zu finster, um nur auf Enttäuschung zurückzuführen zu sein. Er war nicht enttäuscht, er war wütend.

Das Green River Hotel mischte sich grundsätzlich nicht ins Privatleben seiner Gäste ein, und Lindsey hatte sicherlich nicht die Absicht, damit jetzt anzufangen. Sie trat rasch wieder hinter den Empfangstresen und fühlte sich gleich sehr viel besser.

Mary Jane allerdings war von Geburt an neugierig. Sie konnte einfach nicht anders.

Wie der Erzengel, der den Eingang zum Paradies bewacht, stand sie statuengleich zwischen Longborough und der Tür.

»Kennen wir uns schon?«, fragte sie ihn.

Diese Frage hatte Lindsey nicht erwartet. Nach Longboroughs Gesichtsausdruck zu urteilen, war er genauso überrascht. Die Frage schien ihn völlig aus der Bahn zu werfen.

»Was?«

»Ihr Gesicht kommt mir irgendwie bekannt vor«, sagte Mary Jane, die Augen halb geschlossen, während sie sich mit dem Daumen und dem Zeigefinger übers Kinn strich, als versuchte sie, sich daran zu erinnern, wo sie dem jungen Mann schon einmal begegnet war.

»Ich wüsste nicht, wo ich Sie kennengelernt haben sollte, Mrs. …?«

»Mary Jane Porter. Ich bin aus den Vereinigten Staaten. Genauer gesagt, aus Kalifornien.«

»Darauf wäre ich nie gekommen«, erwiderte er. Sein Sarkasmus war zwar gezügelt, aber doch deutlich zu spüren.

»Ja, ja … Ich habe das bestimmte Gefühl, Sie schon einmal irgendwo gesehen zu haben. Sind Sie hier aus der Gegend?«

»Wie?«

Es war offensichtlich, dass er an ihr vorbeiwollte, aber bei jedem Schritt, den er zur Seite machte, bewegte sie sich sofort in die gleiche Richtung und versperrte ihm erneut den Weg. Links, rechts, links, rechts.

»Die Familie meines Vaters stammt aus London. Genauer gesagt aus Tottenham.«

»Das hatte ich erwartet.«

»Die Familie meiner Mutter kommt hier aus dieser Gegend.«

»Ach, wirklich?«

Jetzt schaute Mary Jane ihn sehr konzentriert an, und er hatte überhaupt keine Chance mehr, die Tür zu erreichen.

»Entschuldigung. Kann ich mal vorbei? Ich möchte meine Freundin einholen. Sie braucht mich.«

»Sie sah ziemlich bestürzt aus. Ich denke nicht, dass sie das jetzt gebrauchen kann – so bestürzt zu sein, meine ich.«

»Ehrlich gesagt, das geht Sie einen feuchten Kehricht an.«

»Wie hieß Ihre Mutter mit Mädchennamen?«

Er würde nicht an Mary Jane vorbeikommen, wenn die das nicht wollte. Sie hatte den Vorteil, groß und schlaksig zu sein. Sie konnte viel Raum einnehmen.

Longborough funkelte sie wütend an, hatte seine langen Hände wie Klauen in die schmalen Hüften gestützt. Er sah nicht gerade begeistert aus.

»Also. Obwohl es Sie eigentlich nichts angeht: Meine Mutter war eine Reynolds, und ihre Familie lebt schon seit Urzeiten hier. Okay? Sind Sie jetzt zufrieden?«

Mary Jane riss vor Überraschung die Augen weit auf. »Wirklich? Das ist aber mal was!«

Die Miene des jungen Mannes erstarrte. Es war, überlegte Lindsey, als hätte Mary Jane, das hoteleigene Medium, ein finsteres Familiengeheimnis angedeutet. Worin es auch immer bestehen mochte, Longborough schlängelte sich mit Höchstgeschwindigkeit an ihr vorüber und flitzte zur Tür hinaus.

»Ich komme wieder«, rief er ihr noch über die Schulter zu.

Mary Jane stützte einen Ellbogen auf den Empfangstresen, nestelte an dem puscheligen rosa Hut herum, den sie trug, und runzelte nachdenklich die Stirn.

»Woher kennst du ihn denn?«, erkundigte sich Lindsey.

Mary Jane richtete sich auf und klatschte mit einer langen, knochigen Hand auf die Tischplatte. »Ich habe ihn selbst nie kennengelernt, aber ich habe ein Ölgemälde von einer Vorfahrin seiner Mutter gesehen. Er ähnelt ihr sehr. Ich weiß auch, dass eine der Vorfahrinnen seiner Mutter für den Tod eines guten Mannes verantwortlich war. Man hatte diesen Mann des Mordes angeklagt, und er wurde zum Tod durch den Strang verurteilt. In Wahrheit hatte er zur fraglichen Zeit in ihren Armen gelegen, hat dies aber niemals verraten. Anscheinend war sie die Frau seines besten Freundes. Nach der Hinrichtung besuchte sie immer wieder, in einen langen schwarzen Schleier gehüllt, sein Grab. Das tat sie ihr Leben lang – und auch danach.«

Acht

Die Weihnachtsfeiern liefen wunderbar. Im Restaurant waren über siebzig Leute, die sich blendend amüsierten und zwischen den Tischen und der Bar hin und her wuselten.

Honey hatte ein paar Aushilfen eingestellt, aber es gab trotzdem immer wieder Engpässe. Also musste Honey kellnern und Lindsey an der Bar arbeiten.

Zwischendurch bot Honey denjenigen Mitarbeitern der Firmen, die bei ihr die Veranstaltung gebucht hatten, Getränke auf Kosten des Hauses an. Die lehnte niemand ab. Nur Clarence Scrimshaw von Mallory und Scrimshaw konnte sie nicht finden, um ihm auch etwas zu spendieren.

»Einen kostenlosen Drink gespart«, murmelte sie vor sich hin und schenkte sich zum Ausgleich selbst einen ein.

Es wurde bis Mitternacht getanzt und ein wenig länger fröhlich gezecht. Die letzten Nachteulen schlichen gegen drei Uhr morgens ins Bett.

Honey und ihre Tochter Lindsey schleppten sich hundemüde in ihr Wohnhaus.

»Falle ich über meine eigenen Füße oder stolpere ich über die Ringe unter meinen Augen?«, fragte Honey leise, als sie endlich daheim waren.

»Sowohl als auch«, murmelte Lindsey, ehe sie ins Bett schlurfte.

Am nächsten Tag kam das große Aufräumen, und es war wirklich viel sauberzumachen.

Mutter und Tochter unterhielten sich bei der Arbeit. Im Augenblick ging es um Jake Truebody, den Mann mit der eleganten Handschrift, der behauptete, ein Freund von Honeys verstorbenem Ehemann zu sein.

»Ich kann mich nicht an ihn erinnern. Ich kenne ihn nicht, und ich werde mir auch keine besondere Mühe geben, mich mit ihm anzufreunden.«

Während Honey das sagte, kam sie rückwärts unter einem Tisch hervorgekrochen, wo eine kalte Röstkartoffel zerquetscht und einsam gelegen hatte. Mit dem Löffel weggekratzt, landete sie nun in einem schwarzen Müllsack, zusammen mit den anderen Überresten der Party.

Ihr Kommentar war die Antwort auf Lindseys Bericht von der Ankunft des Professors. Wie er auf einmal erschienen war wie ein Gespenst, mit seinem schwarzen Hut, der Hornbrille, eindeutig ein Universitätsprofessor.

Bisher hatten sie nur kurz über ihn geredet, weil ihnen beiden nicht ganz wohl war, wenn sie an ihn dachten. Honey mochte ihn wegen der Verbindung zu ihrem Ehemann nicht erwähnen. Lindsey war sich noch nicht im Klaren, wie sie zu dem Mann stand. Irgendwie fühlte sie sich zu ihm hingezogen, weil er ihren Vater gekannt hatte. Andererseits hatte sie instinktiv ein ungutes Gefühl. Bisher hatte sie ihre Sorgen noch nicht angesprochen, denn sie wollte sie erst analysieren und herausfinden, woher sie kamen.

»Aber er ist *kein* Gespenst«, sagte Honey. Sie fügte nicht hinzu, dass sie sonst sicher einen Exorzisten rufen würde.

»Wir werden hier im Hotel jede Menge Gespenster haben, wenn Mary Jane erst mal mit ihren Geschichten anfängt. Dann werden alle behaupten, eines gesehen zu haben.«

»Da könntest du recht haben«, sagte Honey. Sie stöhnte auf, als sie mit dem Knie in einem Stück Schokoladentorte landete. Was für eine Verschwendung!

Lindsey wechselte das Thema. »Ich habe in der Zeitung

gelesen, dass inzwischen fünfzig Rentiere rote Nasen haben. Die Künstler sind ziemlich sauer. Ich wüsste zu gern, wer so was macht.«

»Und warum«, fügte Honey hinzu. »Was soll das?«

»Vielleicht ist jemand wegen irgendwas wütend?«

»Könnte sein. Man fragt sich auch, wo er so viele rote Nasen herbekommt.«

»Der hat offensichtlich einen Vorrat, oder er stellt sie selbst her.«

»Das größte Problem ist ja der Sekundenkleber. Man kriegt die Dinger kaum wieder ab. Die von der Stadt können gar nicht Schritt halten mit ihm. Wenn sie eine entfernt haben, tauchen woanders fünf neue auf. Das nimmt kein Ende«, sagte Honey mit einem Seufzer. »Und das hier auch nicht. Wie können siebzig zivilisierte Menschen beim Essen so viel Dreck hinterlassen?«

»Mach dir nichts draus. Das waren die Letzten«, tröstete Lindsey sie.

»Halleluja Amen. Zum Glück. Aber trotzdem toll, diese Büroweihnachtsfeiern. Das Beste dran ist, wie viel Geld sie einbringen. Das Schlimmste ist, dass man am Morgen danach aufräumen muss.«

Sie schaute den neuen Müllsack an, als würde sie ihn am liebsten in tausend Stücke reißen, was der Wahrheit ziemlich nahe kam. Sie hatten schon zwei Säcke randvoll gefüllt, und sie würden mindestens noch zwei weitere brauchen, ehe die Reste des Gelages vom Vorabend beseitigt waren.

Verschüttete Soße und Kleckse von gebackener Alaskatorte und Weihnachtspudding wurden mit extrastarken Küchentüchern aufgewischt. Weihnachtliche Knallbonbons, leere Weinflaschen, zusammengeknüllte Servietten und ein Paar schwarze Netzstrümpfe, alles wanderte in den schwarzen Müllsack.

Lindsey hielt mit spitzen Fingern einen winzigen Slip in die Höhe. »Ich hoffe, die Dame hatte noch einen Ersatz dabei.«

»Oder sie ist hart im Nehmen«, fügte ihre Mutter hinzu. »Draußen sind zwei Grad minus.«

»Das sind robuste Typen. Die Leute von Mallory und Scrimshaw haben es sich richtig gutgehen lassen. Die haben bis kurz vor drei noch gezecht, waren wild entschlossen, ordentlich einen draufzumachen. Ihr Chef ist anscheinend nicht dafür bekannt, dass er es Weihnachten übertreibt – oder, wenn man ihnen Glauben schenken kann, zu irgendeiner anderen Jahreszeit. Und diesmal hat er sogar noch ein Essen am ersten Weihnachtstag gebucht.«

Honey band den prallvollen Müllsack zu. »Also, ich bin ganz begeistert von Mr. Clarence Scrimshaw. Der hat für die Finanzlage des Green River Hotel wahre Wunder gewirkt. Und einem geschenkten Gaul schaut man nicht ins Maul. Seine Leute haben sich, im Gegensatz zu einigen anderen, gestern Abend recht ordentlich benommen, und ich denke, am ersten Feiertag wird das auch nicht anders sein. Ab jetzt läuft alles wie am Schnürchen«, erklärte Honey mit fröhlicher Stimme und einem Hauch frischer Energie.

Schon bald folgte völlig überraschend das erste Anzeichen dafür, dass hier nur der Wunsch der Vater des Gedankens war.

Anna kam aus der Bar gewatschelt und stand höflich und ruhig da, bis jemand sie bemerkte. Das blonde Haar hatte sie sich mit einer rosa-weiß karierten Schleife zurückgebunden, und eine rosa Strickjacke spannte über ihrem Neun-Monats-Bauch.

»Mrs. Driver. Da ist ein totes Pferd in der Bar.«

Anna war eine echte Alleskönnerin und stammte aus Polen. Ihr Englisch hatte sich zwar sehr verbessert, aber ab und zu verwechselte sie doch mal ein Wort. Honey ging davon aus, dass heute so ein Tag war, und lächelte ihr verständnisvoll zu. »Versuch's noch mal.«

»Da ist ein Pferd«, beharrte Anna und runzelte die Stirn ein wenig. »Es ist ganz bestimmt ein Pferd. Es hat vier Beine, einen Schwanz, Knopfaugen und einen roten Zinken.«

»Zinken?«

»Nase.«

»Ah ja.«

Honey blieb dabei, dass, wie sie zunächst vermutet hatte, Annas Sprachkenntnisse ein wenig unvollkommen waren, und ließ sich Zeit, ehe sie sich auf den Weg machte, um die Lage zu sondieren. Außerdem war die Party gestern Abend doch recht wild gewesen. Sie musste sich um die Überreste des Vorabends kümmern, zum Beispiel unbedingt sofort das Blätterteigpastetchen zwischen den Werbebroschüren für eine Veranstaltung im Römischen Bad herauspulen.

Während sie zwischen dem Restaurant und der Bar hin- und herflitzte, wurde sie am Empfang von einem Gast vom vergangenen Abend aufgehalten. Sie erkannte die Frau, sie hatte zu der Gruppe von Mallory und Scrimshaw gehört.

Sie sprach mit leiser Stimme und sah besorgt aus. »Es geht um unseren Chef, Mr. Scrimshaw. Ich mache mir Gedanken, weil ich ihn gestern Abend nicht gesehen habe. Ich nehme an, er ist sehr spät eingetroffen. Ist er schon vom Zimmer heruntergekommen?«

»Nein, tut mir leid.«

Die Frau war recht üppig gebaut. Sie würde wohl kaum jemals eine Mahlzeit ausfallen lassen und aß gern – nicht dass Honey ihr das übelgenommen hätte. Ganz im Gegenteil, das machte sie ihr sofort sympathisch.

Honey drückte Mitgefühl aus. »Oje.«

Wahrscheinlich hatte die Frau am Vorabend nicht so viel

getrunken wie die anderen. Die hatten sich ja redlich Mühe gegeben, den Keller leerzusaufen. Deswegen würden sich wohl nicht so viele heute Morgen zum Frühstück Speck, Würstchen und eine doppelte Portion Eier schmecken lassen. Die Dame, eine Mrs. Finchley, wenn sie sich recht erinnerte, würde möglicherweise ihr einziger Frühstücksgast sein.

In Mrs. Finchleys Augen lag eine leise Hoffnung, vielleicht das sehnliche Verlangen, Mr. Scrimshaw noch vor dem Frühstück zu erwischen. Aber es konnte natürlich auch etwas anderes sein.

Mrs. Finchley runzelte die Stirn und nestelte am Schulterriemen ihrer Handtasche herum. »Wo er wohl ist?«

»Vielleicht schläft er seinen Rausch aus?«, sagte Honey mit einem freundlichen Lächeln. Das sagte man doch gewöhnlich, wenn Leute ein Fest gefeiert haben.

Mrs. Finchley fand das gar nicht komisch.

»Mr. Scrimshaw trinkt nicht!«

Das war neu. Gestern Abend war es Honey so vorgekommen, als hätten die Leute von Scrimshaw und Mallory nicht getrunken, sondern gesoffen. Andererseits wusste sie nicht, wie dieser Mr. Scrimshaw aussah. Er hatte ja im Voraus telefonisch mit Kreditkarte bezahlt. Sie hatte ihn gestern nicht finden können, um ihm einen Drink zu spendieren, weil er das Green River für die Weihnachtsfeier gebucht hatte.

»Es tut mir leid, wenn ich was Falsches gesagt habe. Ich war nur davon ausgegangen …«

»Mr. Scrimshaw hat gewisse Standards. Er ist ein Mann, der sich weder beim Essen noch beim Trinken gehenlässt.«

Oder bei sonst was, überlegte Honey. Sie war zu dem Schluss gekommen, dass Mrs. Finchley, Typ leicht verbitterte geschiedene Frau, die leise Hoffnung hegte, Mr. Scrimshaw würde sich mal mit ihr gehenlassen.

Die Höflichkeit verlangte, dass sie sich zu einer Erklärung aufraffte. »Nun, es ist ja gestern recht spät geworden. Vielleicht wollte er heute einfach ausschlafen. Wenn Sie schon ins Frühstückszimmer gehen möchten, dann schicke ich ihn zu Ihnen hinein, sobald er hier erscheint. Wie wäre das?«

Mrs. Finchley kniff den Mund zusammen. »Ich bin mir gar nicht sicher, dass er überhaupt zur Party gekommen ist. Vielleicht ist er in seinem Büro eingeschlafen. Er hat in letzter Zeit so viel gearbeitet, und ich habe mir Sorgen gemacht, als ich gesehen habe ...«

Honey beschloss, dass sie jetzt keine Zeit für solche Überlegungen hatte. Es waren noch Müllsäcke zu füllen. Sie sah schon vor ihrem geistigen Auge, dass sie sogar beim Servieren des Frühstücks noch ab und zu ein Brötchen aus dem Weg kicken musste.

»Na, da haben wir's doch. Wahrscheinlich fand er das Bett so bequem, dass er beschlossen hat, die Gelegenheit zu nutzen. Jeder braucht mal eine Pause.«

»Können Sie das nicht überprüfen lassen? Könnten Sie auf seinem Zimmer anrufen? Ich muss mit ihm über eine sehr wichtige Angelegenheit sprechen.«

»Ich kann anrufen, wenn Sie das wünschen, möchte Sie aber darauf hinweisen, dass er vielleicht nicht sonderlich erfreut darüber sein wird. Sie haben ja selbst gerade gesagt, dass er schwer gearbeitet hat. Ist es da nicht wahrscheinlich, dass er einmal ausschlafen möchte?«

»Das stimmt.« Mrs. Finchley ruckte mit dem Kopf, was man als Nicken interpretieren konnte, aber glücklich wirkte sie nicht. Sobald sie durch die Doppeltür im Frühstückszimmer verschwunden war, stellte Honey das Schild »Bitte läuten« auf den Empfangstresen und ging mit Anna zusammen in Richtung Bar. Da wollte sie sich doch lieber das tote

78

Pferd anschauen, als sich mit einer zum Scheitern verurteilten Liebe beschäftigen zu müssen.

»Die arme Dame«, sagte Anna. »Sie sieht sehr unglücklich aus.«

»Die arme Dame ist ein ungepflücktes Blümchen«, merkte Honey an.

Anna schaute verwirrt. »Gepflückt? Sie ist wie eine Blume?«

»Genau wie eine Blume. Kein Mann hat sie gepflückt – jedenfalls nicht in letzter Zeit.«

»Ich wurde gepflückt«, sagte Anne und lächelte freudig.

Honey warf einen raschen Blick auf Annas Bauch. »Ja, das wurdest du ganz bestimmt.«

Neun

Die Bar war weihnachtlich geschmückt und menschenleer. Es hing der schale Geruch des Vorabends in der Luft, ein Gemisch aus dem Duft von Tannennadeln und Schokolade, unterlegt von dem nach zertretenen Erdnüssen und abgestandenem Bier. Unter ihren Füßen knirschten auf den Teppich heruntergefallene Chips. Alles also ziemlich normal.

Das einzig Ungewöhnliche inmitten der Stechpalmen, Efeuranken und roten Samtschleifen war das lila Pferd mit den großen gelben Tupfen.

Anna stand da und hatte die Hand in das gestemmt, was von ihren Hüften noch übrig war – nicht viel, da sie im neunten Monat schwanger war.

»Sehen Sie?« Sie deutete anklagend mit dem Finger darauf.

Das Hinterteil des Pferdes saß auf einem Chesterfieldsofa. Die vordere Hälfte hing auf dem Boden, der Kopf ruhte auf dem gegenüberliegenden Sofa. Es war eindeutig ein Pferd – ein Pferd aus dem Weihnachtsmärchen.*

Die Farben passten gar nicht zu dem traditionellen Dekor der Bar, dem dunklen Holz und den grünen Polstermöbeln. Das schrille Lila stellte sogar die glänzenden Weihnachtskugeln und das Lametta in den Schatten.

»Ich muss jetzt staubsaugen«, verkündete Anna. »Das Pferd muss raus. Es ist mir im Weg.«

Honey war ganz ihrer Meinung und sagte ihr das auch.

---

* In vielen englischsprachigen Weihnachtsstücken kommt ein Pferd vor, das von zwei Schauspielern in einem dreiteiligen Kostüm gespielt wird.

Anna war eine fleißige junge Frau, die gern rasch mit ihrer Arbeit vorankam. Obwohl sie wieder schwanger war, hatte sie darauf bestanden, bis zwei Wochen vor ihrem errechneten Geburtstermin zu arbeiten. Honey fühlte sich verpflichtet, ihr das Leben so leicht wie möglich zu machen. Vor allem kam es darauf an, das Pferd loszuwerden. Dazu musste sie die beiden Leute in dem Pferdekostüm aufwecken.

Vielleicht hatte es etwas damit zu tun, dass man Tiere nicht grausam behandeln soll, aber sie konnte sich einfach nicht dazu überwinden, dem Vieh einen Tritt zu geben. Dann schnarchte es. Dieses Schnarchen kam ihr sehr bekannt vor. Sie hatte es eindeutig schon einmal gehört.

»Schluss damit! Hört mit dem Blödsinn auf und macht, dass ihr hier rauskommt!«

Sie klatschte mit dem Ende des Staubsaugers herzhaft auf das Hinterteil des Pferdes.

Lautes Stöhnen und leise Flüche waren die Reaktion, dazu zappelten die vier schlaffen Beine, während die beiden Personen im Pferd versuchten, wieder auf die Hufe zu kommen.

Jemand murmelte: »Wo bin ich?«

»Du bist in einem Pferdehintern.«

»Sag so was nicht.«

»Du bist in einem Pferdehintern.«

Honey verschränkte die Arme. Sie hatte sich vorgestellt, dass es von nun an ganz ruhig und gemächlich zugehen würde bis zu einem friedlichen Weihnachtsfest, nur mit Familie und Freunden zum Mittagessen am ersten Feiertag. Wenn erst einmal dieses Pferd aus dem Weg geschafft war …

»Okay. Raus aus den Klamotten. Und zwar sofort.«

Ein überraschter Schrei erschallte aus dem lila-gelben Kostüm.

»Raus. Sofort!«

Smudger Smith, ihr Chefkoch, hatte Haare von der Farbe von Orangenmarmelade und eine helle Haut, die auf schottische Ahnen schließen ließ, obwohl Smudger eigentlich aus Nottingham kam. Sein rosiges Gesicht tauchte aus dem Kostüm auf und wirkte ziemlich zerknittert. Die Haare standen in alle Richtungen wie Borsten einer alten Toilettenbürste. Sein Sous-Chef, ein junger Mann namens Dick, war genauso bleich, möglicherweise sogar bleicher, aber das konnte etwas mit seinem dunkelbraunen Haar zu tun haben.

Beide hatten schon fitter ausgesehen.

»Wo habt ihr das her?«

Die beiden Köche schauten erst einander, dann das Pferdekostüm an. Sie zuckten einmütig die Achseln.

Da wehte in den schalen Geruch der Weihnachtsfeier vom Vorabend zu der schweren Whisky- und Biernote plötzlich eine Wolke Chanel No. 5 hinein.

Honeys Mutter war eingetroffen. Als sie das Pferdekostüm und die beiden halbnackten jungen Männer sah, blieb sie wie angewurzelt stehen.

»Was …?«

»Es ist ein Pferd. Ein Pferd aus dem Weihnachtsspiel«, erklärte Honey.

»Na ja, dass es kaum der heiße Favorit für das 14.15-Rennen in Lansdown ist, kann ja jeder sehen, oder?«, verkündete ihre Mutter. »Übrigens, meine Liebe, warum hast du einen Hut auf?«

»Ein kleines Missgeschick mit meinen Haaren.«

»Du solltest da nur Profis ranlassen. Ich besorge dir einen Termin bei Antoine.«

»Lieber nicht.«

Antoine war ein schlaksiger Lette mit schmalen Hüften und einem knackigen kleinen Hintern, der behauptete, Italiener zu sein. Er trug schwarze Satinhosen, und von seinem Gürtel hingen klirrend einige Stahlkämme. Frauen im Alter ihrer Mutter liebten ihn. Antoine kümmerte sich nicht nur um ihre Frisuren, sondern überhäufte sie auch mit seiner öligen Freundlichkeit. Er wusste ganz genau, wie man die alten Mädels auf Touren brachte, und mit seinen geschickten Händen zauberte er stumpfe Schnitte und rosa Tönungen. Nach seinem Äußeren zu urteilen, war Antoine eindeutig schwul, aber Honey hatte läuten hören, dass der Schein da trog.

»Der flirtet nur mit Schwulen«, hatte Casper St. John Gervais ihr einmal grummelnd verraten, »ist aber keiner. Diese Rolle, meine liebe Honey, ist nur eine Fassade für sein Geschäft. Alte Damen fühlen sich bei schwulen Männern sicherer.«

»Wofür interessiert er sich dann?«, fragte Honey.

»Ältere Frauen. Ich glaube, er ist gern ihr Schoßhündchen. Billiger als ein richtiger Hund. Und er macht ihnen noch die Haare.«

Honey griff sich an den Kopf und beschloss, dass sie lieber ihr Leben lang einen Kaffeewärmer auf dem Kopf tragen würde, als eine Sitzung bei Antoine über sich ergehen zu lassen.

Ausnahmsweise bestand ihre Mutter einmal nicht darauf, ihren Willen durchzusetzen und sofort bei Antoine anzurufen, um dort einen Termin für ihre Tochter auszumachen. Ihre Aufmerksamkeit war ganz auf das Pferd gerichtet.

»Ich will das haben«, hauchte sie mit glänzenden Augen und atemloser Begeisterung.

Der Sous-Chef und Smudger tauschten nervöse Blicke.

»Das Pferd«, sagte Gloria Cross. »Ich will das Pferd haben.« Ihre Stimme klang entschlossen, während sie mit einem rotlackierten Fingernagel auf das lila-gelbe Kostüm deutete. Der rote Nagellack passte perfekt zu ihrem Outfit, einem grauen Tweedkostüm, das an den Manschetten und am Kragen mit rotem Wildleder abgesetzt war. Ihre Stiefel hatten den gleichen Rotton, und an den Seiten klingelten bei jedem Schritt kleine Glöckchen. Hätte es einen Modepreis für die Generation Sechzig plus gegeben, Gloria Cross hätte ihn mit Leichtigkeit gewonnen.

»Das gehört mir nicht, und ich glaube nicht, dass ich es dir geben kann«, antwortete Honey. »Ich denke, die Jungs sollten das Kostüm dahin zurückbringen, wo sie es herhaben. Stimmt's, Jungs?«

Ihre beiden Köche krabbelten gerade mühselig aus dem Pferdekostüm.

Smudger und Dick, der Sous-Chef, runzelten die Stirn und schauten schuldbewusst.

»Also, es ist so«, begann Smudger. »Wir können es nicht zurückbringen, weil wir nicht mehr wissen, wo wir es herhaben. Weißt du, wir waren ein bisschen …«

Honey hob die Hand, um seinen Redefluss zu stoppen.

»Du brauchst gar nichts zu erklären. Ihr wart betrunken. Könnt ihr euch an den letzten Pub erinnern, in dem ihr wart?«

»Ich erinnere mich, dass wir nach Küchenschluss ins Saracen's Head gegangen sind«, meinte Dick.

»Ich nicht«, sagte Smudger. Er beging den Fehler, den Kopf zu schütteln, und stöhnte laut auf. »Ein Wahnsinnsbesäufnis«, erklärte er, barg den Kopf in beiden Händen und klappte auf dem Rumpf des Pferdes zusammen.

»Dann wird der Besitzer bestimmt nichts dagegen haben, dass ich mich um das Kostüm kümmere. Jemand muss das schließlich tun«, mischte sich Gloria Cross ein.

»Da bin ich mir nicht so sicher«, meinte Honey, die überrascht war, dass ihre Mutter wegen eines Pferdekostüms fürs Theater solche Entschlossenheit an den Tag legte.

»Ich habe mich entschieden. Ich werde mich um das Kostüm kümmern, bis der rechtmäßige Besitzer auftaucht. Es muss natürlich in unserem Weihnachtsspiel seinen Unterhalt verdienen, aber das wird doch der Person, die es verlegt hat, nichts ausmachen.«

»Verlegt? Moment mal, Mutter, es ist nicht verlegt, sondern gestohlen worden. Es gehört mir nicht, also kann ich es dir auch nicht leihen. Eigentlich sollte ich der Polizei und dem Fundbüro melden, wo es ist.«

Ihre Mutter wischte diese Bemerkung mit einer Handbewegung vom Tisch. »Pah! Die Polizei hat doch keine Zeit, sich um verlegte Pferdekostüme zu kümmern. Es sind ja keine zwei Leichen drin, und es treibt auch kein Serienmörder von Theaterpferden in der Stadt sein Unwesen. Es ist nur ein Kostüm für ein Weihnachtsspiel. Niemandem wird es was ausmachen, wenn eine Seniorengruppe das Kostüm für ihr Weihnachtsspiel benutzt, oder?«

Honey wies sie darauf hin, dass die beiden Schauspieler, die normalerweise das Innenleben des Pferdes bildeten, vielleicht gerade die Straßen danach absuchten. Das ließ ihre Mutter völlig kalt.

»Die Polizei hätte außerdem für so was Großes gar keinen Platz zum Aufbewahren. Ich bin entschlossen, die Verantwortung für *Galopper* zu übernehmen, bis sein Besitzer auftaucht. Ich bestelle gleich ein Taxi. Lass ihn dann bitte in St. Michael's abliefern.«

»*Galopper?*«

»Ich finde, das ist ein guter Name für ein Pferd.«

Wenn Gloria Cross einen Entschluss gefasst hatte, wagte es niemand, sich gegen sie zu stellen. Honey gewiss nicht. Sie begriff, dass dies eine jener Gelegenheiten war, bei denen sie klein beigeben musste. Ihre Mutter hatte ihre Entscheidung gefällt und überlegte bereits, wer in das Pferd kriechen musste. Sie hatte wahrscheinlich auch schon festgelegt, wann es in dem Weihnachtsspiel, das die Seniorentheatergruppe von Bath dieses Jahr aufführte, auf die Bühne trotten würde.

Honey gab klein bei. Sie hatte zu viel zu tun, um hier lange herumzustreiten. Auf die Köche, die sich gerade erst aufrappelten, wartete jede Menge Arbeit. Sie würde die beiden gewiss nicht auf eine Wanderung durch die Stadt schicken, um den Besitzer des Pferdekostüms ausfindig zu machen. Sie konnte ja bei der Polizei anrufen, aber, wenn sie es recht bedachte, wollten die wahrscheinlich in einer so geschäftigen Zeit nicht auch noch mit solchen Problemen behelligt werden.

»Okay«, sagte Honey, »ich mache, worum du mich gebeten hast, aber damit bin ich noch lange nicht deine Komplizin beim Diebstahl dieses Tieres – Theaterpferdes ...«

»Von *Galopper*«, sagte Smudger und rang sich ein kleines Grinsen ab.

Honey verdrehte die Augen. Erst die Sache mit ihren Haaren, dann das Pferd und obendrein ihre Mutter ...

»Honey, du bist ein Schatz!«

Es geschah nicht oft, dass ihre Mutter sie umarmte und einen Schatz nannte. Es musste wohl daran liegen, dass bald Weihnachten war. Wenn das Pferdekostüm eine solche Wirkung hatte, warum sollte sie ihr das Ding dann nicht überlassen.

»Hinten in ein Taxi wird es schon reinpassen«, fuhr Gloria unbeirrt fort und legte ihren Kopf ein wenig schief. »Ich rufe meinen Taxifahrer an. Der kommt es abholen.«

Gloria Cross ging in Richtung Tür, blieb dort stehen und wandte sich noch einmal um.

»Und Honey ... bitte zu Weihnachten keine Pralinen. Ich habe im House of Fraser ein Seidentuch von Hermès gesehen. Darauf ist die Mona Lisa abgebildet, in Rot, Blau, Grün und mit einer Spur Gold. Das wäre ein wunderbares Geschenk.« Und schon war sie weg.

Ein Seidentuch von Hermès. Honey verzog das Gesicht. Pralinen und ein schöner weihnachtlicher Blumenstrauß wären entschieden billiger gewesen.

Nachdem sie sich endlich ganz aus dem Kostüm befreit hatten, standen Smudger und Dick nun mit gesenkten Köpfen und hängenden Schultern da.

»Und jetzt zu euch beiden!« Honeys anklagender Blick folgte den Köchen bis zur Tür. »Mit euch rede ich später.«

Irgendwie schaffte sie es mit Hilfe des Barmanns, *Galopper* zusammenzurollen und hinter einem Sofa zu verstauen. Der Pferdekopf schaute noch über die Lehne, aber daran konnte sie nichts ändern.

Gary, ihr Barmann, trug eine Nadelstreifenweste über einem strahlend weißen Hemd und enge schwarze Hosen.

Galopper, das Theaterpferd, schaute aus schwarzen Glubschaugen mit unendlich langen Wimpern über die Sofalehne.

Die beiden beäugten einander wie Desperados bei einem Duell auf einer mexikanischen Dorfstraße.

Schließlich brach Gary das Schweigen. »Ich nehme an, irgendjemand wird das da wiederhaben wollen.«

»Das denke ich mir auch. Das Ding muss doch jemandem gehören.«

Gary verschränkte die Arme und seufzte. »Aber was ist, wenn niemand kommt? Was dann? Ich frage mich, was passiert mit den Theaterpferden, wenn erst alle Weihnachtsspiele vorbei sind?«

Honey warf den Kopf in den Nacken, schloss die Augen

und wünschte sich von ganzem Herzen, das Pferd würde verschwinden. Leider war die gute Fee wohl im Urlaub irgendwo im Sonnenschein auf einer Karibikinsel, denn als Honey die Augen wieder öffnete, war *Galopper* immer noch da.

Honey seufzte aus tiefster Seele. »Behalte es einfach hier, bis das Taxi kommt. Mehr verlange ich gar nicht von dir.«

Sie erwähnte nicht, dass sie sich, entgegen den Wünschen ihrer Mutter, doch mit der Polizei in Verbindung setzen wollte. Beim Fundbüro brauchte sie wohl nicht anzurufen. Sie würde einfach mit Doherty sprechen und ihn bitten, nachzusehen, ob jemand den Verlust eines Theaterpferdes gemeldet hatte.

Die Schicksalsfee machte vielleicht doch nicht Ferien in wärmeren Gefilden. Denn ehe Honey ihre Absicht in die Tat umsetzen konnte, rief Doherty sie an.

»Ich muss mit dir sprechen.«

Das hörte sich an, als wollte er gleich zur Sache kommen. Er wollte bestimmt fragen, ob Lindsey schon von seinem Heiratsantrag wusste. Honey kam ihm zuvor.

»Ich hab's ihr noch nicht gesagt.«

»Es geht jetzt nicht um Privatangelegenheiten. Soweit ich weiß, haben die Angestellten von Mallory und Scrimshaw von gestern auf heute bei euch übernachtet. Sind sie noch da?«

Sofort trat die Absicht, ihm den gegenwärtigen Aufenthaltsort von *Galopper* zu melden, in den Hintergrund.

»Nun, ja. Mit Ausnahme ihres Chefs.«

»Der kommt auch nicht mehr. Der sitzt an seinem Schreibtisch fest – sozusagen.«

Zehn

Verstört, erschrocken und verkatert hockten die zehn Mitarbeiter von Mallory and Scrimshaw in kleinen Gruppen in der Bar. Doherty wollte die ersten Befragungen vornehmen, solange die Spur noch heiß war. Der Leichnam von Clarence Scrimshaw war allerdings bereits eiskalt.

David Longborough massierte mit Daumen und Zeigefinger seine Nasenwurzel.

»Muss das jetzt sein? Wir haben alle viel zu tun.« Seine Ungeduld war deutlich sichtbar.

»Ja, das muss jetzt sein.«

Dohertys Tonfall war scharf. Normalerweise war er so lässig und entspannt wie nur möglich, aber wenn es um seine Arbeit ging, wurde er todernst und erbarmungslos.

Obwohl die Eichentäfelung der Bar sonst eine warme, gemütliche Atmosphäre verlieh, verbreiteten nun die Angestellten des verblichenen Clarence Scrimshaw eine ziemlich ungemütliche Stimmung im Raum, beinahe eine Art melancholisches Schuldbewusstsein.

Honey stand an der Tür und beobachtete die Mitarbeiter von Mallory und Scrimshaw, die unruhig hin und her rutschten und nervöse Blicke austauschten. Mrs. Finchley hatte ihre Handtasche an die Brust gepresst und starrte auf ihre Füße. Longborough, der mit seinem Angriff auf Dohertys Autorität abgeblitzt war, blickte nun mit leeren Augen vor sich hin. Ihm gegenüber saß Samantha Brown und sah so ängstlich aus, als würde sie jeden Augenblick unter Anklage gestellt.

Bevor die Gruppe hereingekommen war, hatte Honey die

Kaffeemaschine hinter der Bar angeworfen. Alle hatten ein Getränk vor sich stehen, manche Kaffee, andere Wasser.

Honey hielt sich am Ende des Tresens auf. Sie wollte Doherty etwas sagen.

Ihre Blicke trafen sich. Er verstand ihre stumme Aufforderung und kam zu ihr herüber.

Sie sprach leise. »Mr. Scrimshaw ist nicht zur Feier hier gewesen. Sein Bett war völlig unberührt.«

»Hat jemand versucht, herauszufinden, wo er war?«

»Nicht dass ich wüsste. Aber sie haben alle so getan, als wäre er da. Niemand schien sich Sorgen um ihn zu machen.«

Der Anblick des Theaterpferdes, das über die Lehne des Chesterfieldsofas lugte, lockerte die angespannte Atmosphäre ein wenig auf. David Longborough und die Frau mit dem schwarzgefärbten Haar saßen nachdenklich rechts und links vom Pferdekopf. Ab und zu schaute die Frau auf die großen Zähne des Pferdes und versuchte, so viel Abstand wie möglich zwischen sich und das Tier zu bringen.

Honey nahm sich nicht die Zeit, Doherty zu erklären, wie das Pferdekostüm hier gelandet war, aber sie entschuldigte sich in *Galoppers* Namen. »Er ist irgendwo verlorengegangen. Nachher kommt ein Taxi und holt ihn ab. Wenn sein Grinsen und die Glubschaugen dich bei der Arbeit stören, lasse ich ihn gleich wegbringen.«

»Ich bin an solche Anblicke gewöhnt. Ich habe bei Verhören schon Rechtsanwälte im Zimmer sitzen gehabt, die nicht viel anders aussahen.«

Die Frau mit den gefärbten schwarzen Haaren konnte nun nicht mehr weiter wegrücken. Sie erkundigte sich, ob das Pferd unbedingt da bleiben müsse.

»Ja«, antwortete Honey. »*Galopper* ist ein Indiz in einem Fall, in dem es um das Eigentum eines Theaters geht.«

Sie wusste, dass diese Anmerkung von Doherty mit einem fragenden Blick quittiert werden würde. Sie schaute zu ihm hin. Jawohl! Da war die hochgezogene Braue!

»Ich erkläre dir das später«, versprach Honey. »Immer schön eins nach dem anderen. Ja?«

»Gut. Ich bleibe bei meinem Fall. Wann kommt denn der coole Casper und drängelt mich?«

»Ich habe ihn informiert.«

Casper St. John Gervais, der Vorsizende des Hotelfachverbands von Bath, war dafür verantwortlich, dass Honey die zweifelhafte Ehre hatte, die Verbindungsperson zur Kriminalpolizei zu sein.

Immer wenn ein schweres Verbrechen geschehen war, trat Casper auf den Plan wie ein moderner Ritter von König Artus' Tafelrunde, wild entschlossen, die Täter zu finden und zu vernichten – oder in der heutigen Zeit eher hinter Gitter zu bringen. Seiner Meinung nach durfte nichts, aber auch gar nichts den Ruf der schönsten Stadt der Welt beschmutzen.

Vor einiger Zeit hatte man Bath auf die Liste des Weltkulturerbes aufgenommen. Casper fand dieses Lob ein wenig zu halbherzig. Für ihn war Bath das Zentrum des Universums.

Er war sehr überrascht gewesen, als sie ihn anrief.

»Honey! Sie wollen mir sagen, wie sehr Sie meine Weihnachtsdekorationen bewundern, und uns einen erneuten Besuch abstatten? Stimmt's?«

»Nicht ganz.«

Sie hatte vor zwei Tagen bei ihm vorbeigeschaut und war natürlich von seinem ästhetisch hervorragenden Weihnachtsschmuck sehr beeindruckt gewesen. Alles, von den Seidenbahnen, die über die Fenster drapiert waren, bis zu den Engeln, die wie eine himmlische Heerschar im Treppenhaus schwebten, war in subtilen Schattierungen von Violett, Mauve und Silber gehalten.

Im Gegensatz dazu wirkten die Weihnachtsdekorationen im Green River Hotel sehr traditionell und fertig gekauft. Honeys hauptsächlich roter und grüner Raumschmuck war überall dorthin drapiert, wo eine Lücke zu füllen war, und sie beabsichtigte damit auch keine ästhetische Aussage.

Casper machte dagegen nichts lieber als ästhetische Aussagen. Außerdem liebte er maßgeschneiderte Kleidung, kaffeebraune junge Männer und Uhren.

Kurz bevor sie in die Bar ging, hatte sie rasch bei Casper angerufen und ihm vom Mord an Clarence Scrimshaw berichtet.

Er hatte einen Augenblick lang die Luft angehalten, und kurz dachte sie, er würde gleich zu weinen anfangen. Weh mir! Das sagte er natürlich nicht, aber er brauchte doch einen Moment, um sich zu fassen. Sie konnte sich gut vorstellen, dass er auf die Knie fiel und die Augen gen Himmel richtete.

Endlich hatte er sich gefasst.

»Wie unpassend, dass das ausgerechnet jetzt geschehen ist. Und die Angestellten dieses Mannes waren bei Ihnen?«

Sie hatte ihm bestätigt, dass die Mitarbeiter tatsächlich bei ihr übernachtet hatten.

»Dann müssen Sie der Polizei jede mögliche Hilfestellung leisten. Nichts anderes ist wichtig. Wir dürfen es nicht zulassen, dass diese schrecklichen Ereignisse über die Weihnachtsfeiertage weiterschwären. Wir müssen alles in unserer Macht Stehende tun, um diesen Fall noch vor Neujahr zu lösen, nicht wahr?«

»Wir?«

Er begriff sehr wohl, was sie mit dieser Rückfrage meinte. Er erwartete wie selbstverständlich, dass sie mit Doherty an diesem Fall arbeiten würde, obwohl Feiertage bevorstanden und sie ja auch noch ein Hotel zu leiten hatte.

»Ich stehe Ihnen natürlich jederzeit zur Verfügung, falls Sie meine Unterstützung benötigen«, antwortete Casper. »Wo ist denn dieser traurige Tatbestand eingetreten?«

»Der Tatbestand – der Mord, ist in seinem Büro geschehen, habe ich mir sagen lassen. Niemand sonst war dort. Wie ich Ihnen bereits mitgeteilt habe, waren ja seine Mitarbeiter alle bei mir.«

»Wie überaus praktisch für Sie, was die Befragungen angeht.«

Manchmal hörte sich Casper St. John Gervais an wie der Großinquisitor.

»Wir werden alle Spuren verfolgen.«

»Eine sehr unangenehme Angelegenheit, meiner Meinung nach. Doppelt unangenehm, da ich den Mann beruflich kannte«, fügte er hinzu. »Er hat meine Gedichte bewundert. Meinte, sie hätten einen verführerischen, sinnlichen Reiz.«

Das war neu für Honey. Casper hatte ihr noch nie erzählt, dass er Gedichte schrieb. Was immer Scrimshaw mit verführerischem, sinnlichem Reiz gemeint hatte, das Urteil klang ziemlich positiv.

»Hat er Ihre Gedichte veröffentlicht?«

»Nein.« In Caspers Stimme schwang Enttäuschung mit. »Mr. Scrimshaw meinte, Gedichte würden sich nicht gut verkaufen, aber umgebracht habe ich ihn deswegen nicht. Ich möchte nicht, dass Sie auch nur *denken,* die Tatsache, dass jemand meine Gedichte abgelehnt hat, würde mich dazu bringen, dem Leben desjenigen ein Ende zu setzen. Ich bin allerdings der Meinung, dass er meine Lyrik ein wenig voreilig abgelehnt hat. Ich denke, wenn er ein schmales Bändchen mit Sonetten veröffentlicht hätte, wäre ihm eine angenehme Überraschung sicher gewesen.«

»Möchtest du wissen, was Casper gesagt hat?«, fragte Honey jetzt Doherty.

»Ich kann es mir lebhaft vorstellen. Bleib bitte noch ein bisschen in der Nähe. Ich brauche dich vielleicht, um die Alibis der Leute hier zu bestätigen. Sie können sich wegen all des Alkohols vielleicht nicht an viel erinnern. Ich habe gehört, dass sie alle ziemlich betrunken waren.«

»Beschwipst«, erwiderte Honey, die nicht gern zugeben wollte, dass es in ihrer Bar ziemlich hoch herging, um nicht die Aufmerksamkeit der Lizenzbehörde auf sich zu lenken.

Doherty warf ihr einen wissenden Blick zu.

»Du musst dich nicht die ganze Zeit hier aufhalten. Bleib einfach in Rufweite, falls ich dich brauche.«

Sie sagte, das werde sie machen. Es gab vor den Feiertagen ja jede Menge zu tun. Eine Sache, die sie noch nicht auf ihrer Liste abgehakt hatte, war das Abholen der Wurstvorräte in ihrem Lieblingsladen in der Green Street. Das würde sie erledigen, sobald Doherty weg war.

Jetzt musste sie unbedingt etwas tun, um ihre Gedanken von dem Fall abzulenken. Viel lieber noch wäre sie in der Bar geblieben. Sie war einfach ungeheuer neugierig.

Doch sie übernahm pflichtschuldigst den Staubsauger und sagte Anna, sie solle sich ein bisschen hinlegen. Eigentlich sollte die junge Frau überhaupt nicht mehr arbeiten.

»Das Baby kommt doch schon bald.«

»Noch nicht. Erst in zwei Monaten.«

Honey konnte das kaum glauben. Anna sah aus, als würde sie jeden Augenblick platzen.

»Bist du sicher?«

»Arzt sagt jetzt, ich sage nein.«

Was das heißen sollte, war Honey nicht ganz klar. Sie schob den Staubsauger durch das Restaurant, und die Musik aus ihrem iPod übertönte das Geräusch des Motors.

Als sie im Restaurant fertig war, ging sie in den Empfangsbereich, rückte Möbel hin und her, saugte Tannennadeln auf und legte Partyhütchen auf das Fensterbrett, die man später noch einmal benutzen konnte.

Die Musik von Dire Straits und das Geräusch des Staubsaugers hüllten sie ein, so dass sie die Welt ringsum nicht wahrnahm.

Da legte sich eine Hand auf ihre Schulter.

Der Staubsauger schoss nach vorn. Ein Blumenständer wackelte, und eine blauweiße chinesische Vase kippte zur Seite.

Honey fluchte laut, als die Vase in ihren Armen landete. Die Kopfhörer zerrten an ihren Ohren, die Schnur wickelte sich ihr fest um den Hals, und schließlich hing sie ihr schlaff auf den Schultern.

»Es tut mir so leid, Mrs. Driver. Bitte lassen Sie mich Ihnen das abnehmen. Die Vase ist nicht kaputt, oder? Nein. Ich kann sehen, dass sie makellos ist – wie die Besitzerin«, fügte er hinzu, und seine Stimme war so aalglatt wie sein Aussehen und die weißen Zähne in der gesunden Bräune seines Gesichts.

Sie zerrte sich den Hut mit beiden Händen fester auf den Kopf und holte tief Luft.

»Professor Truebody! Sie sollten sich wirklich nicht so anschleichen!«

Er zeigte nicht die geringste Spur von Reue – eher Belustigung. Eine Seite seines Mundes verzog sich zu einem teils zynischen, teils triumphierenden Lächeln.

»Es tut mir leid. Schauen Sie, ich wollte Sie nur bitten, Ihrer Tochter, wenn Sie sie sehen, auszurichten, dass es bei unserer Verabredung bleibt.«

»Lindsey?«

»Eine reizende junge Frau, Ihre Lindsey. Genau wie ihr

Vater. So ein netter Kerl. Soll ich die für Sie wieder hinstellen?«

Als netten Kerl hätte Honey ihren verstorbenen Mann nun wirklich nicht bezeichnet. Manchmal fragte sie sich, was sie je an ihm gefunden hatte. Aber sie war sehr jung gewesen. Ihre Jugend war an einigem schuld.

Sie sagte sich, dass sie sich nichts vergeben würde, wenn sie höflich wäre, und rang sich ein Lächeln ab, das so gezwungen war, dass sie es wohl nicht lange aufrechterhalten konnte.

»Ja, bitte machen Sie das«, antwortete sie auf sein Angebot, die Vase zurückzustellen. Sie reichte sie ihm und schaute ihm zu, wie er sie wieder auf den Sockel hievte. Professor Jake Truebody hatte eine gute Figur – recht athletisch für einen Geschichtsprofessor –, und er bewegte sich auch eher wie ein Sportler als wie ein Mann, der Bücher las und sich mit längst vergangenen Dingen beschäftigte. Carl hatte sich genauso bewegt.

»Segeln Sie, Professor?«

Er fuhr herum und schien von dieser Frage völlig überrascht zu sein.

»Nein. Ich mag Wasser nicht besonders.« Sie schaute seinen braunen Teint an. Irgendwie wirkte der ziemlich künstlich.

»Das ist bei Leuten aus Maine recht ungewöhnlich, oder nicht? Ich dachte, die sind alle verrückt auf Wasser.«

»Nur die, die in Strandnähe wohnen.«

Er wirkte aalglatt und lässig. Honey überlegte, dass er damit wahrscheinlich die Damen mühelos herumkriegte. Das Problem war nur, dass er sich mit Lindsey verabredet hatte, dass er seinen Charme bei Lindsey spielen lassen wollte.

»Wo wollen Sie denn heute mit meiner Tochter hin?« Sie versuchte, das so leichthin wie möglich zu fragen. Die Sorge, dass dieser Mann vielleicht vorhatte, ihre Tochter zu umgarnen, saß ihr im Nacken.

»Sehenswürdigkeiten anschauen. Es ist wohl das Beste, wenn ich mich aus all dem Trubel hier heraushalte.« Er deutete mit dem Kinn in Richtung Bar. »Haben Sie eine Ahnung, wann die da drinnen fertig sind? Es ist mir klar, dass das nötig ist, aber es stört doch ein bisschen. Ich möchte diesen Leuten lieber nicht in die Quere kommen.«

Honey wusste genau, dass zunächst nur die Personalien – Namen und Adressen – aufgenommen, sehr allgemeine Fragen gestellt und die Alibis abgefragt würden. Die richtigen Verhöre würden erst im Revier in der Manvers Street geführt werden. Sie erklärte ihm das und fügte hinzu: »Ich denke nicht, dass es allzu lange dauern wird. Zwei Stunden vielleicht, mehr nicht.«

»Trotzdem … Es gibt ja in Bath noch so viel zu entdecken.«

Solange du nicht auch meine Lindsey entdecken willst, dachte Honey im Stillen. Mütter sollten sich nicht einmischen, und sie hatte das auch nie getan. Sie hatte Lindsey immer ihre Probleme selbst lösen lassen und gab ihr nur gute Ratschläge, wenn sie darum gebeten wurde. Ganz anders als Honeys Mutter, die keine Ratschläge gab, sondern Befehle erteilte.

Truebody jedoch war ein Hotelgast. Da musste sie höflich bleiben.

»Es ist eine Morduntersuchung, Herr Professor. Da muss ich Sie leider um Verständnis bitten.«

»Natürlich.« Sein Lächeln blieb unverändert, aber in seine haselnussbraunen Augen war ein forschender Blick getreten. Dieser Mann, das war ihr klar, versuchte, herauszufinden, was sie dachte. Doherty gestattete sie das gern, aber diesem Mann auf gar keinen Fall.

»Es macht Ihnen doch nichts aus, dass ich mit Ihrer Tochter durch die Stadt ziehe, oder?«

Richtig geraten! Konnte man ihr das wirklich von der Nasenspitze ablesen?

»Natürlich nicht. Sie ist alt genug, ihre eigenen Entscheidungen zu treffen.«

Sie gratulierte sich, dass ihre Stimme so unglaublich aufrichtig geklungen hatte. Aber innen drin kochte sie vor Wut.

»Wir müssen uns mal zusammensetzen und über den guten alten Carl reden«, sagte er noch in seinem trägen Tonfall.

»Ja, das müssen wir unbedingt machen.«

Das konnte der doch nicht ernst meinen? Hatte er nicht begriffen, dass Carl und sie sich nicht gerade als beste Freunde getrennt hatten?

Honey beobachtete ihn wieder unauffällig. Selbst wenn Jake Truebody ein Priester und dem Zölibat verpflichtet gewesen wäre, sie hätte ihm nicht getraut. Keiner, der Carl gekannt hatte, war vertrauenswürdig.

Eine Frage, die sie sich schon gestellt hatte, als sie seinen Brief gelesen hatte, ging ihr nun im Kopf herum. Was hast du hier vor, Professor Truebody? Warum tauchst du ausgerechnet jetzt hier auf, behauptest, meinen Mann gekannt zu haben, und versuchst, mit meiner Tochter anzubändeln?

Sie beobachtete ihn verstohlen, wie er da stand, eins achtzig groß, und sich einen dicken Wollschal um den Hals wickelte. Nachdem er sich den Hut fester auf den Kopf gedrückt hatte, setzte er noch eine dunkle Brille auf. Die Frage lag ihr auf der Zunge, warum er das tat. Der Himmel war bleigrau, kein noch so kleines bisschen Blau, kein weißes Wölkchen waren zu sehen.

»Adios«, sagte er und hob eine behandschuhte Hand.

»Einen schönen Tag noch.« Den wünschte sie ihm natürlich eigentlich nicht. Höchstens, wenn er ihn weit von ihrem Hotel und ihrer Tochter verbrachte.

»Der Mann da ist sehr orange«, sagte Anna. Ihr Bauch war lange vor ihr um die Ecke gebogen, als sie aus dem Aufenthaltsraum für Gäste kam. Sie schwang in einer Hand einen Staubwedel und rieb sich mit der anderen den Rücken.

Honey stimmte ihr zu. »Er sieht wirklich aus wie eine gelbe Ampel.«

»Ich glaube nicht, dass es ihm hier gefällt.«

»Mir gefällt es auch nicht, dass er hier ist, und außerdem ist es mir schnurzpiepegal, ob es ihm hier gefällt oder nicht. Er kann jederzeit abreisen.«

Normalerweise nahm es Honey beinahe persönlich, wenn jemand sagte, dass es ihm im Green River Hotel nicht gefiel. Manche Gäste mochten das traditionelle Dekor sehr, die gemütlichen Sofas in der Bar, die Betten mit Baldachin, die Himmelbetten und die eleganten Stuckverzierungen knapp unter der Zimmerdecke, die Kronleuchter, die Zierleisten, die Holzklappläden aus dem 18. Jahrhundert und die Brokatvorhänge an den Fenstern.

Beschwerden wurden gewöhnlich mit ruhiger Freundlichkeit entgegengenommen. Honey versuchte dann, die aufgebrachten Gäste mit einer Flasche Wein auf Kosten des Hauses oder mit Eintrittskarten für eine Vorstellung im Theatre Royal zu besänftigen. Die konnte man manchmal zu sehr günstigen Preisen kaufen, sogar hin und wieder ganz umsonst bekommen, wenn gerade einmal einer der Stars oder jemand vom Bühnenteam im Hotel wohnte und Freikarten austeilte.

Ab und zu gab es auch Leute, die sich nur beschwerten, um weniger – oder am liebsten gar nichts – bezahlen zu müssen. Die gehörten einfach dazu, waren eines der Risiken in dieser Branche.

Anna schüttelte den Kopf. »Nein, Mrs. Driver. Das meine ich nicht. Er mag die Polizei nicht, habe ich mir gedacht. Aber dann habe ich mir gedacht, es ist nicht die Polizei, die er nicht mag. Sie sind es.«

»Ich?«

»Ja, Sie, Mrs. Driver. Sie kommen rein. Er geht raus. Er ist nach dem Frühstück auf sein Zimmer gegangen, als er gesehen hat, dass die Polizei reinkam, aber Sie sind gleichzeitig reingekommen. Jetzt hat er das Hotel verlassen. Er geht, wenn Sie kommen.«

»Bist du dir da sicher?«

»Es war sonst niemand da, der ihn erschrecken konnte. Nur die Leute, die dageblieben sind, und die Polizei, aber er versucht, Ihnen aus dem Weg zu gehen, glaube ich.«

Die Leute, die dageblieben sind – damit meinte sie die Angestellten von Mallory and Scrimshaw. Truebody konnte von denen eigentlich nichts wissen. Anna mochte recht haben, der Professor wich *ihr* aus. Nun, sie hatte ja kein Geheimnis daraus gemacht, dass sie es nicht als ungeheuren Verlust empfunden hatte, dass Carl im Atlantik ertrunken war. Ganz sicher hatte sie den Professor nicht mit offenen Armen empfangen und ihn gebeten, mit ihr über die guten alten Zeiten zu sprechen. Und dann war da noch die Sache mit Lindsey. Er hatte Lindsey offensichtlich ins Herz geschlossen. Ihre Tochter reagierte sehr viel freundlicher auf ihn als ihre Mutter.

»Das sind ja interessante Nachrichten«, murmelte sie vor sich hin, und ihre Augen wanderten zu der Doppeltür, die sich gerade hinter dem Mann geschlossen hatte, der versuchte, ihre Tochter zu stehlen.

Zu stehlen?

Es war ihr völlig egal, dass Jake Truebody sie vielleicht nicht leiden konnte. Es war ihr egal, dass er ihren toten

Mann gekannt hatte, solange er die Vergangenheit nicht wieder aufleben ließ. Die Vergangenheit war tot.

Ihr lag nur Lindsey am Herzen. Vielleicht sollte sie mal mit ihr sprechen, ihr vor Augen halten, dass sie so gut wie gar nichts über den Mann wussten? Das war nicht ganz leicht. Lindsey war sehr unabhängig. Ihre Mutter mischte sich kaum in ihr Leben ein. Wenn sie jetzt damit anfing, konnte es Probleme geben.

Elf

Lindsey Driver hatte ihrer Mutter versprochen, die Übergabe des Theaterpferdes an den Lieblingstaxifahrer ihrer Großmutter zu überwachen.

Während sie auf seine Ankunft wartete, tat sie Dienst am Empfang und erledigte gleichzeitig einen kleinen Auftrag des Chefkochs. Dabei trällerte sie ein albernes Liedchen vor sich hin und hatte ein Rentiergeweih aus Plastik auf dem Kopf, das überdeutlich zeigte, dass sie nun wirklich in Weihnachtsstimmung kam. Genau wie ihre Mutter war sie erleichtert, dass die Büroweihnachtsfeiern endlich vorbei waren, und freute sich wie ein Kind, dass von jetzt ab alles locker laufen würde und es dann nur noch Essen und Spaß geben würde und was sonst so alles zu Weihnachten gehörte. Keine Füllung musste mehr in Truthähne gestopft werden, keine sabbernden, mit Mistelzweigen bewaffneten jungen Männer jagten sie mehr durchs Hotel, und niemand tanzte mehr zu den Hits der siebziger Jahre, die ein DJ mit blonder Perücke und einer Gold-Lamé-Weste auflegte.

> Kein Geflügel mehr zu füllen,
> Keine Witze mehr zum Brüllen,
> Nie mehr blöde Lieder singen,
> Morgen wird was Bess'res bringen.

Die Melodie war nicht sonderlich originell, die Worte hatte sie sich gerade aus dem Ärmel geschüttelt, aber das war Lindsey herzlich egal. Der Countdown für das eigentliche Weihnachtsfest hatte angefangen.

Hinter dem Empfangstresen verborgen, rollte sie durchwachsenen Speck um die Chipolata-Würstchen, die es am ersten Feiertag zum Truthahn geben würde. Das gehörte normalerweise nicht zu ihren Aufgaben, aber Anna würde ja nun jeden Augenblick ihr zweites Kind bekommen und musste sich immer wieder einmal hinlegen. Manchmal fragte sich Lindsey, ob es sinnvoll war, dass sie überhaupt noch zur Arbeit erschien.

»Vielleicht kriege ich mein Kind hier«, hatte sie scherzend und mit strahlendem Lächeln zu Lindsey und ihrer Mutter gesagt. »Ob ich da wohl Geschenke von den Weisen aus dem Morgenland bekomme und ein schönes Schaffell von den Hirten? Ich hätte wirklich gern ein Schaffell. Das könnte ich vor meinen Sofatisch legen.«

Honey hatte sie darauf hingewiesen, dass sie sich im Green River Hotel und nicht in einem Stall befanden und dass der Erste-Hilfe-Kasten kaum mehr als Pflaster für Schnittwunden an Fingern und Kopfschmerztabletten enthielt.

Anna war nicht die Einzige, die sich nicht besonders gut fühlte. Smudger Smith, der Chefkoch, war auch nicht hundertprozentig auf dem Posten. Das hatte allerdings nichts mit einer Schwangerschaft zu tun, aber sehr viel damit, dass er am Vorabend dem weihnachtlichen Schnaps ein wenig zu begeistert zugesprochen hatte. Er ließ sich einfach immer wieder in die Büroweihnachtsfeiern hineinziehen, tanzte mit, bis die Beine unter ihm nachgaben und ihn jemand daran erinnerte, dass am nächsten Morgen in aller Frühe ein Job auf ihn wartete – oder vielmehr, dass er bald keinen mehr haben würde, wenn er jetzt nicht mit Feiern aufhörte und machte, dass er ins Bett kam.

Honey hatte ihm untersagt, an den Feiern im Hotel teilzunehmen, aber das hatte nichts genützt. Da klinkte er sich eben einfach außerhalb des Hotels in die Festlichkeiten ein.

So war er wahrscheinlich gestern Abend an das Theaterpferd gekommen, auch wenn er sich nicht mehr daran erinnern konnte, wo er es herhatte.

So wie der Empfangstresen konstruiert war – ein hoher Tresen für die Gäste, die sich eincheckten, und eine niedrigere Arbeitsfläche für die Leute, die am Empfang arbeiteten –, konnte Lindsey leicht ihre Aufgabe für den Chefkoch erledigen, ohne dabei beobachtet zu werden.

In dem Fach vor ihr, das nur von ihrer Seite aus zugänglich war, verbargen sich allerlei Dinge: Papiere, Stifte und rasch hingekritzelte Notizen für Lieferungen, die Überprüfung der Sicherheitsbestimmungen und Nachschub für Einwegpapier, mit anderen Worten: Toilettenpapier.

Mary Jane, der einzige Dauergast im Hotel, war auch von Kopf bis Fuß auf Weihnachten eingestellt. Sie wetteiferte mit der Weihnachtsdekoration, hauptsächlich weil sie sich heute in ein rotes, wattiertes Ensemble gekleidet hatte, mit dem sie doppelt so breit aussah, wie sie eigentlich war. Das Ensemble lief unter der Bezeichnung »Hausanzug« und war aus einem glänzenden, samtähnlichen Nickistoff. Der Mantel, den Mary Jane darüber trug, besaß große Ähnlichkeit mit einer Patchwork-Tagesdecke. Mary Jane war eine begeisterte Anhängerin des Recyclings.

»Ich gehe jetzt ein bisschen auf dem Weihnachtsmarkt einkaufen«, verkündete sie, und ihre Stimme war lauter als sonst, vielleicht, weil sie mit den Jahren immer schwerhöriger wurde. Sie war weit über siebzig, vielleicht sogar über achtzig, obwohl sie das niemals zugeben würde.

Zurzeit wurde ihr das Hören allerdings noch dadurch erschwert, dass sie flauschige weiße Ohrwärmer in Form von Hasenohren trug. »Ich liebe einfach diese altmodische Atmosphäre mit all den kleinen Läden in den schmalen Gassen, du nicht auch?«, fuhr sie begeistert fort.

Als sie keine Antwort bekam und auch Lindseys vager Gesichtsausdruck sie nicht schlauer machte, fragte sie nach einer Weile: »Stimmt was nicht, Schätzchen? Du siehst aus, als hättest du ein Gespenst gesehen.«

»Na ja«, antwortete Lindsey. »Es ist ja jetzt die richtige Jahreszeit dafür, nicht wahr? Die Zeit, in der die Gespenster aus der Vergangenheit wieder auftauchen – auch wenn man das gar nicht will.«

Mary Jane zog einen Ohrwärmer ein wenig vom Ohr weg, um deutlicher hören zu können.

»Wenn du von Gespenstergeschichten sprichst, da habe ich gerade ein Plakat ans Schwarze Brett gehängt. ›Gruselige Geschichten zur Weihnacht‹. Ein paar Freunde und ich, wir werden im Aufenthaltsraum am ersten Feiertag Geistergeschichten lesen oder erzählen. Wir könnten das am zweiten Feiertag noch einmal wiederholen. Boxing Day, wie ihr Briten das nennt, wenn ihr zu Ende geboxt habt.«

Der Schatten eines Lächelns huschte über Lindseys Gesicht. »Historisch gesehen hat der Boxing Day rein gar nichts mit Boxen zu tun. Es war immer der Tag nach dem ersten Feiertag, wenn der Gutsherr Geschenke, Münzen und andere Dinge in eine Kiste, also eine Box, legte, um sich bei seinen Lehnsleuten und Bediensteten zu bedanken. Die Geschenke wurden dann unter den Leuten aufgeteilt.«

Mary Jane zog ihre dünnen Augenbrauen in die Höhe, die aussahen, als hätte sie sie mit einem Bleistift gezogen. Sie war offenkundig überrascht, und die Sache interessierte sie.

»Ach wirklich? Sir Cedric hat das bestimmt gemacht, da bin ich sicher. Er war sehr großzügig mit seinen Gunstbezeigungen.«

»Habe ich auch schon gehört«, murmelte Lindsey.

Nach allem, was sie selbst wusste und was Mary Jane ihr

mitgeteilt hatte, war Sir Cedric ein ziemlicher Schürzen-jäger gewesen, was, der Legende zufolge, zu seinem frühen Tod beigetragen hatte. Pistolen im Morgengrauen. Sein letztes Duell war sein Tod gewesen. Er war nur verwundet worden und hatte es noch bis zum Hotel zurückgeschafft – das damals natürlich noch kein Hotel, sondern sein Stadt-haus war. Sein Gegner, der betrogene Ehemann, war ihm gefolgt und hatte ihm mit einem Messing-Schürhaken den Rest gegeben. Schändlich, aber wohlverdient.

»Entschuldigung, Miss.«

Diesmal schaute sie in ein asiatisches Gesicht. Der Mann hatte einen bleistiftdünnen Bart am Kinn und trug in einem Ohr einen goldenen Ring.

»Taxi. Sie haben einen Fahrgast, der zur St. Michael's Church möchte?«

Lindsey schaute ihn verständnislos an, rang sich aber ein Lächeln ab. Einen Augenblick lang dachte sie, dass einer der Gäste ein Taxi bestellt und sie es vergessen hatte. Aber das konnte nicht sein. Einige Gäste der Büroweihnachts-feier hatten die Befragung durch die Polizei bereits hinter sich und waren schon weg, und die Leute, die das Weih-nachtspaket gebucht hatten – das Pauschalangebot mit Un-terkunft, Essen und weihnachtlichen Festlichkeiten –, wa-ren noch nicht eingetroffen. Die Gruppe von Mallory und Scrimshaw würde am ersten Feiertag wiederkommen.

»Ich bin mir nicht sicher …«, fing sie an, und dann fiel es ihr wie Schuppen von den Augen. Er meinte keinen mensch-lichen Fahrgast.

»Ah ja, kommen Sie bitte mit. Hier entlang. Da brau-chen Sie Hilfe.«

Sie führte ihn in die Bar, wo Gary, der Barmann, zusam-men mit dem Mann das Sofa vorrückte. Das schrillbunte Theaterpferd rutschte auf den Boden.

Der Taxifahrer schaute leicht belustigt. »Das ist der Fahrgast?«

Lindsey nickte. »Gary hilft Ihnen.«

Das Pferdekostüm war groß und unhandlich und schwer durch die Tür zu bugsieren.

»Es will wohl nicht aus der Bar raus«, meinte der Taxifahrer.

Gary verzog das Gesicht. »Ich habe schon Schlimmeres erlebt. Zwei Bier, und manche Leute machen sich zum Affen. Das gehört einfach dazu.«

Lindsey war klar, dass dieses Pferdekostüm wohl das Thema der Woche sein würde. Mindestens bis Neujahr.

Das Theaterpferd wurde hinten in das Taxi gestopft, die Vorderbeine hinter dem Kopf verschränkt.

Lindsey bot der Kälte die Stirn und schaute zu, wie das Taxi davonfuhr. Das Pferd schien ihr mit einem bemalten Huf zuzuwinken und schaute mit seinem dämlichen Grinsen und den schwarzen Knopfaugen aus dem Rückfenster des Taxis.

Da sie die Augen auf die entschwindenden Rücklichter des Taxis gerichtet hatte, bemerkte sie nicht, dass Jake Truebody sie von seinem Zimmerfenster aus beobachtete.

Er rieb sich nachdenklich das Kinn. Er war sich sicher, dass sie seine Geschichte geschluckt hatte, und plante seinen nächsten Schritt.

Ihre Einladung, ihn durch Bath zu führen, war ihm höchst willkommen. Nicht dass er immer an ihrer Seite bleiben würde. Er hatte ein paar Dinge in dieser Stadt zu erledigen, bei denen er lieber allein sein wollte. Doch, überlegte er, sie war ein schlankes, hübsches Ding, und wenn er nur zum Vergnügen hier wäre, würde er es darauf angelegt haben, sie zu verführen. Aber er hatte ja andere Pläne. Er hatte eine alte Schuld zu begleichen, obwohl weder Lindsey Driver noch ihre Mutter das wussten.

Zwölf

Lindsey Driver war sich darüber im Klaren, dass sie zu ihrer Verabredung mit dem Professor ein bisschen spät dran war, aber der sollte ruhig warten.

Im Augenblick saß sie in ihrem Zimmer am Laptop und starrte auf das Ergebnis, das Google ausgespuckt hatte.

Es gab einige Einträge unter dem Namen Truebody, wenn auch nur einen Professor, auf den Jakes Beschreibung passte. Was Lindsey stutzen ließ, war die Tatsache, dass Professor Jacob Truebody 1969 geboren war, vor zwei Monaten verschwunden und mutmaßlich verstorben war.

Sie beugte sich näher zum Bildschirm, tippte sich nachdenklich mit einem Bleistift an die Oberlippe, während sie diese Neuigkeit verarbeitete.

»Seltsamer und seltsamer, sagte Alice, als sie in den Brunnen fiel. Wenn du also nicht bist, wer du zu sein behauptest, Professor Jake Truebody, wer bist du dann und was machst du hier?«

Sie redete oft mit dem Computerbildschirm, wenn es Fragen gab, meist, wenn sie allein war, und im Allgemeinen mitten in der Nacht.

»Soll ich der Schlossherrin davon erzählen oder sollte ich es für mich behalten?«

Sie dachte über diese Frage nach und stieß einen abgrundtiefen Seufzer aus, ehe sie wieder den Bildschirm befragte.

»Meine Mutter sagt, dass sie den Mann nie gesehen hat. Na gut, sie hat ihn vielleicht nicht kennengelernt, aber erinnert sie sich daran, dass mein Vater je den Namen dieses Herrn erwähnt hat?«

Normalerweise hätte sie ihre Mutter gefragt, aber aus einem unerfindlichen Grund zögerte sie.

»Nein, ich glaube, dass ich damit allein fertig werden kann. Ich bin kein Kind mehr«, erklärte sie dem Bildschirm.

Auf dem Monitor leuchtete eine Seite voller Informationen nach der anderen auf.

»Aber ich will wissen, wer er ist, und ich denke, ich bin alt genug, um das selbst herauszukriegen. Wir schaffen das, ich und mein Computer, stimmt's?«

Der Bildschirm konzentrierte sich weiter auf nähere Angaben zu dem vermissten Mann. Professor Jake Truebody war tatsächlich Geschichtsprofessor gewesen, obwohl seine Amtszeiten an der staatlichen Universität und anderswo nur kurz schienen.

Trotzdem gab es begeisterte Berichte über ihn, über seine ehrenamtliche Arbeit im Gefängnis, seine Mitgliedschaft in Kirche vor Ort und seinen Einsatz für die Armen und Verzweifelten. »Insgesamt ein feiner Kerl«, sagte Lindsey leise vor sich hin. »Laut Internet ist er so was wie der gute König Wenceslas. Doch mein Instinkt sagt mir, dass er vielleicht ein böser Geist ist.«

Das Foto war verschwommen, das Bild wenig aussagekräftig. Möglicherweise war es der Jake Truebody, der bei ihnen abgestiegen war, vielleicht aber auch nicht. Es war schwer zu sagen. Sie erinnerte sich daran, dass sie seinen Reisepass überprüft hatte. Es hatte alles gestimmt.

Sie las weiter und fand Einzelheiten zu seinem mutmaßlichen Tod, vielmehr seinem Verschwinden. Seine Schwester hatte die Details ins Internet gestellt. Lindsey notierte sich ihren Namen und die E-Mail-Adresse, an die man alle Informationen über seinen Aufenthaltsort schicken sollte. Mrs. Darleene van der Velt, die Schwester, bat alle, die ihn vielleicht in letzter Zeit gesehen hatten und etwas über seinen

Aufenthaltsort wussten, dringend, sich mit ihr in Verbindung zu setzen. Man hatte seine Leiche nie entdeckt, aber sein Auto und seine Kleidung am Meeresufer gefunden.

»Die Familie möchte diese Angelegenheit für sich abschließen können«, stand in dem traurigen Text.

Lindsey hatte einen ganz trockenen Mund bekommen, und es kribbelte sie vor Aufregung überall. Sie holte tief Luft und tippte eine E-Mail.

»Darf ich Ihnen ein Foto eines Mannes schicken, der behauptet, Professor Jake Truebody zu sein? Ich muss wissen, wer er ist. Ich muss betonen, dass es sehr dringend ist. Bitte antworten Sie so schnell wie möglich.«

Sie klickte auf Senden. Der Bildschirm blinkte blau. Nachricht übermittelt.

»Das hier ist *mein* Fall«, sagte sie trotzig. »Ich bin diejenige, die in den Kaninchenbau gefallen ist und das alles herausgefunden hat. Deswegen muss ich es auch erst einmal allein versuchen.« Sie hielt inne, reckte die Arme in die Höhe und legte sich dann die Hände auf den Kopf.

»Kann ich das schaffen?« Ihre Stimme war kaum mehr als ein Flüstern. Ihre Augen waren auf den Bildschirm geheftet. Eine Nachricht erschien in ihrem Posteingang. »Nachricht gelesen.«

Das Herz klopfte ihr wie wild in der Brust. Jetzt hing alles von Darleene van der Velt ab. Wie lange würde es dauern, bis sie antwortete?

Diese Frage wurde ihr rasch beantwortet. Eine E-Mail war angekommen.

»Bitte machen Sie das. Ich freue mich darauf.«

Jetzt musste Lindsey nur noch ein anständiges Foto von dem Mann machen und dorthin schicken. Entweder musste sie seinen Pass in die Finger kriegen und das Bild einscannen, oder sie musste ihn selbst fotografieren. Letzteres würde wohl am wenigsten sein Misstrauen erregen. Konnte sie es schaffen? Konnte sie ganz allein herausfinden, wer der Mann wirklich war?

Sie redete sich ein, dass ihr das bestimmt gelingen würde. »Alles wird gut.«

Dann holte sie tief Luft, setzte sich, die Hände immer noch auf dem Kopf verschränkt, im Stuhl zurück, schloss die Augen und begann zu planen. Das würde ein Riesenspaß werden, überlegte sie. Erst das Foto, und gleichzeitig musste sie sich an den Mann ranmachen, ihm Fragen stellen, die eher nach Interesse als nach Nachforschungen klangen.

»Das kann ich«, sagte sie laut vor sich hin. »Ich kann das sehr gut. Honey Driver ist in diesem Haus nicht die einzige erfolgreiche Detektivin. Ich will rauskriegen, wer du wirklich bist, Professor Jake Truebody. Und ich kriege das raus. Darauf kannst du wetten!«

Lindsey war in Gedanken noch mit dieser selbstgestellten Aufgabe beschäftigt, als sie die Laken, Bettbezüge, Tischtücher und Kissenbezüge zählte, ehe sie sie in die grünen Segeltuchtaschen stopfte, die später vom Wäscheservice abgeholt würden. Normalerweise konzentrierte sie sich stets ganz auf jede Arbeit, doch heute war das anders. Ihr Hirn machte Überstunden, und sie hatte ein aufgeregtes Kribbeln im Magen.

Professor Jake Truebody war *nicht* Professor Jake Truebody. Das wollte sie lieber erst einmal für sich behalten.

Nach dem Wäschezählen ging sie ins Büro ihrer Mutter und legte ihr die ausgefüllten Formulare, die für das Abholen der Schmutzwäsche benötigt wurden, auf den Schreibtisch.

»Alles fertig.«

»Vielen Dank.«

»Ich bin dann mal weg.«

Ihre Mutter schaute hoch. »Ich weiß. Der Professor hat gesagt, er würde dich wie verabredet treffen.«

»Stimmt.«

»Der scheint ja ganz begeistert von dir zu sein.«

Lindsey konnte die Vorsicht in der Stimme ihrer Mutter hören. Sie warf ihr Haar aus dem Gesicht, blieb völlig neutral und tat so, als müsste sie auf der Wäscheliste noch etwas ändern.

»Hm.«

Sie wartete auf die Eine-Million-Dollar-Frage, die ihrer Mutter sicher auf der Zunge lag. Jeden Augenblick würde sie kommen. Lindsey konnte schon sehen, wie nachdenklich Honey ihren Stift in den Fingern hin und her drehte – nicht schrieb, einfach nur spielte. Ihre Lippen zuckten bereits.

Endlich spuckte sie es aus, wenn auch sehr zögerlich. »Ähm, da ist doch nichts zwischen euch beiden, wovon ich etwas wissen sollte?«

Lindsey senkte den Kopf, um ihr Lächeln vor Honey zu verbergen. Genau damit hatte sie gerechnet. Also ehrlich, Mütter waren so verdammt durchschaubar. Lindsey war jedoch wild entschlossen. Sie hatte den Professor im Visier. Das wollte sie sich selbst zu Weihnachten schenken. Sie würde herausfinden, wer er wirklich war, und wenn sie dabei draufging! Na ja, nicht wirklich draufging. Nur völlig erschöpft zusammensackte.

»Ich glaube, ich nehme heute mal den Fotoapparat mit und mache ein paar Aufnahmen von der Abbey und der Pulteney Bridge. Ist er da, wo wir ihn immer aufheben?«

»Ja, genau«, antwortete ihre Mutter.

Lindsey wusste, dass die Sache damit keineswegs ausgestanden war. Ihr Mutter platzte beinahe vor Neugier.

»Nun? Ist da was zwischen euch?«

»Das ist ganz allein meine Sache.«

Ihre Mutter wand sich vor Verlegenheit. »Ich wollte mich ja nicht einmischen, ich meinte ja nur …«

»Du willst wissen, ob er mit mir pennen, mich heiraten oder mich nur als Fremdenführerin ausnutzen will.«

Honey versuchte, so gelassen wie möglich zu bleiben, aber Lindsey ließ sich davon nicht täuschen.

»Und?«

»Er ist Geschichtsprofessor. Stimmt's?«

»Stimmt.« Honey nickte. »Stimmt«, wiederholte sie noch einmal.

Lindsey konnte deutlich sehen, dass ihre Mutter keine Ahnung hatte, was sie darauf noch sagen sollte. Ihre nächste Reaktion verriet sie. Typisch für ihre Mutter: Wenn nichts mehr geht, iss was. Schon zog sie die rechte Schreibtischschublade auf und nahm eine Marzipanpraline heraus.

Lindsey fingerte weiter an der Wäscheliste herum. Sie würde auf keinen Fall irgendwas verraten, es sei denn ihre weiteren Nachforschungen ergaben, dass Jake Truebody in Wirklichkeit ein verurteilter Axtmörder war. Dann würde sie sich Hilfe holen müssen.

Honey überprüfte inzwischen die Reservierungen für die nächste Saison. »Die Leute lassen sich wirklich Zeit. Schade. Wir könnten die Anzahlungen im Januar und Februar gut brauchen. Ich denke ja, dass der Wechselkurs viel damit zu tun hat. Und der Benzinpreis. Und dann dieser Vulkanausbruch in Island mit all der Asche, der die Leute so ängstlich gemacht hat – als würde der Vulkan jahrelang so weiterrauchen.«

Lindsey warf ihrer Mutter einen Blick zu, der Bände sprach. Dann ließ sie klare Worte folgen: »Es hat auch viel damit zu tun, dass wir vergessen haben, in der Broschüre der englischen Touristenbehörde eine Anzeige zu schalten.«

Honey stieg die Röte ins Gesicht. »Willst du mir die Schuld geben?«

»Gibst du dir nicht selbst die Schuld?«

Honey verzog das Gesicht. Sie hätte den Termin nicht versieben sollen, aber sie mochte es nicht, wenn man ihr Vorwürfe machte.

»Okay«, sagte sie und warf ihren Stift auf den Schreibtisch. »Wenn das Geschäft zäh ist, ist es höchste Zeit, kreativ zu denken, damit wir diese Zimmer loswerden. Vielleicht könnten wir Themenwochenenden anbieten? Das ist doch der letzte Schrei, oder nicht?«

Lindsey schüttelte den Kopf. »Du hast keinen blassen Schimmer, was ein Themenwochenende ist, stimmt's?«

»Klar habe ich das. Mord-Wochenenden. Weinproben-Wochenenden. Koch-Wochenenden. Wir könnten einen von den berühmten Fernsehköchen einladen, einen Kochkurs zu geben. Das wird doch bestimmt der Renner.«

»Nicht bei Smudger.«

Honey machte ein langes Gesicht.

Lindsey erklärte ihr noch einmal lang und breit, dass ihr Chefkoch wahrscheinlich einen Amoklauf mit einem Hackebeil starten würde, sobald sie einen anderen Chefkoch auch nur über die Schwelle ließ.

»Na gut, dann vielleicht keine Koch-Wochenenden. Aber wir werden doch ein Wochenende finden, das für das Green River passt.«

Bei diesen Worten fasste Lindsey Mut. »Wir könnten Römer-Wochenenden, georgianische Wochenenden oder Jane-Austen-Wochenenden anbieten – und wir könnten Führungen machen. Wir müssten nicht einmal Fremdenführer bezahlen, denn ich könnte das übernehmen. Und dann gibt's da noch diese Eine-Frau-Show, weißt du, die Frau, die mit einem Pfarrer verheiratet ist, antike Dessous sammelt

114

und Kabarett macht. Die soll richtig gut sein. Ich bin mir nicht sicher, wie die Show heißt, so ähnlich wie Slipalien.«

»Ich schau mir das mal an.«

Lindsey zog sich umständlich den Rock zurecht und zupfte an ihrer Frisur herum.

»Gut. Die Wäscheliste ist also fertig. Ich muss jetzt los. Ich habe gerade noch Zeit, mir eine Hose und Stiefel anzuziehen. Es ist ja ziemlich kalt draußen.«

Natürlich schwang da noch etwas anderes mit, und es hatte mit Jake Truebody zu tun. Lindsey wollte Honey herausfordern, etwas zu sagen, was sie sich nicht verkneifen konnte.

»Ehe du dich mit ihm triffst?« Da, es war ihr doch herausgerutscht!

»Genau. Ehe ich mich mit ihm treffe.« Ihre Stimme war defensiv, ihr Blick keck.

»Lindsey, ich will mich ja nicht einmischen ...«

»Und ich bin keine vierzehn mehr.«

»Ich finde nur, er hat so was ...«

»Überlasse Jake Truebody ruhig mir, Mutter. Ich kann sehr gut auf mich selbst aufpassen.«

Dreizehn

Wenn Honey sich auf die Befragungen in der Mordsache konzentrierte, die gerade in der Bar stattfanden, so half ihr das, sich weniger Sorgen um ihre Tochter zu machen, wenn sie es auch nicht schaffte, gar nicht mehr an Lindsey zu denken. Mord passte einfach nicht zu dieser Jahreszeit, die allen Menschen »Frieden auf Erden und ein Wohlgefallen« versprach. Sie überlegte, ob Mr. Scrimshaw von irgendjemandem ein Geschenk zu erwarten hatte. Hatte er selbst Freunde und Verwandte beschenkt? Hatte er überhaupt Freunde und Verwandte?

Fragen über Fragen kamen ihr in den Kopf. Sie sollte sie wohl besser aufschreiben.

Also hängte sie nicht noch mehr Weihnachtskugeln an den Baum, sondern setzte sich mit ihrem Schreibblock hin.

1. Wo verbrachte Clarence gewöhnlich Weihnachten und mit wem?
2. Schickte er irgendjemandem Weihnachtskarten, und wenn ja, wem?
3. Bekam er Weihnachtskarten, und wenn ja, von wem?
4. Machte er Geschenke, und bekam er welche?
5. Kamen alte Freunde vorbei, um ihm frohe Weihnachten zu wünschen?

Sie ließ den Stift an der Liste entlanggleiten und beschloss, noch eine sechste Frage, eine sehr wichtige Frage hinzuzufügen. Warum hatte er dieses Jahr das Green River Hotel für die Büroweihnachtsfeier und sogar noch für ein Mittagessen am ersten Feiertag gebucht? Alle seine Mitarbeiter hatten doch kategorisch behauptet, dass das völlig untypisch für ihn war, dass er ein Geizhals war und eigentlich mit zweitem Vornamen Scrooge heißen sollte!

Sie schaute zur Tür der Bar hinüber. Meine Güte, wenn Doherty nicht bald rauskam, würde sie sich vor Aufregung in die Hose machen.

Die Tür war noch immer geschlossen, und der Versuch, sie durch bloße Willenskraft – eine Technik, auf die Mary Jane schwor – zu öffnen, hatte keinerlei Erfolg.

Klar, hier wurde nur eine vorläufige Befragung durchgeführt. Die wichtigen Verhöre würden auf dem Polizeirevier stattfinden, aber es war nicht sinnvoll, alle dorthin zu bestellen. So viele Verhörzimmer hatten sie dort nicht. Die Hauptverdächtigen – wenn es überhaupt welche gab – würde man jetzt aus der Gruppe herausfiltern.

Etwa um zwölf Uhr tauchte Honeys Mutter auf und riss sie aus ihren Grübeleien. Gloria Cross hatte sich wohl bereits für den Nachmittag umgezogen. Jetzt trug sie eine braune Wildlederjacke mit Pelzbesatz am Kragen und an den Manschetten. Honey hoffte, dass es kein echter Pelz war, aber ihre Mutter bestand ja stets auf dem Besten – und da mussten die Nerze eben dran glauben.

Wie immer legte ihre Mutter einen großen Auftritt hin, von dem sich jeder Filmstar mit rotem Teppich und Horden begeisterter Fans noch ein Scheibchen abschneiden konnte.

Der Teppich im Empfangsbereich war blau, und Honey konnte man nun wirklich nicht als begeisterten Fan von Gloria bezeichnen. Sie war eine schlichte Blutsverwandte, sonst nichts.

»Was läuft so?«, fragte ihre Mutter, Mrs. Gloria Cross. Nach vier Ehen hatte sie den Gedanken an Gatten Nummer fünf noch nicht abgeschrieben. Sie deutete mit ihrem makellosen Kinn auf den Polizisten, der die geschlossene Tür zur Bar bewachte.

Honey berichtete ihr von dem Mord.

»Clarence Scrimshaw war Verleger.«

»Clarence Scrimshaw? Den kenne ich. Ein kleiner Mann, der nie, aber auch nie irgendwas bezahlt hat.«

»Hm«, erwiderte Honey. Sie wusste, was ihre Mutter meinte. Clarence Scrimshaws Ruf als Geizhals der schlimmsten Sorte war anscheinend weit verbreitet. »Du hast doch nicht etwa ein Rendezvous mit ihm gehabt?«

»Ganz bestimmt nicht. Der war so knauserig, wie es nur geht …«

»Ein knauseriger Arsch«, meinte Honey fröhlich.

»Kein Grund, vulgär zu werden, Hannah.«

Wenn sie mit ihrem Taufnamen gerufen wurde, fühlte sich Honey wieder wie ein kleines Mädchen. Glorias Lebensansichten durchliefen wechselnde Phasen, die immer auch damit zu tun hatten, mit welchem Mann sie gerade zusammen war. Vor einiger Zeit war sie mit einem Methodisten ausgegangen. Der hatte den Alkohol für eine Ausgeburt der Hölle gehalten, und zudem waren alle vulgären Ausdrücke aus Glorias Vokabular verschwunden. Seine Ansichten zum Thema Sex hatte er nie deutlich geäußert. Aber die Beziehung hatte sehr viel kürzere Zeit gedauert als die Liaisons ihrer Mutter normalerweise. Honey hegte begründeten Verdacht, dass der Herr Methodist auch für diese Form der Sinnenfreuden nicht viel übriggehabt hatte.

Ihre Mutter erzählte ihr von Scrimshaw. »Ich hatte mal einen Freund, der Schriftsteller war und Mallory und Scrimshaw ein Buch zur Veröffentlichung angeboten hat. Und stell dir nur vor! Der alte Geizkragen wollte tatsächlich, dass mein Freund Alfred die Hälfte der Kosten für die Veröffentlichung seines Buchs übernahm!«

Honey atmete erleichtert auf. Einen schrecklichen Augenblick lang hatte sie befürchtet, dass Clarence Scrimshaw

118

sich im Internet auf Glorias Partnerschafts-Börse für die Generation sechzig plus eingeschrieben hatte. Was für Probleme sich daraus noch hätten ergeben können!

»Also, Fred, du weißt schon, mein neuester Verehrer, der hat gemeint, dass ich in meiner Partnerschaftsbörse *Schnee auf dem Dach* viel zu viele Einzelheiten von den Leuten wissen will. Aber ich denke doch, man will einiges über die vergangenen Ehen und Beziehungen einer Person erfahren, ehe man sich festlegt, findest du nicht?«

»Ich weiß nicht, ich habe noch nie so was benutzt.«

»Nun, mit meiner wirst du bestimmt sehr zufrieden sein. Ich kriege garantiert viele Klicks. Da ist sich Fred sicher. Du wirst es nicht bereuen, wenn du dich da registrierst, ehrlich nicht.«

Honey schüttelte energisch den Kopf. »Mutter, deine Partnerschaftsbörse ist für Leute über sechzig, und ich glaube nicht ...«

Ihr Protest fiel auf taube Ohren. Ihre Mutter war ihr mit ihren Plänen schon weit voraus.

»Fotos sind ja schön und gut, aber ich denke, ein Video würde noch besser funktionieren. Natürlich müsstest du, ehe wir drehen, etwas Anständiges zum Anziehen für das Werbefilmchen finden. Und lass dir die Haare machen«, fügte sie mit einem Seitenblick auf einen alles verdeckenden Hut hinzu, den Honey im Schrank mit den liegengebliebenen Sachen gefunden hatte.

»*Den* Hut kannst du schon mal gar nicht tragen, das ist sicher. Sonst halten dich die Männer womöglich für einen Gartenzwerg.«

»Die Männer können mich mal ...«

»Ich bleibe nicht hier, wenn du solche Ausdrücke benutzt! Ich gehe jetzt einkaufen.«

Mit hocherhobenem Kopf und einem Gesicht, als hätte

man ihr einen übelriechenden Käse unter die Nase gehalten, bereitete sich Gloria Cross auf den Aufbruch vor. Höchst sorgfältig zog und zupfte sie ein paar goldgelbe Lederhandschuhe zurecht und war für Honeys Proteste taub.

Honey zählte langsam bis zehn, versuchte, sich nicht zu sehr aufzuregen und sich daran zu erinnern, dass schließlich bald Weihnachten war, dass diese Frau ihre Mutter war und mit Respekt behandelt werden sollte.

»Hast du schon alle deine Weihnachtsgeschenke?«, fragte Honey, und selbst in ihren Ohren klang ihre Stimme überraschend gelassen.

»Für alle! Nur für *ihn* noch nicht!« Die aprikosenfarbenen Lippen ihrer Mutter schrumpften zu einer dünnen Linie zusammen. »Dein Freund ist sehr schwierig zu beschenken. Und sag mir bloß nicht, ich solle ihm einfach eine Flasche Whisky kaufen. Da ist meine Antwort nein. Ich werde niemanden zum übermäßigen Alkoholkonsum ermutigen! Und jetzt muss ich mich beeilen.« Sie machte einen Schritt auf den Ausgang des Hotels zu, wandte sich dann aber noch einmal um. »Ich werde jedoch mein Möglichstes tun, um deinen Herrn Polizisten aus seiner völligen Unwissenheit in Sachen Mode zu erlösen. Wer könnte das besser als ich? Übrigens ist Fred genau der Richtige, um sich dieses Jahr als Weihnachtsmann zu verkleiden.«

»Doherty hat sich auch angeboten.«

»Der ist zu dünn«, befand ihre Mutter. »Das wäre also entschieden. Außerdem hat Fred von Natur aus einen weißen Bart. Und dein Verehrer hat auch viel zu viel zu tun, um den Weihnachtsmann zu spielen. Er hat eine Morduntersuchung zu führen, und dann ist da ja noch die Sache mit den Rentieren aufzuklären. Er sollte den Täter schon längst gefunden haben.«

»Rentiere fallen wirklich nicht in seinen Zuständigkeits-bereich«, murmelte Honey.

Ihre Mutter hörte schon nicht mehr zu. »Ich darf mich von dir nicht länger aufhalten lassen. Ich habe noch Ein-käufe zu erledigen.«

Honey hatte keine Gelegenheit mehr, ihrer Mutter zu er-klären, was Doherty anziehen würde und was nicht. Sie hegte die schwache Hoffnung, Gloria würde ihm vielleiht nur ein Paar Socken oder eine Krawatte oder einen schlich-ten Kaschmirpullover von Marks and Spencer kaufen.

Der Gedanke an Doherty brachte Honey ins Träumen. In ihren Gedanken trug er das Weihnachtsmannkostüm.

Da kam er aus der Bar und sah todernst aus, überhaupt nicht wie ein Mann, der sich bereitwillig den weiß-roten Anzug des hoteleigenen Sankt Nikolaus oder Weihnachts-manns anziehen würde.

Mit nachdenklich gerunzelter Stirn ließ er sich auf einem Sessel nieder, neben dem Honey auf einem Tischchen vor-sorglich ein Tablett mit Getränken abgestellt hatte. Er lehnte sich vor und blätterte die Seiten seines Notizbuchs durch.

Honey nahm ihm gegenüber mit ihrem eigenen Fragen-katalog Platz. Aber sie wollte ihm den Vortritt lassen.

Während sie darauf wartete, dass er etwas sagte, servierte sie ihm Kaffee und zwei Schokoladenkekse. Ohne ein Wort tunkte er die Kekse in den Kaffee ein und aß sie.

Honey nippte an einem Becher heißer Schokolade.

»Alle bestätigen, was du mir bereits gesagt hattest«, fing er endlich an. Er lehnte sich resigniert zurück und klopfte sich die Krümel von den Händen. »Niemand kann sich daran erinnern, Mr. Scrimshaw gesehen zu haben, weder vor noch während noch nach der Party. Und du sagst, er hatte ganz bestimmt auch für sich ein Zimmer bestellt?«

Honey nickte. »Es war Teil seiner Buchung. Sie sind ja

auch noch für das Mittagessen am ersten Feiertag und die Gespenstergeschichten danach angemeldet.«

»Was war der denn für ein Typ?«, fragte Doherty.

Sie zuckte die Achseln. »Ich weiß es nicht. Ich habe ihn ja nie gesehen. Es ist alles übers Telefon abgewickelt worden. Und ich war nicht hier, als er gekommen ist – wenn er überhaupt gekommen ist. Ich habe ihn nie gesehen. Nur mit ihm telefoniert.«

»Und wie klang seine Stimme?«

Sie versuchte an den Tag zurückzudenken, als sie den Anruf erhalten hatte. »Ganz normal. Er hat nicht viel geredet, war aber höflich. Er hat sich ab und zu geräuspert – du weißt schon, als hätte er einen trockenen Hals.«

Doherty nickte. »Hat er seinen Schlüssel abgeholt?«

»Ich denke schon. Ich habe die meisten aus der Gruppe von Mallory und Scrimshaw selbst eingecheckt, dann hat Anna übernommen.«

»Ist sie jetzt hier?«

»Nein, sie erledigt gerade etwas in der Stadt. Aber ich habe sie schon danach gefragt. Sie hat ein ziemlich gutes Gedächtnis.«

Außer wenn es darum geht, den Vater ihrer Kinder zu benennen, dachte Honey. Anna hatte nie sehr viel über ihr Privatleben erzählt. Dumpy Doris, Frühstücksköchin und Mädchen für alles im Green River, war einmal zu weit gegangen und hatte zart angedeutet, dass Anna sich von jedem flachlegen ließ, der enge Jeans trug und einen Knackarsch hatte. Kaum hatte Doris ihr den Rücken zugekehrt, da rammte Anna ihr schon mit aller Kraft den Staubsauger ins ausladende Hinterteil. Doris hatte einen ziemlichen Schreck bekommen. Anna hatte vor Wut gekocht und ihr in deutlichen Worten gesagt, sie solle sich um ihren eigenen Dreck kümmern.

»Anna erinnert sich daran, dass sie Scrimshaw seinen Schlüssel gegeben hat«, fuhr Honey fort, »aber sonst an nicht viel, weil sie gerade einen heftigen Krampf hatte und schnell zur Toilette rennen musste. Sie ist jetzt bald so weit.«

Verdammt bald! Hoffentlich würde Anna erst nach dem 2. Januar niederkommen, obwohl sie ja darauf beharrte, dass das Baby erst in zwei Monaten geboren würde. Honey hatte ihr gesagt, sie solle den Mutterschutz in Anspruch nehmen, der ihr zustand, aber Anna wollte auf keinen Fall den Eindruck erwecken, dass sie das Sozialsystem ausnutzte.

»Ich arbeite, bis ich in den Kreißsaal muss, Mrs. Driver«, hatte sie resolut verkündet.

Honey hatte erwidert, dass das ihre Sache sei. Aber wenn sie ihr Baby zur Welt brachte, ehe der Krankenwagen da war, wäre das eine ganz andere Angelegenheit.

»Hat Scrimshaw seinen Schlüssel zurückgegeben?«, fragte Doherty.

»Der Schlüssel ist hier, er muss ihn also abgegeben haben.«

»Du meinst, du hast nicht gesehen, wie er ihn zurückgegeben hat?«

Sie schüttelte den Kopf und deutete auf den Schlitz im Empfangstresen und den Hinweis, der die Gäste bat, ihre Schüssel dort hineinzuwerfen. »Der Schlüssel war hier drin. Er musste ihn nicht persönlich abgeben.«

Honey hatte das Gefühl, dass sie das näher erläutern musste. »Scrimshaw hat seine Rechnung im Voraus bezahlt, einschließlich der Drinks von der Bar, des Essens und der Zimmer. Er musste nach der Büroweihnachtsfeier nur noch den Schlüssel abgeben, und das hatte er gemacht. Was ist also mit den Leuten da drin – hast du irgendeinen Verdacht?« Sie hielt ihren Schreibblock an die Brust gepresst und wartete auf den richtigen Augenblick.

Doherty verneinte. »Scrimshaw ist gestern Abend zwischen sechs und acht Uhr gestorben. Sechs von seinen Leuten hier waren um diese Zeit bereits in der Bar. Einer ist auf den Parkplatz gerufen worden, um die Alarmanlage an seinem Auto abzuschalten. Eine Frau war einkaufen, eine andere noch beim Frisör, und ein Ehepaar musste schnell nach Hause, weil es Schwierigkeiten mit der Mutter gab. Drei von denen in der Bar sind auf eine Zigarette kurz vor die Tür gegangen – aber nicht lange genug, um zum Büro zurückzusprinten und jemandem einen Brieföffner ins Ohr zu rammen.«

Honey verzog das Gesicht. »Eklig.«

Doherty strich sich mit dem Finger über die Wange, während er alles überdachte. Honey mochte das raspelnde Geräusch, das dabei entstand. Steve rasierte sich nicht gern, besonders wenn es so kalt war wie jetzt.

»Ich habe eine Liste zusammengestellt«, verkündete Honey. Sie reichte ihm ihren Block.

Doherty las die Fragen durch.

»Was meinst du?«

»Alles sehr relevant. Versuchen wir's mal damit.«

Sie folgte ihm in die Bar, wo sich gerade die letzten Leute von Mallory und Scrimshaw zum Gehen anschickten.

Resigniert fügten sie sich in ihr Schicksal, als Doherty wieder im Raum erschien.

»Ehe Sie gehen, hätte meine Kollegin hier noch ein paar Fragen.«

David Longborough wirkte ziemlich sauer. »He! Nicht schon wieder! Was zum Teufel soll das alles?«

»Nur ein paar Fragen«, sagte Honey.

»Sie sind keine Polizistin.«

Jetzt musste Doherty die Lage klären. »Mrs. Driver ist die Verbindungsperson zwischen dem Hotelverband und der Kriminalpolizei. Unsere Stadt lebt vom Tourismus. Leute, die sich sehr darum bemühen, Bath für Touristen attraktiv zu machen, übernehmen auch eine aktive Rolle, wenn ein Verbrechen begangen wurde, besonders, wenn es sich um ein so schweres Verbrechen wie dieses hier handelt. Und jetzt setzen Sie sich bitte hin.«

Vielleicht war es Dohertys sachlicher Ton, vielleicht auch seine entschlossene Körpersprache, jedenfalls nahm David Longborough brav als Erster wieder Platz. Die anderen folgten seinem Beispiel. Das machten sie offenbar immer so, überlegte Honey. Gleich von Anfang an hatte sie bemerkt, dass Longborough ein Anführertyp war und noch dazu ein ziemlich arroganter.

Doherty nickte Honey zu. Sie stellte ihre erste Frage.

»Können Sie uns sagen, wo Mr. Scrimshaw gewöhnlich Weihnachten verbracht hat, und wenn ja, mit wem?«

David schaute Samantha Brown an, die nervös hin und her rutschte. »Das kannst du beantworten, nicht wahr, Samantha?«

Am Vorabend hatte Samanthas blondes Haar glänzend und frisch ausgesehen, heute hing es ihr schlaff und matt ums Gesicht.

»Er ist immer in ein Hotel in Ilfracombe gefahren. Es heißt Bay View.«

»Wieso Ilfracombe? Hatte er da Freunde?«

Sie schüttelte den Kopf. »Ich glaube nicht. Ich denke, er ist dahin gefahren, weil es billig war.«

Honey musste die zweite Frage nicht vom Block ablesen. Sie kannte sie auswendig.

»Hat er jemandem Weihnachtskarten geschickt, und wenn ja, an wen?«

Diesmal antworteten mehr als eine Person, die meisten mit einem kurzen, verächtlichen Lachen. »Nein. Der hat keine verschickt. Viel zu geizig.«

»Hat er welche bekommen?«

»Natürlich«, blaffte Mrs. Finchley, die sich mit einem Papiertaschentuch die rotunterlaufenen Augen tupfte. »Manche Leute haben an ihn gedacht.«

Doherty warf ihr seinen durchdringendsten Blick zu. »Und wer war das?«

David Longborough kicherte gehässig. »Hauptsächlich Mrs. Finchley selbst. Es würde mich nicht wundern, wenn sie sämtliche Karten, die er bekam, eigenhändig geschrieben hätte.«

»Jetzt reicht's aber!« Mrs. Finchley funkelte ihn wütend an. »Sie haben einfach nur Probleme mit Ihrer Arbeitseinstellung, David Longborough, und Sie kochen ständig nur Ihr eigenes Süppchen. Immer.«

»Blöde Kuh!«

»Bitte zügeln Sie sich.« Dohertys Stimme dröhnte laut durch die Bar. »Ich werde mir die Weihnachtskarten holen lassen, die im Büro sind, und wir gehen sie dann durch. Nächste Frage?«

Honey reagierte auf ihr Stichwort. »Hat er Weihnachtsgeschenke gemacht oder bekommen?«

Wieder kicherte David Longborough mit einem Seitenblick auf Mrs. Finchley. »Bekommen hat er nur eines, soweit ich weiß. Eine kleine Schachtel Taschentücher. Stimmt's Janet?«, fragte er, an Mrs. Finchley gerichtet. Janet Finchley wurde puterrot.

»Das stimmt nicht«, ließ sich Samantha Brown mit piepsiger Kleinmädchenstimme hören. Alle Blicke richteten sich auf sie.

»Jemand hat ihm ein Paket geschickt?«

Sie nickte. »Es ist vor einer Woche angekommen. Er schien sich außerordentlich darüber zu freuen.«

»Wissen Sie, was drin war?«

Sie schüttelte den Kopf und schlug die Augen nieder. »Er sah aber so aus, als wäre er überglücklich. Das Paket war ziemlich schwer. Mehr weiß ich nicht. Hören Sie, kann ich jetzt hier weg? Meine Mutter passt auf meinen Jungen auf. Ich muss nachsehen, ob alles in Ordnung ist.«

Dohertys Stimme wurde ein wenig sanfter, aber seine Beobachtungsgabe war wie immer messerscharf. »Noch eine Frage, und dann können Sie gehen.« Er wandte sich an Honey. »Die nächste?«

»Sind alte Freunde bei ihm vorbeigekommen, um ihm frohe Weihnachten zu wünschen?«

Keiner antwortete. Die meisten schüttelten den Kopf. Mrs. Reid, eine der Angestellten, wirkte unruhig. Mrs. Finchley sah angestrengt auf ihre Hände, als wollte sie plötzlich weder Honey noch Doherty in die Augen schauen.

Doherty ließ seinen Blick von einem zum anderen wandern. »Niemand?«

Longborough schüttelte den Kopf. »Niemand. Niemand von Bedeutung, denke ich – es sei denn, Sie zählen den Fensterputzer dazu, der kommt, um endlich sein Geld zu kriegen.«

Mrs. Reid fuhr dazwischen. »Einige seiner Autoren kamen vorbei, allerdings nicht, um ihm frohe Weihnachten zu wünschen. Er war mit den Tantiemenzahlungen im Rückstand. Die wollten auch ihr Geld – allerdings sind die Letzten schon vor Wochen dagewesen. Nicht in jüngster Zeit.«

»Okay«, sagte Doherty. »Sie können jetzt gehen.«

»Nur noch eins«, ließ sich Honey vernehmen.

Alle hielten resigniert inne und stellten ihr Gepäck noch einmal ab.

»Wie Sie bereits angedeutet haben, war es völlig untypisch für den Verstorbenen, eine Büroweihnachtsfeier und noch ein Weihnachtsessen zu buchen. Hat jemand eine Ahnung, was zu diesem Meinungsumschwung geführt haben könnte – wenn es denn einer war?«

Longborough grinste. »Wahrscheinlich hat ihn Mallorys Geist heimgesucht.«

Sobald alle gegangen waren, begaben sich Doherty und Honey in den Empfangsbereich zurück. Dawn, die Neue am Empfang, hatte Dienst. Honey versicherte sich, dass alles glattlief, ehe sie Doherty zur Tür begleitete.

Außer Sichtweite, in dem Zwischenraum zwischen der inneren und der äußeren Tür, küsste er sie auf die Stirn.

»Das hast du prima gemacht da drin. Wie wäre es, wenn du die Weihnachtskarten holst, die am Tatort sind, und die nachverfolgst, die dir interessant erscheinen?«

»Soll ich mich auch nach dem Geschenk umsehen?«

»Einen Versuch wäre es wert. Wenn es nicht im Büro ist, dann ist es vielleicht in seiner Wohnung über dem Büro. Aber bitte lauf den Jungs von der Forensik nicht zwischen den Füßen rum.«

»Ich gehe morgen da vorbei, nachdem ich beim Fleischer einen ordentlichen Vorrat an Würsten gekauft habe.«

»Würste. Meine Güte, das sind genau die richtigen Prioritäten!«

»Aber sicher.«

Vierzehn

Erst lange nach dem Frühstück am folgenden Tag schaffte es Honey endlich, dem Hotel zu entfliehen. Zuvor hatte sie ihr Chefkoch gezwungen, seine Brandysoße zu probieren. Nach zwei kleinen Löffelchen war ihr mollig warm und sie fühlte sich leicht benebelt.

Smudger wartete auf ihre Zustimmung. »Gut?«

»Viel zu gut.«

Sie erklärte ihm, dass ihrer Meinung nach die Betonung bei dieser Soße auf der Sahne und nicht auf dem Brandy liegen sollte.

»So schlecht kann sie gar nicht sein. Du hast gleich zwei-mal davon probiert«, erwiderte er mit einem leicht gekränk-ten Ausdruck in seinen rotunterlaufenen Augen.

Sie war taktvoll. Gute Chefköche waren schwer zu fin-den.

»Ich brauche das. Ich bin auf dem Weg in die Stadt, und da draußen ist es eiskalt. Jedes Kind weiß schließlich, dass Brandy einen gegen den schlimmsten Frost schützt. Deswe-gen tragen doch die Bernhardiner immer ein Fässchen mit Schnaps um den Hals. Aber vielleicht gibst du trotzdem ein bisschen mehr Sahne in die Soße, Herr Chefkoch? Unseren Gästen beim Weihnachtsmittagessen wird ohnehin warm sein, und du hast selbst gesagt, dass der Plumpudding eine gehörige Dosis Rum, Brandy und Whisky enthält, außer den üblichen Sultaninen, Korinthen und Rosinen, dem Zi-tronat und Orangeat. Meiner Meinung nach brauchen wir da einen Geschmack, der einen Kontrast bildet, damit die Leute das köstliche Aroma deines Puddings voll auskosten können. Das hat dein Pudding doch verdient, meinst du nicht? Aber selbstverständlich überlasse ich die letzte Entscheidung dir.«

Man musste taktvoll zu schmeicheln wissen, wenn man mit einem Chefkoch zu tun hatte. Jede Mahlzeit war in den Augen ihres Schöpfers ein künstlerisches Meisterwerk. So ein Küchenchef brauchte ständig Lob, lebte praktisch von den Kommentaren der Menschen mit den feinen Gaumen, die Gastrokritiken schrieben, aber selbst nicht mal ein Ei kochen konnten.

Sie musste es unbedingt schaffen, dass er den Brandygehalt in der Soße ein wenig reduzierte. Die meisten Gäste würden zum Zeitpunkt des Desserts ohnehin schon recht beschwipst sein. In Brandy eingelegte Rosinen plus eine mit viel Brandy angereicherte Soße würden sie wahrscheinlich für den Rest des Tages niederstrecken. Zumindest würden sie Mary Janes Gespenstergeschichten nur leise schnarchend erleben.

Draußen war es kalt und neblig, als Honey sich auf den Weg machte, bis zu den Ohren in ihren lila Paschminaschal und ab da in eine schwarze Strickmütze gemummelt, die eine entfernte Ähnlichkeit mit einer Skimütze hatte. Der Glockenhut und der gestrickte Kaffeewärmer waren den Weg alles Irdischen gegangen. Doch seit sie diese furchterregende Haarfarbe hatte, war sie kaum noch ohne Hut unterwegs.

Sie schaute in ein paar Friseursalons herein, weil sie entgegen aller Erwartung immer noch hoffte, dass vielleicht jemand einen Termin abgesagt hatte. Doch niemand hatte storniert.

Der weiße Nebel blieb hartnäckig über der Stadt hängen und hüllte die alten Gebäude von Bath in einen gespenstischen Schleier ein. Honey schien es, als befände sich alles hinter einem feinen Gazevorhang. Sämtliche harten Kanten waren gemildert, und die Weihnachtsdekorationen hinter den verschwommenen Fenstern schimmerten matter.

Die Stadt war erfüllt von den Bildern, Gerüchen und Klängen der Weihnachtszeit. Überall Lichterketten, Weihnachtsbäume und Weihnachtsmänner in roten Anzügen. Der Duft von gerösteten Maroni, heißen Pasteten und frischem Karamell lag in der Luft.

Im Abbey Churchyard spielte die Salvation Army Band das Weihnachtslied *Hark, the Herald Angels Sing.* Wo einmal der alte Brunnen gewesen war, wirbelten goldene Pferde auf einem Karussell herum.

Man hatte den Brunnen in eine Nebenstraße versetzt, um Raum für einen Neubau zu schaffen, ein schlimmer Fehler, fand Honey. Früher trafen sich die Leute am Brunnen. Jetzt war da nur noch ein großer leerer Platz zwischen Geschäften, die das gleiche Zeug verkauften, das überall im Land – vielleicht auf der ganzen Welt – in den Hauptstraßen verkauft wurde.

Das Karussell war ein Volltreffer. Kinder quietschten vor Vergnügen, obwohl der Frost ihre Näschen in kleine rosa Knospen verwandelt hatte.

Das Rentier, das unter den Kolonnaden stand, war mit einem Wellenmuster aus Gold und Dunkelblau verziert. Auf einem Schild stand sein Name: Aurora Borealis. Nordlicht. Die rote Plastiknase war ein Extraeffekt. Die Leute deuteten lachend darauf. Auch Honey musste lächeln.

Sie kaufte ihren Wurstvorrat ein, den man im Geschäft gleichmäßig auf zwei Tragetaschen verteilte, damit er leichter zu transportieren war. Damit sollten sie über Weihnachten und Neujahr kommen.

Da der Morgen halb vorüber und daher Kaffeezeit war, gönnte sich Honey eine heiße Schokolade mit einem dicken

Klecks Schlagsahne. Zur Schokolade gab es zwei Amaretto-Kekse, ganz weiche, die einem auf der Zunge zergingen.

Als sie so allein dasaß, heiße Schokolade trank und ihre Lieblingskekse knabberte, überlegte sie, was für ein Glückspilz sie doch war. Mr. Scrimshaw war anscheinend ein einsamer alter Mann gewesen, ein Mensch ohne Freunde, ohne Familie und mit einem spartanischen Lebensstil.

Sie freute sich – freute sich sehr –, dass sie eine Familie hatte. Nun gut, es gab das alte Sprichwort, dass man sich im Gegensatz zu seiner Familie seine Freunde aussuchen konnte. Aber im Großen und Ganzen hatte sie es nicht schlecht getroffen. Selbst die besten Familien hatten hier und da ihre Probleme. Insgesamt hatte sie, wenn sie es recht bedachte, nur selten Kummer mit ihrer Familie. Im Augenblick konnte man die Sorgen an einer Hand abzählen, und das war doch wirklich ganz gut, oder?

Erstens war da die Sache, dass sie Lindsey von Dohertys Heiratsantrag erzählen musste. Kein Problem. Je eher, desto besser. Das redete sie sich jedenfalls ein.

Ein kleiner Schnurrbart aus Schokoladenschaum auf ihrer Oberlippe blieb unberührt, während sie über Professor Jake Truebody nachdachte. Sie hatte den Namen nicht erkannt, und den Mann auch nicht. Natürlich hatte sie nicht alle Bekannten von Carl kennengelernt.

Nun wanderten ihre Gedanken zu den Weihnachtsgeschenken. Wie ihre Mutter unmissverständlich angeregt hatte, hatte sie das Tuch von Hermès gekauft. Lindsey würde eine Jahresmitgliedschaft im Fitness-Studio bekommen und ein Jahresabo für die Zeitschrift *British History*.

Dohertys Geschenk war ein Wochenende im neuen Jahr, alles inklusive. Sie würde natürlich mitfahren, also würde sie auch etwas davon haben. Sie leckte sich die Mischung aus Milchschaum und Schokokrümeln von den Lippen. Ihre

Mutter würde am ersten Feiertag zum Mittagessen kommen. Da würde sie ihr sicher wieder mit ihrer Partnerschaftsbörse im Internet auf die Nerven fallen.

»Auf keinen Fall mache ich bei so einer Videoaufnahme mit«, murmelte sie vor sich hin.

Es kam ein bisschen zu laut heraus. Sie schaute sich rasch um, ob jemand sie vielleicht gehört hatte und sich über ihren Geisteszustand Sorgen machte.

Niemand schien sich auch nur im Entferntesten für sie zu interessieren. Die Leute waren alle mit ihrem eigenen Leben und ihrem eigenen Weihnachtsfest beschäftigt.

Nun wanderten Honcys Gedanken wieder zu Mr. Scrimshaw, der da mit einem Brieföffner im Ohr auf seinem Schreibtisch lag. Von wegen allen Menschen ein Wohlgefallen!

Die Detektivarbeit nach diesem Mord hatte verhindert, dass sie zu viel in Sachen Weihnachten in der Gegend herumrannte. Sie ging das Fest diesmal sehr viel gelassener an als sonst.

Eine tiefe Stimme mit einem schottischen Akzent holte sie aus ihren Träumereien.

»Na dann, frohe Weihnachten, Mädel!« Ein bärtiger Kuss landete schmatzend auf ihren schokoladigen Lippen.

»Alistair! Wie schön, Sie zu sehen! Kann ich Ihnen einen Kaffee spendieren?« Sie schaute zu seinem Bart hinauf, der beinahe zu ihrer Haarfarbe passte.

Alistair antwortete, er würde sehr gern einen Kaffee trinken, aber nur wenn ein ordentlicher Schuss Whisky drin war – schottischer Whisky, versteht sich.

Als sein Getränk kam, nippte er nur an der Tasse. In Honeys Gesicht spiegelte sich wohl Überraschung, weil er nicht alles in einem Zug herunterstürzte.

Er erklärte, dazu wäre der Kaffee zu heiß.

»Ich nehme an, Sie haben auch mit diesem Mordfall zu tun? Der arme alte Clarence. Mit seinem eigenen Brieföffner ermordet.«

»Sie kannten ihn?«

»Ich habe ein paarmal mit ihm geredet.«

»Privat?«, fragte Honey, die sich gerade an ihre zweite Tasse heiße Schokolade gemacht hatte.

Alistair schüttelte den Kopf. Seine massigen Arme hatte er verschränkt, sie nahmen den halben Tisch ein. »Geschäftlich. Er hat bei Auktionen alte Bücher ersteigert. Der gerissene Hund hat sich nie gern von seiner Kohle getrennt. Immer musste ich ihm wegen des Geldes hinterherrennen.«

Honey erzählte ihm, dass Scrimshaws Firma eine Büroweihnachtsfeier und ein Mittagessen am ersten Feiertag bei ihr gebucht hatte, die der Chef im Voraus bezahlt hatte. Alistair zog seine orangeroten Augenbrauen in die Höhe. »Na, das ist aber mal eine Überraschung. Und da habe ich immer gedacht, in dem Alter ändert man sich nicht mehr.«

Honey verstaute eine vorwitzige Haarsträhne wieder unter ihrem Hut und schaute ihn fragend an. »Sie halten es also für unwahrscheinlich, dass er es sich anders überlegt hat und einmal seine Mitarbeiter belohnen wollte?«

Alistair warf den Kopf in den Nacken und lachte. Seine orangerote Mähne hing ihm bis fast auf die Schultern.

»Der doch nicht. Der hat nur bezahlt, was er musste – auf Heller und Pfennig. Also, dieses Café, zum Beispiel: wenn er je hierhergekommen wäre, um ein heißes Getränk zu sich zu nehmen – was eher unwahrscheinlich ist –, dann hätte er nicht mehr als den genauen Betrag aus seiner Geldbörse hingezählt.«

»Aus seiner Geldbörse?«

»Ja, er hatte eine kleine Lederbörse, die in die Innentasche seines Jacketts passte. Er hätte genau den richtigen Betrag

darin mit sich herumgetragen, vielleicht im Voraus angerufen, um den Preis zu erfragen. Oh, und Trinkgeld gab er nie.
Er doch nicht. Im Grunde war er bei jenen seltenen Gelegenheiten, wenn er auswärts aß oder trank, immer in Gesellschaft.«

Honey nickte verständnisvoll. »Und seine Begleitung be-
glich die Rechnung? Seine Firma jedoch nicht.«

»Genau.«

Honey dachte darüber nach. Der alte Scrimshaw schien
wirklich geradewegs aus Dickens' Weihnachtsgeschichte
entsprungen zu sein.

»Hatte er irgendwelche Freunde, soweit Sie wissen?«

Alistair stellte seinen Henkelbecher auf den Tisch und
wischte sich mit dem Handrücken den Mund ab. »Das war
ein toller Kaffee. Vielen Dank.«

»Gern geschehen.«

»Ich erinnere mich nicht, dass jemand je seine Freunde
erwähnt hätte, aber es heißt, dass er als junger Mann ein
rechter Schwerenöter gewesen sein soll.«

»Wirklich?«

Honey fiel die geschiedene Mrs. Finchley wieder ein.
Vielleicht hatte sie mit ihrer Vermutung von unerwiderter
Liebe doch nicht ganz so falsch gelegen?

»Es wurde auch mal eine Familie erwähnt – eine Schwester –, inzwischen wahrscheinlich nicht mehr am Leben,
würde ich vermuten. Und dann war da natürlich sein Geschäftspartner Eamon Mallory, obwohl wir ja alle wissen,
dass der schon einige Jahre tot ist.«

»Wie ist Mallory gestorben?«

»Eamon Mallory?« Alistair legte seine Stirn in nachdenk-
liche Falten. »Nun, da muss ich mal überlegen.« Er warf den
Kopf in den Nacken und schloss die Augen. Die Hände um-
klammerten noch immer fest den Becher, als wollte er ihn

am Weglaufen hindern. »Ich meine gehört zu haben, dass er bei einem Brand umgekommen ist. Das ist im Grunde alles, was ich weiß. Vielleicht hat Mallory aber noch Angehörige. Er soll ja ebenfalls ein Schürzenjäger gewesen sein. Merkwürdig, dass beide eine Schwäche für die Damen hatten, obwohl natürlich die Jahre beim alten Scrimshaw die Begierde wohl inzwischen ein wenig gedämpft haben. Gerüchte hat es jedenfalls gegeben.«

»Also ein alter Bock?«

»Na, na«, sagte Alistair, und seine Stimme war so laut, dass sich einige Gäste zu ihnen umdrehten. »Irgendwann im Leben verspürt doch jeder Mal eine Zeitlang heftig den Fortpflanzungstrieb. Selbst Sie, was, Mädel?«

Honey tat so, als wäre sie peinlich berührt. Alistair kannte sie gut. Sie war nun schon eine ganze Weile mit dem massigen Schotten aus dem Auktionshaus befreundet. Das war sehr hilfreich, denn er gab ihr gern mal einen Tipp, wenn ein besonders interessantes antikes Dessous versteigert werden sollte.

Sie lenkte ihre Gedanken wieder auf Scrimshaw.

»Andererseits kann Scrimshaw doch nicht immer so knauserig gewesen sein. Weihnachten ist er jedes Jahr in ein Hotel in Ilfracombe gefahren.«

Alistair verzog das Gesicht. »Im Sommer mag das ja ganz nett sein, aber im Winter ist es dort wohl ein bisschen trostlos.«

»Vielleicht hatte er genug von der Trostlosigkeit. Vielleicht hat er deswegen beschlossen, dieses Jahr Weihnachten zu Hause zu bleiben – im trauten Kreis seiner Angestellten, wenn schon nicht seiner Familie, und in einer Stadt, in der zu jeder Jahreszeit etwas geboten wird.«

Alistair zuckte die Achseln. »Sie basteln sich da ein rosarotes Bild von Clarence Scrimshaw zurecht, Mrs. Driver.

Der Mann lebte nur fürs Geldverdienen, nicht fürs Feiern. Und jetzt entschuldigen Sie mich bitte«, sagte er und erhob sich von seinem Stuhl. »Ich muss den Zug nach Edinburgh erwischen. Sie feiern mal schön Weihnachten. Ich mache jetzt, was alle Schotten um diese Jahreszeit tun – auf nach Hause und dann fertig machen zum Hogmanay*.«

Sie wünschte ihm ein glückliches neues Jahr und eine schöne Zeit mit seinen Leuten in Schottland. Nördlich der schottischen Grenze wurde zwar auch Weihnachten gefeiert, aber die wirklichen Festivitäten begannen erst Silvester, wenn aus voller Kehle und zum Klang eines Dudelsacks »Auld Lang Syne«** gesungen wurde, alle gefüllten Schafsmagen aßen, Unmengen tranken und Gedichte von Rabbie Burns*** rezitierten.

Alistair hatte ihr bestätigt, was sie schon mehrfach gehört hatte. Scrimshaw hatte keine Freunde. Und doch hatte ihm, laut Samantha Brown, jemand von irgendwo etwas geschickt, das wie ein Geschenk aussah. Die junge Frau hatte allerdings nicht berichtet, ob das Paket in buntes Geschenkpapier eingewickelt und mit schönen Bändern und Schleifen verziert gewesen war. Aber ein Geschenk ist ein Geschenk, besonders um diese Jahreszeit.

Nachdem Honey ihre zweite Tasse Schokolade ausgetrunken hatte, trugen ihre Stiefel sie beinahe von allein in Richtung Cobblers Court.

Der Himmel war bleigrau, die Luft eiskalt. Die Leute rannten kopflos umher, um in letzter Minute noch Einkäufe zu tätigen. Es sah alles beinahe aus wie eine Szene aus einem

---

* Hogmanay ist die schottische Bezeichnung für den Silvestertag.
** Auld Lang Syne: traditionell zu Silvester und als Abschiedslied gesungenes Lied von Robert (Rabbie) Burns. In der deutschen Übersetzung »Nehmt Abschied, Brüder«.
***Robert Burns (1759–1796), schottischer Nationaldichter.

Stummfilm, in dem sich Frauen mit großen Hüten und Männer mit Melonen auf dem Kopf rasend schnell bewegen, viel schneller als in Wirklichkeit.

In der Gasse, die auf den Cobblers Court führt, hatte sich eine Menschenmenge versammelt. Neugierige Augen schauten hinter nebligen Atemwolken hervor. Es herrschte der kurz vor Weihnachten übliche übermütige Trubel. Ein paar Leute trugen Rentiergeweihe aus Plastik oder rote Mützen mit weißem Pelzbesatz auf dem Kopf. Drei junge Männer, die offensichtlich schon ziemlich angeheitert waren, hatten sich untergehakt und gaben eine schmissige Version von »Stille Nacht« zum Besten.

»Hier kommt jetzt niemand durch«, verkündete ein Polizist in Uniform, der vor einem Absperrband stand. Haltung und Stimme strahlten Autorität aus. »Wenn Sie hier nichts in offizieller Funktion zu erledigen haben, gehen Sie bitte nach Hause. Hier passiert nichts Aufregendes mehr.«

»War es ein Mord?«, fragte eine dicke Amerikanerin, die einen buckligen Mann im Schlepptau hatte.

»Jawohl, gnädige Frau.«

»Wie schrecklich. Und ausgerechnet so kurz vor Weihnachten. Was ist nur aus der Welt geworden?« Die Frau gackerte wie ein Huhn. »Das heißt dann wohl, dass ihr armen Polizisten wieder die Nacht zum Tage machen müsst, um den Mörder zu finden?« Diese Frage war an den uniformierten Polizisten gerichtet, der den Eingang bewachte.

Der Polizist war geduldig und ziemlich geschickt im Umgang mit Ausländern, da er eine ganze Weile als Verkehrspolizist gearbeitet hatte und immer wieder mit Besuchern der Stadt zu tun gehabt hatte, die an Linkssteuerung und Rechtsverkehr gewöhnt waren und große Schwierigkeiten mit dem Kreisverkehr an den Kreuzungen und dem Einbahnstraßensystem von Bath hatten.

Mit gewichtiger Miene und anscheinend um einige Zentimeter gewachsen antwortete er höflich: »Jammerschade, gnädige Frau, aber dazu sind wir ja da. Das ist unsere Aufgabe.«

»Ach je«, seufzte die Frau und sagte dann zu ihrem Be-
gleiter: »Ist das nicht wunderbar, Cecil?«

Die beiden alten Leutchen wandten sich nun abrupt um
und stießen mit Honey zusammen.

»Oh, tut uns leid, Miss.«

»Keine Ursache.«

»Sind Sie Engländerin?«, fragte die Amerikanerin ver-
wundert, als sei Bath nur von Touristen aus Übersee bevöl-
kert. Eine Art riesiges Disneyland.

Honey bestätigte, dass sie tatsächlich aus Bath stammte.

»Nun, dann muss ich Ihnen sagen, Ihre Polizisten sind
einfach wunderbar.« Dies nuschelte die Dame in bestem
Tennessee-Amerikanisch hervor.

Honey machte einen raschen Schritt nach vorn, ehe der
Polizist die Gelegenheit bekam, sie abzuwimmeln.

»Ist Doherty hier? Ich muss mit ihm sprechen.«

Er schüttelte den Kopf. »Die Öffentlichkeit und die Presse
sind nicht ...«

»Ich bin seine Verlobte.«

Das Wort war ihr herausgerutscht, ehe sie es verhindern
konnte. Die Frau aus Tennessee blieb wie angewurzelt stehen und gratulierte.

»Was sagst du dazu, Cecil? Die Dame heiratet einen Polizisten.«

»Danke«, sagte Honey, während der Polizist das Absperrband für sie hochhielt. Im Nachhinein tat es ihr leid, dass
sie laut mit dieser Neuigkeit herausgeplatzt war. Vielleicht
rührte das ungute Gefühl daher, dass sich Gerüchte in Bath
wie Lauffeuer verbreiteten, vielleicht war es aber auch nur
eine Vorahnung der Dinge, die da kommen würden.

Fünfzehn

»Das wär's«, sagte Lindsey, die sehr zufrieden mit sich war. Sie richtete diese Worte an das weihnachtliche Arrangement, das sie gerade an einem Ende des Empfangstresens aufgestellt hatte: rote Weihnachtssterne, Tannenzapfen und getrocknete Apfelscheiben, alles in einem ausgehöhlten Stück Baumrinde hübsch angeordnet.

Die Hände in die Hüften gestützt, bewunderte sie ihre Schöpfung von verschiedenen Seiten. Ja, es war goldrichtig so. Es sah wunderbar aus und duftete noch dazu herrlich.

Ein Schwall kalter Luft wehte durch die Tür herein, und gleich dahinter tauchte ein Polizist im Empfangsbereich auf. Er trug eine Plastiktüte, die recht schwer aussah.

Sein Gesicht war rosig, vielleicht vor Kälte. Wenn er lächelte, glänzten seine beiden leicht vorstehenden großen Schneidezähne.

»Das ist schon mal die erste Lieferung Würste. Ihre Mutter hat die zweite Tüte. Sie und der Chef sind noch schnell zusammen Mittag essen gegangen. Sieht ja ganz so aus, als hätten die beiden einiges zu besprechen.«

»Ah ja. Den Mord an Baths höchsteigenem Mr. Scrooge, habe ich mir sagen lassen.«

Ein wissendes Lächeln erhellte das runde Gesicht des Polizisten, und er blinzelte Lindsey mit Verschwörermiene zu. »Klar, und die bevorstehende Hochzeit. Ich denke, da haben sie auch noch einiges zu arrangieren.«

Lindsey zog die Stirn in Falten. »Wie bitte?«

»Ihre Mutter hat gesagt, dass sie die Verlobte des Chefs ist. Ich hab's aus berufenem Munde.« Er unterbrach sich, nachdem er Lindseys Gesichtsausdruck bemerkt hatte. »Das sollte doch nicht etwa geheim bleiben?«

»Nein. Nein. Natürlich nicht.«

»Dann tschüss. Und fröhliche Weihnachten!«

»Fröhliche Weihnachten.«

Lindsey spürte, wie ihr die Hitze ins Gesicht stieg. Wer sonst wusste es noch? Das würde sie jetzt rausfinden, verflixt und zugenäht! Zuerst fragte sie Anna.

Die war völlig begeistert, als sie die Nachricht erfuhr. »Wie wunderbar!«

»Wusstest du davon?«

Anna schüttelte den Kopf. »Nein. Aber es ist doch herrlich, nicht?«

Lindsey wollte sich da nicht festlegen. Ja, es war herrlich. Aber noch herrlicher wäre es gewesen, wenn man es *ihr* zuerst erzählt hätte. Was lief hier ab?

Sobald sie sich in der friedlichen Stille eines unbelegten Zimmers befand, tippte sie die Handynummer ihrer Mutter.

»Was höre ich da, dass ihr heiratet, du und Doherty?«

Am anderen Ende herrschte benommenes Schweigen.

»Ich wollte es dir immer sagen«, begann ihre Mutter zögerlich, »aber du weißt doch, wie viel zu tun war. Wie hast du …?«

»Von einem Wildfremden. Ein wildfremder Mann mit einer Polizeiuniform und einer Tüte Würste in der Hand hat es mir erzählt.«

»Wir haben noch nichts fest vereinbart …«

»Und zweifellos erfahre ich es dann auch als Allerletzte, wenn ihr was vereinbart.«

Sie beendete das Gespräch abrupt. Sie war ihrer Mutter gegenüber nicht mehr so aufsässig gewesen, seit sie vierzehn Jahre alt war und wie alle Teenager ausprobierte, wie weit sie gehen konnte. Aufsässigkeit, das gehörte in dem Alter einfach dazu – und sie war nicht einmal besonders frech gewesen. Vielleicht war dies eine leicht verzögerte pubertäre Reaktion?, überlegte Lindsey.

»Oder ich bin einfach eine Spätentwicklerin«, murmelte sie und machte sich auf den Weg in die Küche.

Sie stürmte zur Küchentür herein, die krachend hinter ihr zufiel. Ihre Augen funkelten wütend.

»Okay. Wer hier weiß davon, dass meine Mutter verlobt ist?«

Smudger wich in Richtung Herd zurück und schüttelte energisch den Kopf.

»Ich weiß nichts. Überhaupt nichts. Ich bin nur der Chef im Maschinenraum, okay?«

Nein, nichts war okay, aber sie überließ die Leute in der Küche wieder ihrer Arbeit und blieb erst stehen, als sie einen passenden Alkoven erreicht hatte. Davon gab es im Green River Hotel jede Menge. Sie stand mit geschlossenen Augen und wild klopfendem Herzen da in der Ecke. Sie war wütend. Sehr wütend!

Dass ein stinknormaler Polizist ihr die Neuigkeiten mitgeteilt hatte, ehe ihre Mutter es getan hatte! Das war nicht in Ordnung. Das war überhaupt nicht in Ordnung!

Wäre Anna inzwischen von ihrer kleinen Ruhepause zurückgekehrt gewesen und Mary Jane nicht in den Empfangsbereich gerauscht gekommen, so hätte Lindsey vielleicht ihre Mutter noch einmal angerufen und sich entschuldigt. Aber Anna war nirgends zu sehen, und Mary Jane sah sehr aufgeregt aus und musste ihr anscheinend unbedingt etwas erzählen.

»Ich habe mir überlegt, dass ich vielleicht am zweiten Feiertag eine Séance abhalte. Die Veranstaltung mit den Gespenstergeschichten ist völlig ausgebucht. Ich habe mir gedacht, dass ein paar von den Leuten, die dahin gehen, vielleicht auch zu einer Séance kommen würden. Was meinst du?«

Lindsey dachte darüber nach. »Hast du je bei so was jemanden heraufbeschworen?«

»Natürlich. Da war die spanische Frau, deren Mann verdächtigt wurde, sie ermordet zu haben; und der Straßenräuber aus Lincolnshire, den sie damals aufgehängt haben; am aufregendsten von allen war allerdings der Gentleman aus dem Regency-Zeitalter, der sich erschossen hat, nachdem er alles beim Kartenspiel verloren hatte ...«

»Was ist mit Leuten, die in neuerer Zeit gestorben sind?«

Mary Jane schaute sie fragend an. »Warum nicht? Denkst du an jemand Speziellen?«

»Meinen Vater.«

Im Cobblers Court kam Doherty die Treppe aus dem Stockwerk herunter, wo der Mord geschehen war. Er hatte die Hände in den Hosentaschen und das Kinn gesenkt.

Honey sah den Schatten eines Lächelns, als er sie bemerkte.

»Das Büro ist gleich die erste Tür vorn«, sagte er. »Du kannst es dir ansehen, sobald die Jungs in den Schutzanzügen fertig sind. Die Wohnung ist im obersten Stockwerk. Ich war kurz mal drin. Keine Weihnachtskarten. Keine einzige. Auch kein Paket.«

Aus seiner grimmigen Miene folgerte Honey, dass die Methode, mit der man Clarence Scrimshaw ins Jenseits befördert hatte, wohl besonders widerlich gewesen war und dass er ihr längst nicht alles erzählt hatte.

»Und die Weihnachtskarten im Büro?«

»Die meisten sind von Lieferanten.«

»Hm«, sagte sie nachdenklich. »Die wollten ihn wahr-

143

scheinlich einfach nicht verärgern, weil sie scharf drauf waren, irgendwann ihr Geld zu kriegen.«

»Vielleicht.«

Sie warteten, bis jemand herunterkam und ihnen mitteilte, sie wären mit der Arbeit fertig, außer am eigentlichen Tatort in Clarence Scrimshaws Büro.

Honey folgte Doherty die Treppe hinauf.

Die Wände der Zimmer waren verputzt und gestrichen. Im Hauptbüro standen vier Schreibtische. An die Trennwände zwischen den Arbeitsplätzen waren Weihnachtskarten geheftet. Ein paar waren auf dem Kaminsims aus weißem Marmor aufgereiht.

»Sind in Mr. Scrimshaws Büro auch Karten?«

»Nein, keine. Dieser Longborough hat ausgesagt, dass Scrimshaw die Briefumschläge immer selbst öffnete und die Karten dann Samantha Brown übergab. Die hat sie wohl hier aufgehängt und hingestellt.«

Er nahm eine Karte in die Hand, auf der ein rundliches Rotkehlchen auf einem Baumstamm saß. »Die ist nur mit Initialen unterschrieben.«

Honey schaute sie sich an. Da stand »Für Clarence«. Darunter sah man den Abdruck eines roten Kussmunds und die Initialen JF.

»Wir könnten einen DNS-Test vom Lippenstift machen«, meinte Doherty.

Honey stellte die Karte wieder auf das Kaminsims. »Die Mühe kannst du dir sparen. Ich weiß, wer die geschickt hat. Die liebeskranke Mrs. Janet Finchley. Sie hatte neulich bei der Party genau diese Lippenstiftfarbe aufgetragen.«

»O ja. Natürlich. Sie ist keine Verdächtige, soweit ich mich erinnern kann.«

»Nur eine verliebte Frau.«

144

»Ist sie dick?«

»Ziemlich. Warum fragst du?«

»Mr. Scrimshaw war recht klein. Etwa eins zweiundfünf-
zig.«

»Seltsames Paar. Nicht dass sie ein richtiges Paar gewesen
wären.«

»Wenn man erst mal in der Horizontalen ist, kommt es
auf die Körpergröße nicht mehr so an.«

Honey schaute weiter die Weihnachtskarten durch, während Doherty fortging, um sich mit den Leuten in den weißen Schutzanzügen zu unterhalten.

Die meisten Grußkarten stammten von Unternehmen,
die mit dem Verlag zu tun hatten: von Druckereien, Com-
puterfirmen, Schreibwarenhändlern. Die Weihnachtsgrüße
waren gedruckt und dann mit unleserlichen Krakelunter-
schriften gezeichnet, die genauso gut vom Generaldirektor
wie vom Lehrling in der Poststelle stammen konnten.

Es war so, wie sie es erwartet hatten. Clarence Scrimshaw
war nicht so beliebt, dass er Weihnachtskarten von alten
Freunden und von Verwandten erhielt – vielleicht, weil er
selbst nie welche verschickte oder weil er niemanden hatte,
dem er welche schicken konnte.

Von einem Paket, ungeöffnet oder geöffnet, war keine
Spur. Falls Scrimshaw ein Geschenk erhalten hatte, dann
hatte er es nicht im Büro gelassen.

»Es muss von jemandem gewesen sein, den er kannte«,
sagte Doherty, als er zurückkam. Er rieb sich nachdenklich
über das stachelige Kinn. »Du hast gesagt, dass er am ersten
Feiertag zu euch zum Mittagessen kommen wollte?«

»Alle Angestellten von Mallory und Scrimshaw, inklusive Chef, sind angemeldet. Was laut unserem Freundchen
Mr. Longborough und seinen Kollegen völlig untypisch
für ihn war. Samantha Brown hat berichtet, dass er sonst

Weihnachten immer ein Zimmer im Bay View Hotel in Ilfracombe gebucht hat.«

»Dieses Jahr auch«, erwiderte Doherty. »Das ist mir gerade bestätigt worden.«

Honey runzelte die Stirn. »Zwei Hotels? Das ergibt ja gar keinen Sinn, obwohl er für den ersten Feiertag keine Zimmer reserviert hat. Vielleicht wollte er den Heiligabend in Ilfracombe verbringen, dann zum Mittagessen hierherfahren und anschließend wieder zurück?«

»Er hat in Ilfracombe ein All-inclusive-Paket gebucht. Das hat er anscheinend jedes Jahr so gehalten.«

Honey schaute nachdenklich. Je mehr sie über das Leben von Clarence Scrimshaw herausfanden, desto mehr fragte sie sich, ob er die Reservierung im Green River wirklich selbst vorgenommen hatte.

Doherty dachte offensichtlich ähnlich. »Warum sollte er bei dir buchen, wenn er schon woanders reserviert hatte? Bist du sicher, dass tatsächlich Mr. Scrimshaw bei dir angerufen hat?«

Honey strich sich über die Stirn und versuchte sich an das Telefonat zu erinnern. »Ich kannte ihn ja nicht, aber seine Stimme war ziemlich unverwechselbar. Sie ähnelte ein wenig der von Laurence Olivier – vielleicht war er Laienschauspieler. Mich hat nur interessiert, dass seine Kreditkartenangaben stimmten, und die waren in Ordnung, als ich sie überprüft habe. Was ist mit einem Testament? Wer erbt?«

»Der Schatzkanzler Ihrer Majestät. Scrimshaw hat kein Testament gemacht, also fällt alles an die Krone. Ich nehme an, er war zu geizig, um zu sterben – oder hat sich eingebildet, er würde ewig leben.«

»Was für ein Idiot! Ein sehr toter Idiot!«, fügte sie etwas leiser hinzu.

Doherty strich ihr zärtlich über den Nacken. »Es ist gut, dass ich am ersten Feiertag bei dir im Hotel bin. Ich muss Longborough und den anderen noch ein paar weitere Fragen stellen. Die haben schon zu Protokoll gegeben, dass ihr Chef nicht gerade der Typ war, der große Feiern schmeißt und mit Geld um sich wirft. Und wenn ich mir das hier ansehe, dann glaube ich ihnen«, sagte er und deutete auf die uralte, dunkle Eichentäfelung und die vielen Türen, die von einem unaufgeräumten Flur abgingen.

»Immer noch keine Spur von dem Geschenk, das erwähnt wurde. Es muss doch irgendwo sein! Samantha Brown hat es ja sehr genau beschrieben. Es war so und so groß und schwer – vielleicht ein Buch?«

»Ob es oben in seiner Wohnung ist? Auf den ersten Blick habe ich nichts von der Art entdecken können. Vielleicht schauen wir noch mal nach«, antwortete Doherty.

Er sah müde aus. Sie versprach ihm, dass er Weihnachten Gelegenheit zum Ausruhen bekommen würde.

»Du bist dann zwar immer noch im Dienst, aber du bekommst ein feines Essen und darfst ein Nickerchen vor dem Fernseher machen, wenn du versprichst, während der Weihnachtsansprache der Königin nicht zu schnarchen. Das zeugt von mangelndem Respekt.«

»Ihre Majestät wird es nie erfahren, ob ich einschlafe oder nicht. Und du? Wirst du einschlafen?«

»Nein. Und ich serviere den besten Kognak.«

»Dann bin ich dabei.«

»Anschließend hast du das Vergnügen, an Mary Janes Stunde mit Gespenstergeschichten teilzunehmen. Ach, komm schon«, sagte sie, als er das Gesicht verzog, »in dieser weihnachtlichen Zeit freut sich doch jeder über eine gute Gruselgeschichte.«

»Wie könnte ich da widerstehen?«

Sein Lächeln war vielversprechend. Aber sie ließ sich nicht täuschen. Sobald ein Fall ihn gepackt hatte, war Doherty wie ein Hund mit einem saftigen Knochen. Er verbiss sich darin, schlief nachts kaum mehr als ein paar Stunden. Das wusste sie. Schließlich hatte sie schon bei ihm geschlafen. Ihr war klar, dass er am ersten Feiertag genauso sehr wegen der Angestellten von Mallory und Scrimshaw wie ihretwegen im Hotel sein würde.

Sechzehn

Honey hatte sich gerade von Doherty verabschiedet und wollte vom Cobblers Court nach Hause aufbrechen, als sie ein Schild bemerkte: *Hummeln unterm Hut – Wiedereröffnung unter neuer Leitung.*

Eine dicke Hummel schien mit einem schwarzgelben Bogen zu schießen. Der Pfeil deutete eine schmale Treppe hinauf.

Honey konnte ihre Aufregung kaum unterdrücken. Ein Weihnachtswunsch war in Erfüllung gegangen. Sie hatte einen ziemlich neuen und versteckt liegenden Frisörsalon gefunden! *Hummeln unterm Hut,* das musste doch ein Frisör sein! Ihr Herz setzte nicht gerade aus, aber ihre Haare schienen sich vor Aufregung aufzustellen.

Nachdem sie im Salon ihr Problem erklärt hatte, antwortete eine junge Frau mit glattem schwarzem Haar, man habe zufällig einen Termin für sie frei. »Sie haben wirklich Glück. Ariadne wird Sie bedienen.«

Ariadne hatte harte Augen und geflochtene blonde Zöpfchen mit Holzperlen an den Enden, die ihr um die Schultern klapperten.

»Was für ein Problem haben Sie denn?«, fragte sie, ohne sich die Mühe zu machen, guten Tag zu sagen.

Honey zog ihren Hut vom Kopf.

»Ein Unfall. Können Sie mir helfen?«

Ariadne musterte Honeys Haare mit Todesverachtung und stellte die megapeinliche Frage: »Wer hat die gefärbt?«

»Eine Freundin.«

»Hat sie zuerst einen Farbtest gemacht?«

Dass Mary Jane ihr das Haar ruiniert hatte, hatte die Freundschaft der beiden Frauen auf eine harte Probe gestellt, aber vor Ariadne wollte Honey das nicht unbedingt zugeben.

»Ich glaube, das Verfallsdatum der Farbe war schon abgelaufen. Ich möchte gern, dass Sie daran was ändern. Es ist einfach nicht meine Farbe.«

»Ganz meine Meinung. Neon-Orange, das passt nur zu Orang-Utans, und selbst die würden vielleicht nach ihren Sonnenbrillen suchen.« Die Stimme der Frisörin war völlig emotionslos. Falls sich Ariadne je aufregte, ihrer Stimme würde man es jedenfalls nicht anmerken.

»Es sollte ja auch nicht diese Farbe werden. Und ich hätte mich nie auf so was eingelassen, hätte ich mehr Zeit gehabt und einen Termin bekommen – irgendwo.«

»Alles nur Ausreden! Beim Haarefärben muss man sehr vorsichtig sein. Ältere Frauen ganz besonders. Aber ja, es ist nicht unmöglich, da was zu ändern. Wir haben allerdings sehr viel zu tun. Ich färbe selbst sonst keine Haare. Ich bin Stylistin. Ich übernehme es ausnahmsweise, aber nur, wenn Sie mir versprechen, nie wieder so was Blödsinniges zu tun.«

Honey schluckte. Hatte sie sich da vielleicht verhört? Oder sollte man Ariadne auf Miss Unverblümt umtaufen?

Honey meinte, sie sollte die Frisörin vielleicht auf ihren Fehler hinweisen.

»Entschuldigung, aber gehört es nicht zu Ihren Aufgaben, dafür zu sorgen, dass ich mich hier wohl fühle und entspanne? Und sollten Sie mich nicht fragen, ob ich Weihnachten irgendwas Besonderes vorhabe? Alternativ könnten Sie sich danach erkundigen, ob ich mich in das Chaos der Flughäfen stürzen und auf die Möglichkeit einlassen werde, dass in Spanien die Fluglotsen streiken. Vielleicht bleibe ich auch Weihnachten zu Hause und habe Tante Mabel zum

Mittagessen eingeladen – nicht dass ich eine Tante Mabel hätte –, aber Sie könnten sich doch wenigstens erkundigen.«

Ariadne war von Honeys offensichtlichem Sarkasmus völlig ungerührt und hob die orangen Locken in die Höhe.

»Klar könnte ich das, wenn Sie idiotisches Gefasel möchten. Mir persönlich ist es schnurzpiepegal, was die Leute an den Feiertagen machen, solange ich ein paar Tage frei kriege. Aber wenn Sie drauf bestehen: Was machen Sie Weihnachten?«

»Arbeiten.«

»Na, davon will ich bestimmt nichts hören!«

»Weihnachten ist im Hotelgewerbe eine sehr geschäftige Zeit. Ich habe noch viel vorzubereiten und kann hier nicht den ganzen Tag rumsitzen und dummes Zeug reden. Ich wäre Ihnen sehr verbunden, wenn Sie sich jetzt ein bisschen beeilen würden.«

»Mir soll's recht sein.«

Ariadne trug farbbespritzte Gummihandschuhe und schien beinahe endlos mit Pinsel, Stielkamm und Alufolie zu hantieren. Ihre Finger flogen mit dem gleichen Geschick hin und her, mit dem Smudger, der Chefkoch, die Füllung in einen Truthahn stopfte. Obwohl die Folie für Honeys Haare bereits in kleine Quadrate geschnitten war, ging ihr der Truthahn nicht aus dem Kopf. Eben jetzt bepinselte bestimmt ihr Koch das Weihnachtsgeflügel mit Butter und hüllte ihm die mit Speck belegte Brust in Alufolie. Wie geschickt stellte sich Adriane wohl an, wenn es darum ging, kleine Klopse aus der überschüssigen Truthahnfüllung zu drehen oder Speck um Würstchen zu wickeln?

»Fertig!«, rief Ariadne.

Honey musterte ihr Spiegelbild und fand, dass sie aussah wie ein Stapel ordentlich in Folie verpackter Sandwiches. Ihr Kopf wirkte zweimal so groß wie sonst.

Ariadne warf den Stielkamm und den Farbpinsel, mit denen sie gearbeitet hatte, in eine kleine Plastikschüssel.

»So! Die Farbe sollte gut einwirken. Aber eigentlich ist alles besser als dieser Look Marke explodierende Karotten. Kommen Sie jetzt bitte mit hierherüber.«

Langsam fand Honey den Vergleich mit Karotten nicht mehr sonderlich komisch. Und schon gar nicht den mit explodierenden Karotten. Allmählich war sie selbst kurz vor dem Explodieren.

Beruhige dich. Denk dran, wie toll du aussehen wirst.

Als wäre sie blind und müsste davor bewahrt werden, mit Gegenständen und anderen Menschen zusammenzustoßen, führte man sie in eine Ecke, wo ein Stuhl vor einem Spezialtrockner stand. Sie hatte derlei Geräte schon mal gesehen. Diese Dinger hatten drei verstellbare längliche Heizelemente, die in Kopfhöhe an einer Stange angebracht waren. Man hatte den Stuhl so hingestellt, dass sie aus dem Fenster schauen konnte. Der dreiteilige Trockner wurde rings um ihren Kopf geklappt, so dass etwa zehn Zentimeter zwischen dem Trocknen und dem Versengen ihrer Haare lagen.

Die Wärme am Kopf war sehr angenehm. Honey machte es sich unter ihrem Nylonumhang bequem.

Durch das Fenster konnte sie das Gebäude gegenüber sehen – das Gebäude mit den Büros von Mallory und Scrimshaw.

Honey beobachtete Doherty und die Leute in den weißen Schutzanzügen. Sie wirkten wie Schneemänner, hoben sich sehr weiß von den dunklen Wänden ab, während sie Beweismittel fotografierten, registrierten und eintüteten. Sie konnte sogar den Schreibtisch erkennen, den vier massige Männer gerade zur Tür herauszutragen versuchten.

Bald war die schroffe Ariadne vergessen, und die Wärme des Haartrockners machte Honey ganz schläfrig. Ihr fielen

152

die Augen zu. Dieser Mord war eine schreckliche Sache, aber sie musste positiv denken. Möglicherweise würde der Ausgang des Falls sich auf ihre Zimmerbelegung auswirken, oder nicht? Was konnte sie schon dafür? Aber was für den einen schlecht war, war für einen anderen vielleicht gut. Sie war eigentlich nicht geldgierig, sie dachte einfach praktisch.

Sie gab sich im Stillen das Versprechen, von jetzt an öfter mal zum Frisör zu gehen. Nicht unbedingt zu diesem Frisör. Ariadne konnte man gewiss nur in kleinen Dosen ertragen. Aber es waren ja noch andere Haarkünstler in Bath – sogar sehr gute –, wenn sie auch auf keinen Fall, rief sie sich in Erinnerung, zum Frisör ihrer Mutter gehen wollte, zu Antoine mit den Schlangenhüften und den schmalen Händen.

Trotzdem hatte man wunderbar Zeit zum Nachdenken, wenn man mit warmem Kopf auf einem Stuhl saß und sonst nichts zu tun hatte.

Dass ihre Haarfarbe höchstwahrscheinlich entschärft war, erleichterte sie kolossal. Und das Sitzen tat ihren Füßen gut.

Mit zu Schlitzen verengten Augen schaute sie sich das Gebäude gegenüber etwas genauer an. In dem Stockwerk, wo Scrimshaw ermordet worden war, sah sie vier Fenster. Das Zimmer ganz rechts war hell erleuchtet. Sie konnte gerade noch die letzten Mitarbeiter des Forensik-Teams ausmachen, die dort arbeiteten. Im Raum nebenan ging es weniger geschäftig zu. Das Zimmer genau ihr gegenüber war Mr. Scrimshaws Büro mit der dunklen Holztäfelung und der spartanischen Möblierung.

Plötzlich schaltete jemand das Licht aus. Es schien, als wäre ein Vorhang vor einer Bühne gefallen, als wäre nichts dort drüben wirklich gewesen, nur ein inszeniertes Theaterstück.

Ariadne kam nachsehen, ob die neue Haarfarbe gleich-

mäßig einwirkte. Sie klappte eines der in Alufolie einge-
schlagenen Haarpäckchen auf.

»Ah! Eine Profi-Färbung!«

»Die wird mich wahrscheinlich ein Vermögen kosten.«

»Selbst schuld. Sie hätten gleich einen Profi ranlassen sollen.«

Die Schlussfolgerung, dass ihre eigenen Bemühungen –
vielmehr Mary Janes Bemühungen – dilettantisch gewesen
waren, war offensichtlich. Aber so einfach wollte Honey das
nicht hinnehmen.

»Ich konnte keinen Termin bei einem anständigen Frisör
bekommen – jedenfalls nicht bei einem, den man mir empfohlen hätte.«

Sie bemerkte, wie sich Ariadnes Lippen verzerrten, weil
sie sich über die Andeutung ärgerte, dass niemand sie empfohlen hatte.

»Ach, egal«, sagte Ariadne schließlich. »Wie wär's wieder
mit ein wenig Konversation? Also, dann schauen wir mal.
Womit fange ich an? Ich weiß, wie wäre es, wenn ich Sie
frage, ob Sie die Aussicht genossen haben?«

Honey rümpfte die Nase. »Die ist ja nicht gerade phantastisch. Das sind doch nur Büros.«

»Aber im Augenblick weit mehr als Büros. Da ist was echt
Aufregendes passiert. Ein richtiggehender kleiner Mord«,
antwortete Ariadne so selbstzufrieden, als wäre das ihr Ver-
dienst. »Die Polizei ist noch immer drüben und untersucht
den Fall. Das sind vielleicht Bauerntrampel. Na ja, so wie
die aussehen, vertreiben sie wenigsten die Mäuse aus dem
Haus, wenn sie schon sonst nichts auf die Reihe kriegen.«

Doherty war auch da drüben. Honey fühlte sich verpflichtet, etwas zu seiner Verteidigung vorzubringen.

»Ach, ich weiß nicht, ein, zwei von denen sehen doch
ganz schnuckelig aus.«

»Ist mir noch nicht aufgefallen«, sagte Ariadne mit einem verächtlichen Schniefen. »Ich bemerke nur wirklich attraktive Männer.«

»Ich auch, aber ich habe Glück. Ich habe supergute Augen.«

Ariadne spitzte ihre hellrosa geschminkten Lippen, als müsste sie erst noch eine Antwort hinunterschlucken, die ihr auf der Zunge lag.

»Sind die schon hier gewesen und haben Fragen gestellt?«, erkundigte sich Honey.

»Saudumme Fragen. Als hätte jemand von uns was gesehen. Um diese Jahreszeit haben wir alle Hände voll zu tun, und außerdem ist unsere Arbeit hochkompliziert. Eine Stylistin muss sich unbedingt zu hundert Prozent auf das konzentrieren, was sie macht.«

»Dann sollte ich Ihnen wirklich dankbar sein, dass Sie mich noch dazwischenschieben konnten. Aber andererseits, Sie sind ja noch recht neu hier, und irgendwie liegt der Salon ein wenig versteckt und weitab vom Schuss. Da kann es gar nicht leicht sein, sich einen Kundenstamm aufzubauen.«

Sofort erkannte sie an Ariadnes trotzig in die Höhe gereckter Nase, dass jetzt nicht nur der Ton eisig werden würde.

»Wir haben seit der Eröffnung hier durchgehend sehr viel zu tun, danke der Nachfrage! Ich konnte Sie nur dazwischenschieben, weil jemand kurzfristig abgesagt hat.«

Honey verzog das Gesicht, während die silberne Alufolie unsanft von einer Haarsträhne gepellt wurde, Ariadne erneut mit scharfem Blick die Farbe kontrollierte und sie wieder einpackte.

»Bin ich fertig?«

»Was mich betrifft, ja. Ich schicke Ihnen in ein paar Minuten einen Lehrling. Tallulah kann Sie weiter bedienen.«

Die Räder an Honeys Stuhl und am Haartrockner quietschten, als sie noch näher ans Fenster geschoben wurde.

War sie überempfindlich, oder hatte man sie absichtlich mit dem Rücken zum restlichen Salon platziert – wie ein unartiges Schulmädchen, das in der Ecke stehen muss?

Ruhig Blut! Konzentriere dich auf deine Aufgabe.

Ariadnes brüskes Verhalten schockierte Honey ein wenig. Frisöre waren doch sonst, genau wie Leute aus dem Hotelfach, im Umgang mit ihren Kunden stets höflich. Nichts als Freundlichkeit und Nettigkeit im Kontakt mit der Öffentlichkeit, übergestreift wie wattierte Schutzkleidung. Sobald man zu Hause und im trauten Kreis der Familie war, legte man diese Hülle sofort ab. Gewöhnlich war es jedenfalls so. In Ariadnes Fall war dieser Schutz gar nicht erst zum Einsatz gekommen. Nehmen Sie mich, wie ich bin. Und wenn nicht, dann haben Sie eben Pech gehabt!

Honey starrte auf die hell erleuchteten Fenster im gegenüberliegenden Gebäude. Sie saß in einem Erker, der wie ein Türmchen ein wenig aus dem Gebäude vorsprang.

Sie schaute sich um. Eine Frau, die vor dem nächsten Fenster Platz genommen hatte und deren Kopf genau wie ihrer in Alufolie eingewickelt war, warf ihr ein aufmunterndes Lächeln zu.

Die Minuten verrannen. Inzwischen war die Aussicht auch sehr viel interessanter geworden.

Doherty stand am Fenster, die Hände auf die Fensterbank gestützt. Er schaute auf den Innenhof hinunter, sein Blick wanderte von rechts nach links, dann nach oben und, was viel schlimmer war, in ihre Richtung.

Sie liebte ihn von ganzem Herzen, aber sie wollte doch nicht, dass er sie so sah – ohne Haare oder vielmehr mit Folie abgedeckt wie ein Huhn, das nächstens in die Bratröhre geschoben wird. Sie sackte in ihrem Stuhl ein wenig tiefer, streckte die Beine vor sich aus, rutschte noch weiter herunter, als er sich den Hals zu verrenken schien, weil er sie anscheinend bemerkt hatte.

Leider hatte sie nicht gesehen, dass das Kabel des Trockenmonsters an einem ihrer Absätze hängengeblieben war. Der Trockner bewegte sich nach vorn, das mittlere Element kippte vor, und die hellrote Heizspirale landete auf Honeys Kopf.

Es roch verbrannt.

»Meine Haare!«, kreischte Honey.

»Die brennt gleich! Die brennt gleich!«, rief die Auszubildende, der man den Auftrag gegeben hatte, sich um Honey zu kümmern. Chaos brach aus.

Eine Frau in der Nähe wurde gerade geföhnt. Sie sprang von ihrem Stuhl auf. Eine andere wirbelte so abrupt auf ihrem Stuhl herum, dass die Frisörin mitsamt der Bürste in die Umlaufbahn katapultiert wurde.

Sogar die hochnäsige Ariadne verlor kurz ihre coole Überlegenheit, bekam sich aber schnell genug wieder in den Griff, dass sie dem hysterischen Lehrling zuschreien konnte, sie sollte das Maul halten.

Honey hatte sich unter dem Heizelement weggeduckt und hockte auf dem Boden. Sie bekam von allen Seiten Zuspruch und gute Ratschläge.

»Sie könnten die verklagen«, schlug eine Dame vor, deren Taille knapp unter dem Busen war und deren umfangreicher Bauch bequem auf ihren Oberschenkeln ruhte.

Bei der Erwähnung rechtlicher Schritte zeichnete sich sogar auf der Miene der arroganten Ariadne einige Sekunden lang Panik ab.

Die Augen der dicken Frau leuchteten vor Begeisterung beim Gedanken an Versicherungszahlungen.

»Tallulah, koch frischen Kaffee«, bellte Ariadne. Gleichzeitig warf sie den Kopf in den Nacken, dass die Holzperlen in ihrer Rastafrisur nur so klapperten. »Mach schon, Mädchen! Ich habe nicht den ganzen Tag Zeit. Kaffee! Koch Kaffee!«, brüllte Ariadne.

Honey meinte, dies wäre Ariadnes einziger Versuch, sich bei ihr zu entschuldigen, und machte eine beschwichtigende Handbewegung. »Ist schon gut. Ich möchte keinen Kaffee.«

»Der ist doch nicht für Sie! Der ist für mich!«, blaffte Ariadne.

»Dann kochen Sie ihn auch selbst«, blaffte Tallulah zurück. »Meine Dame braucht mich jetzt.«

Honey grinste innerlich. Es war nett, als Dame bezeichnet zu werden.

»Ich könnte ein bisschen frische Luft gebrauchen«, sagte sie zu Tallulah.

Die half ihr wieder auf den Stuhl und schob ihn näher zum Fenster.

Nachdem Honey ihren Kopf berührt hatte, um festzustellen, dass nichts verbrannt war, atmete sie tief durch.

Tallulah überprüfte, wo der glühend heiße Heizstab auf ihrem Kopf gelandet war. »Ihre Haare sind okay. Die Alufolie hat das meiste geschützt. Da ist nur eine einzige Stelle, wo das Haar ein bisschen angesengt wurde. Das kann ich Ihnen rausschneiden.«

»Wird man das sehen können?«

»Ich glaube nicht.«

»Das ist in Ordnung, solange die Karottenfarbe weg ist.«

»Die ist weg. Tut mir leid wegen des Stromkabels. Das hätte ich merken müssen.«

»Ich auch.«

»Kann ich Ihnen irgendwas bringen?«

»Ich hätte gern ein Glas Wasser, wenn das möglich ist.«

Während die junge Frau fort war, lehnte sich Honey vor,

um besser auf den Cobblers Court hinunter und auf das Gebäude gegenüber sehen zu können. Sie konnte Doherty ausmachen, der mit jemandem redete, ehe er schließlich außer Sichtweite ging.

Tallulah kam mit dem Wasser zurück, um das Honey gebeten hatte.

»Wie lange arbeiten Sie schon hier?«, fragte Honey.

»Drei Monate.« Tallulah begann, Honey die Alufolien aus dem Haar zu ziehen und in eine Plastikschüssel zu legen, die auf einem wackeligen Wägelchen stand.

Honey hielt ihre Augen fest auf die Dinge gerichtet, die gegenüber geschahen – oder eben nicht geschahen.

»Macht Ihnen die Arbeit Spaß – ich meine, an den Tagen, wenn nicht gerade die Haare einer Kundin Feuer fangen?«

Tallulah merkte, dass ihre »Dame« Humor hatte, und lächelte zögerlich. Als Antwort auf Honeys Frage zuckte sie mit den Schultern in jener vagen Art, von der Teenager irrtümlich annehmen, dass sie damit erwachsen wirken.

»Ist okay.«

»Eins nach dem anderen«, sagte Honey. »Nichts wie weg mit der Alufolie, ehe noch jemand versucht, mich in den Ofen zu schieben.« Sie musste selbst darüber lachen.

Tallulah lachte auch.

Honey schloss daraus, dass die junge Frau ihr Selbstbewusstsein zurückgewonnen hatte. Wie sehr einem doch ein wenig zielgerichtete Konversation helfen konnte.

»Es hört sich so an, als wüssten Sie sehr viel über Colorierungen. Ist das Ihr Spezialgebiet?«

»Die Haare färbe hier meistens ich, außer wenn viel Betrieb ist und alle mitmachen müssen. Ariadne schneidet lieber. Die meisten Frisöre hassen Färben. Es kann eine ziemlich schmutzige Angelegenheit sein und auch mal danebengehen …«

Wem sagst du das, dachte Honey. Ein rascher Blick in den Spiegel zu ihrer Rechten versicherte ihr, dass ihre Haarfarbe wieder normal war.

»Nicht gerade eine tolle Aussicht«, sagte sie dann, um vom Thema Haare und verunglückte Colorierungen abzulenken.

»Es ist ganz nett, wenn es draußen warm ist. Dann sehe ich da drüben immer die Besucher kommen und gehen.«

»Irgendjemand Besonderes dabei – Berühmtheiten, meine ich?«

Wieder dieses Teenager-Achselzucken. »Niemand, der mir aufgefallen wäre. Natürlich kenne ich die Leute, die da drüben arbeiten. Da ändert sich nicht viel.«

Honey begriff, was die junge Frau damit sagen wollte. »Hier ist also der ständige Platz der Coloristin? Ich meine, arbeiten Sie immer hier, wenn Sie Haare färben?«

Tallulah nickte.

»Sie sagen, Sie sehen da drüben die Leute kommen und gehen. Sehen Sie auch viele Leute vorbeigehen?«

»Irgendjemand ist immer da. Viele benutzen ja den Cobblers Court als Abkürzung.«

»Wie war es an dem Abend, als der Mann gegenüber ermordet wurde? War da sehr viel los?«

»Es war dunkel und neblig. Echt gruselig. Alle sahen sie wie Gespenster aus, grau und schwer zu erkennen. Das Einzige, was man sehen konnte, waren Dinge, die glitzern – wie Lametta, Weihnachtsdekorationen und Leute mit Schmuck ... besonders mit großen Klunkern ... da war auch ein sehr großes Schmuckstück dabei, das jemand trug ... Merkwürdig, wie gut man solche Dinge durch den Nebel sehen kann.«

Die offensichtlich freundliche Unterhaltung zwischen den beiden war Ariadnes Adleraugen nicht entgangen.

»Tallulah! Ich hätte Madams Haar gern noch vor Weihnachten fertig für die Spülung, bitte!«

»Haben Sie schon mal darüber nachgedacht, woanders zu arbeiten?«, murmelte Honey.

Tallulah flüsterte ihr die Antwort aus dem Mundwinkel zu: »Sehr oft.«

Die Kundin mit dem dicken Bauch und der nicht existierenden Taille war von ihrem Stuhl aufgestanden. Mit immer noch triefendem Haar kam sie herübergewatschelt, und ihre Patschhand landete auf Honeys Schulter. Sie strahlte, als hätte sie gerade in der Lotterie gewonnen.

»Ich habe eben begriffen, wer Sie sind. Sie sind Mrs. Driver, die Verbindungsperson vom Hotelfachverband zur Kripo. Ich nehme an, Sie arbeiten in diesem Mordfall mit der Polizei zusammen. Ich bin Freda Weller. Ich führe das Rose Posy Bed and Breakfast in Bathwick. Hoch erfreut, Sie kennenzulernen.«

Freda Weller teilte ihr dann noch mit, dass ihre Reservierungen für den nächsten Sommer schon höchst erfreulich aussahen und aus aller Welt eintrudelten. In Honeys Ohren hörte sich das an, als wäre Freda Weller die erfolgreichste Hotelbesitzerin in ganz Bath – dabei führte sie nur eine Frühstückspension.

Dass nun auch die anderen Kundinnen, die das Gespräch mitgehört hatten, Fragen stellen würden, war klar. Honey antwortete routiniert und erklärte, dass sie nur bei Fällen wie diesem die Verbindungsperson zur Kripo war.

Inzwischen war ihr Haar fertig gespült, gefönt und frisiert, und Honey wollte nur noch weg. Sie zahlte schnell und höchst erfreut. Ihr Haar sah viel besser aus als sonst, schimmernd, üppig, kein graues Haar weit und breit. Es sprach wirklich einiges dafür, sich die Haare von einem Profi färben zu lassen.

Honey gab Tallulah fünf Pfund Trinkgeld. »Und noch ein guter Rat – kündigen Sie, und suchen Sie sich eine nettere Chefin.«

Bereits unten an der Treppe angelangt, fiel ihr ein, dass sie die zweite Tüte mit den Würsten oben vergessen hatte. Als sie wieder in den Salon trat, bemerkte sie, dass die Tür zum Kaffeezimmer geschlossen war. Hinter der Glasscheibe sah sie Tallulah mit hochrotem Kopf und Ariadne, die sichtlich vor Wut bebte. Was immer dort gesagt wurde, war bestimmt nicht nett, aber es ging sie nichts an.

Honey blieb noch ein wenig draußen auf dem Treppenabsatz stehen. Sie war sich sicher, dass Tallulah schon bald herauskommen und in Richtung Damentoilette gehen würde.

Sie hatte recht.

»Tallulah?«

Das Mädchen war den Tränen nah.

»Geht es Ihnen gut?«

Die junge Frau senkte die Augen und nickte. »Mir geht's gut. Es ist nur die da drin, die hat mich ausgefragt.«

»Genau wie ich vorhin. Tut mir leid.« Eigentlich sollte das ein Scherz sein.

Tallulah sprach leise weiter: »Das ist es ja eben. Sobald sie gehört hat, dass Sie mit der Polizei zusammenarbeiten, ist sie völlig ausgerastet. Sie hat mir gesagt, ich hätte gefälligst über nichts zu sprechen, was da drüben passiert. Über nichts. Absolut gar nichts.«

Siebzehn

Obwohl ihre Haare nun wieder normal aussahen, behielt Honey den Hut auf, denn es war sehr kalt.

Tallulah, die Auszubildende des Salons, hatte sie beeindruckt, Ariadne ebenso, wenn auch auf andere Weise. Warum hatte sie Tallulah angehalten, mit ihr nicht über die Ereignisse im Gebäude gegenüber zu sprechen?

Kaum aus dem Haus getreten, schaute sie auf die andere Straßenseite, um zu sehen, ob Doherty noch da war. Aber man sagte ihr, dass er bereits fortgegangen sei.

Sie hinterließ eine Nachricht auf seinem Handy und machte sich dann auf zum Einkaufen. Sie rief auch noch bei Lindsey an, weil sie unbedingt herausfinden wollte, wie sie mit dem Professor zurechtkam.

Keine Antwort, nur die Aufforderung, eine Nachricht zu hinterlassen. Verschiedene besorgniserregende Vorstellungen huschten Honey durch den Kopf. Lindsey und der Professor in leidenschaftlicher Umarmung. Lindsey und der Professor, die sich ein Zimmer in einem Motel nahmen. Die waren billig, und obwohl die Besitzer immer erklärten, dass sie die Zimmer nicht stundenweise vermieteten, konnten sie ja niemanden daran hindern, ein Zimmer zu nehmen, eine schnelle Nummer zu schieben und gleich wieder auszuchecken.

Auf dem Nachhauseweg ging Honey noch bei der Bank vorbei und erzählte dem Filialleiter eine traurige Geschichte über die Reservierungen in ihrem Hotel für das nächste Jahr. Das hätte sie lieber nicht tun sollen. Sein Gesicht wurde plötzlich sehr besorgt, so dass Honey rasch zurückruderte.

»Aber wir haben von anderer Seite einige gute neue Kunden gewonnen. Eine große Finanzfirma – Equity-Broker – wird im nächsten Jahr regelmäßig Konferenzen bei uns abhalten, ehe sie in andere Räumlichkeiten zieht.«

Equity-Broker? Was um alles in der Welt machen die, und wie war sie bloß auf dieses Wort gekommen?

Vielleicht lag es daran, dass Weihnachten vor der Tür stand, vielleicht gab es Equity-Broker ja auch wirklich, jedenfalls war der Filialleiter außerordentlich beeindruckt. Honey schwor sich, zu Hause sofort nachzuschauen, was Equity-Broker waren.

Weil sie fürchtete, man könnte ihrer Lüge auf die Spur kommen, verließ sie die Bank recht schnell. Auf dem Heimweg ging sie wieder an einigen Rentieren vorüber. Es gab Rentiere mit Flügeln, Rentiere mit verrückten Farbwirbeln in Lila und Rosa, Rentiere mit Zebrastreifen und eines mit goldenem Geweih und dem schwungvollen Schriftzug »Harrods« auf der Seite. Alle hatten ausnahmslos große rote Plastiknasen.

Normalerweise hätten nun städtische Angestellte versucht, diese Nasen, an denen fast alle solchen Anstoß nahmen, mit irgendwelchen Lösungsmitteln zu entfernen. Heute jedoch nicht. Selbst städtische Angestellte hatten so kurz vor Weihnachten etwas anderes zu tun.

Als Honey zum Green River Hotel zurückkam, wartete Steve Doherty draußen auf sie und hatte die Ellbogen in cooler Pose auf das Dach seines Autos gestützt. Er wirkte gelassen und völlig unaufgeregt. Offensichtlich war er noch nicht lange da.

Sie küsste ihn auf die Wange. Er roch nach Rasierwasser, was seltsam war, da er sich nicht rasiert hatte. Seine Bartstoppeln waren weich, in der Länge zwischen »unrasiert« und »haariger Bär«.

164

Honey hakte sich bei ihm unter. »Hast du meine Nachricht bekommen?«

»Über den Frisörsalon im Gebäude gegenüber von Mallory und Scrimshaw? Ja, habe ich bekommen.«

»Vielleicht ist es nichts Besonderes, aber es könnte doch was sein. Die Chefin war völlig durcheinander.«

Er zuckte die Achseln. »Es könnte einfach bedeuten, dass sie findet, ihr Personal sollte das Geplauder beim Frisieren auf die üblichen Themen beschränken: das Wetter, Gehen Sie heute einkaufen?, oder: Wohin fahren Sie dieses Jahr in den Urlaub?«

»Du scheinst einige Frisöre zu kennen?«

»Ich kenne einige Frauen. Und ich habe mehr als eines deiner Gespräche mit angehört.«

Honey konnte sich ein Lächeln nicht verkneifen. Doherty hatte ziemlich schlichte Ansichten über Frauen. Er mochte sie traditionell. Er mochte es, wenn sie stark, aber feminin waren.

Jetzt hakte er einen Finger vorn unter ihren Hut, hob ihn ein wenig an und schaute auf das Haar darunter.

»Jawohl. Sieht gut aus. Dieser Frisöse könnte ich einiges verzeihen.«

»Ich war auf dem Weg hierher noch bei der Bank.«

»Und ich dachte, du hast dich für mich so schick angezogen.«

»Es lohnt sich immer, wenn ich mir für einen der wichtigsten Menschen in meinem Leben ein wenig Mühe gebe.«

Das war kein Witz. Honey freute sich auf die Besuche bei der Bank etwa so wie auf einen Besuch beim Zahnarzt. Den Zahnarzt musste sie allerdings nicht beeindrucken, aber bei der Bank war es ungeheuer wichtig, den bestmöglichen Auftritt hinzulegen. Der Zahnarzt war freundlich und bemühte sich redlich, dem Patienten Schmerzen zu ersparen. Bankangestellte sahen das nicht ganz so barmherzig. Also hatte sich Honey herausgeputzt, um Eindruck zu schinden. Daran war ihre Mutter schuld.

»Trage stets saubere Unterwäsche und die teuerste Kleidung, die du dir leisten kannst. Du musst von Kopf bis Fuß einen wohlhabenden Eindruck machen, dann bekommst du immer, was du willst«, hatte Gloria ihr geraten.

Weil ihr eine Erhöhung ihres Dispokredits vor Augen schwebte, hatte sie sich also in ein Lambswool-Kleid von Artigiano gezwängt. Es wölbten sich zwar ein paar Pölsterchen unter dem enganliegenden Stoff, aber die graurote Jacke, die sie darüber trug, kaschierte ihre Hüften hervorragend.

Halb wollte sie sich schon eingestehen, dass der Ratschlag ihrer Mutter funktioniert haben könnte. Insgesamt war der Besuch bei der Bank gar nicht so übel verlaufen. Abgesehen von dem Gefasel über die Equity-Broker hatte sie dem Filialleiter versichert, dass die Einnahmen jetzt in der Weihnachtszeit sehr gut aussahen. Sie hatte noch hinzugefügt, dass auf ihrem Geschäftskonto mindestens bis Ostern schwarze Zahlen garantiert waren. Die wie aus dem Ei gepellte Dame am Schalter spitzte gewöhnlich misstrauisch die Lippen, wenn Honey ihr solche Märchen erzählte. Stattdessen hatten sich ihre üppigen Lippen zu einem zögerlichen Lächeln verzogen. »Das glaube ich gern, Mrs. Driver.«

Honey hatte ihr gedankt und im Stillen die Vorweihnachtszeit gesegnet, die alle Menschen so milde zu stimmen schien. Auf dem Heimweg hatte sie Gott versprochen, zumindest in der Christmette vorbeizuschauen. Es konnte nicht schaden, sich auch bei Ihm zu bedanken.

»Hat sich was Neues ergeben?«, erkundigte sie sich bei Doherty. Sie bezog sich damit natürlich auf den Mordfall.

Doherty trat von einem Fuß auf den anderen und wollte gerade antworten, als sich ihnen eine Politesse näherte.

»Ist das Ihr Auto?«

Doherty zückte seinen Dienstausweis. »Polizeiliche Untersuchung.«

Die Politesse schniefte und machte sich auf zu neuen Jagdgründen. Ein Stück die Straße entlang stiegen gerade zwei alte Damen umständlich aus einem Auto. Hoffentlich hatten sie eine Behindertenplakette. Wenn nicht, dann würde ihnen der Tag gründlich verdorben werden. Politessen sind nicht für vorweihnachtliche Milde bekannt. Sie sind nur großzügig, wenn es ums Verteilen von Strafzetteln und um möglichst hohe Einkünfte für den Stadtsäckel geht. Speziell in dieser Jahreszeit, wenn die Stadt voller Menschen war, die ihre letzten Weihnachtseinkäufe machten, und jeder Parkplatz besetzt war, waren Politessen in ihrem Element.

Plötzlich drückte Doherty Honey einen schmatzenden Kuss auf die Wange.

»Oh, das war aber nett.«

»Ich habe einen gewissen Ruf, was das Küssen betrifft.«

Meine Güte, manchmal konnte er so selbstzufrieden daherreden.

»So leidenschaftlich war's nun auch wieder nicht.«

»Wir befinden uns in der Öffentlichkeit. Ich bin hier, um dich zu fragen, was du dir zu Weihnachten wünschst.«

Eine ganze Reihe von Dingen huschten Honey durch den Kopf. An erster Stelle stand Dohertys sportgestählter Körper, aber den würde sie wahrscheinlich ohnehin bekommen. Einige andere Möglichkeiten tauchten etwas weiter unten auf ihrem Wunschzettel auf, aber keine war so verlockend.

Sie spielte sein Spiel mit.

»Na ja, du kennst den alten Song, dass Diamanten der beste Freund eines Mädchens sind.«

Er grinste. »Daran hatte ich auch gedacht, aber dann ist mir eingefallen, wie hoch die laufenden Kosten eines Hotels sind, besonders die Versicherungsprämien. Du würdest es bestimmt nicht zu schätzen wissen, wenn ich dir Diamanten kaufe. Viel zu teuer – versicherungstechnisch gesehen.«

»Das entbehrt nicht einer gewissen Logik. Aber was ist mit dir? Was wünschst du dir?«

Sein Grinsen verzog sich zu einer Grimasse, doch dann setzte sich auf seinem coolen attraktiven Gesicht der ernsthafte Polizist durch.

»Privat hätte ich am Weihnachtsmorgen gern dich, von Kopf bis Fuß mit Brandycreme bestrichen.«

»Ich bin aber eine ziemlich große Portion. Da brauchst du eine große Zunge.«

Sie konnten den Blick nicht voneinander wenden.

Honey schüttelte den Kopf und lächelte. Diesen Gedanken wollte sie jetzt lieber nicht weiterverfolgen.

Doherty fuhr fort, wo er angefangen hatte.

»Beruflich gesehen, möchte ich gern herausfinden, wer Scrimshaw an seinen Schreibtisch genagelt hat, nachdem er ihn umgebracht hatte.«

»*Nachdem* er ihn umgebracht hatte?« Honeys Augenbrauen schossen in die Höhe.

»Er ist vergiftet worden.«

»Ehe man ihn erstochen hat?«

»Ja, und dazwischen hat man ihn noch erstickt.«

»Das nenne ich gründliche Arbeit. Was hat ihn wirklich umgebracht?«

»Das Gift hat zuerst gewirkt. Er war wohl schon halbtot, als man ihn erstickte, und völlig hinüber, als man erst das Messer und dann den Brieföffner ins Ohr stieß.«

Honey wusste inzwischen genug über die Arbeit der Forensik. Das Herz des Ermordeten hatte wohl bereits nicht mehr geschlagen, als das Messer sein Trommelfell durchbohrte. Deswegen hatte es nur relativ wenig Blut gegeben.

»Jemand wollte ganz sicher gehen?«

»Ich denke schon. Der Täter muss Scrimshaw sehr gehasst haben, wenn er sich solche Mühe gemacht hat, dafür zu sorgen, dass er wirklich tot war.«

»Und was jetzt?«

»Ich habe einige Ideen. Inzwischen …«

Die Art, wie seine Augen über ihren Körper wanderten, hatte etwas höchst Aufregendes und Intimes. Schließlich blieb sein Blick an ihrem Gesicht hängen. Honey spürte, wie sie errötete, während sie auf das Kompliment wartete, das nun sicher folgen würde.

»Du hast dein Haar zurück, und das muss gefeiert werden.«

»Also, komm schon. So schlimm war es nun auch wieder nicht.« Sie zog den Hut vom Kopf und schüttelte ihr Haar, so dass er den wunderbaren Schimmer bewundern konnte. Ein wenig Schmeichelei würde jetzt gut ankommen.

»O doch, es war schlimm.«

Er nickte langsam, und ein Mundwinkel verzog sich bereits zu einem Lächeln.

»Leuchtende Farben sind modern.«

»Das kommt drauf an. Kriege ich eine Tasse Kaffee?«

»Ich habe viel zu tun.«

»Wenn ich helfe, bekomme ich dann einen Goldstern?«

»Viel mehr als das, wenn du deine Karten geschickt ausspielst.«

Er grinste. »Ja, die Herzdame.«

Er legte einen Zettel »Polizei im Einsatz« gut sichtbar ins Auto und ließ es so stehen.

Honey seufzte erleichtert, als sie sah, dass Lindsey wieder da war. Ihre Erleichterung war nicht mehr ganz so groß, als sie bemerkte, dass auf dem Sessel gegenüber von Lindsey Professor Jake Truebody Platz genommen hatte. Zwischen den beiden stand ein Couchtisch, kaum als Hindernis zu bezeichnen, aber immerhin besser als gar nichts, überlegte Honey.

»Hast du ein paar Fotos gemacht?«, erkundigte sich Honey bei ihrer Tochter.

»Nicht viele. Das Licht war nicht gut.«

Das schien Honey eine schwache Entschuldigung zu sein. Die Kamera war auf dem neuesten technischen Stand. Die Helligkeit spielte da keine Rolle. Lindsey schien übertrieben nervös zu sein. Woran lag das wohl?

Doherty stürzte sich gleich ins Gespräch. »Hallo, Lindsey. Hast du was dagegen, wenn ich dir ein paar Fragen stelle?«

Lindsey verzog keine Miene. Allerdings klang ihre Antwort nicht gerade begeistert. »Jetzt? Jetzt willst du mit mir reden?«

Von der Schärfe ihres Tons überrascht, wandte sich Doherty an Honey. »Was hab *ich* denn verbrochen?«, flüsterte er.

»Nichts.«

Jake Truebody war schon aufgesprungen, um das Hotel zu verlassen.

Anna hatte recht, überlegte Honey. Er räumte sofort das Feld, sobald die Polizei auftauchte. Oder nur, wenn sie, Honey, auf der Bildfläche erschien?

»Kein Problem, Herr Kommissar. Machen Sie ruhig weiter. Ich will nicht weiter stören«, rief er Doherty über die Schulter zu.

Er nickte Honey und Doherty zu, Letzterem eine Spur zu abrupt und schnell. »Ich muss ohnehin einem Geldautoma-

ten einen Besuch abstatten und mir Bargeld für die Feiertage holen.«

Lindsey blinzelte ein wenig, als er seinen Schlüssel in den
Schlitz im Empfangstresen warf und sich auf den Weg zur
Tür machte. Honey bemerkte das und überlegte, was es
wohl zu bedeuten hatte. Aber auf keinen Fall würde sie Fra-
gen stellen. Das Privatleben ihrer Tochter ging sie nichts an.
Außerdem würde Jake Truebody im neuen Jahr wieder über
den Atlantik nach Amerika zurückfliegen und aus ihrem
Leben verschwinden.

Doherty zog sich den Stuhl heran, auf dem der Professor
gesessen hatte.

»Okay, dann wollen wir mal loslegen. Einige Leute von
Mallory und Scrimshaw haben am fraglichen Abend das Gebäude unmittelbar vor der Feier verlassen. Die Alarmanlage
an einem Auto ist losgegangen. Eine ältere Frau wollte angeblich noch schnell was einkaufen. Eine junge Dame ist
ziemlich aufgeregt aus dem Haus gerannt. Und ein Ehepaar – Mr. und Mrs. Emmerson – ist fortgegangen, um sich
um eine alte Mutter zu kümmern. Stimmt das?«

Lindsey verschränkt die Hände vor den Knien. »Ich bin
nicht sicher, welches Alibi zu wem gehört, aber ich habe sie
alle aus dem Hotel gehen sehen. Eine war in Tränen aufgelöst, zwei haben sich gestritten, eine ist angeblich noch einkaufen gegangen, und der fünfte ist ganz mürrisch hinaus-
gerannt. Mary Jane war auch da. Sie hat mit den letzten
beiden gesprochen, mit Mrs. Finchley und David Longborough.«

»Ich nehme an, dass Miss Samantha Brown diejenige
war, die geweint hat.«

»Ich glaube schon.«

»Die Emmersons sind fortgegangen, um nach ihrer alten
Mutter zu schauen, und Mr. Longborough ist aufgeregt

rausgerannt und hat angeblich die Alarmanlage an seinem Auto abgeschaltet. Kannst du das bestätigen?«

Lindsey schüttelte den Kopf. »Ich will nicht beschwören, aus welchem Grund die einzelnen Leute ein, zwei Stunden weg waren, aber das haben sie jedenfalls zu mir gesagt. Ob es die Wahrheit war, ist noch nicht raus.«

Nun fiel Doherty nichts mehr ein. Er bedankte sich bei Lindsey und ging mit Honey Kaffee trinken.

Lindsey wartete, bis die beiden fort waren, ehe sie das tat, was sie sich vorgenommen hatte. Sie schaute sich um, ob auch wirklich sonst niemand da war. Dann leerte sie den Schlüsselkasten. Es waren nur drei Schlüssel drin. Mühelos fand sie, was sie wollte, Nummer sechsunddreißig, den Schlüssel zu Jake Truebodys Zimmer.

Anna war von ihrer Ruhepause zurück und übernahm den Dienst am Empfang. Den Schlüssel in der Hand verborgen, brachte Lindsey eine Entschuldigung vor, um nach oben gehen zu können.

»Ich will noch mal überprüfen, ob wir genug Bettwäsche und Tischwäsche für die Feiertage haben«, erklärte sie.

Es war eine fadenscheinige Ausrede, und Anna schaute ein wenig überrascht. Sie waren die Wäscheliste zusammen durchgegangen. Es war alles in Ordnung gewesen. Wie Lindsey befürchtet hatte, bekam Anna Lindseys Worte in den falschen Hals.

»Ich habe aber alles richtig gemacht. Ehrlich«, beteuerte Anna, und es klang, als sei sie den Tränen nah.

»Das weiß ich«, erwiderte Lindsey beruhigend. »Aber ich vielleicht nicht. Ich bin gleich wieder da.«

Sie schaute sich nicht noch einmal um, damit Anna ihr schuldbewusstes Gesicht nicht sah. Nicht wegen der kleinen Lüge, sondern wegen der Sache, die sie jetzt vorhatte.

Jake Truebody hatte sich geweigert, sich fotografieren zu

lassen. Da blieb ihr nur noch die Möglichkeit, sich seinen Pass auszuleihen. Das Foto ließ sich hoffentlich gut einscannen, aber garantieren konnte man das nie.

Auf dem Flur im ersten Stock war alles ruhig. Lindsey schaute sich noch einmal um. Niemand. Außer dem Fernseher in Mary Janes Zimmer war nichts zu hören. Mary Jane gab nie zu, dass sie ein wenig schwerhörig war. Sie schlief oft ein, während der Fernseher noch in voller Lautstärke plärrte. Sonst war das ziemlich ärgerlich, aber heute war Lindsey geradezu dankbar für den Krach.

Niemand bekam jetzt mit, wie sie den Schlüssel ins Schloss steckte und umdrehte. Niemand konnte die Tür quietschen hören, als sie sie nun aufschob. Trotzdem ging sie vorsichtig zu Werke – sehr vorsichtig.

Das Zimmer lag im Dunkeln. Die Vorhänge waren zugezogen. Wenn sie etwas über diesen Mann herausfinden wollte, musste sie entweder die Vorhänge aufziehen oder das Licht anschalten. Sie entschied sich für das Zweite.

Auf dem zusammenklappbaren Kofferständer stand nur eine große braune Reisetasche. Wenn man bedachte, dass der Herr den Atlantik überquert hatte, reiste er wirklich mit leichtem Gepäck.

Lindsey suchte nach seinem Pass, konnte ihn aber nicht finden. Er hatte ihn wohl mitgenommen. Er hatte sich ja mit einem Pass als Professor Jake Truebody ausgewiesen. Sie hatte ihn persönlich eingecheckt und sich die Nummer notiert.

Aber seine Schwester hatte ihn als vermisst gemeldet.

Sie dachte daran, seiner Schwester noch mitzuteilen, dass ihr Bruder Weihnachten in einem Hotel in Bath verbrachte. Noch nicht, beschloss sie. Nicht, bevor sie sich völlig darüber im Klaren war, wer er war und warum er hier war.

In der Reisetasche befanden sich keine verräterischen

Papiere, keine Zeitungsausschnitte, keine mit »streng vertraulich« oder »FBI« gestempelten Akten (dieser Verdacht war ihr kurz durch den Kopf gegangen). Ihr Vater war reich gewesen und hatte mit verschiedenen Unternehmen Handel getrieben. Reiche Leute waren nicht immer ehrlich. Es war also nicht völlig von der Hand zu weisen, dass die amerikanischen Bundesbehörden einen ungeklärten Kriminalfall wieder aufgenommen hatten, in den Carl Driver irgendwie verwickelt gewesen war. Sie musste es einfach herausfinden. Nur ein Notebook lag noch im Zimmer.

Es kribbelte Lindsey in den Fingern, diesen Computer einzuschalten und sich einzuloggen. Aber würde ihr das überhaupt gelingen? Wahrscheinlich würde es Ewigkeiten dauern, bis sie das richtige Passwort gefunden hatte. Sollte er beim FBI sein, dann würde es wahrscheinlich eine Vorkehrung geben, die Dritte nicht nur daran hinderte, sich einzuloggen, sondern die auch den Versuch aufzeichnete. Das konnte sie nicht riskieren. Nicht, ehe sie mehr über ihn herausgefunden hatte. Nur eines wusste sie mit Sicherheit: Mit hundertprozentiger Gewissheit war dieser Mann kein Geschichtsprofessor.

Achtzehn

Honey führte Doherty ins Speisezimmer, wo noch Kartons voller Knallbonbons auf den Tischen verteilt werden mussten. Sie kickte einen vom Vorabend übriggebliebenen Luftballon zur Seite, schenkte zwei Tassen Kaffee ein und stellte sie auf einen Tisch.

»War dieser Ballon der Kopf deines verblichenen Gatten?«, erkundigte sich Doherty, der dem durch den Raum schwebenden Ballon nachschaute.

»Wie kommst du denn darauf?«

Er zuckte die Achseln. »War ein Scherz – glaube ich.«

Die Erinnerung an Carl lag Honey heute wie ein unangenehmer Nachgeschmack im Mund, und sie wollte eigentlich nicht über ihn reden.

Sie reichte Doherty eine Tüte mit Luftballons. »Die kannst du aufblasen und in das große Netz da drüben tun. Wenn das voll ist, hängen wir die Ballons unter der Decke auf.«

Er schaute leicht belustigt. »Ich kenne ein tolles Spiel mit Luftballons. Das spielt man am besten nackt.«

»Das glaube ich dir sofort.« Ihre Phantasie lief auf Hochtouren, als er ihr wissendes Lächeln erwiderte. Sie kannte dieses Spiel auch; man musste einen Ballon zwischen zwei Körpern festhalten und weitergeben, zwischen dem Körper einer Frau und dem eines Mannes natürlich.

»Das hier ist was für Kinder. Lindsey sollte die Ballons aufblasen«, rief er plötzlich.

»Sie ist kein Kind!«

Lindsey war nun schon beinahe zwanzig, aber Doherty

hatte recht. Normalerweise half sie bei solchen Dingen, aber heute war sie in einer ganz untypischen Stimmung.

»Und?«

Honey wusste, was er mit seiner Frage meinte. Dass er Lindsey als Kind bezeichnet hatte, sollte sie wohl aus der Reserve locken. Er wusste, dass es zwischen Mutter und Tochter im Augenblick nicht so glattlief, und da er nun einmal Polizist war, konnte er sich die Neugier einfach nicht verkneifen. Auf Honeys Bitte hatte er die Verlobung ihrer Tochter gegenüber nicht erwähnt. Nun erkundigte er sich danach.

»Sie weiß alles«, antwortete Honey und erklärte ihm, dass ein Constable Lindsey die Neuigkeit verraten hatte.

»Das ist gar nicht gut.« Er runzelte die Stirn. »Er hätte die Klappe halten sollen. Es muss an der Vorweihnachtszeit liegen. Da konzentriert sich niemand auf das, was er eigentlich tun sollte. Wie hat sie es denn aufgenommen?«

»Sie ist ziemlich daneben und nicht sonderlich hilfsbereit. Es wäre mir lieber, wenn du die Sache ihr gegenüber nicht erwähnen würdest.«

»Geht klar.«

Er strich ihr mitleidig mit dem Finger über die Wange. Die Geste hätte sie beruhigen sollen, aber stattdessen schmerzte sie ein wenig. Es tat ihr weh, dass Lindsey so kurz angebunden zu ihr war.

Es war, als hätte sich eine große Glasscheibe zwischen sie geschoben. Sie konnte Lindsey deutlich sehen, aber nicht berühren. Das war schlimm für sie. Im Bruchteil einer Sekunde hatte sich alles geändert. Es fiel ihr schwer, damit klarzukommen, besonders so kurz vor Weihnachten. Seit Honey das Green River Hotel gekauft hatte, war Lindsey ihr immer eine ungeheure Unterstützung gewesen. Heute, ausgerechnet zwei Tage vor Heiligabend, war sie keineswegs mehr so hilfsbereit.

Auch Anna bereitete ihr Kopfzerbrechen. Sie war zur Arbeit erschienen, obwohl das Baby jeden Augenblick kommen konnte. »Heute gibt es für mich doch nur Dinge zu tun, bei denen ich sitzen kann, denke ich«, hatte sie mit ihrem niedlichen polnischen Akzent gesagt. »Ich schreibe die Platzkärtchen für das Abendessen an Weihnachten und die Namensschildchen für die Leute, die zur Geisterlesung kommen. Das ist kein Problem. Ich sage Ihnen, ich habe noch zwei Monate. Zwei Monate. Ich weiß es besser als der Arzt.«

»Und was hat der Arzt gesagt?«

Anna schnitt eine Grimasse. »Der irrt sich. Ich bin noch nicht bereit. Das Baby ist noch nicht bereit.«

Auf keinen Fall wollte Honey ihr widersprechen. Wenn sie jetzt strenge Töne anschlug, regte sich Anna vielleicht auf, und die Wehen setzten gleich hier und jetzt ein. Das passte zwar recht gut zu Weihnachten, aber das Green River Hotel war schließlich kein Stall in Bethlehem, sie, Honey Driver, war keine Hebamme, und Anna, das süße Schätzchen, war ganz sicherlich keine Jungfrau. Aber abgesehen davon würden vielleicht die Leute in Scharen herbeiströmen, wenn das freudige Ereignis das Hotel auf die Titelseite des *Bath Chronicle* brachte.

Honey rief sich wieder auf den Boden der Tatsachen zurück und widmete sich der Aufgabe, die zu erledigen war. Auch Doherty tat sein Bestes. Ein gewaltiger Atemstoß, und ein lila Ballon war voll aufgeblasen.

»Was denkst du, was zwischen Lindsey und dem Professor läuft?«, fragte er, während er den Ballon zuknotete.

»Woher weißt du, dass er ein Professor ist?«

»Ist doch sonnenklar. Der sieht genauso aus wie alle Professoren im Film oder im Fernsehen.«

Honey dachte darüber nach und musste ihm recht geben.

Jake Truebody war wirklich der typische Professor aus dem Film. Das hätte sie auch selbst merken können.

»Jetzt, wo du es sagst, genauso sieht er aus. Er scheint auch nicht unbedingt der Typ Mann zu sein, mit dem Carl sonst zu tun hatte.«

»Zu intellektuell?«

»Vielleicht. Carl hatte immer Macher um sich und Leute, die ihren Spaß haben wollten. Ich will damit nicht sagen, dass der Professor ein griesgrämiger Spielverderber ist, aber irgendwie kommt er mir nicht wie ein Partylöwe vor. Und ich frage mich immer wieder, warum um alles in der Welt er hier ist.«

Doherty seufzte abgrundtief, nahm sie in den Arm und drückte sie fest.

»Manche Leute sind einfach von Geburt an unsensibel. Er hat sich vielleicht gedacht, dass Carl Drivers Witwe sich freuen würde, jemanden kennenzulernen, der ihren Mann gekannt hat. Um über die gute alte Zeit zu plaudern oder so.«

»Seltsam.«

»Was ist seltsam?«

»Dass ich so eifersüchtig auf ihn bin. Er besitzt Lindseys ungeteilte Aufmerksamkeit, und ich kann mir nicht vorstellen, warum das so ist.«

»Ist Lindsey je aufmüpfig gewesen? Weggelaufen? Hat sich betrunken oder Drogen genommen?«

»Nein. Nichts dergleichen.«

»Dann holt sie das jetzt vielleicht ein wenig nach?«

Honey atmete tief ein und aus. »Es hat keinen Zweck, sich darüber den Kopf zu zerbrechen. Wir haben noch so viel zu tun.«

»Gut. Dann blase ich noch ein paar Ballons auf.«

Honey hörte ihm nur mit halbem Ohr zu. *Ich könnte*

vielleicht aus der ganzen Sache Kapital schlagen, um mehr Reservierungen für nächstes Jahr zu bekommen, überlegte sie. Ich weiß, dass der Mord nicht hier geschehen ist, aber es gibt doch eine Verbindung. Und die Leute sind ganz versessen auf Morde – die Art von Morden, über die die gute alte Agatha Christie geschrieben hat.

Sie wollte diese Idee einmal an Doherty ausprobieren.

»Meinst du, es wäre geldgierig, wenn ich den Mordfall Scrimshaw in meiner Werbung fürs nächste Jahr erwähne?«

»Der Mord ist aber nicht im Green River geschehen.«

»Nein, doch die Angestellten von Mallory und Scrimshaw waren zur Tatzeit hier, und die gehören doch zu den Verdächtigen, stimmt's? Die Leute mögen so was wirklich gern.«

»Gruselig, aber du hast recht. Die Leute mögen so was. Wenn du also vielleicht dafür sorgen könntest, dass ein Mord ...«

»Und überall Blut verspritzt wird? Nein, da verzichte ich lieber. Es würde einen Haufen Geld kosten, die Teppiche wieder reinigen zu lassen. Hast du eigentlich in diesem Mordfall irgendwelche heißen Spuren?«

»Die Gespensterlesung am ersten Feiertag könnte genau das sein, was ich jetzt brauche. Mich zwanglos mit den Leuten zusammensetzen, ganz nah an sie herankommen, wenn sie alle Vorsicht fahren lassen. Ich freue mich drauf.«

»Nicht so sehr wie Mary Jane.«

»Die zählt nicht.«

»Das wird sie gar nicht gern hören.«

»Mary Jane hat einen Fuß in der wirklichen Welt und einen im Jenseits.«

»Stimmt.«

»Glaubst du an Gespenster?«

Honey kaute auf der Unterlippe herum, während sie über

ihre Antwort nachdachte. Sie erinnerte sich an eine bestimmte Begebenheit im strömenden Regen in einer besonders alten Gasse mitten in Bath. Sie hatte sich heruntergebeugt, um ihre Schuhe zuzubinden, und da war jemand mit völlig trockenen, glänzend polierten Schuhen an ihr vorbeigeschritten. Doch als sie wieder aufblickte, war nichts und niemand mehr zu sehen.

»Ich bin da ganz offen. Und wie steht es mit dir?«

»Tut nichts zur Sache. Du hast ein volles Haus, wenn diese Geistergeschichten erzählt werden, also glauben offensichtlich viele Leute an Gespenster.«

Honey nickte. »Da hast du recht. Solche Geschichten sind sehr beliebt. Meine Mutter kommt auch.«

»Na toll. Da kann sie gleich ein bisschen spuken üben.«

»Du machst Witze. Besser noch, du kommst trotzdem.«

Er schüttelte den Kopf und setzte sein Polizistengesicht auf. »Persönliche Gefühle zählen hier nicht. In diesem Fall geht es um eine Polizeiangelegenheit, und ich nutze nur die Gunst der Stunde. Die Leute von Mallory und Scrimshaw haben alle ihre Aussagen gemacht, aber ich denke, dass sie in einer ungezwungenen Atmosphäre vielleicht noch etwas ausplaudern.«

»Du meinst, wenn sie ein bisschen beschwipst sind.«

»Das auch.«

Honey pustete in einen Ballon und hielt dann inne. »Mein Frisörbesuch war ein echter Glückstreffer.«

Er verstand das falsch und betrachtete ihr Haar. »Die haben das wirklich toll hingekriegt. Das ist doch viel besser, als Weihnachten mit einer Papiertüte über dem Kopf herumzulaufen.«

»Das habe ich nicht gemeint. Die haben dort eine gute Aussicht auf das Gebäude von Mallory und Scrimshaw. Vielleicht hat Ariadne, die wohl die Eigentümerin des Salons

180

ist, Tallulah, das Mädchen, das mich so schön frisiert hat, einfach nur so ausgeschimpft. Vielleicht auch nicht. Sie scheint unter Verfolgungswahn zu leiden.«

»Ja, das könnte möglicherweise was zu bedeuten haben, oder eben nicht. Wir haben die Leute da schon befragt. Sergeant Catchpole, der Beamte, den ich hingeschickt habe, meinte, dass wohl niemand was bemerkt hat.«

»Tallulah hat was von einem großen und auffälligen Schmuckstück gesagt, das jemand trug und das man selbst durch den Nebel hindurch sehen konnte. Sie hat nicht gesagt, dass die Person verdächtig aussah. Sie hat nur den Schmuck bemerkt.«

Der Ballon wurde ordentlich größer, als Honey noch einmal kräftig hineinpustete.

Jenseits der Tür zum Speiseraum gingen zwei Gestalten vorbei, Lindsey und Professor Jake Truebody. Honey spürte, wie sich ihre Züge verhärteten.

Doherty folgte ihrem Blick. »Hör auf, so mit den Zähnen zu knirschen.«

»Hab ich ja gar nicht gemacht.«

»Du hast jedenfalls eine ziemlich gute Vorstellung als Medusa gegeben. Du weißt schon, die mythologische Schreckgestalt mit den Schlangenhaaren, deren Blicke die Menschen zu Stein erstarren lassen.«

»Du meine Güte!«

Sie spürte, wie Dohertys Augen auf ihr ruhten. Mit Körpersprache kannte sich Doherty bestens aus. Überhaupt mit Körpern. Punktum.

Er neigte den Kopf ein wenig zur Seite, und eine Haarsträhne fiel ihm ins Gesicht und verlieh ihm das jungenhafte Aussehen, von dem sie manchmal träumte, wenn sie ihn eine Weile nicht gesehen hatte.

Neunzehn

In Honeys Hinterkopf hielt sich hartnäckig der Gedanke, den Mord für die Werbekampagne im nächsten Jahr auszunutzen. Sie grübelte noch immer darüber nach, als sie bereits in ihrem Lieblingsauktionshaus war. Deswegen entging ihr wohl auch das hübsche Spitzenhemdhöschen aus den 1920er Jahren.

Auf dem Heimweg schaute sie bei Casper vorbei.

Caspers Hotel, das La Reine Rouge war sehr elegant und luxuriös eingerichtet. Wenn es um Repräsentation ging, dann wussten Casper und seine Freunde mit Sicherheit, wie man was Hübsches zusammenwarf. Obwohl: Zusammengeworfen wurde bei Casper und seiner Schar gutaussehender junger Männer niemals etwas. Sie wählten sorgsam aus, sie zögerten und überlegten hin und her.

Caspers große Leidenschaft waren Uhren. Bei ihm gab es keine schlichte Standuhr, die verloren irgendwo in einer Ecke stand und mit blechernem Klang die Viertelstunden schlug. Caspers Uhren waren von so edler Herkunft, dass einige von Rechts wegen in einem Banksafe oder in einem Museum hätten stehen sollen. Eine davon, ein großes Ungeheuer aus weißem Porzellan, mit Putten, Najaden und Weintrauben verziert, stammte aus dem neunzehnten Jahrhundert und war sogar auf der Pariser Weltausstellung zu sehen gewesen.

Honeys Füße versanken in den üppigen türkischen Teppichen, mit denen der Empfangsbereich ausgelegt war. Man führte sie in Caspers Büro.

Zunächst wollte er alles über den aktuellen Mordfall wissen, also erstattete sie Bericht.

»Und dann diese Sache mit den roten Nasen. Damit bin ich gar nicht einverstanden. Ich denke, da sollten Sie sich auch einschalten.«

Sie wollte ihm lieber nicht erzählen, dass sie sich bereits eingeschaltet und gründlich geirrt hatte. Erstens hatte sie einen unschuldigen Klempner verdächtigt, ein Rowdy zu sein, zweitens einen Schwimmer für den Wasserkasten einer Toilette mit einer roten Plastiknase verwechselt. Zu allem Überfluss hatte sich auch der Klempner geirrt und das Baguette, das Honey schwang, für einen Baseballschläger gehalten. Honey erinnerte sich wirklich nur sehr ungern an diesen überaus peinlichen Vorfall.

Sie versprach Casper, zu tun, was in ihrer Macht stand.

Sie erwähnte mit keinem Wort ihren Plan, sich in Zukunft auf ihre Rolle als Verbindungsfrau zur Kripo zu berufen und im Hotel Mord-Wochenenden abzuhalten.

Ja, das könnte ich anbieten, überlegte sie, als sie zu ihrem eigenen Hotel zurückspazierte. Ich könnte Vorträge über mein Leben als Verbindungsfrau zur Kripo halten. Selbst als sie schon längst wieder hinter dem Empfangstresen stand, zogen noch schillernde Möglichkeiten wie bunte Seifenblasen vor ihrem inneren Auge vorüber.

Da rief ihre Mutter an und brachte die Seifenblasen zum Platzen – ausnahmslos alle.

»Ich muss dir was beichten. Fred hat für mich vor ein paar Wochen den Internetauftritt für meine Partnerschaftsbörse zusammengestellt, und da hat er mich gebeten, ihm die persönlichen Angaben einer echten Person zu geben, die er als Versuchskaninchen benutzen wollte. Also habe ich deine Angaben ins Netz stellen lassen.«

Honey stöhnte. Das hatte ihr gerade noch gefehlt, wie ein Posten bei einer Versteigerung angeboten zu werden, und zwar in einer Partnerbörse im Internet – Berichtigung, in einer Partnerbörse für Leute über sechzig. Das teilte sie ihrer Mutter unmissverständlich mit.

»Wann hast du das denn gemacht?«

»Vor etwa zwei Monaten.«

»Ich bin viel zu jung für deine Website. Du hast mir doch gesagt, dass sie für die Generation sechzig plus ist.« Was sonst hätte denn ein Auftritt mit dem Titel *Schnee auf dem Dach* sein können?, überlegte Honey.

Ihr Protest wurde ignoriert. Ihre Mutter war außerordentlich beharrlich.

»Du solltest dir das mal ansehen. Ich habe wirklich keine Mühe gescheut. Ich weiß, dass du zufrieden sein wirst. Ich habe ein paar Fotos von dir benutzt, die ich gerade zur Hand hatte.«

»Ach, aber bitte nicht das, wo ich mit neun Monaten nackt auf dem Schaffell liege …«

»Nein.« Ihre Mutter legte eine Pause ein. »Das ist allerdings sehr geschmackvoll, und du warst doch noch so klein. Da kann man nun wirklich nicht von einem erotischen Foto reden, oder?«

Honey verdrehte die Augen und bewegte tonlos die Lippen: Herr, gib mir Kraft!

»Mutter, wie oft habe ich dir schon gesagt, dass ich einen Mann in meinem Leben habe. Ich brauche keinen anderen.«

Ihre Mutter hörte gar nicht zu. »Die Sache läuft richtig gut, und deine Angaben haben viel Aufmerksamkeit erregt. Ich habe die Anfragen erst mal abgelegt, bis du die Gelegenheit hast, sie dir anzuschauen. Einige, die sich gemeldet haben, scheinen sehr interessiert und auch ziemlich betucht zu sein.«

Honey war zutiefst beschämt und verdrossen. »Ich komme mir vor wie ein Kaffeeservice, das jemand auf eBay verscherbeln will, ein bisschen angeschlagen, aber sonst noch gut zu gebrauchen.«

Ihr Einwand stieß auf taube Ohren. »Ich habe einen Zähler, der die Klicks auf der Seite verzeichnet. Fred hat das so eingestellt. Der kann das richtig gut. Er hat auf der U3A alles über Computer gelernt.«

U3A stand für die Universität für das 3. Alter in Bath. Hier wurde wirklich was für die Generation sechzig plus geboten.

Honey verzog das Gesicht und straffte die Schultern. Sie war zum Kampf bereit und sah auch so aus. Das nutzte natürlich nichts. Ihre Mutter bekam einfach gar nichts mit, wenn es ihr nicht in den Plan passte.

»Schau dir die Website einfach mal an. Ich bin sicher, dann änderst du deine Meinung«, beharrte sie.

»Das mache ich, wenn ich Zeit habe. Im Augenblick habe ich allerdings ziemlich viel zu tun. Das Restaurant ist morgen zum Mittagessen voll ausgebucht, und in der Küche brauchen sie Hilfe.«

Der letzte Satz war glatt gelogen. Smudger hatte alles fest im Griff, und heute Mittag war es ziemlich ruhig. Sie hatte ein ganz klein wenig Gewissensbisse, weil sie ausgerechnet in der Weihnachtszeit flunkerte, hoffte aber auf Vergebung. Die gnadenlose Entschlossenheit ihrer Mutter konnte selbst Heilige hart auf die Probe stellen.

»Und dann haben wir für den ersten Feiertag noch so viel vorzubereiten«, fügte Honey hinzu.

Das brachte ihre Mutter auf ein anderes Thema.

»Ich habe ein wunderbares Kleid für den ersten Feiertag. Es ist silbern. Ich sehe gertenschlank aus darin, und das muss ich auch bleiben. Wir haben unsere letzte Vorstellung ja erst am fünften Januar, und bis dahin muss ich noch in mein Kostüm passen. Deswegen kann ich nicht viel essen.

Ich kann meine Fans unmöglich enttäuschen. Und bitte komm heute Abend nicht zu spät zur Vorstellung.«

Dass sie immer wunderschön zurechtgemacht war, hatte für Gloria Cross immense Wichtigkeit. Honey würde am ersten Feiertag ihr kleines Schwarzes anziehen. Das betonte alle ihre Vorzüge hervorragend und kaschierte freundlich alle Schwachstellen. Eine einreihige Kette aus großen Perlen würde es ergänzen. Für mehr hatte sie keine Zeit.

Honey versprach, auf keinen Fall zu spät zur Premiere von *Cinderella* zu kommen. Ihre Mutter hatte natürlich die Titelpartie übernommen. Na gut, sie war vielleicht ein winziges bisschen zu alt dafür, aber das galt für das übrige Ensemble auch. Die Seniorentheatergruppe von Bath machte ihren Mangel an Jugend durch Begeisterung wett.

Natürlich würde sie sich dieses Weihnachtsspiel ansehen, und Doherty würde sie begleiten – obwohl er noch nichts von seinem Glück ahnte.

Inzwischen wollte sie an dem Mord dranbleiben. Einmal umgebracht zu werden, das war schon ziemlich grausig, aber dreimal, das war äußerst ungewöhnlich. Sie erwähnte dies gegenüber Mary Jane und schwor sie auf äußerste Geheimhaltung in dieser Sache ein.

»Ich habe schon mal was davon gehört«, meinte Mary Jane. »Die alten Britannier haben das in ihren Ritualen gemacht.«

Honey runzelte die Stirn. »Nie gehört. Wann soll denn das gewesen sein?«

»Etwa um die Zeit, als Königin Boudicca* hier gewütet hat.«

Honey kam die beste aller Ideen. Wie wäre es, wenn sie

---

* Britannische Königin und Heerführerin, die zu Anfang der römischen Besetzung Britanniens (60–61 n.Chr.) einen erfolglosen Aufstand gegen die Besatzungsmacht anführte.

diejenige wäre, die diesen Fall löste? Sie sah die Schlagzeile schon vor sich. *Hotelbesitzerin schnappt Scrimshaw-Mörder.* Das würde die Einnahmen ordentlich in die Höhe treiben!

John Rees rief an und fragte, ob sie Lust hätte, auf einen kleinen vorweihnachtlichen Drink vorbeizuschauen. »Ich habe sogar Sherry. Ich weiß doch, wie sehr ihr Briten euren Sherry liebt.«

Sie sagte zu, sie würde unverzüglich kommen, aber bitte nur auf einen kleinen Sherry. Was sie ihm nicht verriet, war, dass sie Sherry überhaupt nicht mochte. John war wirklich sehr süß, aber leider auch der Sherry.

Cobblers Court war nicht weit von Johns Buchladen entfernt. Sie beschloss, erst dort vorbeizuschauen und sich dann zu seinem Laden aufzumachen.

Tief in ihren warmen Mantel gekuschelt, bot sie dem Winterabend die Stirn. Wieder hing Nebel über der Stadt wie ein Stück feuchter Musselin. Die Luft wurde schneidend kalt, der Mond ging auf, und für die Nacht war starker Frost vorhergesagt.

Die Schaufenster erstrahlten noch im hellen Licht. Am hübschesten sahen die alten Fenster aus, die sich leicht vorwölbten. Honey kniff die Augen ein wenig zusammen und versuchte sich vorzustellen, dass die Leute, die hier vorbeispazierten, Krinolinen und Schutenhüte trugen. Das war nicht leicht, denn selbst die hübschesten jungen Frauen hatten schwarze Leggings, schwere Stiefel und wattierte Jacken an.

Sie seufzte. Na gut. Das war eben der Fortschritt.

Cobblers Court war eine ganz andere Sache. Bildete sie sich das nur ein, oder war es dort wirklich dunkler als anderswo und womöglich noch nebliger?

Zu beiden Seiten der Tür, die in die Büros von Mallory und Scrimshaw führte, standen Polizisten. Höchstwahrscheinlich würden hier während der Feiertage durchgehend Beamte Wache stehen und mit den Füßen stampfen, um sich warm zu halten.

»Frohe Weihnachten!«, rief jemand.

Wie aufs Stichwort begannen Schneeflocken wie Konfetti aus dem schmalen Streifen Himmel zwischen den Gebäuden herunterzurieseln.

Jemand stand mit zwei dampfenden Henkeltassen unten an der Treppe, die zum Frisörsalon *Hummeln unterm Hut* hinaufführte. Die Polizisten ließen sich nicht lange bitten. Sie stapften hinüber und nahmen dankbar die heißen Getränke entgegen.

Ab und zu kam jemand vorbei, aber das anfänglich große Interesse an dem Mord war abgeflaut. Das lag natürlich auch daran, dass noch Weihnachtseinkäufe in letzter Minute zu erledigen waren und in manchen Schaufenstern schon Schilder den Winterschlussverkauf ankündigten.

Während Honey noch überlegte, ob sie sich ins Gebäude von Mallory und Scrimshaw schleichen sollte, bemerkte sie, dass sie nicht allein war.

Es stand noch jemand am Eingang der Gasse, die in den Cobblers Court führte. Der Mann war groß und hatte breite Schultern. Zunächst dachte Honey, dass er sie beobachtete. Bei näherem Hinsehen bemerkte sie aber, dass er die Polizisten im Auge hielt und dabei ganz reglos und nachdenklich dastand, als grübelte er über etwas nach.

Plötzlich war er nicht mehr allein. Lindsey gesellte sich zu ihm. Der Mann war Professor Jake Truebody.

Honey verspürte den übermächtigen Impuls, sofort hinzurennen und ihre Tochter zu warnen, dass dieser Mann nicht der Richtige für sie sei. Aber das konnte sie nicht tun. Außerdem wäre sie am liebsten nicht hier gewesen, denn am Ende würde sich Lindsey vielleicht beschweren, dass ihre Mutter sich in alles einmischte. Großer Gott, sie konnte selbst ein Lied davon singen, wie es war, so eine Frau Mama zu haben.

Sie bemerkte, dass Lindsey die Kamera in der Hand hielt. Sie vermutete, dass ihre Tochter versuchte, ein Foto von Jake zu machen. Der Professor wollte davon nichts wissen. Honey sah, wie sein Mund ein »Nein« formulierte, hörte ihn lautstark protestieren.

»Nein!«

Lindsey schien schließlich zu akzeptieren, dass er sich nicht fotografieren lassen wollte. Sie wirkte enttäuscht. Jake Truebody ließ das völlig kalt. Auf seiner Miene lag ein selbstbewusster, ja beinahe siegessicherer Ausdruck.

Honey blieb lieber unentdeckt und verdrückte sich über eine kurze Gasse, die von dem Hauptweg abzweigte. Sie war schmal und verlief zwischen den Gebäuden, die hier so eng standen, dass man sich beinahe wie eingequetscht vorkam. Aber sie würde auch so zu Johns Buchladen kommen – auf einem Umweg, das ging heute eben nicht anders.

Zwanzig

Lindsey hatte sich alle Mühe gegeben, ein Foto von Jake zu machen, aber er wollte es einfach nicht zulassen.

Er schaute gerade zu einem Geschwader von Staren hinauf, das hoch oben auf einer steinernen Brüstung hockte.

»Das ist alles wie aus einem Roman von Dickens«, merkte er laut an. Seine Stimme hallte von dem alten Gemäuer ringsum wider.

Die lauten Worte ließen die Stare auf den Simsen unruhig mit den Flügeln schlagen. Einige warfen ein wenig Ballast ab. Jake Truebody konnte gerade noch rasch ausweichen.

Lindsey Driver las in ihrem Stadtführer nach. »Das Gebäude stammt aus einer Zeit lange vor Königin Viktoria. Vor Jahren war es noch eines der Inns of Court.«

»Teufel noch eins, was Sie nicht sagen! Was heißt das denn?«

Lindsey war nicht sonderlich überrascht über seine Unwissenheit und schaute ihn mit leerem Gesichtsausdruck an. Hinter ihrer Stirn arbeitete es allerdings heftig.

»So nennt man die Gebäude, in denen Anwälte ihre Büros haben.«

Er stand mit den Händen in den Taschen da und schaute nach oben, vorgeblich immer noch an den Staren interessiert.

»Ach, wirklich?« Er lächelte sie an. »Sie sind ein schlaues Kind.«

»Ich bin kein Kind.«

»Es sollte keine Beleidigung sein. Sie haben so ein jugendliches Aussehen. Das sollte Sie freuen. Dann sehen Sie bestimmt sogar im Alter noch jung aus. Das ist doch nicht schlecht, oder?« Sein Tonfall und sein Lächeln hätten jede Großmutter völlig umgarnt. Lindsey hegte den Verdacht, dass er das auch bei ihr versuchte, aber da hatte Jake True- body Pech. Er würde auf Granit beißen, ahnte es nur noch nicht.

Sie warf ihm ein kleines Lächeln zu. »Vielen Dank.«

Die Durchsuchung seines Zimmers hatte nicht den ge- wünschten Erfolg gebracht. Die Information über den wirk- lichen Mann hinter dem Namen – und sie war sich ziemlich sicher, dass Truebody nicht sein richtiger Name war – steckte in dem Notebook, das er im Zimmer aufbewahrte. Da war sie sich gewiss.

Im Grunde konnte er ihr so gut wie alles über Carl Driver erzählen. Sie hatte ihren Vater nicht lange und nicht sonder- lich gut gekannt. Die meisten Einzelheiten hatte sie aus zweiter Hand – von anderen Leuten und Verwandten, zu- meist jedoch von ihrer Mutter.

Und dann war der Professor ausgerechnet kurz vor Weih- nachten aufgetaucht. Warum gerade jetzt? Und warum hier? Warum hatte er sich ausgerechnet sie und ihre Mutter aus- gesucht? Und warum war sie so freundlich gewesen, ihm eine Stadtführung anzubieten?

Gut, er hatte sie am Anfang interessiert, weil er ihren Va- ter kannte. Außerdem hatte sich gerade der Polizist über die Verlobung ihrer Mutter mit Steve Doherty verplappert, und sie war deswegen ein bisschen eingeschnappt. Darum hatte sie die Verabredungen mit dem Professor eingehalten. Ers- tens wegen seiner Verbindung zu ihrem Vater und zweitens, um ihre Mutter zu ärgern, weil die ihr nichts von der Ver- lobung mit Doherty erzählt hatte. Nicht, dass es ihr wirk- lich was ausmachte – eigentlich machte es ihr überhaupt nichts aus. Sie verspürte nur das Bedürfnis, sich zu beweisen, damit die beiden endlich einsahen, dass sie kein Kind mehr war.

Jake Truebody und Lindsey stiegen jetzt die Treppe neben der Pulteney Bridge hinunter und spazierten über den Treidelpfad. Es wurde langsam dunkel, aber es waren noch viele Leute unterwegs, manche ein wenig angetrunken, andere mit Einkaufstüten beladen.

Jake seufzte und schaute zum Himmel hinauf. »Sehen Sie sich nur all die Sterne an. Das erinnert mich an ein Weihnachtsfest in meiner Kindheit. Damals war ich sieben. Wir waren ganz allein, ich und meine Mom.«

»Und Ihr Vater?«

»Sie hatten sich getrennt. Ich weiß nicht, wie alt ich war, als er abgehauen ist, aber meine Mutter hat immer gesagt, ich wäre fünf gewesen.«

»Haben Sie ihn je wiedergesehen?«

»Nein. Er ist gestorben. Irgendein Unfall. Ausgerechnet Weihnachten. Ziemlich scheußlich, was?«

Sie stimmte ihm zu. Das war wirklich ziemlich scheußlich.

»Sie haben also in Maine gelebt.«

»Manchmal.«

»Ach, nicht immer?«

»Das hing davon ab, was für eine Arbeit meine Mutter gerade hatte und welche Verwandten sich um mich kümmern konnten. Nicht, dass meine Mutter mich viel allein gelassen hätte.«

»Sie hat Sie umsorgt.«

»Sehr.«

»Und wie sind Sie mit dem Geld ausgekommen?«

»Irgendwie ging es.«

Bisher hatte sie Fragen gestellt, ohne eine negative Reaktion zu verspüren. Jetzt merkte sie, dass er sich verschloss wie eine Auster. Er durfte auf keinen Fall misstrauisch werden. Sie musste noch so viel herausfinden.

Hoffentlich erriet er nicht, was sie vorhatte. Sie konnte es sich nicht leisten, sein Vertrauen zu verlieren – nicht, wenn sie sein Geheimnis entdecken wollte.

»Was war noch mal Ihr Spezialgebiet als Geschichtsprofessor?«

»Natürlich amerikanische Geschichte! Vor allem die der Ureinwohner, der Indianer. Besonders hat es mir die Zeit zwischen der Landung der Engländer am Plymouth Rock und der Niederlage von George Custer bei der Schlacht am Little Bighorn angetan.«

»Wirklich?«

»O ja.«

Er redete noch ein bisschen über Jamestown und die Indianerprinzessin Pocahontas.

»Wie weit weg ist Gravesend?«, fragte er plötzlich. »Ist das hier in der Nähe?«

Sie erklärte ihm, dass Gravesend im Osten von England in der Nähe der Themsemündung lag.

»Sie wollen sicher wissen, warum ich mich danach erkundige.«

»Ja.« Dabei wusste sie nur zu genau, warum er fragte, aber er beantwortete seine Frage sowieso schon selbst.

»Da ist Pocahontas nämlich beerdigt. Sie ist ja mit ihrem Mann John Smith nach England gekommen und dort an den Windpocken gestorben. Ich bin übrigens der Meinung, dass man ihrem Volk ihren Leichnam wiedergeben sollte.«

Lindsey verbarg ihre zuckenden Lippen in ihrem hohen Kragen. Beinahe hätte sie laut losgelacht. Diese Geschichte kannte sie. Pocahontas oder Rebecca, wie sie später genannt wurde, hatte John Rolfe, nicht John Smith geheiratet. John

Smith hatte sie das Leben gerettet, John Rolfe dagegen hatte sie geheiratet.

Man hatte in Gravesend rings um die Kirche, wo Rebecca Rolfe – Pocahontas – angeblich beerdigt war, Ausgrabungen vorgenommen – und keine Spur von ihr gefunden.

Lindsey berichtigte den Professor nicht. Ihr ging kurz durch den Kopf, dass jetzt vielleicht die Zeit gekommen war, ihrer Mutter von ihren Zweifeln zu erzählen, doch irgendwas hielt sie noch davon ab. Vielleicht hatte sie die Neugier ihrer Mutter geerbt. Honey hatte ein echtes Talent für Detektivarbeit. Vielleicht hatte sie das auch.

Die beiden gingen im großen Bogen zurück und wieder durch den Cobblers Court. Dort war jetzt alles ruhig.

»Ziemlich gruselige Gegend«, sagte Lindsey. »Hier ist ja auch kürzlich ein Mord geschehen.«

»Ach, wirklich? Verdammt kalt ist es hier jedenfalls, das kann man wohl sagen«, antwortete er.

Jake Truebody war gut eingemummelt in einen langen grauen Mantel, einen dicken grauen Schal und einen schwarzen Hut. Es war kein Stetson. Mit der geschwungenen Krone und der breiten Krempe erinnerte er eher an einen Hut, wie ihn die Prediger im tiefen Süden der USA trugen, als an einen Cowboyhut aus dem mittleren Westen. Der Schal war mit einer glänzenden Nadel in Form eines springenden Büffels festgesteckt. Als Lindsey das Schmuckstück bewundert hatte, hatte der Professor ihr erklärt, es sei das Geschenk eines Indianers gewesen.

»Gehen wir weiter?« Seine Stimme klang wie ein Knurren ganz tief aus dem Hals.

»Warum nicht. Ich muss Ihnen allerdings sagen, dass die meisten Museen und so weiter am Tag vor Heiligabend geschlossen sind. Wir können also leider nur Architektur anschauen, und das auch nur im Freien. Und wir müssen uns durch die Leute einen Weg bahnen, die noch in letzter Minute Einkäufe machen.«

»Ich habe jede Menge Pioniere in meinem Stammbaum. Ich bin mir sicher, dass ich es mit einem Haufen unerschrockener, einkaufswütiger Engländer aufnehmen kann, altes Haus.«

Ein altes Haus bin ich gewiss nicht, dachte Lindsey, obwohl sie ihn anlächelte, als wäre alles völlig normal.

»Was hat denn dieses Lächeln zu bedeuten?«, fragte Jake Truebody.

Lindsey sog sich eine vernünftig klingende Erklärung aus den Fingern.

»Es ist einfach die Weihnachtszeit. Da sind hier alle so gutgelaunt, nicht?«

»Manche schon«, antwortete er. »Aber mir kommen da immer die Erinnerungen an vergangene Weihnachtsfeste. Und manche sind eher bittersüß.«

Überall in dem winzigen Buchladen hörte man fröhliche Weihnachtswünsche. Die Fassade war nur etwa drei Meter breit, aber im Inneren schien der Laden endlos weiterzugehen, eine schmale und sehr tiefe Höhle. Eine Abteilung von Büchern folgte auf die andere, und mit jeder wurde der Laden ein wenig schmaler.

John Rees drückte Honey einen Kuss auf die Wange und drückte ihr ein großes Glas Sherry in die Hand.

»Harvey's Bristol Cream«, sagte er und deutete auf das blaue Glas, das er ihr gereicht hatte. »Vom Allerfeinsten.«

»Das habe ich schon bemerkt. Auch bei den Gläsern. Sehr schön.«

»Bristol Blue. Ich habe sie in einem Laden in Bristol gekauft.«

Er gab ihr ein Blätterteigpastetchen, das mit grünem

Käse und einer einzelnen Krabbe verziert war. »Wie ist das Leben?«

»Prima.«

»Und was macht dein Polizist? Immer noch alles bestens mit euch?«

Sie hatte gewusst, dass er sich danach erkundigen würde. Es hatte eine Zeit gegeben, als John Rees durchaus ein Mitbewerber im Rennen um ihre Zuneigung gewesen war. Doherty war ihm aber zuvorgekommen.

»Ja, alles bestens.«

»Jammerschade.« Er verzog sein Gesicht in gespielter Trauer. Vielleicht lag es an seinem Bart und seiner Kopfform, aber er erinnerte sie an eine Maske aus einer griechischen Tragödie. Jetzt lächelte er wieder, und es wurde eine griechische Komödie daraus.

Ja, es hatte durchaus eine Zeit gegeben, in der John Rees eine Chance hatte, das Bett mit ihr zu teilen – kurzfristig oder langfristig. Der Amerikaner mit der warmen Stimme war groß und schmal, und sein Geschmack für Kleidung unterschied sich nicht sonderlich von dem von Detective Chief Inspector Steve Doherty. Er trug ein Jeanshemd über einer Jeanshose in einem leicht anderen Farbton. Das wirkte selbstbewusst und maskulin, war so zusammengestellt, weil es bequem war, nicht weil er damit Eindruck schinden wollte.

»Ich habe von dem Mord gehört«, sagte er. »Der arme alte Clarence Scrimshaw.«

»Du kanntest ihn?«

»Na klar. Er ist ab und zu hier vorbeigekommen. Obwohl er, ehrlich gesagt, in einer ganz anderen Liga gespielt hat als ich. Großer Sammler. Hohe Summen.«

Honey war verwirrt und mehr als nur ein bisschen neugierig. Sie dachte nun nicht mehr darüber nach, wie es wohl mit John Rees im Bett gewesen wäre, und ging gleich zu einer Frage über.

»Du meinst, der hat tatsächlich für was Geld ausgegeben? Seine Angestellten und alle, die ihn auch nur entfernt kannten, haben ihn als den knauserigsten Geizhals aller Zeiten dargestellt. Ebenezer Scrooge, wie er leibt und lebt.«

John nippte an seinem Sherry und wischte sich mit Finger und Daumen die Oberlippe, ehe er antwortete.

»Er hat Bibeln gesammelt.«

»Ich bin ganz Ohr.«

»Sehr alte Bibeln.«

»Sollte ich alt als Synonym für wertvoll verstehen?«

»Darauf kannst du wetten!«

»Größenordnung?«

Er zuckte die Achseln. »Alles von zehntausend Pfund aufwärts bis weit über hunderttausend. Hängt davon ab, wie selten die Exemplare sind. Eine Bibel von Tyndale aus dem Jahr 1537 bringt einen guten Preis, obwohl es gerüchteweise ältere und seltenere gibt. Zum Beispiel Wycliffe. Es heißt, dass man seine handgeschriebenen Bibeln seinerzeit dazu benutzt hat, seinen Zeitgenossen Jan Hus auf dem Scheiterhaufen zu verbrennen. Er hat ja auch Martin Luther vorhergesagt. Wenn du also eine dieser Bibeln finden würdest, dann ist der Preis nach oben hin offen ...«

»Weißt du sonst noch was über ihn?«

»Ein bisschen. Ich weiß, wo er lebt. Ich kenne ein paar von seinen Autoren. Aber mir sind keine Namen von Verwandten bekannt, und ich weiß auch nicht, ob er überhaupt welche hatte.«

Honey trank ihr Sherryglas leer und wischte sich mit einem letzten Kuss auf seinen Mund die Lippen.

»Danke für den Sherry und das Kanapee. Wie wäre es, wenn ich mich für deine Gastfreundschaft revanchiere und du am ersten Feiertag nach dem Mittagessen zu uns kommst? Ein, zwei Drinks? Ein, zwei Mince Pies*? Schottisches Shortbread**?«

»Mit Shortbread kannst du mich aus dem Urwald locken, aber leider muss ich ablehnen. Ich habe eine Verabredung.«

»Jammerschade.«

Mit dem Daumen wischte er ihr einen Krümel aus dem Mundwinkel.

»Aber wenn Starsky dich sitzenlässt, dann weißt du, an welcher Schulter du dich ausweinen kannst.«

Sie lächelte. »Abgemacht.«

Auf dem Weg zurück ins Hotel rief sie bei Doherty an.

»He! Ich weiß jetzt, was in dem Paket war.«

---

* Kleine Pasteten, die mit einer Mischung aus Äpfeln und Trockenfrüchten gefüllt sind und zu Weihnachten gebacken werden.
** Besonders reichhaltige Butterkekse.

Einundzwanzig

Doherty hatte sofort gehandelt, nachdem ihm Honey die Informationen übermittelt hatte. Seine Leute hatten Scrimshaws Wohnung gründlich durchsucht, aber nichts gefunden, ganz sicher keine kostbare Bibel.

Doherty hatte ihr erklärt, dass ein Sammler etwas so Wertvolles wohl unter Verschluss aufbewahren würde.

Honey musste zugeben, dass er damit wahrschcinlich recht hatte.

Da saß sie also am Empfang und kaute auf ihrem Kugelschreiber herum. Da fiel ihr ein, dass es noch etwas viel Besseres gab, das man sich in den Mund stopfen konnte. Die Marzipanpralinen waren in Goldfolie eingewickelt. Sie hatte sie in einer plötzlichen Laune gekauft, um die Weihnachtszeit zu feiern, eine Zeit, in der alle Gedanken an Diät bis Neujahr über Bord geworfen wurden. Erst nach dem 1. Januar würden wieder viele gute Vorsätze gefasst: nie wieder zu viel zu essen oder zu trinken und – o Schreck, o Graus! – vielleicht sogar Mitglied in einem Fitness-Studio zu werden.

Um die Weihnachtszeit war der Verzehr von Schokolade Tradition und zählte also nicht mit zur wöchentlichen Kalorienaufnahme. An Weihnachten waren Kalorien ohnehin völlig unwichtig, weil die kleinen Speckröllchen erst wieder für Aufregung sorgen würden, wenn man versuchte, sich irgendwann im Mai in einen neuen Bikini zu zwängen.

Noch genüsslich an der Praline kauend, machte sich Honey erneut an ihre Liste. Wenn sie diesen Mordfall aufklären wollte, gab es noch viel zu tun.

Die Liste war ein Anfang, aber es wollte ihr nicht recht gelingen, ihre Gedanken zu sortieren. Unter das Wort »Motiv« hatte sie »Geld, Sex, Eifersucht, Erpressung, Diebstahl, unerwiderte Liebe und unverhohlener Hass« geschrieben. In der Rubrik »Verdächtige« standen die Namen aller Angestellten von Mallory und Scrimshaw, dazu noch die Namen der Autoren des Verlags. Lindsey hatte ihr die Liste der vom Verlag veröffentlichten Schriftsteller aus dem Internet besorgt.

Obwohl sie sich das Hirn zermarterte, war die Liste mit den Motiven auf der linken Seite des Blattes nicht länger geworden. Die Zahl der Tatverdächtigen war dagegen endlos lang, es sah ganz so aus, als könnten Gott und die Welt Clarence Scrimshaw umgebracht haben.

Und jetzt war da auch noch die Sache mit den alten Bibeln dazugekommen.

Ihre Mutter schaute auf einen Kaffee vorbei. Gloria sprühte nur so vor aufregenden Ideen für ihr neues Geschäftsunternehmen. Honey dröhnte schon der Kopf. Sobald ihrer Mutter etwas eingefallen war, musste sie es gleich jemandem mitteilen – und das war gewöhnlich Honey.

»Ich habe mir überlegt, Leuten über achtzig eine Ermäßigung zu geben – denn die müssen ja so schnell wie möglich einen Partner finden.«

Sie bemerkte Honeys ungläubig offenstehenden Mund und fuhr fort: »Für Leute über achtzig kommt es auf die Sekunde an, jedenfalls in Herzensangelegenheiten.«

Dagegen konnte man nichts vorbringen.

»In wirklich allen Herzensangelegenheiten«, merkte Honey an. »Stellt ihr auch Defibrillatoren zur Verfügung?«

Ihre Mutter sog zischend die Luft ein. »Diese Frage werde ich mit der Verachtung strafen, die sie verdient. Mein neues Unternehmen wird sehr professionell geführt. Ich habe zum Beispiel vor, exklusive Dinner Partys für meine Kunden zu geben. Ich lade die gleiche Anzahl von Männern und Frauen ein. Nicht mehr als zehn, denke ich mal. Sonst ist es ja keine intime Dinner Party mehr. Ich habe eine für den 27. Dezember arrangiert. Magst du kommen?«

Honey lehnte die Einladung ab und baute gegen jeden Druck von Seiten ihrer Mutter mit einer guten Entschuldigung vor.

»Es wird ungeheuer viel aufzuräumen sein, und dann müssen wir uns ja auch schon auf Silvester und Neujahr vorbereiten.«

»Dafür hast du doch Personal.«

»Aber ich bin die Chefin. Ich muss da sein. Und außerdem suche ich keinen Mann. Ich habe Doherty.«

Ihre Mutter spitzte die Lippen und war offensichtlich keineswegs beeindruckt. »Na, da hast du dir einen schönen Fang an Land gezogen. Aber ist es der richtige Fang? Wer weiß, wie viele andere Fische noch darauf warten, bei dir anzubeißen?«

»Ja, ja. Ich werfe die Angel nach einem Lachs aus, und dann ziehe ich einen Stinkfisch aus dem Wasser«, murmelte Honey.

»Stinkfisch, so was gibt's nicht. Und überhaupt denke ich, dass du einen großen Fehler machst. Du musst Doherty doch nicht heiraten.«

»O doch.«

»Wirklich?«

Wäre Smudger nicht gerade jetzt hereingeplatzt und hätte sich ausführlich über die Doverseezunge verbreitet, die er als Vorspeise für das Weihnachtsabendessen vorgesehen hatte, dann hätte Honey vielleicht genauer auf den Gesichtsausdruck ihrer Mutter geachtet. So war es für sie aber wichtiger, dass Smudger zufrieden war, als mit ihrer Mutter über ihre Partnerschaftsbörse für die Generation sechzig plus zu diskutieren.

Wenig später stieß Mary Jane auf Honeys Mutter, Gloria Cross, die völlig benommen im Aufenthaltsraum saß.

Sie berührte Glorias Schulter. »Meine Liebe, ist was passiert?«

Gloria Cross schaute mit weit offenstehendem Mund zu ihr auf.

»Ich weiß nicht, ob ich dir das erzählen sollte«, hauchte sie schwach.

Mary Jane entnahm ihrer Miene, dass es sich um eine sehr ernste Angelegenheit handeln musste, setzte sich neben Gloria hin und ergriff ihre Hand.

»Nun, komm schon, Gloria. Ich bin deine Freundin. Mir kannst du es erzählen.«

Gloria überlegte kurz. Sie traf eine Entscheidung. »Aber kein Sterbenswörtchen weitersagen«, zischte sie mit weit aufgerissenen Augen, als sie sich näher zu Mary Jane neigte. »Ich glaube, ich werde noch einmal Großmutter.«

»Ah ja«, erwiderte Mary Jane, die nicht ganz begriff. »Dein anderes Kind bekommt ein Baby?«

»Anderes Kind?« Gloria Cross senkte den Kopf, dass ihr Hals ganz faltig wurde – was sie sonst vermied. »Ich habe kein anderes Kind.«

Mary Jane nickte bedächtig. »Das habe ich nicht gewusst.« Dann ging ihr ein Licht auf. »Du meinst Honey? Bist du sicher?«

Gloria bestätigte das mit einer Kopfbewegung. »Ich habe gezählt, wie viele Pralinen sie gegessen hat. Es waren sehr viele. Zu viele. Das ist nicht normal.«

Zweiundzwanzig

Honey ging ihre handgeschriebene Liste mit Reservierungen für die Partys durch. In den Spalten wurden die geleisteten Anzahlungen und die Gesamtsumme aufgeführt, in die Getränke von der Bar und Essen eingerechnet waren.

Honey bestand auf dieser archaischen Methode der Buchhaltung, obwohl Lindsey ihr immer wieder versicherte, der Computer könnte derlei völlig zuverlässig erledigen.

Lindseys Kritik war beißend. »Mit der Hand schreiben, das ist ja eine wunderbare Fertigkeit, aber technisch gesehen eine Steinzeitmethode, wenn es um seriöse Buchhaltung geht.«

Honey war stur geblieben. »Ja, ja.«

Ganz gleich, wie oft Lindsey beteuerte, dass der Computer die Einzelheiten nicht für immer verschlucken, an Dritte weitergeben oder zur Unkenntlichkeit verzerren würde, sicherte Honey die Aufzeichnungen, die im Computer gemacht wurden, noch mit ihrer handschriftlichen Fassung auf A4-Papier. Na gut, dann war sie eben altmodisch, vielleicht sogar ein bisschen bequem. Das Tolle am Schreiben mit der Hand war, wie sie ihrer Tochter oft mitgeteilt hatte, dass man dazu keinen Strom brauchte. Außerdem musste sie nicht erst noch lernen, wie sie mit Stift und Papier umzugehen hatte, weil sie das schon lange konnte. Übung macht den Meister. Und warum sollte sie sich mit diesen neumodischen Dingen vertraut machen, wo doch Lindsey und der Computer beste Freunde waren? Diese Weisheit hatte sie ihrer Tochter allerdings bisher vorenthalten.

Aufzeichnungen auf Papier konnte man sich immer und

überall anschauen, und der eine oder andere Schokoladen-fleck störte da nicht weiter. Beim Computer war das anders, besonders wenn sich irgendwelche Krümel zwischen den Tasten verfingen.

Honeys Finger wanderte an der Liste von Datumsanga-ben, Unternehmen und Zahlungsinformationen entlang. Honey hielt inne, als sie zu Clarence Scrimshaw kam, dem Mann, den man an seinem eigenen Schreibtisch ermordet hatte. Eigentlich schien es da kein Problem zu geben, aber der Mann war tot, und ehe er gestorben war, hatte er sich völlig untypisch verhalten. Vielleicht wäre es nicht schlecht, alles noch einmal zu überprüfen. Also langte sie nach einem weiteren Schokoladentrüffel und machte sich an die Arbeit.

Als Erstes schaute sie nach, wann die Reservierung einge-gangen war. Nur sieben Tage, bevor der arme Kerl ermordet wurde. Auf den ersten Blick war alles in Ordnung. Es gab keine Diskrepanzen mit der Reservierung. Dass Mr. Scrim-shaw umgebracht wurde, ehe er die Party feiern konnte, war wirklich Pech. Aber das Leben geht weiter, und er hatte ja freundlicherweise seine Rechnung bezahlt, eh er »den Drang des Ird'schen abgeschüttelt« hatte.*

Ihr Finger glitt über den Namen des Unternehmens und die Gesamtsumme zu den Zahlungsinformationen. Die An-gaben zu seiner Kreditkarte waren korrekt gewesen. Es hatte keine Probleme gegeben. Die Bank hatte die Zahlung nicht gestoppt, etwa weil der alte Herr sich des Drogenhandels oder der Geldwäsche im großen Stil schuldig gemacht hatte. Er war ein feiner, aufrechter englischer Gentleman gewesen. Das Geld war pünktlich von seinem Konto auf das des Green River Hotel überwiesen worden.

---

* William Shakespeare, Hamlet, 3. Akt, 1. Szene. Zitiert nach William Shakespeare, Sämtliche Werke, Bd. 4, Hrsg. von Anselm Schlösser, Aufbau-Verlag Berlin und Weimar, 1988.

»Der gute alte Clarence Scrimshaw«, murmelte Honey vor sich hin. »Er mag ja ein Geizkragen gewesen sein, aber er hat pünktlich bezahlt.«

»Was hast du gesagt, meine Liebe?«

Sie schaute auf und erblickte Mary Jane, die vor ihr stehen geblieben war.

Honey ließ sich entspannt an die Lehne ihres Stuhls zurücksinken, die Hände über dem Kopf verschränkt. Die rechte Schublade des Empfangstisches stand offen. Da lockte eine weitere Schachtel mit Rumtrüffeln.

»Der Mann, der ermordet worden ist, soll ein Geizkragen gewesen sein und dennoch hat er seine Rechnung im Voraus bezahlt. So geizig kann er doch nicht gewesen sein, sonst hätte er das nicht gemacht, oder?«

»Na ja, nur weil er aufs Geld geschaut hat, heißt das noch nicht, dass er kein ehrenwerter Mensch war«, meinte Mary Jane.

»Und ausgerechnet zu Weihnachten! Was werden seine Anverwandten sagen – wenn er überhaupt welche hatte. Bisher hat man keine gefunden, aber vielleicht gibt es doch welche. Und wenn, dann denken sie in Zukunft zweifellos jedes Jahr um diese Zeit an ihn und drücken sich ein Tränchen ab. Falls sein Tod sie zu Tränen gerührt haben sollte. Falls sie ihn aber für einen alten Geizkragen gehalten haben, ist ihnen das möglicherweise alles egal. Dann erheben sie wohl nur das Glas auf ihn und danken ihm, dass er ihnen sein Geld hinterlassen hat.«

»So ist es nun mal auf der Welt«, meinte Mary Jane weise und machte sich auf den Weg in den Aufenthaltsraum.

Honey schluckte das letzte bisschen Trüffel hinunter. Sie leckte sich ein paar Krümel aus dem Mundwinkel. Wer zieht Nutzen aus seinem Tod? Das war eindeutig die Eine-Million-Dollar-Frage, beschloss sie.

Zwei Rumtrüffel hatte sie schon verdrückt. Sie überlegte, ob sie noch einen dritten essen sollte, widerstand aber der Versuchung.

Sie redete sich ein, dass sie, wenn sie sich nur auf den Mordfall konzentrierte, kein Bedürfnis verspüren würde, Schokolade zu essen – oder irgendwas anderes.

Sie legte die letzte Praline zur Seite und schwor sich, das Mittagessen ausfallen zu lassen.

Gegen Mittag protestierte ihr Magen mit lautem Knurren, aber der Kopf gewann die Schlacht. Ganz egal, was der Magen wollte.

Der Mord an Clarence Scrimshaw war eine sehr ernste Angelegenheit. Honey widmete ihre ganze Aufmerksamkeit wieder ihren knappen Aufzeichnungen. Die Kreditkarte war auf den Namen Clarence Scrimshaw ausgestellt und bezog sich auf sein Bankkonto. Alle Angaben waren überprüft worden und in Ordnung. Das war zu erwarten gewesen. Clarence Scrimshaw hatte reichlich Geld. Er gab es höchst vorsichtig aus, wie seine Angestellten ihr erläutert hatten. Die große Frage, die sich hier stellte, war: Warum hatte er plötzlich beschlossen, es zum Fenster rauszuwerfen?

Sie notierte ein paar denkbare Gründe. Erstens wusste er vielleicht, dass er an einer tödlichen Krankheit litt. Zweitens hatte ihn eventuell der Erzengel Gabriel besucht und ermahnt, nicht so ein knauseriger alter Mistkerl zu sein. Drittens ... Sie hatte keine Gelegenheit, die dritte Möglichkeit aufzuschreiben.

Ein köstlicher Duft, der einen Haufen Geld pro Milliliter kostete, ließ sie von ihrem Block aufblicken. Ihre Mutter war in winterliches Weiß gehüllt – oder nannte man das Ecru? Jedenfalls sah sie wunderbar aus – wie die köstlichste Schlagsahne aus Jersey.

Das Kleid war im Aran-Muster gestrickt, sicherlich von einer uralten verwitweten Inselbewohnerin mit knotigen Fingern und schlechten Augen.

»Hannah! Wisch dir den Mund ab!«

Schokolade. »Nur ein Rumtrüffel«, sagte Honey, die sich für die Einzahl entschieden hatte und versuchte, nicht zu schuldbewusst auszusehen.

Ihre Mutter warf ihr einen anklagenden Blick zu. »Mehr als einer, so wie ich dich kenne. Aber, na ja, unter den gegebenen Umständen ...«

»Also«, sprach sie weiter, ehe Honey sie fragen konnte, was sie damit meinte. »Diese Faltblätter über meine Internetseite mit der Partnerschaftsbörse sind für dich, damit du sie im Empfang auslegen kannst. Ich bin sicher, dass es viele Menschen gibt, die auf der Suche nach Liebe sind.«

»Aber die wohnen nicht bei uns.«

»Woher willst du das wissen?«

»Weil ...«

Honey fiel kein einziger Grund ein, warum sie da so sicher sein konnte.

»Genau. Nimm zum Beispiel Mary Jane. Alleinstehend, und das in ihrem Alter, und sie redet mit Gespenstern. Ein Mann würde ihr doch wirklich guttun, findest du nicht?«

»Nein. Mary Jane zieht Gespenster vor.«

»Nenn mir einen guten Grund, warum sie ein Gespenst einem heißblütigen Mann vorziehen sollte.«

»Man muss keine Socken waschen.«

Ihre Mutter schnalzte missbilligend mit der Zunge. »Hier sind die Faltblätter.« Sie klatschte sie auf den Tresen. »Ich brauche noch ein paar Männer für meine Seite ›Männer auf der Suche nach Liebe‹. Arbeitet jemand bei dir, der sich dafür interessieren könnte?«

»Niemand über fünfundvierzig.«

Einen verrückten Augenblick lang stellte Honey sich vor, wie Smudger in diese Sache hineingezogen wurde.

»Wie wäre es denn mit Dumpy Doris?«, schlug Honey vor.

Ein nervöses Zucken zeigte sich unter dem linken Auge ihrer Mutter. Dumpy Doris war gebaut wie eine Catcherin.

Honey bemerkte, dass Gloria sich das Hirn nach einer taktvollen Ausrede zermarterte.

»Sie ist nicht fotogen«, würgte Gloria hervor.

»Das ist eine gute Entschuldigung«, bestätigte ihr Honey.

»Du könntest meine Geschäftspartnerin werden. Zumindest müsstest du dann nicht den ganzen Tag auf den Beinen sein. Überleg dir mal, was dir dein Anteil einbringen würde, wenn du dich an meinem Unternehmen beteiligst.«

»Was wäre das denn?«

»Eine gute Zukunft. Also, es ist so ...«

Gloria Cross zog eine graue Wildledermappe hervor, die sie unter dem Arm getragen hatte. »Wie ich dir bereits gesagt habe, hat es alles im letzten Sommer angefangen. Ein paar von uns haben zusammengesessen und über Männer geredet. Dann hat mir Fred gezeigt, wie man mit einem Computer umgeht. Ich habe mir überlegt, dass ich das ein bisschen gründlicher lernen sollte, und mich in einem Abendkurs angemeldet. Aber Fred kann das alles so viel besser als ich. Fred ist absolute Spitze, was Computer betrifft.«

Honey fragte sich, ob Fred auch absolute Spitze in Sachen Aussehen war oder ob ihre Mutter da Kompromisse eingegangen war. Aber schließlich waren Männer in Glorias Alter dünn gesät – wegen des natürlichen Schwundes, versteht sich, d. h., die meisten waren tot.

Ihre Mutter beugte sich über den Empfangstresen und senkte ihre Stimme zu einem Flüstern.

»Hör mal, ein Hotel zu führen, das bedeutet, dass man den ganzen Tag auf den Beinen ist. Als Partnerin in meinem Unternehmen bräuchtest du das nicht zu tun.«

»Nein, da würde ich nur auf dem Hintern sitzen, der von Tag zu Tag breiter würde.«

»Aber du musst doch an die Zukunft denken, Hannah. Eine Frau in deinem Alter ...«

»In meinem Alter?!«

Honey ließ sich so schwer im Drehstuhl zurückfallen, dass er nach hinten kippte und sie beinahe heruntergerutscht wäre.

Ihre Mutter kam sofort zu ihr herübergerannt und machte viel Aufhebens um sie.

»O Gott, Hannah. Du musst wirklich besser auf dich aufpassen. Es ist ja nicht mehr so wie damals, als du Lindsey bekommen hast.«

Eine Woge der verschiedensten Gefühle schwappte über Honey. Was war denn hier los?

»Du musst Doherty nicht heiraten, das weißt du schon.«

»Ja klar. Vielleicht heirate ich ihn auch nicht.«

Ihre Mutter schaute sie schockiert an. »Ich bin vielleicht altmodisch, aber denk nur an die Schande!«

Honey runzelte die Stirn. »Wie bitte?«

»Das Baby«, antwortete ihre Mutter und deutete auf Honeys Bauch.

»Baby! Welches Baby?«

Jetzt war Gloria Cross entrüstet. »Du willst doch nicht leugnen, dass ich wieder Großmutter werde?«

»Nein, natürlich wirst du das nicht. Woher hast du denn die Idee?«

Ihre Mutter klatschte sich mit der flachen Hand auf die Brust, als wäre sie gerade eben einer Ohnmacht entgangen.

»Oje, oje. Gott sei Dank! Ich hatte mir schon überlegt,

dass wir einen wohlhabenden Vater suchen sollten, der das ungeborene Kind adoptieren würde, aber nun kommt ja keins.«

»Natürlich nicht!«

»Na gut, macht nichts. Dann will ich mal mit meiner Enkelin sprechen und herausfinden, was die jüngere Generation bewegt. Vielleicht kann ich einige ihrer weisen Erkenntnisse in meinem Blog verwenden – sobald ich begriffen habe, was das ist. Ist sie da?«

»Nein. Sie ist mit dem Professor unterwegs.«

»Ist das ein neuer Verehrer?«

»Wohl kaum.« Honey quetschte es zwischen zusammengebissenen Zähnen hervor.

»Das ist gut. Professoren stehen ja auf der Verdienstskala nicht sonderlich weit oben. Und sie ziehen sich immer so schrecklich an.«

Honey schlug die Hände vor die Augen. Die Ansichten ihrer Mutter waren stets voraussehbar. Ihrer Meinung nach sollte ein Mann mit Bargeld und Geschmack ausgestattet sein, wenn er für eine Frau attraktiv sein wollte. Auch Charme kam ziemlich weit oben in den Top Ten. Andererseits konnte auch ein Mafia-Pate charmant sein und sich geschmackvoll kleiden, fand Honey.

»Mutter, ich habe ziemlich viel zu tun ...«

»Habe ich denn gesagt, dass ich deine Hilfe gleich jetzt brauche? Wir unterhalten uns, wenn du wieder vorzeigbar aussiehst und keine Schokoladenflecken um den Mund hast. Du hast in letzter Zeit wahnsinnig viel Schokolade gegessen. Bist du sicher, dass du nicht schwanger bist?«

»Hundert Prozent.«

»Dann muss ich dich nicht von meiner Website ausschließen. Du bist nicht gebunden, und wer weiß, welche netten Männer da draußen auf dich warten.«

Honey wandte sich ab, damit ihre Mutter nicht sehen konnte, wie sie die Augen verdrehte. Jetzt war wirklich nicht die richtige Zeit für solche Gespräche. Sie musste Dessertportionen abmessen, Weingläser überprüfen und die letzten Geschenke einpacken. Komm schon, Neujahr.

Da ging Honey ein Neonlicht auf. Genau, das war's!

»Wie wäre es, wenn wir die Sache eine Woche ruhen lassen? Neujahr, ein neuer Anfang! Dann sind wir alle in der richtigen Aufbruchsstimmung und können deinem Unternehmen viel mehr Energie widmen.«

Ihre Stimme klang begeistert, obwohl sie es, ehrlich gesagt, keineswegs war. Sie wollte nur den schrecklichen Augenblick ein wenig hinauszögern und hegte zudem die schwache Hoffnung, dass ihre Mutter mit ein bisschen Glück zwischen heute und Neujahr ein willigeres Versuchskaninchen finden würde. Möglich wäre es immerhin.

Nach dem Zucken der Augenbrauen ihrer Mutter zu urteilen – sie runzelte niemals die Stirn, weil sie glaubte, dass es Falten hervorrief –, dachte sie gründlich über diesen Vorschlag nach.

»Nun ja ... Ich glaube, da hast du vielleicht nicht ganz unrecht ... und ich habe ja schon ein paar Sachen ins Netz gestellt. Die müssen wir nur noch ein bisschen ausschmücken, glaube ich.«

Manchmal geschahen noch Zeichen und Wunder, und Weihnachten war sicherlich die beste Zeit dafür. Jetzt geschah so ein Wunder. Mary Jane hatte im Aufenthaltsraum ihre heiße Schokolade ausgetrunken. Honey war außerordentlich erfreut, ihr faltiges altes Gesicht zu sehen, das sie immer an einen Holzapfel aus dem Vorjahr erinnerte.

Mary Janes Augen strahlten. An den feinen Härchen auf ihrer Oberlippe klebte noch Schokoladenschaum.

»Ich wollte nur nachfragen, ob für meine Gespenstersitzung alles bereit ist«, sagte sie zu Honey und wandte sich dann an Honeys Mutter. »O hallo, Gloria.«

Honey bestätigte ihr, dass alles vorbereitet sei. »Du kriegst ein volles Haus.«

Mary Jane klatschte in die Hände. »Prima!«

»Sag mal«, fuhr Honey fort und nutzte die Gunst der Stunde, »legst du noch Tarotkarten und stellst Horoskope?«

Mary Janes Miene wurde ernst. »Für dich kostenlos, Honey. Du bist gut zu mir, ich bin gut zu dir.«

»Es soll für meine Mutter sein. Sie will ein neues Unternehmen gründen. Könntest du vielleicht für sie herausfinden, was das beste Datum für die Aufnahme ihrer Geschäftstätigkeit ist?«

Das Glück, Zeichen und Wunder und Michael und all seine Erzengel waren auf ihrer Seite. Die Sache war abgemacht. Gloria und Mary Jane wanderten zusammen fort, aufgeregt plappernd. Die eine umriss ihre Geschäftsidee, die andere versicherte, die Sterne wüssten alles am besten.

Dreiundzwanzig

Doherty kam am nächsten Tag um die Mittagszeit auf einen Sprung vorbei. Honey hatte es so eingerichtet, dass sie beide im Kutscherhäuschen zusammen essen würden.

»Nur traurige Reste«, sagte sie.

»Du oder das Essen?«

»Rasend komisch!«

Sie umarmten sich leidenschaftlich, sobald die Tür zu Honeys Privatbehausung zugefallen war.

»Ich hab nicht viel Zeit«, erklärte sie ihm. »Auf mich wartet ein ganzer Sack Rosenkohl.«

Er drängte sie nicht länger gegen den Küchenschrank, sondern suchte einen bequemeren Ort und tat, was er konnte, um ihr die Mittagspause zu versüßen. Auf einmal war der Rosenkohl nicht mehr so wichtig. Als sie eine Pause zum Essen und Verschnaufen einlegten, erzählte sie ihm, dass sie noch einmal die Zahlungsmodalitäten für die Büroweihnachtsfeier von Mallory und Scrimshaw angeschaut hatte.

Zwischen Lachshäppchen meinte sie: »Wenn Scrimshaw wirklich so geizig war, warum hat er seine Angestellten nicht selbst zahlen lassen, wie das viele Firmen tun?«

Doherty runzelte die Stirn. »Da hast du recht. Das scheint so gar nicht zu ihm zu passen.«

Honey biss noch einmal von ihrem Sandwich mit Räucherlachs ab. Der war von der letzten Weihnachtsfeier übrig, schmeckte aber köstlich. Das Brot war frisch und mit Nüssen und gehackten Oliven schmackhaft angereichert.

Sie kaute zu Ende und sagte dann: »Mir ist eingefallen,

dass vielleicht jemand anders seine Kreditkarte benutzt haben könnte. War sie bei seinen Habseligkeiten dabei?«

Doherty zog sein Handy hervor und tippte eine Kurzwahl ein.

»Casey. Sag mir noch mal, was alles in Scrimshaws Brieftasche war.«

Die Antwort kam schnell. Doherty schaute zu Honey herüber und wiederholte, was man ihm berichtet hatte.

»Er hat nur eine lederne Geldbörse benutzt. Sie war leer, bis auf einen Bibliotheksausweis und einen Mitgliedsausweis der Automobile Association. Eine Brieftasche hatte er gar nicht.«

»Und keine Kreditkarte? Er muss eine gehabt haben. Er hat damit bei uns bezahlt.«

Doherty gab die Frage an Sergeant Casey weiter, dessen Aufgabe es war, derlei Dinge zu protokollieren. »Verstehe. Also, er hatte die Kreditkarte für seine Bank bei sich. Wo habt ihr die gefunden?« Er nickte, während man ihm die Einzelheiten berichtete. Seine Augen waren noch immer starr auf Honey gerichtet, die schweigend weitermampfte. »In der Manteltasche. Außentasche oder Innentasche?«

Honey wartete.

»Aha.« Er nickte als Antwort auf das, was man ihm am anderen Ende der Leitung sagte. »Vielen Dank Casey. Was macht die Hüfte?«

Charlie Casey war ein älterer Sergeant, den man aus der Pensionierung zurück an den Schreibtisch gelockt hatte, um auf der Wache die Protokolle in Ordnung zu halten. Er war außerordentlich geschickt mit dem Computer und mit allen Schreibarbeiten. Unter seiner strengen Aufsicht wagte kein Blatt Papier, sich an die falsche Stelle zu verirren.

»Nur weiter so, Kumpel«, sagte Doherty, ehe er das Telefonat beendete. »Manteltasche, außen.«

Er biss in sein Sandwich und kaute bedächtig. Sein Kopf war gesenkt, ebenso seine Augen. Honey betrachtete ihn nachdenklich, denn sie wusste genau, dass das Brot und der übriggebliebene Räucherlachs so viel Andacht nicht verdienten. Doherty kaute auf was ganz anderem herum. Er hatte einen Schluss gezogen und nahm sich Zeit, ehe er ihr seine Erkenntnis mitteilte. Geduld war nicht gerade Honeys herausragende Tugend. Ihre Finger begannen ein munteres Tänzchen auf der Tischplatte.

»Also, wo hebst du deine Kreditkarte auf?«, fragte sie.

»Ich habe eine Brieftasche.«

»Und wenn du keine hättest?«

»In der inneren Brusttasche. Das ist sicherer.«

Ihre Blicke trafen sich. »Clarence Scrimshaw hat sehr auf sein Geld geachtet. Dann ist er doch bestimmt auch mit seiner Kreditkarte eher vorsichtig umgegangen«, meinte Honey.

Mehr brauchte sie nicht zu sagen. Clarence Scrimshaw hatte die Bürofeier nicht freiwillig gebucht und bezahlt, so viel schien jetzt klar zu sein. Jemand anders hatte das für ihn erledigt.

»Jemand hat die Karte gestohlen und ihm dann wieder in die Tasche gesteckt.«

Doherty stimmte ihr zu. »So ungefähr. Hat man also die Kreditkarte wieder in seine Tasche gesteckt, als er noch lebte oder als er schon tot war?«

Honey kniff ein Auge zu und schaute sich die Überreste ihres Mittagessens an. Das half ihr beim Denken.

»Irgendjemand muss sie zuerst mal gestohlen haben. Da kommt einem der Satz ›nur über meine Leiche‹ in den Kopf. Freiwillig hätte Clarence Scrimshaw seine Kreditkarte sicherlich nicht rausgerückt.«

Blieb noch die Frage, wann die Karte gestohlen wurde.

Und vor allem, wann man sie wieder zurückgebracht hatte. Vor dem Mord? Während des Mordes? Nach dem Mord?

Die Buchung war vor dem Mord gemacht worden, aber von wem? Es konnte ein Angestellter gewesen sein, aber genauso gut sonst irgendjemand. Die Buchung der Weihnachtsfeier brachte jedenfalls dem Täter eindeutig große Vorteile. Er – sie ging davon aus, dass der Dieb ein Mann war – wollte ja sichergehen, dass alle anderen aus dem Weg waren, wenn er zur Tat schritt. Zeugen waren ihm sicher nicht sonderlich willkommen.

Vierundzwanzig

Obwohl die Polizei, nachdem Honey Doherty mitgeteilt hatte, dass Scrimshaw wertvolle alte Bibeln gesammelt hatte, die Wohnung und das Büro des Verlegers noch einmal gründlich durchsucht hatte, hatte man keine alten Bibeln oder Ähnliches gefunden.

Ehe die Dunkelheit hereinbrach und es noch heftiger schneite, machte sich Honey zum allerletzten Mal auf den Weg zum Cobblers Court. Ihr Haar war wieder normal, und sie hatte das Gefühl, sich bei den Leuten von *Hummeln unterm Hut* bedanken zu müssen. Sie würde ihren Dank mit Pralinen zum Ausdruck bringen.

Gewappnet mit zwei Schachteln von Thorntons bester Weihnachtsmischung stieg sie die knarrende Treppe hinauf.

Die Luft im Salon war schwer vom Geruch des Festigers und von der Hitze, die in Wellen von den Superhaartrocknern herüberwehte. *Hummeln unterm Hut* machte seinem Namen alle Ehre, es brummte im Laden nur so vor Aktivität. Sämtliche Frisierstühle waren besetzt; geschäftige Hände führten geschickt in der einen Hand einen Föhn, in der anderen eine Rundbürste.

Einen Augenblick hielt Honey inne und bewunderte die Fingerfertigkeit, mit der die jungen Frauen ihre Werkzeuge handhabten. Es sah alles so einfach aus. Sie hatte sich einmal genauso eine Rundbürste gekauft, weil sie dachte, das könne sie auch. Aber sie war nicht im Entferntesten an die Beweglichkeit dieser Handgelenke und an die perfekte Synchronisierung zwischen wirbelnder Bürste und brummendem Föhn herangekommen.

Die rosigen Gesichter, die erschrocken zu ihr herumfuh-
ren, als sie den Salon betrat, verrieten alles. Bitte nicht noch
mehr Arbeit! Wir sind fertig, fix und fertig!

»Ich bin nur gekommen, um danke schön zu sagen«, verkündete sie laut. »Meine Haare sind wieder toll. Frohe
Weihnachten Ihnen allen!«

Zunächst wollte sie Ariadne, der Salonbesitzerin mit dem
stählernen Blick und der klappernden Frisur, eine Schachtel
Pralinen überreichen. Ariadnes Überraschung wich rasch
wieder ihrer schlechtgelaunten Effizienz. Sie hatte eine
Bürste in der einen und einen Föhn in der anderen Hand.
»Legen Sie sie bitte da hin, ja?«

Die vielfarbigen Holzperlen an den Enden von Ariadnes
schulterlangem Haar klapperten laut, als sie mit dem Kopf
auf eine freie Stelle auf dem Tisch neben einem Stapel Fri-
sörzeitschriften deutete.

Undankbare Kuh!, dachte Honey, aber im besten weihnachtlichen Geist beschloss sie, dieses Verhalten nur auf die
berühmte raue Schale um den weichen Kern zurückzuführen.

»Danke. Keine Zeit zum Reden. Zu viel zu tun.« Ariadne
trocknete weiter die Haare ihrer Kundin.

Tallulah, der freundliche Lehrling, färbte gerade auf ihrem Platz am Fenster einer Frau Strähnen und verpackte
das Haar in Alupäckchen. Dunkle Ringe unter ihren Augen
verrieten, dass sie eine Weile nicht sonderlich gut oder nicht
sehr viel geschlafen hatte. Na ja, all die Weihnachtsfeiern,
viel zu tun im Salon und dann noch von Ariadne ange-
schnauzt werden, da war es ein Wunder, dass sie noch nicht
zusammengeklappt war. Die dunkelblauen Augen der jungen Frau leuchteten auf, als sie die Schachtel Pralinen sah.

»Oh, Mrs. Driver …!«

Es war eine angenehme Überraschung, dass sich Tallulah

218

tatsächlich noch an ihren Namen erinnerte. Es war eine schöne Vorstellung, dass sie wohl Eindruck gemacht hatte.

»Danke, dass Sie mir mein Haar zurückgegeben haben, Tallulah.« Sie reichte ihr die Schachtel.

Tallulah quietschte entzückt. »Gern geschehen. Aber das war ja nicht nur ich«, fügte sie schüchtern hinzu, obwohl sie sich, ihrem Erröten nach zu urteilen, sehr über das Lob freute.

»Momentchen. Ich möchte Ihnen gern eine Weihnachtskarte geben«, sagte sie und legte Pinsel und Farbtopf weg.

»Das ist wirklich nicht nötig. Ich war nur so dankbar, dass Sie mir helfen konnten.«

»Kein Problem. Ich will die Karte nur erst noch unterschreiben. Warten Sie eine Sekunde, bis ich einen Stift gefunden habe.«

Anscheinend mangelte es diesem Salon an Stiften. Während Tallulah auf der Suche war, wartete Honey. Und wieder wanderte ihr Blick zu den Bürofenstern im Gebäude gegenüber.

Es waren Flügelfenster mit Steinpfeilern. Die Scheiben sahen pechschwarz aus, was allerdings keine große Überraschung war. Das Gebäude war leer. Man hatte den Angestellten verboten, es zu betreten, bis die Polizei es ihnen ausdrücklich wieder erlaubte. Das würde wahrscheinlich erst Anfang Januar der Fall sein. Den Angestellten konnte es recht sein. Sie bekamen ihr Gehalt weitergezahlt, obwohl man natürlich nicht wusste, wie sicher ihre Arbeitsplätze waren, jetzt, da der Chef tot war. Irgendjemand würde den Verlag sicher übernehmen. Es musste doch einen Erben geben – irgendwo.

Das Licht der alten Gaslaterne an der Außenmauer spiegelte sich flackernd in den unteren Ecken der Fensterscheiben. Das Licht war immer gleich hell und änderte seine

Position nicht, zumindest sah es zunächst so aus. Dann plötzlich wanderte der Lichtschein, aber das lag nicht an der alten Gaslaterne – jemand im Inneren des Gebäudes benutzte wohl eine Taschenlampe.

Honey kniff die Augen zusammen und überlegte rasch. Wenn Scrimshaw oder Mallory als Gespenster in ihrem Büro herumspukten, dann würden sie keine Taschenlampen benötigen. Es musste ein Mensch dort drin sein. Ein Mensch, der da nichts zu suchen hatte. Jeder rechtmäßige Besucher hätte ja das Licht eingeschaltet.

Tallulah drückte Honey eine Weihnachtskarte in die Hand. »Bitte sehr, Mrs. Driver, fröhliche Weihnachten und ein glückliches neues Jahr!«

»Ihnen auch!«

»Und vielen Dank für die Pralinen.«

Honeys Herz klopfte, und es kribbelte sie in den Füßen. Sie machte einen Schritt zurück, dann noch einen, wollte so schnell wie möglich weg, war wild entschlossen, herauszufinden, wer zum Teufel sich da drüben herumtrieb.

»Danke für die Weihnachtskarte, und ein frohes neues Jahr für Sie, Tallulah. Für Sie alle!«

Die meisten Angestellten erwiderten Honeys gute Wünsche, Ariadne kurz angebunden, wie immer. Honey fragte sich, wie ihre Stammkundinnen sie wohl wahrnahmen. Sozialkompetenz war nicht gerade Ariadnes Stärke. Aber was man nicht alles für einen guten Haarschnitt auf sich nahm!

Es wurde allmählich dunkler. Nur wenige Fußstapfen waren im frisch gefallenen Schnee zu sehen. Eine der Spuren führte zum Eingang von Mallory und Scrimshaw.

Die Polizisten, die eigentlich die Tür hätten bewachen sollen, waren nirgends zu sehen. Das Band, mit dem man den Tatort abgesperrt hatte, war noch intakt. Honey duckte sich drunter durch.

Die Tür zum Gebäude befand sich unter einem steinernen Vorbau, den zwei dorische Säulen zierten. Die hatte man anscheinend später hinzugefügt. Irgendein Untertan König Georgs hatte im achtzehnten Jahrhundert wohl den Versuch unternommen, den alten Kasten auf den neuesten modischen Stand zu bringen. Aber es hätte schlimmer kommen können, überlegte Honey. Im viktorianischen Zeitalter hätte man das Haus sonst vielleicht abgerissen.

Wie sie erwartet hatte, war die Eingangstür nicht verschlossen. Sie kannte die Vorgehensweise der Polizei und wusste, dass kein Polizist das Haus so zurückgelassen hätte. Vielleicht hatten die Leute nur vor der Kälte Zuflucht im Inneren gesucht? Es ging ihr durch den Kopf, dass die Taschenlampe möglicherweise einem der beiden Wachtmeister gehörte.

Wäre ihre Neugier nicht so überwältigend groß gewesen, sie hätte den möglichen Eindringling dem Revier in der Manvers Street gemeldet. Aber sie war nun einmal sehr neugierig.

Unter dem dunklen Vorbau zögerte sie einen Augenblick. Der gesunde Menschenverstand und ihr Selbsterhaltungstrieb sagten ihr, dass sie sich lieber nicht ins Gebäude hineinwagen sollte. Wollte sie es riskieren, umgebracht zu werden, auch noch auf drei verschiedene Arten wie der arme alte Clarence? Aber die Neugier siegte.

Durch die Haustür gelangte man in einen dunklen Flur. Das Licht einer an der Wand angebrachten Alarmanlage leuchtete ab und zu auf. Schatten bewegten sich, waren im blinkenden Licht zu sehen, verschwanden dann wieder. Im einen Augenblick war alles klar umrissen, im nächsten völlig verschwunden.

Plötzlich schien das Licht noch mehr zu flackern. Unter Umständen reagierte es auf ihre Anwesenheit? Da merkte sie, dass sie synchron mit dem verdammten Lämpchen blinzelte. Hätte sie doch bloß eine Taschenlampe mitgenommen!

Wer immer die schönen alten Räume in Büros unterteilt hatte, hatte dies vor einiger Zeit gemacht. Heutzutage würde der Denkmalschutz dergleichen nicht mehr erlauben. Türen mit Glaseinsätzen wechselten sich mit den alten holzvertäfelten Türen mit ihren schweren Schlössern und ihrem dunklen Anstrich ab. Es sah ganz so aus, als hätte Scrimshaw nichts verändert, wenn es nicht unbedingt sein musste. Es mochte ein wenig spartanisch sein, aber solange es funktionierte, war Clarence Scrimshaw zufrieden.

Das Knarren von Dielen im Stockwerk über ihr ließ Honey zusammenzucken. Ihr lief es eiskalt über den Rücken. Jetzt waren Entscheidungen zu treffen. Sollte sie fliehen oder sich wehren? Letzteres wäre entschieden die schlechtere Idee. Sie konnte wesentlich besser rennen als kämpfen, aber eigentlich keines von beiden besonders gut.

Verschiedene Vermutungen jagten ihr durch den Kopf. Erstens: Da oben schlurfte ein Wahnsinniger herum. Bei dieser Vorstellung überkam sie eine Art Krampf. Ihre Zehen rollten sich ein, und es schien, als wollten die Füße von ganz allein zum Ausgang marschieren.

Zweitens: Der Eindringling war jemand, der ein Recht darauf hatte, sich hier aufzuhalten, der aber die Polizei nicht erschrecken wollte. Es konnte verschiedene völlig harmlose Gründe dafür geben. Der harmloseste war, dass vielleicht jemand seine Tupperdose vergessen hatte und vermeiden wollte, dass sich ein schlaffes Salatblatt über die Feiertage in ekligen Schleim verwandelte. Schleim und Schimmel, das macht die beste Vesperdose unbrauchbar.

Obwohl es so düster war, konnte Honey links von sich eine Treppe ausmachen. Die Folgerung war sonnenklar: Da oben tappte jemand herum, also musste sie da hoch.

Sie verspürte ein leises Beben in der Brust, holte tief Luft, streckte dann die Hand aus und legte ihre Finger auf den Pfosten des Treppengeländers.

Sie stellte sich vor, wie viele Hände ihn so glattpoliert hatten. Viele. Hunderte. Tausende. Dann drängte sich ein anderer Gedanke auf: Vielleicht hatte ihn nur eine einzige Hand berühren müssen, dass er sich warm anfühlte. Die Hand des Eindringlings?

Honeys Phantasie lief auf Hochtouren. Blut war warm. Da schaltete sich ihr gesunder Menschenverstand ein. Blut war auch klebrig. Das Herz klopfte ihr bis zum Hals, als sie den Handschuh auszog und das Holz berührte. Zu ihrer großen Erleichterung war der Pfosten ganz glatt. Kein klebriges Blut.

Sie stieß einen tiefen Seufzer aus, zählte bis zehn und holte Luft. »Dann mal los.« Sie setzte einen Fuß auf die unterste Stufe.

Die knarrte, zumindest schien Honey das so. Nein, beschloss sie. Das Geräusch war zu leise. Zu weit weg.

Mit weit aufgerissenen Augen schaute sie zum oberen Teil der Treppe. Nicht dass sie so weit hätte sehen können. Da oben war es stockfinster. Aber das Geräusch? Ihr Fuß konnte das nicht verursacht haben. Es musste der Eindringling sein, der sich oben aufhielt.

Die Schritte gingen weiter.

Ihr kam ein trüber Verdacht, der sich aus der Anwendung von Murphys Gesetz auf ihr Leben ergeben hatte. Das Gesetz besagte: Wenn das Allerschlimmste passiert, dann passiert es Honey Driver! Die Schritte kamen näher, bewegten sich auf die Treppe zu.

Sie wich zurück, wollte sich eng an die Holztäfelung drücken und in der Dunkelheit verstecken, als Murphys Gesetz zuschlug. Eine Stelle im Holzpfosten war nicht so glatt. Ein Splitter bohrte sich in Honeys Hand.

»Aua!« Sie konnte nicht anders.

»Hallo! Ist da jemand?«

Die Stimme kam von oben – es war eine Frauenstimme.

Zunächst fielen Honey keine berüchtigten weiblichen Wahnsinnigen ein – erst ein paar Sekunden später erinnerte sie sich an den Namen Lizzie Borden*. Aber da hatte sie schon ganz erleichtert geseufzt und sich auf die Taschenlampe der Frau zubewegt. Weit und breit war keine Axt zu sehen.

»Ich dachte nicht, dass jemand hier ist.«

»Dito. Wer sind Sie?« Der Ton war aggressiv und ließ Honey unwillkürlich an Ariadne denken.

Honey schaute über die Schulter, um sich zu vergewissern, dass nicht die rüde Frisörin von gegenüber ihr gefolgt war.

»Es sollte niemand im Gebäude sein. Ich habe von drüben ihre Taschenlampe gesehen und bin hergekommen, um der Sache nachzugehen.«

»Sie reden, als wären Sie von der Polizei. Sind Sie von der Polizei?«

»Nicht ganz, aber ab und zu arbeite ich mit der Polizei zusammen und ...«

»Dann haben Sie hier auch nichts zu suchen.«

Das grelle Licht der Taschenlampe schien Honey direkt ins Gesicht. Um es ein wenig abzuschirmen, hob sie die Hand auf Augenbrauenhöhe. Sie stellte fest, dass sie vis-à-vis von einem ausladenden Busen stand.

»Das Gleiche gilt auch für Sie.«

Die Frau hatte krauses rotes Haar und Pferdezähne, und sie klirrte bei jeder Bewegung. Das lag an den drei Halsket-

---

* Lizzie Borden wurde 1892 beschuldigt, ihren überaus geizigen Vater und ihre Stiefmutter mit einer Axt umgebracht zu haben, dann aber freigesprochen.

ten, die sie trug. Die waren alle unterschiedlich, hatten aber eines gemeinsam: Die Kettenglieder waren groß wie Untertassen. Daran hingen große Brocken Türkis in einer Fassung, die aus Gold sein konnte – oder auch nicht.

»Ich habe jedes Recht, mich hier aufzuhalten. Ich bin Patricia Pontefract. Ich bin Schriftstellerin. Veröffentlicht bei Mallory und Scrimshaw, denen, wie Sie wissen sollten, dieses Gebäude gehört.«

»Schreiben Sie Romane? Vielleicht Liebesgeschichten?«

Patricia Pontefract schnaubte verächtlich und schien gleichzeitig ihre Leibesgröße zu verdoppeln. »Ich schreibe über historische Begebenheiten. Ich bin sicher, dass Leute wie Sie nichts über derlei Themen wissen.«

Nun war Honey an der Reihe, empört zu schnauben und Gegenwehr zu leisten. »Ich glaube, da könnten Sie sich auf eine Überraschung gefasst machen«, erklärte sie vollmundig und richtete sich so weit auf, dass sie nicht mehr direkt auf den Busen schauen musste. Dazu musste sie sich auf die Zehenspitzen stellen.

Das war keine leere Behauptung gewesen. Schließlich wusste ihre Tochter sehr viel über Geschichte. Wenn diese Frau auch nur ein bisschen berühmt war, würde Lindsey sie kennen.

»Es tut nichts zur Sache, was Sie schreiben, aber was machen Sie hier? Haben Sie das Absperrband der Polizei nicht gesehen?«

»Doch. Aber ich wollte unbedingt hier etwas nachsehen. Ich habe eine lange Reise hinter mir. Ich komme gerade von einer Lesetour in Maine zurück.«

»Und warum sind Sie dann in das Gebäude eingedrungen und gehen hier im Finstern herum? Alt mag das Haus ja sein, aber es hat Strom.«

»Sarkasmus ist die niedrigste Form des Witzes.«

»Und Taschenlampen sind die wichtigsten Werkzeuge von Einbrechern.«

»Die Sicherung muss durchgebrannt sein. Daher das Ding da.«

»Das Ding da«, das Honey für eine Alarmanlage gehalten hatte, war offensichtlich eine Notbeleuchtung. Sie blinkte noch immer.

»Was haben Sie hier gemacht?«

»Das geht Sie gar nichts an.« Diese brüske Antwort erinnerte Honey wieder an Ariadne, die unhöfliche Frisörin. Das bestärkte sie nur in ihrer Entschlossenheit.

»Wissen Sie was, ich rufe jetzt in der Manvers Street an und bestelle jemanden her. Dann können Sie deren Fragen beantworten.«

Sie versuchte so zu schauen wie die Polizistinnen im Fernsehen, wenn die Sache wirklich ernst wurde. Ihr Handy piepste, als sie es aufklappte. Das klang ziemlich bedrohlich. Das war es eigentlich gar nicht. Der Akku musste nur aufgeladen werden, und sie hatte wieder mal nicht die Zeit dafür gefunden. Es war einfach zu viel zu tun gewesen. Aber das konnte ja Ms Patricia Pontefract nicht ahnen.

Der Bluff funktionierte.

»Na gut, dann sage ich's Ihnen. Ich wollte zu Clarence. Der hat mir noch was geschuldet. Der hat mir immer was geschuldet.«

»Er ist tot.«

»Das weiß ich jetzt auch. Samantha hat mich angerufen. Ich hatte mein Exemplar meines Vertrags nicht bekommen. Den habe ich vor zwei Wochen unterschrieben. Ich musste ihn noch mal durchlesen. Ich werde unter Umständen zu einem anderen Verlag wechseln müssen.«

»Haben Sie ihn gefunden?«

»Nein. Vielleicht komme ich noch mal bei Tageslicht her.

Hier ist es ja ohnehin schon so düster, da ist es an einem Dezembernachmittag noch viel schlimmer.«

Während sie redete, waren sie langsam auf die Haustür und die Dämmerung draußen zugegangen.

»Clarence war ein alter Geizkragen.«

»Warum sind Sie dann bei diesem Verlag geblieben?«

Die ältere Frau schaute sie verdutzt an. »Was denken Sie denn? Aus Loyalität natürlich! Wir haben schon sehr lange miteinander zu tun.«

»Wie geht es Ihnen damit, dass er nun tot ist?«

Patricia Pontefract schniefte und schien dabei noch größer zu werden. Gab es für die Ausdehnung dieser Frau keine Grenzen?

»Wir sterben alle einmal.«

Honey zuckte beim Klang ihrer Stimme und dem Blick aus den schwarzen Augen zusammen. »Aber wir werden nicht alle ermordet.«

Wieder dieses hochnäsige Schniefen. »Na, machen Sie schon. Fragen Sie mich, ob ich ein Tatmotiv hatte.«

»Okay. Hatten Sie ein Motiv, ihn umzubringen?«

»Ich habe im Laufe der Jahre häufig das dringende Bedürfnis verspürt, ihn zu töten. Und ehe Sie wieder fragen, will ich Ihnen die Gründe nennen, warum ich ihn um die Ecke bringen wollte. Ich hätte besser Vorschüsse bekommen sollen, und bei der Berechnung der Tantiemen, die er mir schuldete, hat er sich oft zu meinen Ungunsten verrechnet. Mallory war auch nicht besser. Gleich und gleich gesellt sich gern. Na ja, mindestens einer von beiden hatte den Anstand, rechtzeitig den Löffel abzugeben. Der alte Scrimshaw war ja längst überfällig.«

»Haben Sie ihn also umgebracht?«

»Wie ich schon gesagt habe, der Gedanke ist mir ab und zu durch den Kopf gegangen, aber ich war nicht hier, um ihn in die Tat umzusetzen. Deswegen schleiche ich jetzt hier herum, wie Sie sagten.«

»Ich habe nicht gesagt, dass Sie herumschleichen.«

»Aber angedeutet.«

»Können Sie beweisen, wo Sie sich am Abend seines Todes aufgehalten haben?«

»Muss ich das?«

Langsam war es Honey leid, auf ihre Fragen nur wieder Fragen als Antwort zu bekommen. Sie überlegte, dass diese Frau, wenn sie irgendwas mit dem Mord zu tun gehabt hätte, sicher jetzt nicht hier wäre und nach einem Vertrag suchen würde. Den hätte sie zum Tatzeitpunkt mitgenommen, nachdem sie Clarence Scrimshaw zuvor ein Glas Sherry mit einer Prise Arsen eingeflößt hatte. Dann wäre er bestimmt ruhig geblieben, während sie nach den Unterlagen suchte.

Warum man jemanden vergiftete, dann erwürgte und schließlich erstach, war natürlich nicht ganz einfach zu erklären. Es musste einen Grund dafür geben. Der einzige, der Honey einfiel, war, dass Ms Pontefract vielleicht ein bisschen sauer gewesen war, als sie rein gar nichts gefunden hatte. Blindwütig hatte sie ihren Zorn an der Leiche abreagiert. Das war ziemlich an den Haaren herbeigezogen, und Honey hatte keinerlei Beweise, aber im Augenblick fiel ihr nichts Besseres ein.

»Die Polizei will sicher wissen, wo Sie wohnen, während Sie sich in Bath aufhalten.«

Patricia Pontefract mahlte ein wenig mit den Kiefern und knipste ihre Taschenlampe aus. Die alte viktorianische Gaslaterne spendete genug Licht.

»Ich habe bei meiner Nichte übernachtet. Aber eine Nacht hat mir gereicht. Sie ist sehr aufbrausend und schlechtgelaunt.«

Honey kam eine kühne Vermutung. »Sie hat nicht zufällig den Frisiersalon gegenüber, oder?«

Das Licht der Gaslaterne erhellte die Gesichtszüge der älteren Dame. Darauf war Überraschung, aber auch Misstrauen zu sehen. Honey war sehr zufrieden mit sich. Sie schien richtig geraten zu haben.

»Ariadne. Meine Nichte«, antwortete Patricia Pontefract. »Sie hat sehr viel zu tun. Ich möchte nicht, dass Sie dahin gehen und ihr Fragen stellen.«

Honey schüttelte verächtlich den Kopf. »Das haben nicht Sie zu entscheiden, meine Liebe.«

Die ausladende Dame runzelte missbilligend die Stirn. »Und was soll das jetzt heißen?«

»Die Polizei möchte sicher so einiges von Ihnen wissen. Ihre Nichte Ariadne ist unter Umständen die einzige Person, die Ihnen ein Alibi verschaffen kann. Und deswegen wird sie wahrscheinlich auch vernommen.«

Die Augen der Frau verengten sich zu schmalen Schlitzen. Honey spürte, wie sie sich zu winden begann. Von diesem Blick durchbohrt, kam sie sich vor wie ein Schmetterling, den man mit einer Nadel auf grünen Filz aufspießte.

»Ich habe nichts zu verbergen«, blaffte Ms Pontefract aufgebracht.

»Gut«, sagte Honey und verstaute ihr Telefon mit großer Geste wieder in der Tasche. »Ich nehme also an, dass Sie über die Feiertage bei Ihrer Nichte bleiben?«

»Vermuten Sie, was Sie wollen. Ich wohne im Green River Hotel.«

Honey merkte, wie ihr die Kinnlade heruntersackte. »Aus irgendeinem besonderen Grund?«

»Was kümmert Sie das?«

»Ich kenne das Hotel.«

»Und?«

»Ich habe mich nur gefragt, weshalb Sie sich für das Green River Hotel entschieden haben.«

Honey stand da und merkte, wie nervös sie war. Sie fühlte sich wie ein Hund, der nach Lob gierte. Sie wollte so gern hören, dass jemand ihr Haus empfohlen hatte. Bei solchem Lob wurde ihr immer ganz warm ums Herz.

»Aus keinem besonderen Grund. Das Hotel ist nichts Außergewöhnliches. Aber sie haben da eine Veranstaltung. Am ersten Feiertag werden Gespenstergeschichten vorgelesen und erzählt. Eine davon habe ich geschrieben. Ich glaube, die Frau, die diese Sache organisiert hat, ist Hellseherin. Ich würde sie gern kennenlernen. Ich interessiere mich für paranormale Phänomene. Wer weiß«, fügte sie noch hinzu und fletschte ihre Pferdezähne, »vielleicht können wir den alten Clarence heraufbeschwören. Dann könnte ich ihn fragen, wo mein Vertrag ist.«

Fünfundzwanzig

Im Green River Hotel waren Türen und Fenster fest verschlossen, um die kalte Winterluft draußen zu halten. Drinnen war alles urgemütlich. Der Duft von Glühwein, üppigem Pudding mit Trockenfrüchten und frischen Mandarinen vermischte sich zu einem wunderbar weihnachtlichen Aroma.

Honey ließ die Augen über den glänzenden Weihnachtsschmuck, die blinkenden Lichterketten und die Kugeln am Weihnachtsbaum schweifen. Jetzt war die Zeit, es sich gutgehen zu lassen, die Räume mit Girlanden aus Stechpalmen zu schmücken, sich ins Warme zu setzen und viel zu viel zu essen und zu trinken. Am liebsten hätte sie sich mit einem Glas Glühwein, ein paar Röstkastanien und einem Sandwich mit Käse und Chutney in einen Sessel gekuschelt. Das Sandwich war nicht gerade eine weihnachtliche Speise, aber der Käse und das Chutney waren ein gutes Gegengewicht zu den vielen Süßigkeiten.

In der Hotelküche stopfte Smudger, der Chefkoch, mit beiden Händen Füllung in einen sehr großen Truthahn. Nachdem er diese Aufgabe mit großem Geschick erledigt hatte, konzentrierte er sich darauf, ein halbes Pfund Butter auf der Brust des Truthahns zu verteilen und sie mit raschen Kreisbewegungen einzumassieren.

Clint hatte immer noch seinen Heiligenschein mit Lametta auf dem Kopf und schaute ihm dabei zu.

»Das mögen manche Leute auch«, meinte er nachdenklich. »Besonders Frauen.«

»Dass man sie mit was stopft?«, fragte Smudger, ohne seine Massage zu unterbrechen.

»Nein. Dass man sie mit was Öligem einreibt.«

Smudger machte eine Pause und warf Clint unter hochgezogenen rotblonden Augenbrauen einen streitlustigen Blick zu. »Willst du mich verarschen?«

»Nein. Natürlich nicht. Ist anscheinend gut für die Haut. Macht sie glatt und geschmeidig und weich.«

Smudger fuhr mit seiner Arbeit fort. »Bei diesem Truthahn macht die Butter die Haut knusprig und braun – und saftig.«

Clint grinste. »Ist bei den Mädchen, die ich kenne, genauso – macht sie ganz saftig, meine ich.«

Clint hatte gerade eine Beziehung mit einer jungen Frau italienischer Abstammung mit zweifelhaften Verbindungen zur Mafia beendet. Eigentlich hatte sie die Beziehung beendet. Als sie vierundzwanzig wurde, hatte sie überdacht, was ihr Vater von Clint hielt, und hatte festgestellt, dass sie seine Meinung teilte. Das hatte wahrscheinlich auch etwas damit zu tun, dass Clint keinen Ehrgeiz verspürte, den großen Durchbruch zu schaffen. Für seine Ex-Freundin bedeutete der große Durchbruch, dass er Vollzeit und bei bester Bezahlung arbeitete. Clint war nie besonders scharf auf diesen Lebensentwurf gewesen. Er hielt sich für einen Freigeist. »Wenn die Große Erdmutter beabsichtigt hätte, dass ich in einem Büro arbeite, wäre ich im Nadelstreifenanzug auf die Welt gekommen«, erklärte er jedem, der ihn fragte, warum er zum Heer der Langzeitarbeitslosen gehörte.

»Ich denke, da kennst du dich besser aus«, meinte Smudger. »Übrigens, dein Weihnachtsgeschenk habe ich schon ausgesucht. Die Keule hier«, sagte er und klatschte auf eines der fleischigen Beine des Truthahns. »Du kannst sie nach dem Abendessen morgen mit nach Hause nehmen. Okay? Aber ich vermute, du bleibst vorher noch auf ein bisschen Braten und Plumpudding hier?«

»Na klar. Nur weil ich die Erdmutter anbete, heißt das nicht, dass ich die Feste der anderen Religionen nicht respektiere.«

»Quatsch mit Soße!«, murmelte Smudger. Er grinste übers ganze Gesicht, mit breitem Mund und schmalen Lippen.

Wie alle anderen wusste Smudger, dass Clint schnorrte, wo immer er konnte – noch ein Grund, warum seine Beziehung gescheitert war. Es gehörte zu seinem Lebensstil, sich von anderen Leuten durchfüttern zu lassen. Er lebte im Winter hauptsächlich in Bath und während der warmen Jahreszeit in einer Kommune naturliebender Nudisten. Na ja, niemand lief freiwillig im Winter ohne Kleider herum – jedenfalls nicht nach dem ersten Frost.

Winter war Clints Lieblingszeit zum Arbeiten, und er ließ sich vorzugsweise bar auf die Hand bezahlen. Sozialversicherung war für ihn ein Fremdwort, und das Finanzamt wusste gar nicht, dass es ihn gab.

Es hatte wiederholt Fragen zum gegenwärtigen Stand seines Liebeslebens gegeben, aber falls er eine neue Herzensdame hatte, verriet er es nicht. Man wusste nur, dass er allein lebte, bis der Frühling kam und er sich wieder aufmachte, um im Einklang mit der Natur und den Nudisten – und Nudistinnen – zu leben und nur ins Green River zurückzukommen, wenn er völlig pleite war. Mit dem Geschirrspülen verdiente Clint nicht gerade viel, aber die wenigen Pfund, die er verdiente, schienen ihm für seine Bedürfnisse zu reichen.

»Was ist das eigentlich mit dieser Erdmutter?«, fragte Smudger.

Clint schrubbte gerade das Fett von einem Filter, den er aus der Dunstabzugshaube gezogen hatte, und schaute zu Smudger hin.

»Das ist die alte Religion. Die Verehrung von Göttinnen

wie der Großen Erdmutter kam lange vor der Anbetung eines Gottes oder mehrerer Götter. Die Erdmutter war die Beschützerin der Erde und der Pferde.«

»Nur der Pferde?«

Clint runzelte die Stirn. »Na ja, eigentlich aller Tiere. Aber Pferde mochte sie am liebsten – anscheinend.« Er sah nicht aus, als wäre er sich da sicher.

Smudger interessierte sich nicht sonderlich für Religionen, egal welche. Er nutzte die Gunst der Stunde. »Und was macht das Liebesleben?«

Clint hielt eine Nanosekunde inne und grinste dann. »Kümmer dich um deinen eigenen Mist.«

Smudger lachte. »Du kannst mich auch mal, Kumpel. Und frohe Weihnachten und alles. He, weißt du, was ich mir überlegt habe, wäre das nicht der Brüller, wenn Anna ihr Baby morgen kriegen würde, ausgerechnet zu Weihnachten? Das würde das Kind doch beinahe heilig machen – findest du nicht?«

»Ja. Sehr heilig«, antwortete Clint, aber das Strahlen war aus seinem Gesicht gewichen.

Und da wusste Smudger Bescheid. Er wusste es einfach.

Sechsundzwanzig

Im Empfangsbereich hegte Lindsey ernsthafte Bedenken wegen Jake Truebody. Sollte sie ihrer Mutter erzählen, was sie herausgefunden hatte, oder sollte sie es für sich behalten – zumindest vorerst? Es machte ihr Spaß, sich als Amateurdetektivin zu versuchen, und bisher hatte sie sich doch ganz ordentlich geschlagen, fand sie, obwohl sie den Professor noch immer nicht hatte fotografieren können.

Jake Truebody war nicht der, der er zu sein vorgab, da war sie sich verdammt sicher. Bis jetzt hatte er sie mit seinem historischen Wissen nicht überzeugen können. Sie rief sich immer wieder in Erinnerung, dass sein Spezialgebiet zwar amerikanische Geschichte war, aber trotzdem hätte sie erwartet, dass er mehr über Bath wüsste. Ihrer Meinung nach hätte er auch ziemlich viel mehr Kenntnisse über die Römer haben sollen.

Darüber grübelte sie nach, während sie eine braune Papiertüte zerknüllte, die nach Schokoladentrüffel roch, ein eindeutiger Beweis dafür, dass ihre Mutter jeden Gedanken an eine Diät mindestens bis zum Neujahrstag aufgeschoben hatte. Erst an der Schwelle des brandneuen Jahres würde Honey ihre Diätpläne wieder aufnehmen und im Hinblick auf ein besonderes Ereignis umsetzen – eine Hochzeit zum Beispiel.

Im ersten Stock befand sich Jake Truebody auf dem Weg zu seinem Zimmer. Es kam ihm eine hoch aufgeschossene, knochige Gestalt entgegen. Wieder die Frau mit den wirren

Haaren und dem Rentiergeweih aus rotem Samt, die genau wie er in diesem Hotel wohnte und wie er aus Amerika stammte.

Wie sie aussah, wie sie sich anzog, wie sie sich im Speiseraum aufführte, wo er miterlebt hatte, wie sie anscheinend beinahe in eine Trance verfiel, ehe sie sich auf das englische Frühstück stürzte, all das erfüllte ihn mit Beschämung darüber, dass sie seine Landsmännin war. Kein aufrichtiger Bürger der Vereinigten Staaten sollte sich jemals mit rotem Rentiergeweih und einem roten Samthausanzug mit Kunstfellbesatz sehen lassen. Sie sah einfach lächerlich aus, wirkte irgendwie wie ein schlaksiger Weihnachtsmann, nur ohne Bart.

Er hielt den Kopf gesenkt. Bisher war es ihm gelungen, den Einladungen der exzentrischen Dame zu einem freundlichen Schwätzchen bei einer Tasse heißer Schokolade und einem Schokoladenkeks zu entkommen. Er war nicht hier, um Konversation zu machen. Er hatte einen Job zu erledigen. Also verlangsamte er seine Schritte nicht, nickte der Frau nur im Vorübergehen knapp zu.

Nachdem er seine Zimmertür abgeschlossen hatte, entledigte er sich seines Hutes, Mantels und Schals und warf sie in einem unordentlichen Haufen auf das Bett.

Zunächst einmal brauchte er sein Handy. Er suchte in der Hosentasche, ehe er sich erinnerte, dass es in seiner Manteltasche steckte. Er zog es hervor und rief eine Telefonnummer in Bath an.

Es dauerte nicht lange, bis jemand antwortete.

»Du hattest recht. Ich musste unbedingt hierherkommen. Wir stecken zusammen in dieser Sache.«

Die Stimme am anderen Ende warnte ihn, er sollte die junge Frau bloß nicht zu sehr liebgewinnen.

»Natürlich nicht«, antwortete er und lachte. »Süß ist sie

ja, aber nur ein Mittel zum Zweck. Auf mich kannst du dich verlassen. Das solltest du wissen.«

Auf die Erwiderung von der anderen Seite hin runzelte er die Stirn.

»Wenn sie zu nah an die Wahrheit rankommt, muss sie weg. Das weiß ich. Und ich habe auch keine Angst, das zu tun. Das habe ich in den Genen. Okay?«

Die Person am anderen Ende der Leitung war begeistert von diesem Kommentar. Das konnte er spüren. Allerdings verhinderte es nicht, dass von der anderen Seite weitere Warnungen und Pläne ausgesprochen wurden.

»Bei diesem Job bin ich perfekt getarnt. Ich bin ein alter Freund der Familie, hast du das schon vergessen? Sie akzeptieren mich zwar nicht, aber sie tolerieren mich. Doch wir müssen vorsichtig sein. Es ist nicht alles so gelaufen wie geplant, trotzdem ist uns der Erfolg sicher. Ich verspreche dir, wir schaffen es. Ich lasse es nicht zu, dass sich mir etwas, irgendetwas in den Weg stellt. Ich lasse es einfach nicht zu. Okay?«

Nach diesem Versprechen beendete Jake das Gespräch und machte sich auf den Weg ins Bad. Er rollte die Schultern, die ein wenig steif waren. Der englische Nebel war ihm bis in die Knochen gedrungen. Jetzt war ein heißes Bad angesagt. Danach würde er in die Bar gehen, sich einen Drink genehmigen und dann im Speiseraum essen. Später wollte Lindsey ihn zu einem Weihnachtsspiel mitnehmen. Was da genau auf ihn wartete, wusste er zwar nicht, aber sie hatte ihm versprochen, dass er sich köstlich amüsieren würde.

»Aufgeführt wird das Stück von einer Seniorentheatergruppe. Meine Großmutter ist der Star und spielt die Titelrolle.«

Das konnte doch nicht schaden? Ein Haufen alter Leutchen, die sich mit Märchenkostümen verkleideten. Das war ja wohl kaum bedrohlich. Die waren so alt, dass sie sich nur noch kindisch benehmen konnten, sie stellten ganz gewiss keine Gefahr für einen Mann wie ihn dar.

Und danach ... na ja ... was dann geschah, hing davon ab, welche Gelegenheiten sich bieten würden. Ganz gleich, unter welchem Namen er auftrat, er war immer offen für alle Möglichkeiten.

Siebenundzwanzig

Doherty schaute überrascht, als Honey ihn beim Arm packte und zum Fahrstuhl geleitete. Sie hatte sorgfältig über die Situation nachgedacht. Lindsey war so abweisend, und das gefiel ihr gar nicht. Vielleicht half es, wenn sie ein wenig mehr Rücksicht auf die Empfindlichkeiten ihrer Tochter nahm.

»Du kannst heute und auch über die Feiertage die Hochzeitssuite haben. Wunderbar zum Entspannen. Das Zimmer hat ein Wellness-Bad und ein Himmelbett.« Sie versuchte, das so fröhlich und ungezwungen wie möglich zu sagen, aber er fiel nicht darauf herein.

Der Aufzug war schon da, die Türen öffneten sich, und sie traten hinein.

Honey wich Dohertys Blick aus.

Er schüttelte den Kopf. »Wieso schwant mir, dass ich die Suite ganz für mich allein haben werde?«

Sie zuckte die Achseln. »Ich dachte nur, dass du relaxen und dich auf den Fall konzentrieren möchtest …«

»Verarschen kann ich mich alleine!«

»Diese Ausdrücke sind wirklich überflüssig. Wir sind ein anständiges Haus.«

Doherty pfefferte seine Reisetasche aufs Bett, während Honey so tat, als müsste sie die Heizkörper überprüfen.

»Na, komm schon her.«

Sie schaute ihn an, kaute ein wenig auf der Unterlippe herum und gab langsam den Widerstand auf.

Er umfasste sanft ihr Kinn.

»Also, jetzt schau mir in die Augen und sage mir, dass du über die Feiertage diese Suite mit mir teilst.«

Sie merkte, wie ihre Entschlossenheit und einiges andere dahinschwand, wenn sie in seine Augen schaute. Sollte es die Versuchung in Person geben, dann war sie sicher wie Doherty.

»Lindsey ist in so einer seltsamen Laune.«

»Folglich sind das Kutscherhäuschen und insbesondere dein Bett tabu?«

»Nur bis …«

»Sie benimmt sich kindisch, oder?«

Lindseys Verhalten war kindisch. Aber dann war da noch die Sache mit Jake Truebody.

»Ich glaube, sie fühlt sich im Augenblick wirklich ein biss-chen wie ein kleines Mädchen. Und sie ist ein wenig rebel-lisch. So war sie noch nie. Ich hätte nie gedacht, dass sie so reagieren würde. Zu allem Überfluss ist dieser Professor Truebody aufgetaucht. Es kommt mir vor, als würde sie aus Trotz so handeln – als wollte sie sich dafür rächen, dass ich, ihre Mutter, sie enttäuscht habe.« Honey zwinkerte nervös. »Ich habe Angst, dass sie vielleicht Dummheiten macht. Also bleibe ich so nah dran wie möglich und gehe auf Num-mer sicher. Okay?«

Doherty begann sich auszuziehen, während sie sich un-terhielten.

»Meinst du etwa, dass sie sich vielleicht in einen älteren Mann verschossen hat, nur weil er ihren Vater kannte? Hast du sie das mal gefragt?«

Sie wand sich. »Na ja … nein.«

»Warum tust du das dann nicht?«

Er registrierte ihren Gesichtsausdruck. »Okay, weil du Schiss hast.«

Sie zuckte die Achseln. »Ich kann nichts dafür. Und zu al-lem Überfluss ist er noch Geschichtsprofessor. Lindsey fin-det doch Geschichte mindestens so aufregend wie andere Leute Sex.«

Doherty zwinkerte. »Geschichte kann mir gestohlen bleiben. Ich nehm den Sex.« Sie merkte, dass er nicht gerade begeistert war. Er hatte sich darauf gefreut, ein wenig Zeit mit ihr zu verbringen – im Bett und außerhalb des Bettes.

Er schlüpfte aus den restlichen Kleidungsstücken und ging in Richtung Bad. Auf halbem Weg blieb er stehen, stellte sich in Positur und grinste.

»Hast du Lust, mir Gesellschaft zu leisten?«

»Ich habe schon geduscht.«

»Wie du willst.«

Was war das denn für eine blöde Ausrede? »Vielleicht später. Als Weihnachtsgeschenk.«

»Ist gebongt«, rief er, und dann wurde seine Stimme beinahe vom Rauschen des Wassers übertönt. »Was steht denn heute Abend noch auf dem Plan? Eine flotte Party? Eine weinselige Orgie mit dem Weihnachtsmann?«

Honey biss sich auf die Lippen und verschränkte die Arme. Jetzt kam der schwierige Teil. Es würde ihm nicht gefallen, aber vielleicht konnte sie die Familienkarte ausspielen ... den Trick anwenden, mit dem ihre Mutter es gerade geschafft hatte.

»Wir machen was mit der ganzen Familie ... wir gehen in ein Weihnachtsspiel.«

Sie hätte noch hinzufügen können, dass das Stück von der Seniorentheatergruppe aufgeführt wurde und ihre Mutter, Gloria Cross, die Titelrolle spielte. Aber sie sagte es nicht. Damit, beschloss sie für sich, wollte sie ihn überraschen.

Mach schon. Einmal muss er es erfahren.

Sie platzte mit der Wahrheit heraus. »Es wird von der Seniorentheatergruppe aufgeführt, und meine Mutter spielt die Cinderella.«

»Was hast du gesagt?«, rief er unter dem rauschenden warmen Wasser hervor.

Sie kaute immer noch auf ihrer Unterlippe herum. Wenn sie so weitermachte, war bald nichts mehr davon übrig. Und wie würde sie dann aussehen? Wie einer dieser grotesken Wasserspeier an den alten Häusern?

Dass Doherty ihre beherzte Erklärung nicht gehört hatte, war nun wirklich schlecht. Der Mut verließ sie schlagartig. Sie hatte alle Entschlossenheit zusammengekratzt, und jetzt kniff sie.

Sag's ihm. Mach schon. Sag's ihm.

Sie raffte die Überreste ihrer Courage zusammen, öffnete den Mund, und die Worte purzelten heraus, beinahe gegen ihren Willen.

»Wir gehen ins Theater.«

Feigling! Feigling!

»Prima!«, rief er zurück.

Honey blies geräuschvoll die Luft aus und sprach mit ihrem Ebenbild in dem großen Spiegel über dem Kaminsims.

»Honey Driver, diese Lüge wird dir noch leidtun.« Sie schnalzte mit der Zunge. »Aber deine Haare sehen toll aus.«

Achtundzwanzig

Sie hatte ein schlechtes Gewissen, weil sie Steve nicht die ganze Wahrheit erzählt hatte, redete sich aber ein, dass sie ihm das alles doppelt und dreifach vergelten würde. Sich ein Weihnachtsspiel anzutun, in dem die Cinderella über siebzig war und ihr Märchenprinz unter seiner Strumpfhose ein Bruchband trug, würde sicherlich ein Erlebnis werden, wenn auch nicht unbedingt ein wunderbares.

Doherty und ihre Mutter konnten sich nicht sonderlich gut leiden. Sobald er wusste, wohin sie unterwegs waren, würde er sich lauthals beklagen, vielleicht sogar erwägen, schnell noch auf dem Revier in der Manvers Street vorbeizuschauen und sich dort in einer Zelle zu verbarrikadieren.

Wenn sie ihn dann ins Theater bugsiert hatte und er neben ihr saß, konnte alles sogar noch schlimmer werden. Beim Anblick ihrer Mutter, die, traditionell als sehr jugendliche Cinderella verkleidet, über die Bühne tollte, würde er wahrscheinlich einen Lachkrampf kriegen. Er würde sich zumindest ein Grinsen nicht verkneifen können, und ihre Mutter wäre hinterher fuchsteufelswild.

Gloria Cross fühlte sich nämlich nicht alt. Sie benahm sich auch nicht so. Sie sah eigentlich nicht einmal alt aus, und solange sie sich Klamotten mit Designer-Label leisten konnte, würde sie ewig so weitermachen.

Du übertreibst. Ruhe bewahren. Das wird er schon verkraften.

Dafür gab es zwar keinerlei Garantie, aber schon bei der bloßen Vorstellung einer Beichte und Absolution fühlte sie sich ein bisschen besser.

Sie trug unter ihrem grauen Wollmantel ihr kleines Schwarzes und dazu weinrote Stiefel. Sie fand, dass sie wirklich gut aussah und dass heute so gut wie alles möglich war. Blöd nur, dass sie Doherty überredet hatte, in der Hochzeitssuite zu schlafen.

»Ich verspreche, der geduldigste und verständnisvollste Mensch auf Erden zu sein«, sagte er, als er endlich aus der Dusche wieder aufgetaucht war. Sie half ihm, sich abzutrocknen und mit Körperlotion einzureiben. Und dann führte eins zum anderen.

Alles wird gut.

Als sie endlich vor dem Hotel standen, versprach die eiskalte Nachtluft Frost, Eis auf den Bürgersteigen und weiße Dächer am Morgen. Eine kurze Fahrt in seinem tiefergelegten Sportwagen war da einem Spaziergang vorzuziehen. Außerdem waren sie viel zu spät dran. Das Weihnachtsspiel wurde in einer ehemaligen Kirche gegenüber von Waitrose und nicht weit von der Hauptpost gegeben.

»Du riechst wirklich gut«, sagte er, als sie auf den Beifahrersitz glitt.

»Französisches Parfüm. Ich dachte, du möchtest vielleicht gern ein bisschen was riechen, wo du doch, so wie ich gegen die Kälte eingemummelt bin, nicht viel von mir sehen kannst.«

»Hab ich auch schon gemerkt. Eine echte Herausforderung, sich da bis auf die Haut durchzuwühlen.«

Die Hochzeitssuite wurde mit keinem Wort mehr erwähnt. Sie nahm an, dass Steve die Situation akzeptiert hatte. Punktum.

David Longborough öffnete die Tür seiner Wohnung in Newbridge im Westen der Stadt.

»Höchste Zeit.«

Er schlenderte ins Wohnzimmer voraus und überließ es Samantha Brown, die Tür hinter sich zu schließen und ihm zu folgen.

Bei den ersten Begegnungen hatte sie seine brüsken Manieren sehr attraktiv gefunden, weil sie dachte, es sei eben die raue Schale um den weichen Kern. Selbst jetzt brachte sie immer noch Entschuldigungen für sein ungehobeltes Benehmen vor, redete sich ein, schlaue Leute seien eben oft unhöflich, weil alle anderen ihren Höhenflügen einfach nicht folgen konnten. So hatte es ihr David selbst erklärt.

»Gerade weil ich so clever bin, kann ich das System austricksen und komme ungestraft davon. Man muss sich das Selbstvertrauen wie einen Mantel umlegen, Samantha, dann ist man immer obenauf. Dann glauben die Leute dir alles.«

Sie war das beste Beispiel dafür. Sie hatte wirklich alles geglaubt, was er ihr gesagt hatte. Erst in letzter Zeit waren ihr Zweifel gekommen – hauptsächlich, was seine Gefühle für sie anging.

Er schenkte sich einen Jack Daniels ein, drehte sich zu ihr um und kippte den Drink in einem Zug herunter.

»Was haben sie dich also gefragt?«

»Die Polizei?«

»Ja, wer denn sonst, verdammt noch mal? Natürlich die Polizei! Was haben sie dich gefragt?«

Weil sie Clarence Scrimshaws Sekretärin gewesen war und über seine Aktivitäten, Kontakte und seinen Terminkalender Bescheid wusste, war Samantha eine der Angestellten, die man zu einer Befragung auf das Revier gebeten hatte.

»Ach, nur allgemeine Sachen, David. Über Mr. Scrimshaws Gewohnheiten. Ich habe ihnen gesagt, was du mir geraten hattest. Dass er ein bisschen hinter mir her war, mich in den Hintern gekniffen hat und so, wenn wir allein waren. Nicht dass er das wirklich getan hätte«, fügte sie

rasch hinzu, weil sie sich sorgte, er könnte die Lügenge-
schichten glauben und eifersüchtig werden. Dazu hatte er
keinen Grund. Die Lügen hatten sie sich gemeinsam ausge-
dacht, und er hatte den größten Teil dazu beigetragen. Aber
manchmal war David komisch.

Plötzlich packte er sie unsanft bei den Schultern. »Wehe,
du hast das nicht richtig gemacht, Mädchen! Hoffentlich
hast du nicht geplappert und was Falsches erzählt.«

»Hab ich nicht. Aua! Lass das!«

Seine Finger gruben sich in ihre Schultern ein. Sein Atem
war schwer vom Whiskey.

»Pass nur auf, dass du immer bei derselben Geschichte
bleibst. Er ist aufdringlich geworden, als du von einem Botengang zurückgekommen bist. Dabei bleibst du. Kapiert?«

»Das habe ich denen gesagt. Dass er immer schon hinter
mir her war. Und an dem Tag, als ich gerade von der Reini-
gung zurück war …«

»Du blöde Kuh!« Die Ohrfeige kam völlig unerwartet
und war so heftig, dass sie ihr den Kopf herumschleuderte.
Samantha hörte ihre Halswirbel knirschen. Sie fuhr mit der
Hand an die schmerzende Wange, die von dem Hieb, der
sie aufs Sofa geworfen hatte, ganz warm war.

»Das war völlig überflüssig.« Sie schaute ihn ängstlich an.
Er hatte sie noch nie geschlagen. Angedroht hatte er es ihr
schon öfter, aber er hatte es bisher nie getan.

Seine Miene war steinern.

»Es war auch völlig überflüssig, denen zu erzählen, wo du
gewesen bist. Du brauchtest ihnen nur zu erklären, du wärst
auf einem Botengang gewesen.«

»Tut mir leid.« Sie ließ den Kopf hängen. Tränen brannten ihr in den Augen.

»Du kommst jetzt mit ins Bett«, meinte er fröhlich. David Longborough konnte seine Stimmungen je nach Bedarf

ein- und ausschalten. Er tat, als wäre nichts Besonderes vor-
gefallen. Dass er ihr eine schallende Ohrfeige gegeben hatte,
so dass sie dachte, ihr würde der Kopf vom Hals gerissen,
schien er bereits vergessen zu haben.

Wäre sie vernünftig, so würde sie jetzt machen, dass sie
wegkam. Früher war sie vernünftig gewesen, aber dann war
ihr David Longborough über den Weg gelaufen. Es war ihr
zur Gewohnheit geworden, das zu tun, was David wollte.
Aber nun zeigten sich die ersten Risse. Im Augenblick folgte
sie noch seinen Befehlen – aber nur solange sie ihn noch
liebte.

Neunundzwanzig

Doherty schaute ein wenig verdutzt. »Ein Weihnachtsspiel!« Seine Stimme klang eine Spur ärgerlich.

»Nur noch ein halbes Weihnachtsspiel. Wir haben inzwischen schon beinahe die Hälfte verpasst.«

»Da bin ich aber erleichtert.«

»Ach, komm schon, das macht doch wirklich Spaß. Gib zu, dass du es toll gefunden hast, als du ein Kind warst.«

»Das war etwas anderes. Damals hat nicht deine Mutter die Cinderella gespielt!«

Die St Michael's Church hatte eine abgerundete Fassade mit sehr schönen Säulen. Die Mauern links und rechts davon verliefen rechtwinklig zur Walcot Parade und Broad Street.

Eine Menschenmenge hatte sich vor dem Gebäude versammelt, drinnen waren die Lichter noch hell, so dass die Buntglasfenster wunderbar im Dunklen schimmerten.

Honey schaute auf die Uhr. »Ich bin mir sicher, sie hat gesagt, dass das Stück bis halb elf dauert.«

»Du meinst, wir haben alles verpasst?«

Honey knurrte und warf ihm einen bösen Blick zu. »Du brauchst gar nicht so zufrieden zu schauen.«

Er verrenkte sich den Hals, weil er über die Menschenmenge und die Autodächer hinweg etwas bemerkt hatte, was sie nicht sehen konnte. Mit über eins achtzig hatte er da einen gewissen Vorteil.

»Dieses Weihnachtsspiel – hätte das einen Aufruhr verursachen oder öffentliches Ärgernis erregen können?« Seine Stimme klang halb neugierig, halb belustigt.

248

Honey stellte sich auf die Zehenspitzen, aber das änderte nicht viel. Was um alles in der Welt meinte er?

»Natürlich nicht«, erwiderte sie entrüstet. »Cinderella verliert nur ihren gläsernen Schuh, nicht etwa ihr Höschen!«

»Na ja, aber die da sind bestimmt nicht hier, um sich das Stück anzuschauen.«

Er deutete mit dem Kopf auf ein Polizeiauto – das im Augenblick aber noch kein Blaulicht zeigte.

Zwei Polizisten waren gerade auf dem Weg zu ihrem Streifenwagen. Sie trugen ein gelblila gepunktetes Paket.

Doherty wartete, bis sie ihre Last auf dem Rücksitz verstaut hatten, so gut sie konnten. Er erkannte die beiden uniformierten Kollegen als Humpty und Dumpty. Es war überdeutlich zu sehen, dass fettes Fast Food ihr Lieblingsmittagessen war. Beide hatten ein bisschen Übergewicht und liefen Gefahr, dass man ihnen vorschlug, einen Fitnesskurs zu belegen, den die Polizei anbot.

Honey sah, was sie gerade hinten ins Auto gestopft hatten. »Was ist mit dem Pferd? Braucht die berittene Polizei im Augenblick Nachschub?«

»He, Jungs!«

Die beiden Kollegen grüßten ihn.

»Was ist denn hier los?«, fragte er.

Einer der beiden, dem Doherty den Spitznamen Humpty verpasst hatte, schob sich die Uniformmütze in den Nacken und wischte sich mit einem großen Handtuch den Schweiß von der Stirn, ehe er antwortete. Inzwischen war sein Kollege Dumpty, der leicht vornübergebeugt ging, näher gekommen und beklagte sich über Rückenschmerzen. Dann verkündete er, er würde jetzt ins Theater gehen und jemanden verhaften.

»Aber erst will ich ein paar Einzelheiten wissen«, forderte Doherty.

»Na ja«, antwortete Humpty, der sich schon wieder die Stirn wischte. »Es sieht ganz so aus, als hätte jemand dieses Pferd vom Hintereingang des Theatre Royal gestohlen. Die beiden Schauspieler, die das vordere und hintere Ende spielten, sind Raucher und waren auf eine Zigarette vor die Tür gegangen. Kein Problem, die haben sich nur an die aktuellen Rauchergesetze gehalten. Sie waren immer noch halb angezogen – im Kostüm, meine ich«, sagte er und schaute Doherty eindringlich an. »Als Pferd.«

»Als Pferd aus dem Weihnachtsspiel.«

»Genau, Sir. Sie hatten noch die unteren Hälften an – die Beine. Den oberen Teil, den Kopf und so, der sie verbunden hat, den trugen sie unter dem Arm.«

»Nun machen Sie schon voran.«

»Jedenfalls«, fuhr er fort, während sein Gesicht langsam wieder die normale Farbe annahm, »dann fiel ihnen ein, dass sie noch auf die Toilette wollten. Und dabei waren ihnen die unteren Kostümhälften im Weg. Also haben sie auch die Pferdebeine ausgezogen und zusammen mit der oberen Hälfte, der mit dem Kopf und dem Schwanz, an die Tür gelehnt. Als sie wieder zurückkamen, war leider alles weg.«

Honey stellte die Ohren auf. Gleichzeitig hielt sie den Blick starr auf die Menschenmenge vor der Kirche gerichtet. Was sie da sah, ließ sie vermuten, dass friedliche Weihnachten im Green River Hotel dieses Jahr wohl nicht auf dem Plan stehen würden.

Der Polizist, der mit gezückten Handschellen ins Theater gestürmt war, kam nun wieder auf sie zugerannt. Er war nicht allein. Er hielt ihre Mutter am Oberarm fest, und die ließ sich nicht ohne Gegenwehr abführen.

»Das ist ein polizeilicher Übergriff! Sie verletzen meine Menschenrechte, und ich werde Sie verklagen! Das kostet Sie Millionen!«

Er hatte Cinderella offensichtlich erwischt, ehe es Mitternacht schlug, denn Gloria Cross trug noch die Schuhe, die hier als Glaspantoffeln durchgehen sollten (ein sehr elegantes, glitzerndes Paar Manolo-Blahnik-Schuhe) und ein üppiges Tüllgewand, das allerdings ein wenig so aussah, als hätte Norman Hartnell* es in den fünfziger Jahren für die Queen entworfen.

Honey stieß einen abgrundtiefen Seufzer aus und rief voller Entrüstung. »Meine Mutter hat dieses Pferd nicht gestohlen!«

»Sie hat recht«, schrie Gloria Cross. »Ich war's nicht!«

Das beeindruckte den Polizisten nicht. »Das können Sie alles bei der Vernehmung sagen.«

Manche Polizisten hatten keinen sonderlich freundlichen Umgangston, aber sie machten ja auch einen schweren Job. Honey nahm es ihnen nicht übel, dass sie hin und wieder nicht so gut drauf waren. Manchmal hätte sie ihre Mutter wirklich gern mit einem Betonblock an den Füßen im Fluss versenkt, aber heute war nicht so ein Tag. Ihre Mutter hatte das Pferd schließlich in ihrem Hotel gefunden. Sie trat einen Schritt auf den wütenden Polizisten zu.

»Auf keinen Fall lasse ich zu, dass Sie meine Mutter verhaften! Ihr gesunder Menschenverstand sollte Ihnen sagen, dass sie das Pferd gar nicht gestohlen haben kann. Es ist schwer. Das wissen Sie. Sehen Sie sich diese Dame einmal an. Sie ist alt, viel zu schwach, um zwei Tüten mit Essen vom chinesischen Imbiss nach Hause zu tragen, von einem so schweren Ding ganz zu schweigen.«

»Ich verwahre mich entschieden gegen diesen Kommentar!«

---

* Britischer Modedesigner, der unter anderem das Hochzeits- und das Krönungskleid für Königin Elizabeth II. entworfen hat.

Typisch, dass Ihre Mutter das nicht einfach so hinnahm. Bemerkungen über ihr vorgerücktes Alter schätzte sie nun mal gar nicht.

Der Polizist verdrehte die Augen gen Himmel. »Das fehlt mir gerade noch! Eine exzentrische alte Dame, die Requisiten aus dem Weihnachtsspiel klaut.«

»Wie können Sie es wagen!«

Sein Gesicht war schmerzverzerrt, weil gerade ein spitzer Top-Designer-Schuh Kontakt mit seinem Schienbein hatte.

»Jetzt reicht's! Ich verhafte Sie …«

Leider machte er eine ungeschickte Bewegung, als er ein wenig zu rasch nach den Handschellen an seinem Gürtel griff. Sein Rücken spielte nicht mit.

»Hei-li-ger Him-mel …«, stöhnte er. »Also, Lady. Im Augenblick geht es mir gerade nicht sonderlich gut, und ich habe wirklich keine Geduld mehr für Jammergeschichten von wackeligen alten Damen.«

»Wackelig! Jetzt hören Sie mal zu, junger Mann! *Ich* kann in diesen Schuhen gehen. *Sie* bestimmt nicht!«

Alle Blicke wanderten zu den hochhackigen Glitzerschuhen. Honey schüttelte den Kopf. »Das müssen Sie meiner Mutter lassen«, sagte sie zu dem Polizisten. »Sie kommt mit diesen Schuhen zurecht. Jede andere würde auf diesen Absätzen nur herumwackeln. Ich auch. Aber dass sie in diesen Schuhen ein Pferdekostüm stiehlt? Auf keinen Fall!«

Der Polizist, der ihrer Mutter gerade die Handschellen anlegen wollte, war sich seiner Sache auf einmal nicht mehr so sicher.

»Ich denke, es würde nicht gut aussehen, wenn die Polizei um diese Jahreszeit jemand aus einem Weihnachtsspiel verhaftet«, meinte Honey.

Sie schaute zu Doherty, ob der sich vielleicht einmischen würde, aber er hielt sich raus. Er war einen Schritt zurückgetreten, lehnte mit dem Ellbogen auf dem Autodach und musste sich wahrscheinlich mit aller Kraft darauf konzentrieren, nicht laut loszulachen.

Humpty, der Polizist mit dem großen Taschentuch, strengte seine grauen Zellen an. »Ja, da muss ich Ihnen recht geben. Wir konnten das Ding kaum zu zweit hochheben. Ein alter Mensch würde das gar nicht schaffen.«

Er schrie auf, als Honeys Mutter ihm den Zauberstab der guten Fee um die Ohren schlug, den sie irgendwie in die Hände bekommen hatte.

»So klapperig bin ich nun auch wieder nicht!«

»Madam, ich warne Sie …«

Die Sache geriet außer Kontrolle. Honey wandte sich an Doherty. »Also? Willst du nicht was sagen?«

Doherty richtete sich auf und nahm die Hand vor dem Mund weg. Genau wie sie erwartet hatte, konnte er sich das Lachen kaum verkneifen.

»Schauen Sie mal, Adge«, sagte er und sprach den schwitzenden Mann mit seinem richtigen Namen an. »Sie werden ganz schön blöd dastehen, wenn bekannt wird, dass Sie sich von einer alten Dame haben ins Bockshorn jagen lassen. Sie werden das Gespött von Manvers Street sein, und abgesehen davon könnten Sie hier mit meiner zukünftigen Schwiegermutter zu tun haben.«

»Ach ja?«, erwiderte Dumpty, der Mann mit dem schmerzenden Rücken und dem leidgeplagten Gesichtsausdruck. Seine Augenbrauen verschwanden fast unter seinem Haaransatz. Er schaute Honeys Mutter an, als beneidete er Doherty nicht um diese potentielle Verwandtschaft.

Honey schloss verzweifelt die Augen. Doherty schüttelte den Kopf. »Ich nehme an, deine Mutter wusste bis jetzt auch nicht Bescheid?«

»Hm.«

253

Als sie die Augen wieder öffnete, sah sie, dass ihre Mutter schockiert war und ihr Zauberstab nicht mehr wie eine tödliche Waffe wirkte. Er war in der Mitte durchgebrochen, und der Stern baumelte traurig nach unten.

»Abrakadabra«, sagte Doherty lächelnd, während er den Stern mit der Fingerspitze anstieß. »Also, Jungs. Kann das nicht bis nach den Feiertagen warten?«

Die beiden Uniformierten schauten sich an. Doherty wusste, dass Humpty niemals seine Meinung änderte, wenn es um eine Verhaftung ging – sogar wenn es sehr wahrscheinlich war, dass der Täter – oder die Täterin – sich als unschuldig erweisen würde. Humpty ließ sich nicht beirren.

Honey stellte sich gerade vor, dass ihre Mutter die Weihnachtstage hinter Gittern verbrachte, auf einer harten Matratze schlief, unter einer dünnen Wolldecke anstatt unter ihrem rosengeschmückten, mit feinster Nottingham-Spitze verzierten Plumeau. Es würde auch kein Hauch von Chanel No. 5 in der Luft liegen. Stattdessen würde sie den Gestank von gedünstetem Kohl und widerlich süßer Vanillesoße aushalten müssen.

Honey ging im Geist die verschiedenen Optionen durch. Sie könnte eine Feile in einem gebratenen Kapaun in die Zelle schmuggeln, wenn auch das Versteck vielleicht ein bisschen offensichtlich war. Es musste bessere Möglichkeiten geben.

»Schauen Sie mal, Constable. Können wir nicht wie vernünftige Menschen über die Sache reden?«, versuchte sie es.

Normalerweise nahm sie keine Zuflucht zu den sogenannten weiblichen Waffen, aber Gloria und der Knast, das passte einfach nicht zusammen. Also klapperte sie mit den Augendeckeln und strich dem Polizisten über den Arm.

Nach Dohertys Miene zu urteilen, war das keine gute

Idee. Der Mann, den sie so umgarnte, mochte seinen Gefallen daran finden, Doherty jedoch nicht.

»Adge, wir wollen alle nach Hause«, sagte Steve zu dem Polizisten.

»Klar doch, Sir, aber wir hatten eine Beschwerde, und wir müssen uns darum kümmern.«

»Selbstverständlich.«

»Wir müssen herausfinden, wieso der fragliche Gegenstand auf dieser Bühne hier gelandet ist und nicht auf der des Theatre Royal.«

Alle Augen wandten sich zu Gloria.

Honey entschied, dass nun die Zeit für einen Verteidigungsversuch gekommen war. »Sie hat das Kostüm neulich in meinem Hotel liegen sehen und gefragt, ob die Seniorentheatergruppe es für die Aufführung von *Cinderella* ausleihen dürfe …«

Die beiden Uniformierten schauten sie an. »Stimmt das?«, fragte Adge.

Doherty rieb sich die Augen. »O Gott! Jetzt geht's los.«

Honey war ganz aufrichtig. »Es ist doch nur ein Theaterkostüm. Wir schaffen es wieder ins Theatre Royal zurück, und alles ist gut.«

Humpty wandte Honey nun seine Aufmerksamkeit zu. »Also haben Sie das Ding geklaut?«

»Ach, hören Sie doch auf!«, schrie Honey. »Sehe ich so aus, als würde ich ein gelblila getupftes Pferdekostüm brauchen? Sehe ich aus, als könnte ich das Ding tragen? Ich bin eine schwache Frau, wunderbar, das ja, aber schwach! Bleiben Sie doch mal auf dem Teppich!«

»Du keifst«, sagte Doherty zu ihr, legte ihr eine Hand auf den Unterarm und schob sie sanft ein wenig zur Seite. Er baute sich zwischen Honey und den Uniformierten auf. »He, Adge. Lassen Sie sich ein bisschen vom weihnachtlichen Geist anstecken. Bringen Sie das Pferd zurück, und die Sache ist erledigt. Okay?«

Es war schwer auszumachen, was der Polizist dachte, aber seine Augen wanderten unruhig von links nach rechts und wieder zurück, als wäre er Zuschauer bei einem Tennismatch.

»Sie wissen doch, was Sache ist, Steve. Es ist ein Verbrechen begangen worden. Diese Frau hier hat zugegeben, dass der gestohlene Gegenstand in ihrem Hotel war. Sie hat ein Geständnis abgelegt. Sie könnte dafür in den Knast wandern.«

Honey sah, wie sich Dohertys Gesichtszüge verhärteten. Er würde bald die Geduld verlieren.

»Die Frau, die Sie da bedrohen, ist meine Verlobte.« Seine Stimme war eiskalt. »Und es ist Weihnachten.«

Humpty schüttelte den Kopf. Sein Bauch wabbelte mit.

»Tut mir leid, Sir, aber im Theater waren sie nicht gerade erfreut, dass man das Pferd gestohlen hat. Es ist neu, und das alte ist völlig von Motten zerfressen. Das liegt daran, dass sie es nur einmal im Jahr benutzen, wenn überhaupt, haben Sie gemeint ... Au!«

Der Polizist, dem die Rolle des Humpty wie auf den Leib geschrieben war, machte einen Sprung nach vorn. Honey bemerkte, dass ihre Mutter dem Polizisten den Stern des Zauberstabs in eine Pobacke gerammt hatte.

»Gemein«, sagte Honey, obwohl sie ihrer Mutter im Stillen Beifall zollte.

Doherty warf sich dazwischen. »Gloria, das geht nun wirklich nicht ... Also, jetzt entschuldigen Sie sich bitte bei dem Beamten. Er hat nur seine Pflicht getan.«

Der Uniformierte, der Honeys Mutter verhaften wollte, schüttelte traurig den Kopf. »Und das wird einmal Ihre Schwiegermutter?«

»Wir haben alle unser Päckchen zu tragen«, antwortete Doherty und gab eine ziemlich gute Parodie des leidgeplagten Schwiegersohns ab. Der Polizist griff das sofort auf.

»Mein Beileid, Steve, obwohl, ehrlich gesagt, schlimmer als meine könnte sie auch nicht sein«, erwiderte er und schaute drein wie ein trauriger Bluthund. »Sie ist Witwe und hat gesagt, sie wäre einsam, und meine Frau hat sich solche Sorgen gemacht. Und jetzt ist die alte Schachtel bei uns eingezogen. Ich habe mich über Weihnachten freiwillig zum Dienst gemeldet. Alles, um mir nicht ihr ständiges Genörgel anhören zu müssen. Damit hat sie schon ihren Mann unter die Erde gebracht. Und jetzt versucht sie es mit mir, das schwöre ich Ihnen! Ich wünschte mir nur, sie wäre noch jung genug, um wieder zu heiraten. Aber in ihrem Alter?«

Gloria Cross war schnell am Ball. Dass man sie des Diebstahls bezichtigt hatte, war auf einmal nicht mehr so wichtig. Sie witterte eine mögliche neue Kundin.

»Ihre Schwiegermutter ist Witwe?«, fragte sie mit weit aufgerissenen Augen. »Das ist aber sehr interessant. Kleinen Augenblick ... hier ist meine Karte ...«

Sie zog eine Visitenkarte aus ihrem Dekolleté und reichte sie ihm. Der Mann las sie, und auf seinem nüchternen Polizistengesicht zeichnete sich ungläubiges Staunen ab.

»Schnee auf dem Dach?«

»Es ist eine Partnerschaftsbörse für die Generation sechzig plus«, erklärte Gloria Cross. »Sie kennen doch den Spruch, nicht? Nur weil Schnee auf dem Dach ist ...«

Er nickte. »Ich weiß, ich weiß. Ist doch immer noch ein Feuer im Kamin.«

»Oder im alten Kessel«, fügte Doherty hinzu. Er konnte sich gerade noch ein Grinsen verkneifen. Honey gab ihm einen Tritt vors Schienbein.

Der Polizist mit dem Schwiegermutterproblem wirkte

nachdenklich. »Und Sie meinen, Sie könnten der Alten wirklich einen Mann verschaffen?«

Gloria Cross nickte energisch. »Sehen Sie nur zu, dass sie sich online anmeldet. Sie haben doch einen Computer zu Hause?«

»Ja. Na ja, mein Sohn hat einen, für die Hausaufgaben. Aber die können mir gestohlen bleiben, das hier ist wichtiger.« Er steckte die Visitenkarte in seine Brusttasche. Seine Laune schien merklich besser geworden zu sein. Er stand aufrechter, und seine Miene war nicht mehr schmerzverzerrt.

Sein Kollege wirkte resigniert. »Wir verhaften sie also nicht. Macht nichts. Morgen haben wir vielleicht mehr Glück. Da werden wir sicherlich ein paar Besoffene einbuchten, die sich danebenbenehmen.«

Sein Partner sah ziemlich verdutzt aus. »Machst du Witze? Ich muss mein Leben wieder auf die Reihe bringen. Je früher ich Dienstschluss habe und sie da registriere, desto besser.«

Sein Kollege hatte plötzlich einen Anfall von Diensteifer. »Darf ich dich daran erinnern, dass es einen Diebstahl gegeben hat …«

Honey fürchtete, dass ihre Mutter vielleicht doch noch in einer Zelle landen würde, und protestierte lautstark. »Begreifen Sie doch, meine Mutter ist keine Diebin, und ich bin auch keine.«

Sie warf Doherty einen flehenden Blick zu, aber der hatte ihr gerade den Rücken zugewandt und schien zu telefonieren.

»Ich habe dieses Pferd nicht gestohlen«, sagte Honeys Mutter. »Meine Tochter hat dieses Pferd nicht gestohlen. Die Wahrheit ist, dass zwei ihrer Köche einen über den Durst getrunken haben und mit dem Ding ins Hotel gekommen sind. Sie konnten sich nicht mehr erinnern, wo sie es herhatten.«

»Ach, wirklich?« Die beiden Polizisten witterten, dass dieser Fall nun kurz vor dem Abschluss stand. »Sie waren betrunken?«

»Mutter …« Honey versuchte, sie zu beruhigen. Das Letzte, was sie jetzt brauchte, war, dass Smudger und sein Komplize Weihnachten hinter schwedischen Gardinen verbrachten. Es war so viel zu kochen!

Ihre Mutter schob sie zur Seite.

»Natürlich waren sie betrunken. *God Rest Ye Merry Gentlemen.* Das Weihnachtslied haben Sie wahrscheinlich schon selbst gesungen. Weihnachten feiern die Leute und sind fröhlich. Feuchtfröhlich.«

»Wir nicht, Madam. Wir sind Polizisten. Wir müssen unsere Arbeit machen.«

Inzwischen hatte Doherty mit dem Theatre Royal telefoniert und die Lage erklärt.

»Wir gehen jetzt alle schön brav hier weg«, sagte er. »Bringen Sie einfach das Pferd ins Theater zurück, und die werden keine Anzeige erstatten. Die haben morgen noch ein Weihnachtsspiel aufzuführen.« Sein Tonfall ließ keinen Widerspruch zu. Er hatte den beiden Polizisten einen Befehl erteilt. Sie machten sich auf den Weg zu ihrem Auto.

»Und wir«, sagte Steve und wandte sich Honey zu, »wir beide haben einen Mordfall aufzuklären.«

Dreißig

Honey warf sich in ihrem Bett hin und her, boxte imaginäre Knubbel aus ihrem Kopfkissen, drehte und wendete sich, bis sie sich völlig in ihrer Bettdecke verheddert hatte, ihre Füße unten herausschauten und sie oben kaum noch schnaufen konnte.

Sie seufzte, schloss die Augen, machte sie wieder auf und gab sich alle Mühe, sich aus der Verpuppung in ihrem Federbett zu befreien. So leicht ließ sich die Daunendecke nicht bezwingen. Schließlich landete Honey mit einem Plumps auf dem Fußboden.

Sosehr sie sich auch bemühte, die bloße Tatsache, dass Doherty auf der anderen Seite des Innenhofs in einem anderen Bett schlummerte, raubte ihr den ersehnten Schlaf. Und sie brauchte ihren Schlaf! Es war so viel zu tun.

Ganz vorsichtig, um Lindsey im Zimmer nebenan nicht zu stören, streckte sie die Hand nach der Nachttischlampe aus. Das Klicken des Schalters klang mitten in der Nacht in ihren Ohren wie das Donnern des Weltuntergangs.

Sie lauschte, ob sich nebenan etwas regte. Nichts. Die Nacht war finster und still, und doch lag irgendwie eine erwartungsvolle Spannung in der Luft.

Da kam ihr ein Gedanke. Sie konnte sich doch über den Hof ins Hotel schleichen. Morgen früh würde sie brav wieder in ihrem eigenen Bett liegen, und Lindsey hätte nichts mitbekommen.

Warum machst du so was?

Die reife Stimme der Vernunft sprach laut und deutlich mit ihr. Bis jetzt hatte Lindsey doch sehr erwachsen auf die

Beziehung zwischen ihrer Mutter und ihrem Freund, dem Polizisten, reagiert. Was hatte sich denn geändert? Ein Fremder hatte ausgeplappert, dass sie heiraten wollten, und natürlich war Professor Jake Truebody auf dem Plan erschienen.

Sie verdrängte den Gedanken, wie gut sie in die leere Hälfte von Dohertys Bett passen würde.

Such dir eine Beschäftigung.

Ja. Das war die Lösung. Der Mord an Clarence Scrimshaw stellte sie alle vor ein Rätsel. Sie ließ sich sämtliche Einzelheiten durch den Kopf gehen. Rührte in diesem Gebräu herum.

Schreibe es auf.

Ja! Genau das musste sie machen. Alles aufschreiben.

Vorsichtig zog sie die oberste Schublade ihres Nachttischs auf und nahm Block und Stift heraus, die sie dorthin gelegt hatte, um ihre Träume zu notieren. Das hatte ihr Mary Jane empfohlen; es sollte die bösen Geister der Vergangenheit verbannen, die sie gelegentlich heimsuchten.

Honey stellte allerdings fest, dass in ihren Träumen eher allgemeine Alltagsdinge vorkamen, zum Beispiel Gäste, die ihre Rechnung nicht bezahlten, aber auch ein paar phantasievollere Szenen. Einmal war es eine römische Legion, die durch den Speiseraum marschierte – in Bath gar nicht so ungewöhnlich. Ein echter Alptraum war es, wenn ihr toter Ehemann Carl auftauchte, als Gespenst oder scheinbar lebendig. Daher ihre Unruhe über Jake Truebodys Besuch.

Honey trug nichts außer einem Tropfen Chanel hinter den Ohren, stapelte drei Kissen hinter sich auf und setzte sich aufrecht hin, Block und Stift in der Hand. Sie war bereit.

Und was jetzt?

Gut. Aber eins nach dem anderen aufschreiben, was sie

über den Tod von Clarence Scrimshaw wusste. Was fällt mir an diesem Mann am meisten auf?

Zuerst der Name. Könnte durchaus aus einem Roman von Charles Dickens stammen. Scrimshaw. Sie hatte noch nie jemanden kennengelernt, der so hieß. Der Name war wirklich altmodisch und sehr ungewöhnlich. Sie tippte sich mit dem Ende des Stifts an die Lippe und überlegte, wie das wohl gekommen war. Es musste doch einmal mehr Scrimshaws gegeben haben?

Aber das trug alles nichts zur Lösung bei. Die leere Seite vor ihr wartete auf weise Erkenntnisse zum Mord an Clarence Scrimshaw. Hier mussten Wörter hingeschrieben werden. Die leere Seite verlangte es.

Erst kamen die Überschriften. Wie, wann und wo ist er gestorben? Dahinter notierte sie die Fragen und Hinweise. Erstens: Warum zur Sicherheit drei Mordmethoden? Jede einzelne hätte schon gereicht, Scrimshaw umzubringen. Man musste jemanden schon sehr hassen, wenn man ihn gleich dreimal tötete. Vielleicht sollte es eine Art Rätsel für die Polizei sein? Finden Sie heraus, welche Mordmethode nicht angewandt wurde. Das war einfach: Pistolen.

Noch einmal durchlesen, was sie geschrieben hatte, das half ihr auch nicht viel weiter. Da standen die drei Mordmethoden nun schwarz auf weiß, aber bisher war ihr kein Licht aufgegangen.

Sie lenkte ihre Aufmerksamkeit wieder auf das Tatmotiv. Das war nicht so leicht. Wer hatte eines? Scrimshaws Angestellte hielten ihn für einen schrecklichen Geizkragen. Hatte einer von ihnen beschlossen, ihn aus diesem jämmerlichen Dasein zu erlösen? Oder am Ende alle?

Nichts passte zusammen. Gut, ein unzufriedener Angestellter konnte schon einmal im Zorn einen Mord begehen, gleich auf der Stelle packte er vielleicht den nächsten schweren Gegenstand, der zur Hand war, und schlug damit zu. Sie erinnerte sich an zwei schöne massive Messingtischlampen am Ort des Verbrechens. Jeder, der in plötzlich aufwallender Wut seinen Chef umbringen wollte, hätte sich eine davon geschnappt und sie dem alten Clarence über die Rübe gezogen, wäre sich seiner Schreckenstat bewusst geworden und hätte sich umgehend aus dem Staub gemacht und Bath verlassen, so schnell ihn seine Beine oder sein Auto trugen.

Ein unzufriedener Autor, eine unzufriedene Schriftstellerin, das war eine weitere Möglichkeit. Nach allem, was sie gehört hatte, behandelten Verlage am Anfang ihre Autoren nicht sonderlich gut. Man erwartete, dass sie ordentlich schufteten, und zog sie ab und zu über den Tisch. Nach einer Weile und mit ein bisschen Insiderwissen änderte sich das ein wenig. Die Autoren waren zwar immer noch bereit zu arbeiten, aber sie waren nicht mehr bereit, sich über den Tisch ziehen zu lassen.

Patricia Pontefract war ein Beispiel dafür. Ihre brüske Art konnte man auch als unverblümte Ehrlichkeit interpretieren, aber das bedeutete ja nicht, dass sie deswegen die Wahrheit sagte. Schließlich schrieb die Frau Romane.

Scrimshaw hatte sich wahrscheinlich im Laufe der Jahre nicht nur Freunde gemacht. Dohertys Team hatte rasch und ziemlich gründlich über das Leben des alten Herren recherchiert. Es schien, dass Clarence Scrimshaws engste Bekannte sein Steuerberater und sein Rechtsanwalt waren. Beide wollte Doherty möglichst noch vor den Feiertagen aufsuchen, vielleicht zu ihnen nach Hause gehen. Denn in keinem der Berufe war es wahrscheinlich, dass sie ihre Büros vor dem fünften Januar wieder öffneten.

Was die Angestellten von Scrimshaw anging, so war da zunächst Samantha Brown. Sie war hübsch, aber nicht die Hellste und laut Befragung alleinerziehende Mutter. Anscheinend passte ihre Mutter drei Tage in der Woche auf das Kind auf, und an den beiden restlichen Tagen war es in einer Kindertagesstätte mit Namen *Kleine Krabbelkerlchen.* So was war nicht gerade billig. Samantha konnte unmöglich so viel Geld verdienen. Wer, fragte sich Honey, bezahlte das also? Der Vater? Und wer war der Vater?

Vielleicht hatte der gute alte Scrimshaw wesentlich mehr als nur eine kleine Schwäche für Samantha gehabt. Womöglich war er der Kindsvater? Das musste sie mal näher untersuchen. Gut, der Chef von Mallory und Scrimshaw war wirklich nicht mehr taufrisch, aber wie ihre Mutter ihr wiederholt versichert hatte, war das ja kein Hinderungsgrund. Schnee auf dem Dach, Feuer im Kamin, so sagte sie doch immer, oder?

Honey notierte sich, dass das nicht völlig auszuschließen war. David Longborough hatte ebenfalls angedeutet, dass sich Samantha und der alte Herr nahegestanden hatten. Es konnte ja eine völlig harmlose Sache sein, aber auch eine schrecklich ernste Angelegenheit. Büroflirts zwischen Angestellten und Chefs fingen ja oft ganz unschuldig an. Falls Scrimshaw ein Auge auf sie geworfen hatte, dann hatte er ihr möglicherweise auch Geheimnisse anvertraut, von denen sonst niemand etwas wusste.

Ihre Liste bedeckte nicht mal die halbe Seite. Honey verzog unmutig das Gesicht. Sie hätte gern mehr Verdächtige aufgeschrieben. Irgendwie sprang sie kein Name an und verkündete: Schau mich näher an, ich könnte es gewesen sein.

Sie legte den Stift weg. Es kamen einfach keine Antworten, nur Fragen. Keine Hinweise, nur vage Vermutungen. Und kein Doherty, überlegte sie, während sie einen einsamen Rumtrüffel musterte, der auf ihrem Nachttisch lag. Der musste ihr reichen.

Sie wachte auf, weil etwas in der Nähe ihres Ohrs

brummte. Zunächst fuhr sie auf, weil sie dachte, es wäre die Alarmanlage. Das blaue Licht an ihrem Handy blinkte. Das Zifferblatt der Uhr verkündete, dass es drei Uhr morgens war.

Sie fluchte leise vor sich hin, drückte auf den Knopf und nahm das Gespräch an.

»Wer zum Teufel ruft mich zu dieser nachtschlafenen Zeit an?«

»Ein Mann mit einem halbleeren Bett. Ich bin so einsam.«

»Psst. Sprich leise.«

»Ich spreche leise.«

Sie merkte, dass sie selbst flüsterte, ein Ohr immer in Richtung auf Lindseys Schlafzimmer gerichtet.

Sie warf die Bettdecke zurück und langte nach ihrem Bademantel. »Ich komme!«

Sie wollte kein Licht machen und fischte im Dunkeln nach ihren Hausschuhen. Leider schienen die ganz allein ohne Honeys Füße spazieren gegangen zu sein. Sie fand nur ein Paar kniehohe Stiefel, die sie am Vortag zum Einkaufen getragen hatte. Sie schlüpfte hinein.

Sie blieb kurz vor Lindseys Zimmer stehen und lauschte, hörte aber nichts. Lindsey schlief den Schlaf der Gerechten.

Honey zog ihren Frotteemantel fester um sich, schlich sich zur Haustür, überquerte den Innenhof, betrat das Hotel durch die Hintertür, ging den Flur entlang, der zum Empfang führte, und von dort die Treppe in den zweiten Stock hinauf.

Wie jeder erfahrene Hotelbesitzer wusste sie, dass Paare auf Hochzeitsreise ein Himmelbett, eine Flasche Schampus und völlige Abgeschiedenheit brauchen. Besonders Letzteres hielt Honey für ungeheuer wichtig. Deswegen lag die Hochzeitssuite im Green River Hotel im zweiten Stock, um eine Ecke herum und am hintersten Ende des Ganges, wo das Mondlicht silbern und kühl durch ein eindrucksvolles Rundbogenfenster fiel. Das Fenster ging auf die Feuerleiter an der Rückseite des Hotels, auf das Dach des Kutscherhäuschens und die Rückgebäude der Häuser in der nächsten Straße.

Honey blieb stehen, einen Stiefel vor den anderen gesetzt. Hier stimmte was nicht. Das Licht auf dem Flur hätte brennen müssen. Selbst zu dieser nachtschlafenen Zeit hätte ein schwacher Schimmer den Flur erleuchten sollen, falls irgendetwas Schreckliches passierte – zum Beispiel in allen Zimmern ein Feuer ausbrach und allein der Flur noch sicheres Terrain war.

Die Notbeleuchtung war nicht an. Nur das Mondlicht strömte durch das Bogenfenster. Honey ging ein gruseliger Gedanke durch den Kopf. Solche Bogenfenster kamen in Filmen vor, die in Spukhäusern spielten. An Orten wie Amityville.

Aber wir sind in Bath! Hier passieren solche Dinge nicht!

Aufmerksam nach axtschwingenden Wahnsinnigen Ausschau haltend, schlich Honey den Flur entlang. Nichts, vor dem man sich fürchten müsste, redete sie sich ein. Natürlich nicht. Sie kannte das alte Gebäude gut, und soweit sie wusste, beherbergte es weder Gespenster noch Axtmörder. Es gab hier nur Sir Cedric, der allerdings vielleicht eine Ausgeburt von Mary Janes Phantasie war, vielleicht aber auch nicht.

Sie zog ihren warmen Frotteebademantel noch ein wenig enger um sich und ging vorsichtig wie ein Einbrecher auf der Suche nach Beute weiter – und genauso langsam.

Vorwärts! Nur mutig voran! Wovor hast du Angst?

Sie wollte gerade ihrer drängenden inneren Stimme folgen und sich mutiger verhalten, als plötzlich ein Schatten in den silbrigen Lichtschein des Mondes fiel. Sofort kauerte sie sich hinter einen antiken Wäscheschrank, den sie in weiser Voraussicht genau an der richtigen Stelle platziert hatte – besonders günstig, wenn man sich vor einem plötzlich aufgetauchten Schatten verstecken wollte.

Der waghalsigere Teil ihres Gehirns bot ihr die Lösung an, es könnte Doherty sein, der vor seinem Zimmer auf sie wartete. Ein anderer, wesentlich vorsichtigerer Teil, der Teil, der sie veranlasste, nach rechts und links zu schauen, ehe sie die Straße überquerte, nie unter einer Leiter durchzugehen und blühende Weißdornzweige* ins Haus zu tragen, riet ihr nun, sich zurückzuhalten.

Es ging ihr auch kurz durch den Kopf, dass sie vielleicht Lindsey doch geweckt hatte und dass diese ihr hierhergefolgt war. Aber die hätte ihr ihre Gegenwart mit einem vorwurfsvollen Satz angezeigt: »He, wohin bist du denn zu dieser Stunde unterwegs? Als wüsste ich das nicht genau!«

Es sei denn, schrecklicher Gedanke, Lindsey schlich hier mit ganz anderen Absichten herum.

Honeys Hals schnürte sich zu, als ihr die schlimmste aller Möglichkeiten einfiel. Lindsey and Jake Truebody, ein Paar? War das möglich?

Auf keinen Fall wollte sie, dass ihre Tochter glaubte, sie spioniere ihr nach. Andererseits wüsste sie wirklich zu gern, ob da zwischen den beiden ein kleines Techtelmechtel lief. Mehr als ein kleines, wenn ihre Tochter sich wirklich ins Zimmer des Professors begeben wollte.

Was nun? Sollte sie aus der Deckung stürzen und angreifen, wer immer da war?

Die Größe und Form des Schattens waren schlecht ein-

---

* In England glaubt man, dass der Weißdorn eine besondere Beziehung zu den Feen hat. Weißdornblüten bringen Feen und daher Glück ins Haus.

zuschätzen. Schatten wirken oft so verzerrt, je nachdem, wo sich die Lichtquelle befindet. Da kann schon mal aus einem gedrungenen Zwerg eine dünne Bohnenstange werden.

Verzweifelt strengte sie ihre Hirnzellen an, um einen logischen Gedanken zu fassen. Erinnerte sie der Schatten an jemanden, den sie kannte?

Kann ich Atemgeräusche hören oder nicht?

Eher nicht. Sie hörte und sah niemanden, war aber trotzdem davon überzeugt, dass sie nicht allein war.

Plötzlich vernahm sie ganz leise Schritte auf dem Teppich. Jemand stand da im Dunkeln und wartete, lauschte vielleicht auch, weil er sie wahrgenommen hatte.

Honey hielt die Luft an.

Wenn es nicht Lindsey und nicht Doherty oder ein schlafwandelnder Hotelgast war, dann musste es ein männlicher Eindringling sein. Denn insgesamt neigten Frauen eher nicht dazu, sich als Einbrecher zu betätigen. Zu viel Kletterei und immer eine Strumpfmaske über dem Gesicht, das gab nur Laufmaschen und brachte einem die Frisur durcheinander.

Wer immer es war, er hatte sich zum Weitergehen entschlossen. Leider in ihre Richtung.

Honey drückte sich noch fester an die Wand und hinter den Wäscheschrank, kauerte sich noch tiefer hin und hoffte auf unverzügliche Unsichtbarkeit, obwohl sie fürchtete, dass ihre durch Pralinen an Umfang erweiterte Gestalt sie verraten könnte. Und wo war die Polizei, wenn man sie mal brauchte? Lungerte in der Hochzeitssuite herum.

Dann ruf ihn doch an!

Sie tastete nach ihrem Telefon. Ihre Finger erspürten es in einer Bademanteltasche. Sie suchte verzweifelt nach der Taste für die Kurzwahl, konnte sich aber nicht daran erinnern, wo sie auf dem Handy war. Honey fand sie jedenfalls nicht.

Der Schatten bewegte sich nah an ihr vorüber. Wer es auch war, gleich würde er sie sehen. Sie hatte keine Wahl. Sie würde zur Hochzeitssuite rennen, und dann konnte Doherty sich um den Eindringling kümmern.

Aber wie es mit den ausgefeiltesten Plänen oft war, erstens kommt es anders, und zweitens als man denkt. Ihr Handy klingelte.

Der Mann, der den Schatten geworfen hatte, hörte die ersten Noten von *Bohemian Rhapsody* und fuhr auf dem Absatz herum. *Queen* hatten ja schon laut geplärrt, aber Honeys Schreie ins Telefon waren wesentlich lauter. Doherty war am anderen Ende.

Honeys Herz krampfte sich schmerzhaft zusammen, als große Hände sie bei den Armen packten und mit Gewalt gegen die Wand warfen. Dann spürte sie einen schweren Schlag und sackte benommen in sich zusammen, sah Sterne in allen Farben. Verschwommen nahm sie wahr, dass jemand gekommen war, um sie zu retten, dass ringsum Türen aufgingen und dass schließlich Doherty da war.

»Geht es ihr gut?«

Diese Frage stellte Jake Truebody.

»Bis auf eine Beule am Kopf«, antwortete Doherty.

Auch Patricia Pontefract schaute zu ihr herunter. »Dann suchen Sie was Kühlendes, das man drauflegen kann«, blaffte sie Doherty an. »Und ziehen Sie sich eine Unterhose an.«

»Ist er weg?«, fragte Honey.

Doherty hielt sie fest an sich gedrückt und half ihr wieder auf die Beine. »Ja. Könntest du ihn identifizieren?«

»Nein. Ich habe nur einen Schatten gesehen. Sonst nichts.«

Sie lehnte sich schwer gegen ihn, als er sie in sein Zimmer führte. Ihre Beine waren wie Wackelpudding. Ihr Kopf fühlte sich an, als spielte eine Steelband auf uralten Ölfässern Reggae.

»Du hast nichts an«, stellte sie fest, während sie sich Mühe gab, ihr Augenmerk auf die interessanteren Aspekte seines Körpers zu fokussieren. Alles schien ein wenig unscharf. Das Licht war schummerig, und außerdem sah sie die Welt nur verschwommen.

»Falsche Zeit, falscher Ort, da können wir jetzt gar nichts machen«, antwortete er grimmig. Während er sie weiter auf den Beinen hielt, gab er am Telefon schon Anweisungen.

»Ich denke, wer immer es war, er ist aus dem Fenster gesprungen«, sagte er.

Honey merkte, dass sie ein bisschen wankte, aber daran konnte sie nichts ändern. Nur gut an Doherty festhalten. Ihr Bademantel war inzwischen ein wenig aufgefallen. Doherty schaute gründlich hin.

»Der Stil gefällt mir«, meinte er und nickte anerkennend. »Bademantel und kniehohe Stiefel, das hat eine Wahnsinnswirkung auf mich.«

Einunddreißig

Trotz ausgiebiger Suche fanden sie keine Spur des Phantomeinbrechers.

»Nicht einmal einen Fußabdruck.« Doherty runzelte nachdenklich die Stirn. »Da hätten aber welche sein müssen. Unten an der Feuerleiter ist Eis.«

Einen Augenblick lang dachte Honey, dass er ihr vielleicht nicht glaubte.

»Ich habe wirklich jemanden gesehen – nur einen Schatten, aber da war jemand.«

Er streichelte ihr übers Kinn. Sie lag in seinem Bett und hatte sich die Decke bis zum Hals hochgezogen.

»Ich glaube dir«, antwortete er und küsste sie auf die Stirn. »Oh, und übrigens besteht Mary Jane darauf, dass ein böser Geist hier herumläuft. Ein Geist aus der Vergangenheit.«

Honey stöhnte. »Die Beule an meinem Kopf sagt mir, dass es kein Gespenst war. Böser Geist oder nicht, jedenfalls hauen die einem nicht mit was Schwerem auf den Kopf.«

»Nein, das machen sie nicht.«

Irgendwas an Dohertys Tonfall machte sie stutzig.

»Dich beschäftigt was. Das merke ich immer.«

»Wieso?«

»Na ja, ich liege hier nackt im Bett, und du sitzt noch draußen.«

Er grinste. »Du kennst mich wirklich gut.«

Das Telefon klingelte frühmorgens am Heiligabend. Doherty sagte ihr, sie solle sich anziehen. Sie wollten sich Clarence Scrimshaws anderes Haus ansehen.

»Er hatte nämlich nicht nur die Wohnung über dem Büro. Da haben wir uns ja schon gründlich umgeschaut und nichts gefunden. Er hat auch noch ein Haus in Beaufort East.«

Sie hatte nur ihre Stiefel und den Bademantel da. Mit ein paar von Dohertys Sachen mummelte sie sich ein. Am Empfang hing noch eine warme Jacke. Dann brauchte sie nicht zurück ins Kutscherhäuschen, und es bestand keine Gefahr, dass sie Lindsey so früh am Tag aufweckte und Rede und Antwort stehen musste.

Die Fahrt zu Scrimshaws anderem Anwesen war viel kürzer als erwartet. Über die A36, die Cleveland Bridge und rechts auf die A4.

»Wieso wusste im Büro eigentlich niemand etwas von diesem Haus?«, fragte Honey.

Doherty machte ein ernstes Gesicht. »Er ist nicht oft hierhergekommen, und wenn, dann immer allein.«

Er fuhr an einer langen Häuserzeile im Vorort Beaufort East vor.

»Das hätte ich nicht erwartet«, meinte Honey. »Ich hätte gedacht, dass er in einem viel großartigeren Haus wohnen würde, wenn er schon außer der Wohnung noch einen Wohnsitz hatte.«

»Das Geld dazu hätte er gehabt«, murmelte Doherty. »Wir haben inzwischen bei seinem Steuerberater und seinem Rechtsanwalt nachgefragt. Aber der gute alte Clarence war wohl nicht so materialistisch eingestellt. Eigentlich genau das Gegenteil. Irgendwie ziemlich spirituell.«

»Religiös?«

»In gewisser Weise.«

»Irgendwas verrätst du mir noch nicht, oder? Das Haus ist nicht etwa vom Keller bis zum Dach voller wertvoller alter Bibeln?«

Er legte ihr eine Hand auf die Schulter. »Wir schauen mal, ja?«

Wie so oft in Bath war die Zufahrtsstraße zwischen den Gebäuden und einem Rasenstreifen mit Bäumen und Büschen völlig zugeparkt. Doherty stellte seinen Wagen in der zweiten Reihe ab und legte das Schild »Polizei im Einsatz« hinter die Windschutzscheibe.

Früher einmal hatte hier üppiges Grün die Häuser umgeben. Davon war nur noch der struppige Rasenstreifen übriggeblieben. Weiter hinten, verborgen hinter einigen niedrigen Wohngebäuden, verlief der Fluss. Jenseits des Rasenstreifens quälte sich auf der A4 der Verkehr aus der Stadt heraus. Die Straße hieß immer noch London Road, obwohl die meisten Leute nicht weiter als in die Vorstädte oder Dörfer östlich der Stadt wollten.

Die Häuser waren recht hoch und stammten zumeist aus der georgianischen Zeit. Ursprünglich hatte man sie wohl als Stadthäuser für den Adel errichtet, aber inzwischen waren die meisten, wenn nicht alle, in Wohnungen aufgeteilt worden.

Clarence Scrimshaws Dreizimmerwohnung lag im zweiten Stock. Doherty erklärte Honey, dass die Putzfrau, die dort nach dem Rechten sah, mit den Schlüsseln auf sie warten würde.

Mrs. Florence Withers stand im Eingangsflur im Erdgeschoss bereit. Sie war klein, im Rentenalter, hatte flinke Augen und grellorange Haare. Nach einem Blick auf die Farbe überlegte Honey, ob sie den Leuten bei *Hummeln unterm Hut* nicht noch eine weitere Schachtel Pralinen vorbeibringen sollte. Sie war ihnen wirklich großen Dank schuldig. Mrs. Withers reichte Doherty einen Schlüsselbund. Die Schlüssel waren überzählig, und sie meinte, er könne sie, wenn nötig, behalten.

»Ich muss nämlich noch bei ein paar anderen Herren nach dem Rechten sehen, kann also nicht immer hinter Ihnen herrennen«, verkündete sie und warf den Kopf in den Nacken. »Und wenn ich sage, dass ich bei den Herren nach dem Rechten sehe, dann meine ich damit nur, dass ich bei ihnen saubermache. Kein Techtelmechtel oder so was, das brauchen Sie gar nicht erst zu denken. Ich bin nicht so eine.«

»Träum weiter«, flüsterte Honey.

Mrs. Withers zog ihren eigenen Schlüssel hervor und schloss die Tür auf. Man trat in einen mit Teppich ausgelegten Flur. Die Auslegeware hatte, wie der Rest des Gebäudes, schon bessere Tage gesehen.

Zwei Türen gingen rechts und links vom Flur ab, eine andere lag geradeaus. Mrs. Withers führte sie in ein recht großes Wohnzimmer. Zwei ansehnliche Schiebefenster blickten auf die kahlen Äste eines Baumes. Dahinter sah man ein Feuerwehrauto, das mit heulender Sirene und Blaulicht aus der Stadt hinausraste. Niemand sagte ein Wort, bis der Lärm verklungen war.

»Wahrscheinlich wieder nur eine Katze, die nicht mehr von einem Baum runterfindet«, meinte Mrs. Withers und schniefte verächtlich.

Honey schaute sich im Wohnzimmer um. Sie hatte alte Möbel von guter Qualität erwartet, vielleicht auch die eine oder andere Antiquität. Was sie nun erblickte, war eine Überraschung.

Im Zimmer befanden sich die üblichen Dinge: zwei Sessel, ein Sofa, ein Sofatisch, ein kleiner, nicht ausgezogener Esstisch mit zwei Stühlen. Auf dem Boden lag ein grüner Teppich, und an drei Seiten verlief an den Wänden noch ein Originalstuckfries. Eine billige Papierleuchte hing von der Decke, und über einer schön polierten, aber altmodischen Anrichte prangte ein uralter Druck. Alles sah eher nach Flohmarkt als nach Antiquitätenhändler aus.

Der Duft von Bienenwachs lag in der Luft. Mrs. Withers war der Grund dafür, dass diese Möbel überhaupt noch hier waren. Sie pflegte sie offensichtlich sorgsam.

»Hier sind Sachen umgestellt worden«, meinte Mrs. Withers. »Das habe ich gleich gemerkt.«

Honey und Doherty schauten sich um. Es gab nur wenige Ziergegenstände. Zwei Porzellanhunde saßen rechts und links auf der Anrichte und bewachten eine Obstschale aus geschliffenem weißem und rotem Glas. Es war kein Obst drin.

Honey drehte sich langsam im Kreis, und ihre Augen fielen auf dies und das, aber sie fand nicht, was sie suchte.

»Irgendwas fehlt hier, mal vom guten Geschmack abgesehen«, sagte Honey, während ihre Augen durch den Raum schweiften.

Mrs. Withers blickte sie streng an. »Wie bitte?«

Honey wollte die Frau nicht ärgern und milderte ihren Kommentar ab. »Männer haben ja gewöhnlich nicht so viel Geschmack, oder?«

»Was soll das denn heißen? Hier ist es sauber und ordentlich!«, verkündete Mrs. Withers entrüstet.

»Jetzt weiß ich's«, sagte Honey. »Kein Fernseher. Kein DVD-Player. Kein Garnichts.«

»Mr. Scrimshaw hielt nicht viel vom Fernsehen«, erklärte Mrs. Withers. »Hat immer gesagt, es wäre reine Zeitverschwendung.«

»Gut«, meinte Doherty, »jetzt wissen wir, dass es keinen Fernseher, keine Recorder und dergleichen gegeben hat, dass also auch niemand eingebrochen hat, um so was zu stehlen. Was fehlt also, Mrs. Withers?«

Honey merkte, dass sich langsam Ungeduld in seine

Stimme schlich. Das Zimmer wirkte unberührt. Die Lichter der Stadt glitzerten hinter Fenstern, die keine Spur von einem gewaltsamen Eindringen zeigten. Auch die Haustür war noch völlig intakt gewesen, das Schloss unbeschädigt.

Doherty fragte Mrs. Withers, wieso sie darauf bestand, dass hier jemand herumgeschnüffelt hatte.

»Es ist alles viel zu ordentlich aufgeräumt«, antwortete sie. »So mochte es Mr. Scrimshaw nicht. Er wollte immer gern nur die Hand ausstrecken und finden, was er brauchte. Es war unordentlich, aber schließlich hat jeder das Recht, so unordentlich zu leben, wie er will.«

Doherty zog eine Schublade der alten Anrichte auf. »Messer und Gabeln«, sagte er. Er fuhr mit dem Finger über das Besteck, das leise klirrte.

Honey konnte sehen, dass er gründlich nachdachte. Doherty war in dieser Stimmung immer zweimal so attraktiv, seine Gesichtszüge noch mal so kantig und maskulin. Honey schaute genauer hin, um zu begreifen, was sie heute so schwach machte.

Er trug unter der üblichen Lederjacke – kurz, mit einem Schlitz hinten und zweireihig geknöpft – ein dunkelgrünes Hemd. Er liebte diese Jacke, obwohl sie an manchen Stellen schon ganz abgeschabt war und sich die Kragenecken hochrollten. Dieser leicht schäbige Look passte auch zu seinen Jeans.

Er hatte die Jacke Sommer wie Winter an. Wenn alles nach Plan verlaufen wäre, hätte er sich heute ein wenig schicker angezogen, vielleicht einen Anzug oder etwas weniger förmliche Freizeitkleidung gewählt. Einen warmen Mantel drüber, vielleicht? Aber obwohl es kalt war, hatte Doherty einfach nichts für solche Dinge übrig. Er sah jedenfalls nicht so aus, als fröre er. Honey hegte den Verdacht, dass sein Körper selbst bei diesem Wetter noch warm sein würde, wenn sie sich an ihn kuschelte. Die Gelegenheit, das zu überprüfen, würde sich leider erst später ergeben.

Mrs. Withers verschränkte die Arme vor ihrer Strickjacke und zog die Brauen in die Höhe. »Hier hat jemand aufgeräumt, und ich war's nicht.«

Sie verkündete das, als wäre sie die Hüterin eines kleinen Königreiches. Des kleinen Königreiches von Mr. Clarence Scrimshaw.

»Und da ist niemand, von dem Sie vermuten würden, dass er oder sie hier aufgeräumt hat – nahe Verwandte zum Beispiel?«

»Nicht dass ich wüsste. Ganz bestimmt nicht im Ort. Aber wenn jemand auftaucht, wäre ich Ihnen dankbar, wenn Sie es mir sagen würden. Der alte Knacker schuldet mir noch Geld fürs Saubermachen und so. Kann ich um diese Jahreszeit gut gebrauchen.«

»Ach wirklich?« Doherty war ganz Ohr.

»Klar, er schuldet mir noch Geld. Wir haben – vielmehr wir hatten – eine Abmachung. Ich habe das ganze Jahr über immer meine Zeit aufgeschrieben, ihm die Aufstellung gegeben, und er hat mich dann zu Weihnachten bezahlt.«

»Ja, ich verstehe, dass Geld gerade jetzt sehr gelegen kommt«, meinte Doherty und nickte. »Ich nehme an, Sie haben für Ihre Familie Geschenke zu kaufen.«

Sie spuckte beinahe vor Verächtlichkeit. »Da liegen Sie ganz falsch. Für Weihnachten habe ich das nie ausgegeben!«, rief Mrs. Withers. »Ich habe damit meinen Sommerurlaub bezahlt! Ich buche immer gleich nach Neujahr. Deswegen haben Mr. Scrimshaw und ich uns doch so gut verstanden. Wir konnten beide Weihnachten nicht leiden. Und Verwandte auch nicht.«

»Wer sonst außer Ihnen hatte noch einen Schlüssel?«, fragte Doherty.

»Soweit ich weiß, niemand.«

Es hatte keinen Sinn, dass Mrs. Withers noch länger blieb, und Doherty sagte ihr das. »Wir schauen uns um, suchen nach Hinweisen und schließen dann ab, wenn wir gehen.«

Mrs. Withers war das recht, und sie betonte noch einmal, wenn ein verschollener Verwandter des Verstorbenen auftauchte, sollten sie den wissen lassen, dass man ihr noch ein hübsches Sümmchen schuldete.

»Die müssen einen Schlüssel gehabt haben«, überlegte Doherty laut. Genau das hatte Honey auch gerade gedacht. »Aber warum aufräumen?«

Eines der anderen Zimmer war verschlossen.

Während Doherty die Schlüssel einzeln musterte, rüttelte Honey noch einmal an der Klinke.

»Das ist aus einem bestimmten Grund verschlossen«, meinte Doherty, ein Auge auf den Schlüsseln, eines auf Honey.

»Na gut, da ist was drin, das Mrs. Withers nicht sehen sollte. Familienschmuck vielleicht?«

Doherty begann, laut nachzudenken. »Was ist hier drin, und wo ist der Schlüssel? Ich frage mich, ob hier irgendwo ein Safe ist …«

Honey wies ihn darauf hin, dass Clarence ein allseits bekannter Geizhals war. »Ein Safe? Nur um einen Schlüssel drin aufzubewahren? Hier bestimmt nicht. Im Büro gibt es vielleicht einen uralten Safe ganz hinten irgendwo in einer finsteren Ecke. Den brauchte er fürs Geschäft. Aber hier nicht.« Honey schüttelte den Kopf. »Safes kosten einen Haufen Geld. Ein Geizhals würde eine altmodischere Methode anwenden, irgendwas Einfaches und sehr Billiges.«

Doherty schaute sie an, als dächte er darüber nach. »Ich könnte völlig den Verstand verlieren, wenn eine Frau ein Hirn hat.«

Honey lächelte. »Hast du aber ein Glück, dass ich nicht nur ein Hirn habe, sondern auch noch umwerfend aussehe!«

Er begann Schubladen aufzuziehen, Ziergegenstände hochzuheben und mit den Fingern hinter den wenigen Bilderrahmen entlangzufahren.

»Solltest du so was machen? Wegen der Fingerabdrücke, meine ich?«

Er verstand sofort, was sie meinte. »Mrs. Withers hat ja nur den Verdacht, dass Dinge verrückt worden sind. Sie kann es nicht beweisen. Es gibt keine Anzeichen, dass eingebrochen wurde. Es wurde – soweit wir wissen – nichts gestohlen. Und wir haben auch keine Ahnung, ob der Ermordete hier Besucher empfangen hat.«

Honey lehnte sich mit verschränkten Armen an die Tür und schaute ihm zu. Hier brauchte man jetzt eine ganz besondere Person, eine mit ganz besonderen Verbindungen. Eigentlich reichte es, wenn man eine ziemlich schräge Großmutter gehabt hatte. Da konnte Honey mitreden. Es war natürlich die Großmutter mütterlicherseits.

Doherty bemerkte, dass sie sich nicht viel – beziehungsweise gar nicht – bewegte, und schaute zu ihr auf. »Was ist? Hilfst du mir, oder was?«

»Na gut.« Sie machte sich auf den Weg in die Küche.

Alice Fairbairn, die Mutter ihrer Mutter, kam mit, natürlich nur in Gedanken, denn sie war schon lange tot. Sie war in ihrer Jugend eine ziemliche Rebellin gewesen. Zunächst einmal war sie in ihrem Städtchen wahrscheinlich die erste Frau gewesen, die Hosen getragen hatte. Damals trugen nur Männer welche, und Frauen in Hosen galten als »lose Weiber«. Alice hatte auch ihr eigenes Geschäft gehabt, einen Gemüseladen mitten in der Stadt. Außerdem hatte sie noch ihre Kinder aufgezogen und abends in einer Kneipe bedient.

279

Man hatte sie immer als geschäftstüchtig bezeichnet, was bedeutete, dass sie vorsichtig mit dem Geld umging. Sie hatte sich nur sehr ungern davon getrennt. Außerdem hatte sie natürlich auch den Wall Street Crash und die große Depression am Ende der zwanziger Jahre miterlebt, und das hatte sie geprägt. Alice traute keiner Bank und hatte ihr Geld unter der Matratze aufbewahrt. Kleingeld und das Geld, mit dem sie Miete, Gas und Strom bezahlte, hatte sie in Dosen versteckt, auf denen »Kaffee« oder »Tee« stand. Dort bewahrte sie auch Schlüssel auf.

Honeys Gedankenkette war einfach. Clarence Scrimshaw war schon ziemlich alt gewesen, und das bedeutete, dass er wohl auch noch von der alten Schule war, was Geld und Sicherheitsvorkehrungen anging. Ein Blick in die Küche verriet ihr viel über den Mann. Die Schränke stammten aus den siebziger Jahren. Sie waren nicht gerade der letzte Schrei, aber sauber und praktisch.

Honey schaute eine Sammlung blauweiß gestreifter Tongefäße durch. Hatte Scrimshaw Tee getrunken oder Kaffee vorgezogen? Aus irgendeinem Grund vermutete sie, dass er ein Teetrinker gewesen war.

Sie strich mit den Fingern über die Vorratsdosen. Sie hob den Deckel von der Dose mit der Aufschrift »Tee« und begann darin zu wühlen.

Sie hatte erwartet, trockene Teeblätter oder Teebeutel zu berühren. Stattdessen war da etwas Knubbeliges, leicht Feuchtes. Sie zog es heraus und hielt es vorsichtig zwischen zwei Fingern.

»Igitt!« Sie rümpfte die Nase. Der alte Scrimshaw war extrem sparsam gewesen und hatte seine Teebeutel mehr als einmal benutzt! Dieser hier hatte bereits ein kleines Pelzchen.

Ihr drehte sich schon der Magen um. Weiterwühlen kam

jetzt nicht mehr in Frage. Sie kippte kurzerhand den Inhalt der Dose aus. Die Teebeutel landeten in einem feuchten Haufen auf der Arbeitsfläche. Der Schlüssel fiel mit heraus.

»Bingo!«

Sie wischte den Schlüssel mit einem Geschirrhandtuch ab und machte sich auf den Weg zu der verschlossenen Tür.

Doherty hatte ihren Schrei gehört und eilte aus dem Wohnzimmer herbei.

»Habe ich da Triumphgeheul vernommen?«

»Jawohl! Bingo!«

»Du bist ja sehr mit dir zufrieden.«

»Völlig zu recht.«

Er schüttelte den Kopf und lächelte ungläubig. Er hatte sie noch nie ausdrücklich für ihre weibliche Logik gelobt, aber dieses Lächeln sagte alles.

Er stand dicht hinter ihr, berührte ihren Rücken. Es war, als hätte man einen Schutzschild hinter sich. Einen warmen Schutzschild.

»Er hat einen Safe in der Küche?« Er schaute erwartungsvoll.

Sie schüttelte den Kopf. »Nein. Der Schlüssel hier lag in der Teedose, und weil ich ihn gefunden habe, sollte ich wohl auch diejenige sein, die ›Sesam, öffne dich!‹ rufen darf, oder?«

Er zuckte resigniert die Achseln. »Du hast ja den Schlüssel in der Hand.«

Honey seufzte zufrieden. »Was werden wir finden? Gold oder dreckige kleine Geheimnisse?«

Im Zimmer hinter der Tür herrschte völlige Dunkelheit. An der Wand war ein Lichtschalter. Doherty langte um Honey herum und knipste ihn an. Eine einzelne Glühbirne, die von der Decke hing, leuchtete auf. Sie war für die Größe des Raumes viel zu klein, aber die einzige Lichtquelle.

»Es ist eine Bibliothek«, sagte Honey staunend.

»Eine düstere Bibliothek«, bemerkte Doherty, der die Nase ein wenig krauste, während er alles in sich aufnahm.

Er hatte recht. Die Glühbirne kämpfte auf verlorenem Posten, die Bücher konnte man gerade so ausmachen. Sehr viele Bücher.

Ein schwerer Eichentisch mit geschnitzten, in der Mitte verdickten Beinen, stand mitten im Zimmer. Zwei Stühle, beide mit Rückenlehnen aus gedrechselten Streben, waren rechts und links vom Tisch aufgestellt. Auf der Tischplatte lagen verschiedene Dinge gestapelt, das meiste waren Aktenordner verschiedener Art und Farbe.

Bücher mit den verschlungenen Buchstaben M & S, dem Logo von Mallory und Scrimshaw, auf dem Rücken nahmen etwa drei Viertel des Raumes ein. Der Rest war mit Leinenbänden ausgefüllt, deren goldene Prägebuchstaben trotz ihres hohen Alters noch wie neu glänzten.

Honey erinnerte sich daran, was John Rees ihr erzählt hatte, und schaute sich die Bände genauer an. Sie hatte keine Ahnung, ob sie wertvoll waren, aber die meisten schienen ihr ziemlich alt zu sein. Es waren nicht nur Bibeln, aber fast alle Werke beschäftigten sich mit Glauben und Religion. Sämtliche Bücher waren entschieden zu alt, um von Mallory und Scrimshaw herausgegeben zu sein.

Honey ging langsam an den Regalen entlang und musterte sie. »Sie sind nach Themen unterteilt. Siehst du?«

Doherty folgte ihrem Finger, der über die Reihen wanderte.

»*Keltischer Glaube. Keltische Rituale. Die Kelten und das Okkulte.*« Er zog eines der Bücher aus dem Regal und schlug es auf. Ein Blatt Papier fiel heraus.

Honey hob es auf und faltete es auseinander.

Doherty nahm es ihr aus der Hand und las es.

Honey wartete. Er faltete das Blatt Papier wieder zusammen. »Und? Was steht drin?«

»Habe ich dir von dem Messer erzählt, mit dem er umgebracht wurde?«

»Es war scharf. So viel habe ich kapiert.«

»Ja, er ist mit einem sehr scharfen Messer erstochen worden. Aber ich habe dir doch schon erzählt, dass wir bei ihm kein Messer gefunden haben, sondern einen Brieföffner.«

»Und die sind nicht für ihre Schärfe bekannt.«

»Genau.«

»Die tatsächliche Mordwaffe konntet ihr nicht finden?«

»Nicht nur das, wir haben uns überlegt, dass der Täter das Messer außerordentlich geschätzt haben muss. Dann haben wir uns gefragt, warum das wohl so ist. Uns fiel nur ein, dass es entweder zu leicht zu identifizieren oder zu wertvoll war.«

»Und was hat das mit dem Blatt Papier zu tun?«

»Dies ist eine Quittung für ein rituelles Messer.«

»Das Messer, das der Mörder verwendet hat, nehme ich an. Ich wüsste zu gern, wo es ist,«

»Es sieht so aus, als hätte Mr. Scrimshaw nicht nur Bibeln gesammelt«, sagte Doherty, während er mit dem Finger an einem alten Buch nach dem anderen entlangstrich. »Schau dir mal das an. *Vorchristliche Religionen in Europa.*«

»Heidnisch«, meinte Honey. »Das muss es sein.«

»Unser guter Mr. Scrimshaw hat sich für Okkultes interessiert, wenn auch vielleicht nur als Sammler.«

Honey hatte sich inzwischen weiter umgesehen. Ihre Augen waren auf einen der Ordner gefallen, die auf dem Tisch lagen. Sie schlug ihn auf.

Doherty blickte ihr über die Schulter. »Zeitungsausschnitte.«

Sie blätterte den Ordner langsam durch. »Und in allen geht es um Moorleichen. Darüber weiß ich einiges.«

»Erklär mir das.«

Einiges von Lindseys Wissen war auch bei Honey hängengeblieben. Sie hatte nicht immer auf Durchzug geschaltet, wenn ihre Tochter begeistert erzählte und richtig in Schwung kam.

»Moorleichen sind Überreste von Menschenopfern aus keltischen Zeiten. Du hast dir vielleicht schon gedacht, dass man sie in Mooren findet – in Torfmooren überall in Europa.«

»Das ist wirklich ein nettes weihnachtliches Thema.«

Sie schaute ihn an, erwartete einen leicht glasigen Blick und ein kaum unterdrücktes Gähnen. Aber so war es nicht. Er hatte sein ernstes Gesicht aufgesetzt, das er sich für wichtige Themen aufhob.

»Nun«, sagte sie und freute sich, dass sie so gut Bescheid wusste, »ich erinnere mich an einen Moorleichenfund in den Midlands, an dem noch ziemlich gut zu sehen war, auf welche Art und Weise man das Menschenopfer vollzogen hatte. Den zertrümmerten Schädel der Leiche führte man auf einen Schlag auf den Kopf mit einem schweren Gegenstand zurück, aber das Opfer wurde auch erwürgt, hatte den Strick noch um den Hals, und man hatte es zudem erstochen. Drei Todesarten. Drei ist in den meisten Religionen eine heilige Zahl, weißt du. Ganz bestimmt war das bei den alten Britanniern auch so.«

Steve musterte sie immer noch mit seinem ernsten Polizistenblick, zog das Blatt Papier aus der Tasche und reichte es ihr. Es war spröde und wirklich alt. Die Quittung war am 23. Februar 1956 ausgestellt. Es war ein rituelles Messer gekauft worden, zum Preis von fünfundsiebzig Guineen*.

---

* Vor der Dezimalisierung der britischen Währung war die Guinee 21 Shilling wert, einen Shilling mehr als das Pfund. Besonders Waren des gehobenen Bedarfs wurden in Guineen ausgepreist.

»Gut. Also war es wertvoll.«

»Und derjenige, der es benutzt hat, wollte es behalten – aber trotzdem ein Messer am Tatort hinterlassen.«

Doherty spitzte die Lippen, während er darüber nachdachte. »Aber warum sich die Mühe machen, dem Mann einen Brieföffner ins Ohr zu rammen?«

»Damit es wie ein heidnisches Menschenopfer aussah?«

»Vielleicht. Wir müssen da Erkundungen einziehen, herausfinden, ob Scrimshaw mit solchen Kreisen Kontakt hatte und, wenn ja, wer noch dazugehörte.«

Honey wusste genau, wen man da fragen sollte. »Ich könnte bei John Rees anrufen.«

Doherty schaute sie durchdringend an. Er wusste nur zu gut, dass John Rees ganz der ihre wäre, wenn sie wollte. Bisher hatte sie nicht gewollt.

»Er ist nichts als ein guter Freund.«

Doherty nickte. »Klar doch.«

John Rees versprach, sich der Sache anzunehmen und sie zurückzurufen.

Zweiunddreißig

Der einzige Wermutstropfen – oder vielmehr das einzige etwas zu heftige Auflodern – am ersten Weihnachtsfeiertag waren die blauen Flammen auf dem Plumpudding. Der war ohnehin reichlich mit Alkohol getränkt, und der zusätzliche Brandy und das Flambieren machten ihn zu einem spektakulären Erfolg. Leider sengte sich Smudger dabei ein wenig die Augenbrauen an.

»Kein Problem!«, rief er, während er sich mit der flachen Hand auf die Brauen klatschte. »Die waren sowieso viel zu buschig.«

Die Gäste und die Hotelangestellten saßen an Achtertischen zusammen. Die Gespräche waren lebhaft und fröhlich, sogar an den Tischen von Mallory und Scrimshaw. Allerdings fiel Honey auf, dass Samantha Browns Mundwinkel nach unten hingen. Sie bemerkte auch, dass die junge Frau sehr nervös reagierte, wenn David Longborough zu ihr hinschaute.

Honey lehnte sich zu Doherty hinüber und tat so, als küsste sie ihn aufs Ohr. »Glaubst du, Longborough war vielleicht ein bisschen eifersüchtig, weil Samantha Mr. Scrimshaw so viel Aufmerksamkeit geschenkt hat?«

»Möglich ist alles.«

Honeys Aufmerksamkeit wanderte schon wieder weiter. Ihre Augen waren überall, wie es sich für eine Hotelbesitzerin gehörte.

Ihren Berechnungen bei der Verteilung der Plätze zufolge hätte es keinen freien Stuhl geben dürfen. Überall standen Namensschildchen. Auf dem freien Platz an dem einen besonderen Tisch hätte Professor Jake Truebody sitzen sollen.

Honey wollte gerade aufstehen, als Clint kam.

»Noch etwas Wein?«

Clint spielte den Gastgeber, eine gestärkte weiße Serviette über dem muskulösen Arm. Er trug einen Kilt und ein weißes Rüschenhemd. An seiner Fliege blinkten kleine Lämpchen in Höchstgeschwindigkeit. Auch den Heiligenschein aus Lametta hatte er wieder aufgesetzt, der wirkte jedoch inzwischen schon ein wenig ramponiert.

Als Honey noch einmal die Tische entlang schaute, war ein weiterer Stuhl frei geworden. Lindseys Platz. Wo immer der Professor war, ihre Tochter würde nicht weit sein.

Am liebsten wäre sie auf der Stelle in Professor Truebodys Zimmer gestürmt, wäre ihr nicht ein anderes Ereignis dazwischengekommen.

Anna krampfte die Finger um die Tischkante. »Meine Fruchtblase ist geplatzt.«

Sofort machte sich Verwirrung breit, gepaart mit ebenso viel hektischer Aktivität.

Smudger, der Chefkoch, ging gerade mit einer Sauciere voller Brandysahne von einem Gast zum anderen. Jetzt stand er bei Anna. Sein rosiges Gesicht war kreidebleich geworden.

»So unternehmen Sie doch was!«, rief jemand.

Wer immer das gesagt hatte, hatte den falschen Mann angesprochen.

»Für Entbindungen bin ich hier nicht zuständig. Nur fürs Essen«, antwortete Smudger, hielt die Sauciere umklammert und schüttelte den Kopf.

»Das ist alles außerordentlich lästig. Könnte jemand bitte nach einem Krankenwagen telefonieren?« Diese Forderung hatte Patricia Pontefract gebellt.

»Bereits passiert«, erwiderte Doherty.

Honey war schon bei Anna. »Bringt sie in die Bar. Da ist es kühler.«

Gemeinsam halfen Honey und Mary Jane Anna auf die Beine. Die Ärmste hatte sich völlig zusammengekrümmt, schnaufte schwer und hielt ihren Bauch mit den Armen umfangen. Doherty folgte den dreien in ehrfürchtigem Abstand.

»Stell dir nur vor«, schwärmte Mary Jane, die vor Aufregung bebte, »eine heilige Geburt! Ich meine, Anna bringt ihr Kind am Weihnachtstag zur Welt!«

»Ich bin am ersten Weihnachtstag geboren.« Das sagte kein Geringerer als Honeys Lieblingsaushilfstellerwäscher, Rodney (Clint) Eastwood, der Mann mit dem Ganzkörper-Tattoo und dem alternativen Lebensstil.

»Sag ihr, dass sie tief atmen soll«, riet Doherty, der sich immer noch in gebührendem Abstand hielt und diese weisen Worte an Honey richtete.

Anna blies die Backen auf und schnaufte tief, stieß die Luft zischend wieder aus.

»So ist's gut«, lobte Honey. »Mach einfach, was Steve gesagt hat, dann wird alles gut. Polizisten kennen sich mit so was aus.«

Doherty senkte die Stimme. »Den Teufel tu ich. Ich bin nur ein stinknormaler Bulle.«

»Ach was. Ihr Jungs müsst doch andauernd auf dem Rücksitz von Streifenwagen Kinder holen.« Mary Jane sprach im Brustton der Überzeugung.

»Hab ich noch nie gemacht«, erwiderte Doherty.

»Nie?«, fragte Honey.

»Nie. Kann bitte mal jemand nachsehen, ob der Krankenwagen schon da ist? Verdammt und zugenäht, die haben es doch nicht weit.« Seine Stimme klang völlig aufgelöst, und Honey musste lächeln.

Clint kniete neben Anna und hielt ihr die Hand. »Durchhalten, Anna, Baby. Durchhalten. Und mach dir keine Sorgen wegen Vicky. Um die kümmere ich mich schon.«

Vicky war Annas erstes Kind. Clint hatte gut reden. Er würde sich nicht die Mühe machen müssen, auf das kleine Mädchen aufzupassen. Denn Vicky lebte im Augenblick bei Annas Mutter in Polen. Aber trotz seines wilden Aussehens war Clint im Herzen ein Romantiker und wusste genau, wie man Charme verbreitet.

Bis in die Bar war zu hören, dass die Eingangstür heftig aufgestoßen wurde. Alle seufzten erleichtert auf, am lautesten Doherty. Er hatte die Wahrheit gesprochen, als er eingestand, noch nie ein Baby auf dem Rücksitz eines Streifenwagens geholt zu haben. Auch anderswo nicht. »Nur weil ab und zu mal in den Schlagzeilen steht, dass ein Polizist das gemacht hat, heißt das noch lange nicht, dass wir alle das tun.«

Die Hilfstruppen – in Form zweier Sanitäter und eines großen Krankenwagens, der vor der Tür parkte – waren eingetroffen.

»Dann wollen wir mal sehen«, sagte einer von ihnen. Er kniete sich hin und tastete Annas Bauch ab.

»Die Wehen kommen schon sehr häufig. Da nehmen wir Sie besser sofort mit, sonst wird das Baby noch in der Bar geboren.«

»Wäre aber praktisch«, meinte sein Kollege. »Dann könnten wir gleich auf das Kleine anstoßen.«

»Clint? Kommst du mit?«, rief Anna. Ihre Augen waren auf sein Gesicht geheftet.

»Versuch mal, mich davon abzuhalten, Anna, Baby.«

»Na, das war aber reizend von unserem Freund Clint«, meinte Mary Jane, sobald der Trupp von Sanitätern mit Clint und Anna fort war.

Honey and Doherty tauschten Blicke. Sie sagten nichts, aber beide waren sich darüber im Klaren, dass Clint nicht nur mitgegangen war, weil er so reizend war.

»Also gut«, sagte Doherty und rieb sich die Hände. »Dann wollen wir doch mal sehen, ob noch was vom Nachtisch übrig ist, was?«

Er nahm Mary Jane beim Arm und wollte sich nun auch bei Honey unterhaken, als diese sich entschuldigte.

»Ich muss mir nur rasch die Nase pudern.«

»Kurz mal pinkeln«, interpretierte Doherty.

»Das auch.«

Honey ging auf die Damentoilette, hielt sich aber nicht lange dort auf. Ein rascher Blick ins Restaurant hatte sie davon überzeugt, dass Lindsey immer noch nicht wieder an ihrem Platz war. Und Professor Truebody nicht an seinem. Honey war sich nicht sicher, was sie erwartete, machte sich aber auf in Richtung Treppe.

»Hab ich dich doch erwischt, Honey.«

Das meinte Doherty wörtlich. Er hatte sie mit einem Arm umfangen und drückte sie an seine männliche Brust. Mit der anderen Hand hielt er ihr einen Mistelzweig über den Kopf.

Er küsste sie.

»Frohe Weihnachten«, sagte er, als sie ihren Kuss unterbrachen.

»Frohe Weihnachten«, brachte sie hervor, sobald sie wieder bei Puste war. »Da hast du mich aber überrascht.«

»Ich habe mir kurz überlegt, ob ich dir auf die Damentoilette folgen sollte, doch das hätte in meiner Personalakte nicht gut ausgesehen. Stimmt was nicht?«

Ihr Blick wanderte zur Treppe. Er wollte wissen, was los war.

»Professor Jake Truebody hat beim Mittagessen gefehlt. Hast du das nicht gemerkt?«

»Und Lindsey?«

»Ist auch verschwunden, aber ich weiß, wo die beiden sind. Ich wollte gerade hochgehen und sie stellen.«

»Meinst du, das ist eine gute Idee?«

Honey seufzte. »Keine Ahnung. Wirklich nicht. Ich weiß nicht mal, ob Carl ihn tatsächlich kannte. An seinen Namen kann ich mich nicht erinnern, aber das heißt natürlich nicht, dass er kein Bekannter von Carl war. Wenn aber nicht, wie ist er dann an unsere persönlichen Daten gekommen?«

»Online.«

»Wie meinst du das?«

Er zögerte, ehe er fortfuhr. »Ich wollte dir das noch nicht sagen, aber John Rees hat mich angerufen. Er hat bestätigt, dass es Gerüchte gegeben habe, Scrimshaw hätte was mit okkulten Kreisen zu tun gehabt, das wären jedoch nur Gerüchte. Und dann hat er mir noch was erzählt.«

Sonst zögerte Doherty nie. Er posaunte gewöhnlich alles aus, wie es war. Und dann konnte man sehen, wie man damit fertig wurde. Aber jetzt zögerte er.

»Da war noch was?«

Steve nickte. »Es hat mit deinen persönlichen Angaben zu tun.«

Eine Sekunde lang hatte Honey den furchterregenden Verdacht, dass jemand ihre Identität gestohlen und bei ihrer Bank einen Kredit in Höhe der britischen Staatsschulden aufgenommen hatte.

»Mach schon.«

»Wir haben uns von Mann zu Mann unterhalten. Er hat in letzter Zeit online nach einer Partnerin gesucht.«

»John Rees? Das glaube ich nicht!«

Sie war schockiert. John Rees stand ganz oben auf der Liste begehrenswerter Männer, die keine Frau im reiferen Alter von der Bettkante schubsen würde.

»Er hat gemeint, dass es ihm schwerfällt, sich auf konventionelle Art mit Frauen zu verabreden. Das kann ich verstehen. Heutzutage ist es ja wirklich nicht leicht, eine Frau anzusprechen, ihr ein Kompliment zu machen und ein bisschen kecker zu werden, ohne dass sie gleich schreit, man hätte sie sexuell belästigt oder gar vergewaltigt. Also hat er sich im Internet umgesehen und eine Website für die Generation sechzig plus gefunden, die *Schnee auf dem Dach* heißt. Da stehen deine persönlichen Daten drin, einschließlich der Vorgeschichte mit deiner Ehe und so weiter. Und wenn man da auf einen Link klickt, wird man auf eine Internetseite umgeleitet, in der sich Informationen über Carl befinden. Das war kinderleicht.«

»Mir ist ganz schwindlig.«

»Zu viel Wein und gutes Essen?«

»Nein, zu viel Einmischung von Seiten meiner Frau Mutter. Und ich hatte keine Ahnung, dass John Rees so alt ist.«

»Ist er nicht. Er mag nur reife Frauen – dich zum Beispiel.«

Sie trat ihm vors Schienbein.

Ihre Aufmerksamkeit wanderte wieder zur Treppe und zu dem, was Jake Truebody vielleicht gerade mit ihrer Tochter anstellte.

Doherty kapierte das sofort. »Möchtest du, dass ich mit dir nach oben gehe?«

Sie nickte. »Diesem Angebot kann ich einfach nicht widerstehen.«

Lindsey hatte beschlossen, dass sie Jake Truebodys Zimmer am besten ungestört noch einmal durchsuchen könnte, während er sein Weihnachtsessen verzehrte.

Diese Rechnung war nicht aufgegangen. Er hatte sie erwischt.

Sobald sie in seinem Zimmer war, hatte Jake die Tür hinter ihr zugeschlagen und sich dagegen gelehnt, ihr jegliche Fluchtmöglichkeit versperrt.

»Ich wollte nach den Handtüchern sehen.«

Jake Truebody schüttelte den Kopf. »Ich glaube Ihnen kein Wort.«

Obwohl ihr Herz raste, ließ sie sich nichts anmerken, Sie reckte das Kinn vor und schaute ihm fest in die Augen.

»Ich glaube Ihnen auch nicht, Professor Jake Truebody – oder wer immer Sie sein mögen.«

Falls sie ihn damit auf dem falschen Fuß erwischt hatte, ließ er es sich zumindest nicht anmerken.

»Was soll das denn heißen?«

»Jake Truebody wird seit zwei Monaten vermisst. Und sein Wagen wurde am Meer gefunden.«

Er lachte leise und schüttelte den Kopf. »Nein, das stimmt nicht.«

Lindsey runzelte die Stirn. »Ich habe den Bericht und den Brief seiner Schwester gelesen.«

Er lächelte listig. »Die Polizei ist da nicht sehr sorgfältig vorgegangen. Verständlich vielleicht. Mein Wagen stand ja noch draußen vor dem Haus. Aber das habe ich alles aus gutem Grund getan. Ich musste verschwinden. Würden Sie mir glauben, wenn ich Ihnen sagte, dass ich für den FBI arbeite?«

»Nein.«

»Schlaues Kind. Würden Sie mir glauben, dass ich Priester bin?«

»Na ja, Historiker sind Sie jedenfalls nicht!«

Der Mann, der als Jake Truebody eingecheckt hatte, warf den Kopf zurück und lachte laut.

»Da haben Sie mich erwischt. Ich habe tatsächlich nicht viel Ahnung, nicht einmal von amerikanischer Geschichte, obwohl ich das eigentlich gedacht hatte. Was hat mich denn zu Fall gebracht?«

»Dass Sie gesagt haben, Pocahontas hätte John Smith geheiratet. John Smith hat sie das Leben gerettet, geheiratet hat sie John Rolfe.«

Er verzog das Gesicht und klatschte sich mit der flachen Hand an die Stirn. »Ein unverzeihlicher Fehler. Mein wirkliches Spezialgebiet ist Ahnenforschung. Familienstammbäume. Das ist in dem Gefängnis, wo ich einmal in der Woche als Geistlicher Dienst hatte, sehr gut angekommen. Die Leute interessieren sich sehr für ihre Ahnen und wollen wissen, wo sie herkommen.«

Lindsey neigte den Kopf zur Seite und versuchte sich Jake Truebody als Priester vorzustellen. Plötzlich war die Situation nicht mehr ganz so furchterregend.

»Und wie heißen Sie wirklich?«

Sein Verhalten schien milder und freundlicher zu werden. »Pfarrer John Smith – können Sie das glauben?«

Lindsey verwarf den Gedanken, dass sie vielleicht ein wenig zu leichtgläubig war, und nickte. »Das will ich mal hinnehmen. Und warum sind Sie hier?«

»Weil jemand eine Bibel gestohlen hat. Eine sehr wertvolle Bibel, eine der ersten gedruckten Ausgaben der übersetzten lateinischen Vulgata. Ich habe ihre Spur bis hierher verfolgt. Sie wurde an einen Sammler geschickt, den es nicht interessierte, woher sie kam, solange sie in seinem Bücherregal stand. Ich wollte ihn besuchen, aber dann habe ich erfahren, dass er ermordet wurde.«

»Clarence Scrimshaw.«

»Ja.« Er grinste. »Ein Name wie aus einem Roman von Charles Dickens, wie ich schon sagte.«

Sie merkte, wie sie sich weiter entspannte. »Ja, so ähnlich wie Scrooge. Und sein Geschäftspartner hieß Mallory.«

»So ähnlich wie Marlowe. Ist das nicht seltsam?«

Das fand Lindsey auch. »Und warum sind Sie dann nicht zur Polizei gegangen?«

Jake Truebody – oder Pfarrer John Smith, wie er sich nun nannte – machte einen Schritt von der Tür fort. Zum ersten Mal, seit sie ins Zimmer gekommen war, hatte sie es nicht mehr so eilig, ihm zu entfliehen. Sie wollte die Geschichte hören, aber ob sie sie glauben würde …

»Mein Kunde wollte die Sache nicht an die große Glocke hängen, und deswegen bin ich während des Mittagessens nach oben gegangen, damit der Freund Ihrer Mutter – dieser Polizist – nicht auf den Gedanken kommt, mir dumme Fragen zu stellen. Schließlich hatten ja sogar Sie schon vermutet, dass ich nicht derjenige bin, als der ich mich ausgegeben habe. Und Sie sind ja wahrhaftig kein Profi.«

Sie schlang sich die Arme um den Leib. »Aua! Wenn das eine Spitze sein sollte, die hat gesessen!«

»Wir sind uns sehr ähnlich, Sie und ich. Beide haben wir keinen Vater. Meiner ist gestorben, als ich noch sehr jung war.«

Sie empfand Mitleid, war aber immer noch neugierig. »Und warum nennen Sie sich dann Jake Truebody, und wieso haben Sie seinen Pass benutzt?«

Er schaute grimmig. »Ich habe die Genehmigung, diesen Namen zu benutzen, wann immer ich will. Die Kirche hat genauso viele Spione wie die CIA und verwendet die gleichen Strategien. Das wussten Sie wohl nicht?«

Sie schüttelte den Kopf. Nein, das wusste sie nicht.

Er erzählte ihr von der Nacht des großen Schneesturms, als er sich zweier Männer erbarmt hatte, die gerade eben aus dem Gefängnis entlassen worden waren, in dem er ab und zu Genealogie unterrichtete.

»Und einer von denen hieß Crispin Mallory«, erklärte er.

»Wie in Mallory und Scrimshaw?«

Er nickte. »Der Sohn des verstorbenen Geschäftspartners von Scrimshaw. Er hält sich hier irgendwo in der Nähe versteckt auf. Da bin ich mir ganz sicher.«

Lindsey kribbelte es vor Aufregung am ganzen Leib. Meine Güte, war das spannend!

»Meinen Sie, er hat einen Schlüssel zu der Wohnung – der über dem Büro?«

Der Mann, der sich jetzt Pfarrer John Smith nannte, schaute missmutig drein. »Na, das ist ja interessant. Woher wissen Sie das denn?«

»Meine Mutter hat sich dort umgeschaut. Sie wollte nachsehen, wer Mr. Scrimshaw Weihnachtskarten oder Geschenke geschickt hatte. Im Büro waren ein paar Karten, wenn auch hauptsächlich von Lieferanten. In der Wohnung waren keine, und sie war auch ziemlich leer.«

»Und Geschenke?«

Lindsey zuckte die Achseln. »Eine Angestellte hat gesagt, es wäre eines gekommen, aber die Polizei konnte nichts finden.« Ihre Augen weiteten sich. »Meinen Sie, es hat wirklich ein Paket gegeben? Meinen Sie, es war die Bibel drin, die Sie suchen?«

Er nickte. »Könnte sein.«

»Wie kommen wir da rein?«

»Hm«, meinte er und kaute nachdenklich auf der Unterlippe herum. »Schauen wir mal.« Dann erhellte ein Lächeln sein Gesicht. »Ich kann ja mal so tun, als wäre ich ein FBI-Mann mit einem Schlüsselbund mit Dietrichen in der Tasche.«

Dreiunddreißig

Honey klopfte an die Tür von Zimmer sechsunddreißig. Als keine Antwort kam, trommelte sie noch einmal lauter.

Doherty stand mit den Händen in den Hosentaschen da und wartete geduldig.

»Die Vögel sind ausgeflogen. Dafür kann aber die Tür nichts. Hör auf, sie so zu schlagen.«

Honey entspannte ihre Faust und holte tief Luft. »Ich habe mich noch nie ins Liebesleben meiner Tochter einge-mischt, aber diesmal habe ich so ein komisches Gefühl im Bauch …« Sie hatte den Hauptschlüssel dabei.

»Wenn es deinem Seelenfrieden dient.«

Schon steckte der Schlüssel im Schloss.

Irgendwie war Honey erleichtert, dass das Zimmer leer, das Bett ordentlich gemacht und alles am richtigen Platz war.

»Was hättest du eigentlich getan, wenn du die beiden zu-sammen im Bett gefunden hättest?«, erkundigte sich Do-herty.

Honey schluckte. »Wenn mir so was passiert, entschul-dige ich mich gewöhnlich und sage, dass ich mich im Zim-mer geirrt habe.«

»Und in diesem Fall?«

Sie zögerte keine Sekunde. »In diesem Fall hätte ich ihn rausgeschmissen und ihr gesagt, sie sollte sich jemanden in ihrem Alter suchen.«

»Krass.« Doherty nahm sie beim Arm. »Komm, wir ge-nehmigen uns einen Drink und denken mal drüber nach.«

Am Fuß der Treppe wehte ihnen das Aroma von Glühwein und Mandarinen entgegen. Als sie wieder in den Speiseraum kamen, hatte man dort bereits umgeräumt, und es wurden Gespenstergeschichten vorgetragen.

Gerade las David Longborough eine vor, die er selbst geschrieben hatte. Honey hörte nur halb hin, aber sie schien von einem Vampir und seiner menschlichen Freundin zu handeln. Nach einer Weile stellte sich ihr Ohr auf den Klang seines weichen Baritons ein. Sein Vortrag war sehr selbstbewusst, er verlieh jeder Person eine eigene Stimme, so wie es ein Schauspieler machen würde.

Doherty setzte sich neben sie. »Ich hab dir was zu trinken mitgebracht«, flüsterte er.

Sie reagierte nicht. Ihre Aufmerksamkeit war ganz auf David Longborough konzentriert. Sie berührte Steves Hand.

»Steve, das ist er. Das ist die Stimme von Clarence Scrimshaw. Die Stimme des Mannes, der die Buchung vorgenommen hat.«

Doherty wartete, bis Longborough zu Ende gelesen hatte, und nahm ihn dann zur Seite.

»Wie wäre es, wenn Sie mit mir in die Bar kommen und wir uns da in Ruhe über Mr. Scrimshaw unterhalten würden?«

Lammfromm ging der immer noch viel zu selbstsichere David Longborough mit. Er glaubte, es wartete nur ein freundliches Schwätzchen über seinen verstorbenen Arbeitgeber auf ihn. Mit einem Zeichen bat Doherty Honey, ihnen zu folgen.

»Ein Brandy wäre jetzt gerade richtig«, meinte David Longborough. »Und ehrlich gesagt, wenn diese blöden Rauchergesetze nicht wären, würde ich noch um eine Zigarre bitten. Ich nehme an, da gibt es keine Möglichkeit …?«

Honey schüttelte den Kopf. »Tut mir leid.«

Auf Longboroughs aufgeblasener Miene zeigte sich keinerlei Bedauern. »Und der Brandy? Ich finde, es spricht sich besser, wenn die Stimmbänder gut geschmiert sind.«

»Nicht nötig. Ich fange mal das Gespräch an. Lassen Sie uns kurz über den Diebstahl von Clarence Scrimshaws Kreditkarte reden.«

Longborough hatte einen breiten Mund, der sich stets bereitwillig zu einem Schmunzeln, einem Lächeln oder einem Grinsen verzog. Jetzt nicht. Jetzt zog er sich zusammen.

»Ich weiß nicht, was Sie meinen.«

»O doch. Mrs. Driver hat Ihre Stimme als die erkannt, die die Buchung vorgenommen hat.«

Honey bemerkte, dass Doherty wohlweislich verschwieg, dass sie das gerade eben erst begriffen hatte. Die Ähnlichkeit war ihr aufgefallen, als er seine Kurzgeschichte mit verschiedenen Stimmen vorgelesen hatte.

»Scrimshaw hat herausgefunden, dass Sie die Feier mit seiner Kreditkarte bezahlt hatten. Sie sind in Streit geraten, und Sie haben ihn umgebracht. Sie hatten von seinen Verbindungen zu okkulten Zirkeln gehört und hofften, dass man einen seiner Bekannten aus dieser Szene verdächtigen würde.«

Nun fischte Doherty wirklich im Trüben. Es war im Augenblick ja nicht mehr als eine Vermutung, dass Clarence Scrimshaw Kontakte zu okkulten Gruppen hatte. Der Mann hatte lediglich Bücher gesammelt, die sich mit verschiedenen Religionen befassten. Aber Doherty nahm an, dass Longborough davon nichts ahnte. Er wollte nichts weiter als ein Geständnis.

Longboroughs Selbstsicherheit schmolz dahin. Er wirkte verängstigt, schüttelte energisch den Kopf. »Nein. So war es nicht. Es sollte doch ein Scherz sein. Nur ein Scherz.«

»Und wie ist dann die Kreditkarte wieder in Scrimshaws Manteltasche gekommen?«

Longborough ließ den Kopf hängen und sprach zu seinen Händen. »Ich habe Samantha dazu angestiftet. Sie hat ihm einen Weihnachtskuss gegeben und ihn umarmt, und dabei hat sie ihm die Kreditkarte in die Tasche gesteckt. Das war ganz leicht. Er hatte schon immer eine Schwäche für sie. Aber ich schwöre, es ging ihm gut, als wir das Büro verlassen haben, Herr Inspektor. Ehrlich!«

»Und der Zimmerschlüssel im Hotel?«, meinte Honey. »Ich gehe mal davon aus, dass Sie sich den Schlüssel für Mr. Scrimshaws Zimmer haben geben lassen und ihn dann am nächsten Morgen in den Schlitz geworfen haben.«

Longborough nickte. »Das polnische Mädchen hat mir den Schlüssel gegeben, aber ich musste dafür nicht unterschreiben. Sie schien es ziemlich eilig zu haben. Das kam mir natürlich sehr gelegen.«

Honey benötigte keine weiteren Erklärungen. Anna hatte es eilig gehabt, weil sie auf die Toilette musste.

Es war schwer zu sagen, aber Honey hatte das Gefühl, dass Doherty Longborough glaubte. Man würde ihn nicht wegen Mordes anklagen, doch auf jeden Fall wegen Kreditkartenbetrugs. Ebenso Samantha Brown, wenn auch nur als Komplizin.

Doherty setzte sich rücklings auf einen Stuhl, so dass er die Ellbogen auf die Lehne stützen konnte.

»Mr. Scrimshaw fand also, dass Weihnachten Blödsinn ist?«

»Ganz sicher. Wir haben sogar die Weihnachtsdekoration und die Kugeln selbst bezahlt. Er hat uns keinen Penny dazugegeben.«

Doherty strich sich übers Kinn. »Also haben Sie sich überlegt, wie Sie sich selbst hinter seinem Rücken einen Weihnachtsbonus genehmigen könnten.«

Longborough ließ den Kopf hängen. »Ich sitze ganz schön in der Scheiße, was?«

»Ziemlich tief.«

Doherty informierte ihn über seine Rechte und rief dann auf dem Revier in der Manvers Street an und bat, dass jemand ihn mit dem Auto abholen sollte.

Samantha Brown, die man der Komplizenschaft bezichtigte, fuhr gleich mit. Honey tat die junge Frau leid. Longborough hatte sie offensichtlich völlig in seinen Bann gezogen. Denn aus welchem anderen Grund würde eine Mutter Weihnachten – selbst nur einen Teil des ersten Feiertags – von ihrem Kind getrennt verbringen?

Doherty blieb vor der Tür zum Speiseraum stehen. Er hatte die Schultern hochgezogen und die Daumen in den Hosenbund gehakt.

Honey merkte, dass er über die ganze Angelegenheit nachdachte.

»Also, der hat ihn nicht umgebracht«, sagte er schließlich. »Es ging nicht um's Geld, jedenfalls soweit es David Longborough betrifft. Was kommt nun als Nächstes?«

»Ich muss jetzt erst noch ein paar alte Geister austreiben«, antwortete Honey.

Inzwischen hatte man ohne Pause weiter Geistergeschichten erzählt oder vorgelesen. Doherty wollte auch noch mit einigen anderen Anwesenden sprechen. Honey schlug vor, dass sie die Leute jeweils herausbitten könnte.

Doherty stimmte zu. »Ich will ja die Gesellschaft nicht auflösen.«

Als Erste kam Mrs. Finchley an die Reihe. Sie hatte den Schock über den Tod des Mannes, für den sie gearbeitet und nach dem sie sich verzehrt hatte, noch nicht ganz verwunden. Sie hatte fast den ganzen Tag lang betrübt ausgesehen.

»Sie werden am Empfang erwartet«, flüsterte ihr Honey ins Ohr.

Mrs. Finchley erkundigte sich nicht, von wem sie erwar-

301

tet wurde. Sie leistete auch keinen Widerstand. Es war, als bewegte sie sich automatisch. Ihr Körper reagierte unabhängig vom Gehirn.

Honey führte sie vom Empfang in die Bar. Mrs. Finchley erhob keine Einwände. Sie war sehr viel zahmer geworden. Aber sympathischer war sie Honey deswegen nicht. Sie war ganz bestimmt keine Teamspielerin, hielt sich für etwas Besseres als ihre Kolleginnen und Kollegen und schaute hochnäsig auf sie herab.

Auch ihr Kleidungsstil half da nicht. Sie trug ein glitzerndes Twinset und eine doppelreihige Perlenkette. Ihrer Frisur nach zu urteilen, hatte sie eine große Vorliebe für die Regierungszeit von Margaret Thatcher, zumindest für die Jahre, ehe die ehemalige Premierministerin sich von einem Frisör hatte beraten lassen.

Doherty saß auf einem Barhocker. Er forderte Mrs. Finchley auf, sich auf den Hocker daneben zu setzen.

»Mir wäre ein Stuhl lieber. Barhocker sind einfach nicht damenhaft«, antwortete sie und schaute den Hocker an, als wäre er die Eigernordwand.

Doherty einigte sich mit ihr auf einen Klubsessel mit Zierknöpfen und knubbeligen Füßen.

Honey stand am Ende des Bartresens, das eine Auge auf die Tür gerichtet, falls jemand sie störte, das andere auf Mrs. Finchley.

Doherty bediente sich lässig aus einem Schälchen mit gesalzenen Erdnüssen. Er hatte sein Jackett abgelegt. Zur Feier des Tages hatte er seine Moderegeln über Bord geworfen und trug ausnahmsweise Hemd und Schlips. Er sah cool aus. Und er wirkte sehr ruhig.

Honey strich sich ihr rotes Kleid über den Hüften glatt. Auch sie hatte sich Mühe gegeben. Das Kleid sah toll aus; volle Punktzahl für das neue Mieder, das alles von knapp oberhalb der Taille bis auf den halben Oberschenkel bestens im Griff hatte. Dazu trug sie hochhackige schwarze Schuhe.

Doherty begann mit seinen Fragen. »Mrs. Finchley, eine zuverlässige Zeugin hat uns berichtet, dass Sie am Abend des Mordes an Clarence Scrimshaw vor der Feier das Hotel verlassen haben. Sie machten dabei einen recht aufgebrachten Eindruck. Können Sie mir sagen, woran das lag?«

Mrs. Finchley zuckte ihre ausladenden Schultern. »Das ist ganz einfach. Ich hatte vergessen, mir ein schönes Duschgel mitzubringen. In den Hotels stellen sie einem immer nur so winzige Fläschchen hin.« Sie wirkte nervös und wich seinem Blick aus.

Doherty war inzwischen von seinem Barhocker gerutscht und ging auf und ab.

Honey ahnte, was er vorhatte. Er wusste etwas, von dem Mrs. Finchley nichts wusste, und er würde es ihr gleich mitteilen.

»Sind Sie am Tag des Mordes etwa um halb fünf in Mr. Scrimshaws Hotelzimmer gegangen?«

»Nein, ganz gewiss nicht. Ich bin eine anständige Frau. Und ich glaube, dass Mr. Scrimshaw zu diesem Zeitpunkt überhaupt noch nicht angekommen war.«

Doherty warf ihr einen anklagenden Blick zu. »Eines der Zimmermädchen hat berichtet, dass es gesehen hat, wie die Tür zu seinem Zimmer zuging, fünf Minuten nachdem Sie das Hotel verlassen hatten. Möchten Sie Ihre Aussage noch korrigieren?«

Mrs. Finchley fiel die Kinnlade herunter, und die Augen schienen ihr fast aus dem Kopf zu fallen. »Nein, er war nicht da.«

»Warum sagen Sie das, Mrs. Finchley? Etwa, weil er Sie da nicht haben wollte? Weil eine andere da drin bei ihm war? Ist das der Grund, Mrs. Finchley?«

Einen kurzen Augenblick schien Mrs. Finchleys rundliches Gesicht zu erstarren, dann entgleiste es völlig. Sie begann zu plärren, laut wie ein wiehernder Esel.

»Krokodilstränen!«, rutschte Honey heraus. Doherty sah sie ratlos an.

»Ihre Augen sind trocken. Das ist nur ein Geräusch.«

Die meisten Männer gerieten völlig aus dem Tritt, wenn Frauen auf die Tränendrüsen drücken. Doherty bildete da keine Ausnahme.

Er schaute von Honey zu Mrs. Finchley und wieder zurück.

Er flehte sie wortlos an: Mach was!

Honey brüllte Mrs. Finchley an. »Stellen Sie das Geheule ab, Lady. Ihre Augen sind völlig trocken.«

Kurz schien Mrs. Finchley die Luft wegzubleiben.

»Na los! Sagen Sie uns, was Sie wissen. Wir sind ganz Ohr. Hat der alte Geizkragen Scrimshaw es mit einer anderen getrieben? Hatte er eine junge Schlampe bei sich auf dem Zimmer oder nicht? Los, machen Sie schon, Mrs. Finchley. Raus mit der Sprache!«

Mrs. Finchleys Gesicht verwandelte sich von schlaff in marmorhart. Sie seufzte abgrundtief.

»Mr. Scrimshaw war nicht im Zimmer.«

Honey legte den Kopf zur Seite. Mary Janes Gespenstergeschichten waren ja unterhaltend, aber das hier versprach noch spannender zu werden.

»Wenn also Scrimshaw nicht im Zimmer war, wer war es denn dann?«

Mrs. Finchley hob ihre hellen, kugelrunden Augen. »Mallory. Eamon Mallory. Zumindest … sah er ihm so ähnlich.« Sie runzelte die Stirn, als sie versuchte, die Erinnerung wieder heraufzubeschwören. »Er sah aus wie Eamon. Ich meine, so, wie er damals aussah, nicht so, wie er heute aussehen würde.«

Honey schnitt eine Grimasse. Mit dieser Antwort hatte sie nun gar nicht gerechnet. Sie vermutete, dass es Doherty ganz ähnlich ging.

»Entschuldigung, aber wer ist Eamon Mallory?«, fragte sie.

Mrs. Finchley schluckte schwer, ehe sie antwortete. »Eamon Mallory war Clarence Scrimshaws Geschäftspartner. Er ist vor einigen Jahren gestorben.«

»Habe ich auch schon gehört«, antwortete Honey. Doherty schaute sie vorwurfsvoll an. »Hat mir Alistair erzählt«, erklärte sie.

Doherty reckte das Kinn vor. Er stand jetzt mit verschränkten Armen vor Mrs. Finchley. »Wollen Sie damit sagen, dass Sie in diesem Hotel einen toten Mann gesehen haben?«

Mrs. Finchley nickte. »Obwohl er es natürlich nicht gewesen sein kann. Er ist ja wirklich tot.«

»Wo sind Sie hingegangen, nachdem Sie das Hotel so eilig verlassen hatten?«

»Ich bin zu Clarence, zu Mr. Scrimshaw. Ich wollte ihm sagen, dass ich Eamon Mallory – oder seinen Geist – gesehen hatte. Seit zwanzig Jahren hatte ich ihn nicht erblickt. Er ist vor zwanzig Jahren zu Weihnachten weggegangen, mit einer jüngeren Frau nach Amerika durchgebrannt. Das Letzte, was ich gehört habe, war, dass sie alle bei einem Brand in seinem Haus umgekommen sind ...« Sie hielt inne. »Oder vielleicht nicht alle«, meinte sie mit tief gerunzelter Stirn, während sie sich krampfhaft bemühte, sich an Einzelheiten zu erinnern. »Eamon ist auf jeden Fall umgekommen, und ich glaube, das Kind auch. Bei Daisy bin ich mir nicht so sicher.«

»Daisy? Wie lautete ihr Mädchenname?«

»Barber, glaube ich. Ich habe sie nie kennengelernt. Ich vermute, Mr. Scrimshaw hatte auch ein Auge auf sie geworfen. Sie war wohl Schriftstellerin – eine amerikanische Schriftstellerin. Jetzt fällt mir wieder ein, dass er sich in seinem Büro eingeschlossen hat, nachdem bekannt wurde, dass die beiden zusammen durchgebrannt waren.«

»Sie sind also zu Mr. Scrimshaw gegangen, um ihm zu berichten, dass Sie Eamon Mallory gesehen hatten – obwohl der angeblich tot war. Um welche Zeit sind Sie im Büro gewesen?«

Sie zuckte die Achseln und schien verwirrt. Honey vermutete, dass sie Schwierigkeiten hatte, die Geschehnisse irgendwie in eine sinnvolle Reihenfolge zu bringen.

Honey wiederholte die Frage, die Doherty bereits gestellt hatte. »Um welche Zeit sind Sie im Büro gewesen?«

Mrs. Finchley blinzelte wie jemand, der gerade aus einem tiefen dunklen Bergwerk ans Tageslicht kommt.

»Etwa um Viertel nach fünf, denke ich. Da hat er noch gelebt. Ich schwöre es. Ich habe ihn nicht umgebracht!«, rief sie und schaute die beiden flehentlich an. »Es gibt viele Leute, die einen guten Grund hatten, ihn umzubringen. Aber ich nicht. Ich habe ihn geliebt. Ich habe ihn wirklich geliebt.«

Doherty nahm Honey zur Seite.

»Meinst du, dass sie eine Frau ist, die jemanden aus Leidenschaft ermorden könnte?«, fragte er.

»Möglich wäre es schon. Aber erst würde sie eine Schokoladentorte niedermachen. Trostessen kommt bei Herzensangelegenheiten immer zuerst. Das ist bei uns Mädels nun mal so.«

Doherty schüttelte ungläubig den Kopf. »Frauen!«

Mrs. Finchley durfte jetzt gehen, aber nicht bevor sie ihnen verraten hatte, wer einen guten Grund gehabt hätte, ihren ehemaligen Arbeitgeber ins Jenseits zu befördern.

»Eamon hätte einen, wenn er noch lebte. Sie haben sich

oft über Bücher gestritten. Sie haben beide wie besessen antiquarische Bücher gesammelt.«

»Mrs. Finchley, haben Sie je wertvolle Bibeln in Mr. Scrimshaws Besitz gesehen?«, fragte Honey.

Die Frau zuckte die Achseln. »Alte Bücher habe ich gesehen. Einige davon könnten Bibeln gewesen sein.«

»Haben Sie eine sehr alte gesehen, die kurz vor Weihnachten eintraf?«

Mrs. Finchley schüttelte den Kopf. »Aber das heißt nicht, dass keine angekommen ist. Mr. Scrimshaw hat immer sehr geheimnisvoll getan mit den Büchern, die er sammelte.«

Honey wandte sich an Doherty und sagte laut, was sie gerade dachte. »Meinst du, dass Eamon Mallorys Sohn das Feuer vielleicht überlebt haben könnte?«

»Das lasse ich überprüfen.«

Schon gab er die Anfrage telefonisch durch.

»Wenn der Sohn noch lebt, dann könnte er der Eindringling im Hotel gewesen sein.«

»Warum sollte er hier einbrechen?«

»Er hat etwas gesucht.«

Doherty schüttelte den Kopf. »Das glaube ich nicht. Ich glaube, der Eindringling, der dich letzte Nacht in Stiefeln und Bademantel erwischt hat, hat nichts mit unserem Fall zu tun. Und er hat dich nicht verletzt. Du hast dir die Beule zugezogen, als du gegen die Wand gedonnert bist. Vielleicht war es jemand, der nur seinen Schlüssel vergessen hatte.«

Da war sich Honey nicht so sicher. Sie versuchte, sich in Gedanken wieder in diese Situation zurückzuversetzen.

Was Doherty als Nächstes sagte, gab ihrem Gedächtnis einen Stoß.

»Ich fand dein Outfit ja ausgesprochen heiß.«

Ja, ihr Outfit war denkwürdig und ungeheuer schlicht gewesen: ein Frotteebademantel und ein Paar kniehohe

Stiefel – und noch was, eine ganze Kleinigkeit, aber eine wichtige Kleinigkeit.

»Ich hatte noch Parfüm aufgelegt. Chanel No. 5. Aber ich habe auch Parfüm gerochen – kein Aftershave, sondern Parfüm.«

»Es war also eine Frau?«

»Bingo! Ein weiblicher Hotelgast, der sich aus dem Zimmer eines männlichen Hotelgastes schlich und nicht entdeckt werden wollte.« Sie zuckte resigniert die Schultern. »Das passiert andauernd. Aber normalerweise versuchen die nicht andere Leute niederzuschlagen, wenn man sie erwischt.«

»Wer steht als Nächstes auf unserer Hitliste?« Doherty lehnte an der Bar und dachte nach.

»Entschuldigung?«, ertönte eine leise Stimme.

Der Leiter der Buchhaltung von Mallory und Scrimshaw, Paul Emmerson, war hereingekommen. Sein Gesicht wies keinerlei weiche Rundungen auf. Seine Nase war eine schnurgerade Linie, sein Mund ein Strich, seine Wangenknochen und sein Kinn kantig. Er schaute von Doherty zu Honey Driver.

»Ich müsste mal mit Ihnen reden.«

Er sah schrecklich blass aus, aber Leute, die sich ihren Lebensunterhalt mit Geldangelegenheiten verdienten, wirkten oft so, als gingen sie nur nachts aus dem Haus, fand Honey.

»Ich habe vorhin gesehen, wie Ihre Tochter das Hotel verlassen hat«, sagte er zu Honey. »Ich dachte, ich traue meinen Augen nicht, als ich bemerkt habe, wer sie begleitet hat.«

Honey hatte das dumpfe Gefühl, dass ihr seine weitere Aussage nicht gefallen würde, und fragte, wieso, was und wen zum Teufel er denn meinte.

Doherty war wieder ganz Mr. Cool. »Könnten Sie uns

aus unserer Unwissenheit befreien, Mr. Emmerson? Können Sie uns verraten, wer Lindsey begleitet hat?«

»Crispin Mallory. Eamons Sohn. Das muss er gewesen sein. Er sieht seinem Vater so ähnlich.«

Honey und Doherty richteten sich beide auf.

»Erzählen Sie mir mehr«, bat Doherty den Mann.

»Ich ging gerade zur Garderobe, wo mein Mantel hängt, um meiner Frau ihre Kopfschmerztabletten zu holen. Sie hat oft Kopfweh«, fügte er mit leicht gequältem Gesichtsausdruck hinzu. »Es ist wohl der Wein«, meinte er dann mit einem nervösen Lachen.

Honey ließ sich nicht täuschen. Dieser Mann versuchte sie davon abzulenken, welche Leidenschaften in seiner Ehe brodelten beziehungsweise eben nicht brodelten. Das interessierte sie alles nicht. Sie hatte ein ganz ungutes Gefühl im Magen.

»Den Mann, den Sie mit meiner Tochter gesehen haben, kennen wir unter dem Namen Professor Jake Truebody. Wollen Sie behaupten, dass er Eamon Mallorys Sohn ist?«

Er nickte. »Ja. Er sieht genauso aus wie sein Vater, wenn auch natürlich zwanzig Jahre jünger. Ich habe schon damals in den guten alten Zeiten bei Mallory und Scrimshaw mit den beiden zusammengearbeitet. Ich hoffe, dass ich mich bald zur Ruhe setzen kann, und ich weiß, dass ich nicht mehr der Jüngste bin, aber mein Gedächtnis ist noch gut, und ich habe auch die alten Fotos gesehen, die Clarence aufgehoben hat. Ich habe keinen Zweifel, der Mann, den Sie Jake Truebody nennen, ist Crispin Mallory.«

Doherty forderte den Buchhalter auf, sich zu setzen. »Dieser Sohn, wo hat er sich denn bisher aufgehalten?«

»In den Vereinigten Staaten. Seine Mutter war eine amerikanische Schriftstellerin aus Idaho. Crispin ist erst in den USA geboren. Ich habe immer angenommen, dass er in

Amerika zusammen mit seinem Vater bei diesem Brand umgekommen ist, aber das ist offensichtlich nicht der Fall. Er sieht genauso aus wie Eamon. Da gibt es keinen Zweifel.«

Honey saugte zischend die Luft ein.

Doherty bedankte sich bei ihm. Kaum hatte sich die Tür hinter ihm geschlossen, als er schon eine Nummer auf seinem Handy tippte.

»Besorgt mir alles, was ihr vom FBI über einen gewissen Crispin Mallory kriegen könnt.« Er gab durch, was er nun erfahren hatte.

Es würde eine Weile dauern, bis die Informationen einträfen. Honey wollte zwar unbedingt ihre Tochter finden, aber sie hatte keine Ahnung, wo sie mit der Suche anfangen sollte. Doch ihr war einiges klar geworden. Genau wie Anna es gesagt hatte, wollte Jake Truebody nicht gesehen werden. Sie hatten immer angenommen, dass er Honey oder der Polizei aus dem Weg ging. Jetzt hatte sie eher den Verdacht, er hätte besonders darauf geachtet, den älteren Angestellten von Mallory und Scrimshaw nicht zu begegnen, weil er seinem Vater so ähnlich sah!

Honey ging wieder zur Geisterlesung. Sie erblickte ihre Mutter sofort in der Zuhörermenge, denn die überglänzte alle in ihrem Kostüm, das schillerte wie eine Sardine im Mondschein.

Inzwischen las Patricia Pontefract ihre Geschichte. Die Worte rollten ihr von der Zunge, als wären es Perlen der Weisheit, die sie auf jeder Seite verstreut hatte. Sie fand sich offensichtlich großartig.

Man hatte, etwa zwei Schritte von den Zuschauern entfernt und etwas erhöht, ein Lesepult aufgestellt. Patricia Pontefract stand in voller Breite aufrecht dahinter.

Honey setzte sich neben ihre Mutter und flüsterte ihr ins

Ohr: »Was alles hast du auf deiner Website über mich veröffentlicht?«

Ihre Mutter versuchte, sie zum Schweigen zu bringen. »Psst. Ich höre zu.«

Wenn sich Gloria Cross einmal etwas vorgenommen hatte, dann ließ sie sich nicht davon abbringen. Außerdem übernahm sie nie für irgendwas die Verantwortung.

»Du könntest das Leben deiner Enkelin damit gefährdet haben«, zischte Honey.

Ihre Mutter schaute sie verwirrt an. »Das kann ich mir nicht vorstellen. Das waren doch nur Sachen über die Familie.«

Honey schüttelte verzweifelt den Kopf. Dieses Gespräch brachte sie nicht weiter. Sie stand auf.

»Wo gehst du hin?«, flüsterte ihre Mutter.

»Meine Tochter suchen.«

»Ich komme mit.«

»Nein, bleib du lieber hier. Es könnte gefährlich werden.«

»Gerade sagst du noch, dass das Leben meiner Enkelin in Gefahr ist. Natürlich komme ich da mit.«

»Nein, das hier ist eine Polizeiangelegenheit. Bleibe da und genieße die Lesung. Mary Jane würde das auch wollen.«

»Na gut, aber sobald das hier zu Ende ist, komme ich nach. Mary Jane kann mich fahren. Sie hat nur ein, zwei Gläschen Sherry getrunken, das geht schon.«

Honey hatte ausreichend Erfahrung mit Mary Janes Fahrstil im stocknüchternen Zustand. Der Gedanke daran, wie sie alkoholisiert fahren würde – selbst nach nur einem einzigen winzigen Sherry –, war einfach zu schrecklich. Honey riet ihrer Mutter, im Hotel zu bleiben und ihren Anruf abzuwarten.

Inzwischen war sie wieder bei Doherty. Der bemerkte ihre

verängstigte Miene. »Noch keine Neuigkeiten. Stimmt was nicht mit dir?«

Aus dem Speiseraum hörte man Applaus, und dann tauchte Patricia Pontefract auf. Ihr Gesicht war ganz rosig vor Zufriedenheit.

»Denen hab ich's gezeigt!«, konstatierte sie voller Selbstbewusstsein und Stolz. »Ich muss mit Ihnen sprechen!«

Diese Forderung war an Doherty gerichtet, der sich nicht ganz sicher war, wen er hier vor sich hatte.

Honey klärte ihn auf. »Das ist Patricia Pontefract. Sie ist Schriftstellerin. Mallory und Scrimshaw war ihr Verlag.«

»Aha.« Doherty bat sie mit einer Handbewegung, Platz zu nehmen.

Patricia Pontefract rührte sich nicht vom Fleck. Sie stand nur da und nahm viel Raum ein. Das fiel ihr nicht weiter schwer. Sie war eine massige Frau und trug heute ein weites Kleid, unter dem die halbe Elfenmannschaft aus dem Sommernachtstraum locker Platz gehabt hätte. Um den Hals hingen ihr eine Menge Ketten, die bei jedem Atemzug durch ihren wogenden Busen zum Klirren gebracht wurden.

Sie hatte leuchtenden dunkelvioletten Lidschatten aufgetragen. Ihre tief in den Höhlen liegenden Augen sahen aus, als wären sie mit Amethysten eingefasst. Sie kniff sie zu Schlitzen zusammen, als sie den Blick auf Honey richtete.

»*Sie* brauchen wir nicht. Es handelt sich um ein Privatgespräch.«

Genau wie Honey es erwartet hatte, reagierte Doherty nicht sonderlich positiv auf Patricia Pontefracts brüsken Ton. Sein Mund war nur noch ein Strich, seine Schultern strafften sich.

»Ein Privatgespräch über welches Thema?«

»Natürlich über ein Verbrechen! Ich muss mit einem Polizisten sprechen, und Sie sind doch einer, oder nicht?«

»Doch, das bin ich. Und wenn es um ein Verbrechen geht, ja, dann können Sie mit mir reden.«

»Schön.« Sie wandte sich an Honey. »Bitte gehen Sie.«

Doherty ließ sich nicht einschüchtern.

»Dies hier ist Mrs. Drivers Hotel. Sie ist zudem die Verbindungsfrau zwischen der Kripo und dem Hotelfachverband und arbeitet mit mir an diesem Fall. Ich bestehe darauf, dass sie hierbleibt.«

»Nein, kommt nicht in Frage.«

»O doch.«

Die beiden standen da wie zwei Stiere, die gleich aufeinander losgehen würden. Außer dass Patricia Pontefract weiblich war und also eine Kuh. Eine blöde Kuh, fand Honey, ja, diese Beschreibung passte.

Doherty wich keinen Zentimeter. Wäre er ein Stier gewesen und ein Torero hätte mit ihm im Ring gestanden, dann hätte Honey ihr Geld auf den Stier gesetzt. So leicht gab Doherty nicht auf.

Das weite Zeltkleid dehnte sich noch mehr aus und sackte dann wieder zusammen, als sich Patricia Pontefract, laut seufzend, geschlagen gab.

»Sie wissen doch, dass Clarence ein Heide war, nicht?«

»Meinen Sie damit, dass er sich in weiße Gewänder gehüllt hat und zweimal im Jahr in Stonehenge herumgehüpft ist?«

Patricia Pontefract schürzte die Lippen. »Heiden nehmen ihre Religion sehr ernst, lieber Herr Polizist. Der alte Glaube ist auf unserer Insel noch tief verwurzelt, sogar im christlichen Kalender. Selbst Weihnachten wurde ja auf einen Tag gelegt, an dem die Heiden die Wintersonnenwende feiern. Sie haben in dieser Jahreszeit gefeiert und Dank gesagt, genau wie wir.«

Doherty war nicht sonderlich beschlagen in Sachen Religionen. Honey konnte ihm an der Nasenspitze ablesen, dass er überlegte, wohin dieses Gespräch wohl führen mochte. Sie selbst hatte eine leichte Veränderung in Patricia Pontefracts Akzent bemerkt. Er war zu weich, um amerikanisch zu sein. War sie vielleicht Kanadierin? Der Akzent war kaum merklich, aber er war da.

»Sie meinen also, dass Mr. Scrimshaw Weihnachten aus gutem Grund für Humbug gehalten hat. Weil er kein Christ war, sondern ein Heide«, sagte Doherty.

»Genau. Ich denke, Sie sollten das bei Ihren Untersuchungen im Hinterkopf behalten. Sie werden vielleicht feststellen, dass es nützlich ist.«

Und dann machte sie auf dem Absatz kehrt, und ihr Kleid wehte wie eine riesige Windhose hinter ihr her.

»Also«, sagte Honey, »Scrimshaw war nicht Scrooge, sondern ein Heide.«

Doherty war skeptisch. »Ich glaube das nicht.«

»Ich hätte nicht übel Lust, die Sache mit der Naturanbetung und dem mitternächtlichen Tanz ums Feuer näher zu untersuchen«, sinnierte Honey.

»Lass die Kleider vorläufig noch an. Warte bis zum Sommer, wenn wir nach Korfu fliegen.«

Die Autorin war in die Damentoilette abgerauscht.

Honey schaute auf die geschlossene Tür. »Das ist mal eine Frau, die unerschütterlich an sich glaubt.«

Doherty verkniff sich jeden Kommentar. Er las gerade eine SMS, die er bekommen hatte.

Honey verrenkte sich den Hals, aber von so weit weg war das Display zu klein, als dass sie hätte mitlesen können.

Er hob die Augen, ohne den Kopf zu heben. Dadurch wirkte er gleichzeitig bedrohlich und sehr attraktiv. Honey spürte, wie sich alles in ihr zusammenzog, so aufregend fand sie ihn.

»Was meinst du, wohin der Professor mit Lindsey gegangen sein könnte?«

Honey merkte, wie ihr kalte Schauer über den Rücken liefen. »Die könnten überall sein.«

Ihre Blicke kreuzten sich, und dann redete er weiter.

»Professor Jake Truebody und Crispin Mallory sind ein und dieselbe Person. Er hatte auch noch andere Identitäten. Gerade hat er unter dem Namen Wes Patterson eine Gefängnisstrafe abgesessen und ist wegen irgendeines Formfehlers frühzeitig entlassen worden. Unser Freund ist beim FBI als Mörder und Lügner wohlbekannt. Um es mit ihren Worten zu sagen, er ist das reinste Chamäleon und kann sich nach Belieben in alle möglichen Leute verwandeln. Er hatte im Laufe der Jahre Dutzende von Identitäten, aber sein Geburtsname war Mallory – Crispin Mallory. Er hat Professor Truebody zusammen mit einem ebenfalls an diesem Tag entlassenen Mithäftling umgebracht und dann das Haus angezündet. Der Komplize ist ebenfalls spurlos verschwunden. Wahrscheinlich irgendwo in Zement begraben.«

Honey konnte an seinem Tonfall ablesen, dass es einige weitere Dinge gab, die für sie nicht gerade eine frohe Kunde sein würden.

»Was noch?«

»Lass uns ins Auto steigen, dann erzähle ich dir den Rest. Jetzt müssen wir erst einmal Lindsey finden.«

»Dann los.« Sie schnappte sich ihre alte wattierte Jacke, die zusammengeknüllt hinter dem Bartresen lag, schob sich an Doherty vorbei und machte sich auf den Weg nach draußen.

»Honey, wir wissen doch gar nicht, wo sie hingegangen sind.«

»Er hat keinen Grund, Lindsey umzubringen.« Das klang

sehr selbstbewusst, auch wenn sie im Inneren ganz unsicher war. »Warum sollte er?«

Doherty war nicht mit dem Auto gekommen, und auf dem Revier war über die Feiertage nur eine Rumpfmannschaft, die entsprechend langsam reagierte.

Sie winkten ein Taxi herbei. Doherty bat den Fahrer, sie in die Manvers Street zu bringen. Er wollte sich auf die Suche nach Lindsey machen, wenn er auch nur raten konnte, wo sie damit beginnen sollten.

Honey saß auf der Kante der Sitzbank. Doherty hockte schweigend da. Nur der Taxifahrer, ein Asiat mit einem schmalen Bärtchen, machte den Versuch, ein Gespräch anzufangen.

»He, wie ist das Hotel da? Ist das in Ordnung?«

»Prima.«

Normalerweise reagierte Honey, wenn man sie nach dem Green River Hotel fragte, mit der ganzen Werbenummer. Heute nicht.

Von ihrem Schweigen nur mäßig beeindruckt, plapperte der Fahrer munter weiter.

»Da scheint's ja ganz schön schräg zuzugehen. Ich meine, ich hab hier schon ziemlich coole Typen abgeholt, auch ziemlich abgefahrene Typen. Aber neulich, das war wirklich die Höhe. Ein Pferd! Da hab ich ein Pferd als Fahrgast gehabt. Können Sie das glauben? Klar, kein echtes Pferd. So eines aus dem Weihnachtsspiel, lila mit gelben Punkten, so eines, in das zwei Typen reinsteigen, damit es rumgaloppieren kann. Kapiert? Na ja, und dann hat die süße Kleine vom Empfang den Barmann geholt, dass er mir hilft, das Ding rauszutragen. Kann ja nicht kapieren, warum eine, die so super aussieht, in einem Hotel arbeitet. Die hätte Model werden sollen. Aber vielleicht hat sie ja auch beschlossen, von hier abzuhauen, wenn Sie wissen, was ich meine. Ist vielleicht ausgebüxt. Gerade eben ist sie in mein Taxi eingestiegen, allerdings diesmal nicht mit einem Pferd, sondern mit einem wirklich seltsamen älteren Typen.«

Honey dämmerte plötzlich, was der Mann da gesagt hatte.

»Meine Tochter! Sie reden von meiner Tochter! Wo haben Sie sie hingebracht?«

»He, ich kann doch nicht einfach verraten, wo ich meine Fahrgäste hinbringe. Datenschutz.«

Doherty wedelte ihm mit seinem Dienstausweis vor der Nase herum.

»Polizei. Und jetzt sagen Sie mir, wo Sie die beiden hingefahren haben.«

Vierunddreißig

Etwa gegen vier Uhr nachmittags begann es zu schneien. Der Abend dämmerte. Die Flocken waren groß und tanzten zur Erde, genau wie auf den Weihnachtskarten im altmodischen Stil, denen mit der Postkutsche vor dem verschneiten Gasthaus.

Leute, die sich ins Freie gewagt hatten, um nach dem üppigen Festtagsmahl einen kleinen Verdauungsspaziergang zu machen, verschwanden schnell wieder in ihren Häusern. Ein warmes Zimmer, noch mehr Essen und ein Glas Glühwein lockten, dazu die Weihnachtsansprache der Königin und Wiederholungen der beliebtesten Fernsehprogramme.

Cobblers Court war menschenleer.

Lindsey Driver war nackt bis auf die Unterwäsche und bibberte bereits.

»Schau nur gut hin«, hatte er zu ihr gesagt. »Siehst du, wie kalt es ist? Noch ein paar Stunden, dann merkst du das nicht mal mehr. Dann bist du nämlich tot. Ich komme zurück und fessle dich noch richtig, damit alles gut passt. Es wird so aussehen, als hättest du perverse Sexspielchen mit deinem Liebhaber getrieben – mit Jake Truebody. Doch dann ist die Sache wohl aus dem Ruder gelaufen, und du bist einfach erfroren, bist kalt wie eine tiefgefrorene Schweinehälfte.«

Lindsey starrte mit weit aufgerissenen Augen aus dem Fenster im oberen Stockwerk, durch das es mächtig zog. Jake Truebody hatte sie absichtlich in den kältesten Teil des Zimmers verfrachtet.

Unbeleuchtete Fenster starrten aus den gegenüberliegenden Gebäuden zurück, die der Nebel zu grau verhüllten

Phantomen gemacht hatte. Und jetzt schneite es auch noch. Besser konnte die viktorianische Atmosphäre nicht sein, oder?

Lindsey vermochte sich ganz leicht in die Zeit zurückzuversetzen, als auf den dunklen Straßen noch Gaslaternen flackerten und Pferdehufe und Wagenräder über das Kopfsteinpflaster rumpelten. O ja, und als Jack the Ripper im Londoner Stadtteil Whitechapel sein Unwesen trieb.

Inzwischen schneite es heftiger. Der Wetterbericht hatte gemeldet, dass der Schneefall später am Abend aufhören würde, der Himmel aufklaren und die Temperatur auf minus fünf Grad sinken würde.

Wie britisch, sich in einer solchen Situation mit dem Wetter zu beschäftigen! Lindsey versuchte, die Vorhersage und ihr wahrscheinliches Schicksal zu verdrängen. Sie musste positiv denken.

»Pfarrer nennen sich nicht John Smith«, murmelte sie und war wütend, dass der Schweinehund, mit dem sie hierhergekommen war, sie wie einen Rollbraten zusammengeschnürt hatte.

Was immer dieser Typ war und wer er auch sein mochte, sie glaubte nicht, dass er Priester war. Sie glaubte auch nicht, dass er Professor Jake Truebody war, aber das hatte er ja bereits zugegeben, darüber brauchte sie sich schon mal nicht mehr den Kopf zu zerbrechen.

Tatsache war, dass sie keinen Priester kannte, der in so guter körperlicher Verfassung war wie dieser Kerl. Der musste regelmäßig trainiert haben, um so einen Körper zu bekommen. Nicht dass sie ihn ohne Klamotten gesehen hätte. Aber sie hielt sich für sehr aufmerksam und war außerdem ziemlich phantasievoll. Unter seinem konservativen Anzugjackett hatte der Mann Muskelpakete, dass einem die Knie weich wurden.

Also, er war nicht Pfarrer John Smith und nicht Professor Jake Truebody. Wer war er dann?

Sie schaute ihn flehentlich an.

Jake/John oder wie er auch immer hieß, war sensibel genug, um zu kapieren, was ihre Augen ihn fragten.

Er schüttelte milde tadelnd und mit einem verächtlichen Lächeln den Kopf.

»Selbst schuld. Du hast rumgeschnüffelt. Wenn du nicht angefangen hättest, so viele Fragen zu stellen, hätten wir all das hier nicht machen müssen.«

Wir? Wer war denn wir?

Er lächelte. »Tut mir leid, Schätzchen, aber ich habe keine Zeit für Umarmungen und Küsse. Ich will dich ja nicht wieder aufwärmen, weil du dann unter Umständen länger aushältst als geplant. Na, ich muss jetzt gehen. War schön, dich kennenzulernen. Hätte vielleicht Spaß gemacht, dich noch näher kennenzulernen«, fügte er hinzu und hinterließ mit seinen Fingern eine eisige Spur auf ihrer Schulter. »Jammerschade, aber keine Chance. Du weißt zu viel, doch unter diesen Umständen, ich hab ja noch ein paar Minuten, da kann ich dir genauso gut auch den Rest erzählen, was?«

Nein! Sie schüttelte den Kopf und presste die Augen fest zu. Dann würde sie Zeugin sein – wenn sie überlebte.

»Also los. Die Wahrheit, die ganze Wahrheit und nichts als die Wahrheit, so wahr mir Gott helfe.«

Darüber musste er herzlich lachen. »Als Kind hat man mich ausgesetzt. Ich habe damals geglaubt, dass meine Eltern tot wären. Tatsächlich war nur mein Vater tot, aber das wusste ich nicht. Das war alles Scrimshaws Schuld. Der hat erfahren, dass ich noch lebte, aber meiner Mutter jahrelang nichts davon erzählt. Deswegen bin ich vielleicht so ein böser Junge geworden. Ich war clever. Nur mit meiner Cleverness habe ich überlebt. Na gut, manchmal bin ich auch im

Knast gelandet. Da habe ich angefangen, mich für Ahnenforschung zu interessieren. Ich habe herausgefunden, wer meine Eltern waren, nachgeforscht und meine Rache geplant, denn du musst wissen, dass das Feuer, das meinen Vater umgebracht hat, Brandstiftung war. Scrimshaw hat meinem Vater nie verziehen, dass er ihm meine Mutter gestohlen hatte. Er hat jemanden angeheuert, der ihn umgebracht hat. Das Haus wurde niedergebrannt. Ich bin schon immer viel herumgestromert, und an dem Tag war ich meilenweit vom Haus entfernt. Niemand wusste, wo ich war. Niemand wusste, wo ich herkam. Und ich war damals erst etwa vier Jahre alt. Ich landete in einem Waisenhaus. Später dann auch im Gefängnis, aber nicht oft. Wie gesagt, meine Cleverness hat mich am Leben gehalten. Ahnenforschung, da habe ich mich wirklich reingekniet. Dann hatte ich noch das Glück, dass mich dieser trottelige Geschichtsprofessor aus dem Knast an dem Tag, als ich gerade entlassen worden war, mit zu sich nach Hause genommen hat. Mein Kumpel aus dem Bau, den sie ein paar Stunden vor mir rausgelassen hatten, war schon da. Besser hätte es nicht kommen können. Den Professor hatten wir schnell überwältigt. Und dann konnte ich in seine Identität schlüpfen. Das Internet ist schon klasse. Was ich da nicht alles über meine Familie rausgefunden habe! Tolle Sache, das Internet, meinst du nicht? So habe ich auch meine biologische Mutter wieder aufgespürt. Ich habe ihr erzählt, was ich wusste, und sie hat den Rest ergänzt. Es wäre eine Untertreibung, zu sagen, dass sie wütend war.«

Der Mann, von dem sie inzwischen wusste, dass er Crispin Mallory war, warf den Kopf in den Nacken und lachte.

»Und mein Vater? Kannten Sie den wirklich?«

»Ich habe sein Boot für ihn geputzt«, sagte er, während er ihr einen Knebel in den Mund steckte. »Dein Vater war für meine erste Gefängnisstrafe verantwortlich. Der hat mich verhaften lassen, weil ich ein paar Dollar geklaut hatte. Ich will ja nicht lügen, aber ich wollte mich an ihm rächen. Natürlich nicht so dringend wie an Scrimshaw. Das war damals. Durch reinen Zufall habe ich mal den Namen deines Vaters im Internet eingetippt, und da ist diese seltsame Partnerbörse aufgetaucht, mit all den Informationen über dich und deine Mutter. Ich hatte ja schon überlegt, ob ich deine Mutter verführen sollte, aber sobald ich ihre Reaktion sah, als ich mich als Freund deines Vaters ausgab, wusste ich, dass das keine gute Idee war. Die hat sich überhaupt nicht gefreut, dass ich da war. Die beiden sind wohl nicht sonderlich gut miteinander ausgekommen, was?«

Er saß da und lächelte im Licht der Taschenlampe.

Lindsey schloss kurz die Augen und rief sich ins Gedächtnis, dass er sie nicht sofort umbringen würde. Das würde er der Eiseskälte überlassen.

Beim Klang von Schritten auf der Treppe draußen fuhr Crispin herum.

Lindsey versuchte den Kopf zu drehen, um herauszufinden, wer da kam. Aber sie konnte sich nicht bewegen, sosehr sie es auch versuchte. Sie hatte Gänsehaut am ganzen Körper und begann zu zittern. Sie erfror langsam.

»Nun, ich kann nicht den ganzen Tag hier sitzen und plaudern«, sagte Crispin Mallory. »Ich muss gehen.«

»Komm schon«, zischte jemand.

Lindsey bibberte und holte tief Luft. Sie roch Parfüm. Ein teures Parfüm.

Was sie jetzt nicht alles für eine Decke geben würde! Hier war es kalt, eiskalt wie in einem Grab. Clarence Scrimshaw hatte dafür gesorgt, dass sein Unternehmen wie im finsteren Mittelalter blieb. Er hatte nur die Dinge modernisiert, die die Stadtverwaltung unbedingt von ihm verlangte. Zentralheizung, Doppelverglasung und Wärmedämmung hatten nicht auf dieser Liste gestanden.

»Crispin!« Jetzt klang die zischende Stimme schon recht bedrohlich.

»Okay, okay, ich komme.« Er beugte sich zu Lindsey herunter und küsste sie auf den Scheitel. »Tut mir leid, dass unsere Beziehung nur so kurz war, aber ich habe noch einiges zu erledigen. Wir suchen eine sehr wertvolle Bibel, die der alte Clarence gerade gekauft hatte. Die hat natürlich nie wirklich meinem Alter Ego, Pfarrer John Smith, gehört. Ich dachte nur, dass der alte Clarence mir die schuldet, weil er so viel gelogen hat. Du weißt nicht zufällig was über diese Bibel, oder?«

Er schüttelte den Kopf. »Nein, natürlich weißt du nichts. Also, dann bleib mal schön ruhig hier sitzen, und ich schau mich um. Und genieße die Aussicht – solange du noch kannst.«

Zwei Paar Füße liefen die Treppe hinunter. Die Haustür fiel krachend zu. Ein Hauch eiskalter Luft wehte die Treppe herauf.

Lindsey zitterte immer stärker. Er hatte sie gezwungen, sogar ihre Socken und die Strumpfhose auszuziehen. Das bisschen, was sie noch anhatte, konnte sie nicht warm halten. Nach allem, was er ihr erzählt hatte, würde man sie nicht in der Unterwäsche finden. Die hatte er sie nur jetzt anbehalten lassen. Seltsam, dass er ihr nicht alles ausgezogen hatte. Aus Respekt vor ihr? Oder vielleicht vor der zweiten Person – wer immer die sein mochte?

Sie schaute sich das Fenster an. Wenn es ihr gelingen würde, irgendwie eine Scheibe einzuschlagen, dann würde vielleicht unten jemand die Scherben sehen und Alarm schlagen. Wenn überhaupt jemand unterwegs war – was ziemlich unwahrscheinlich war.

Sie versuchte, mit dem Stuhl hin und her zu schaukeln, immer in Bewegung zu bleiben, aber der Stuhl war sehr schwer und ruckte keinen Millimeter.

Der Angstschweiß brach ihr aus. Wenn sie sich nicht bewegen konnte, würde sie nicht überleben. Dann konnte sie nur hier sitzen und bibbernd auf den Tod warten. Sie würde nach und nach erfrieren. Dabei würde ihr immer schummriger werden, sobald alle Systeme heruntergefahren würden und die Hypothermie einsetzte. Draußen wurde die Nacht kälter, der Schneefall immer dichter. Was sie jetzt brauchte, war ein Wunder, ein Engel, egal in welcher Verkleidung.

Fünfunddreißig

Honey war so angespannt wie eine zusammengequetschte Bettfeder.

Doherty berichtete ihr, was seine Kollegen ihm noch von den Informationen weitergegeben hatten, die das FBI geliefert hatte.

»Crispin Mallory ist wie Doktor Fu Manchu, ein Mann mit vielen Gesichtern. Und er hat nicht gezögert, Leute umzubringen. Zum Beispiel seinen Kumpel aus dem Knast und Professor Truebody. Sein Pass war auf den Namen Jake Truebody ausgestellt. Das ist nur eine seiner vielen Identitäten. Der Pass ist gefälscht, davon können wir mal ausgehen. Bei der Passkontrolle ist er aber ohne Probleme durchgekommen.«

Honey warf den Kopf zurück. »Einer Freundin meiner Mutter ist es mal gelungen, mit dem Pass ihres Hundes in ein Flugzeug einzusteigen.«

»Und das hat keiner bemerkt?«

»Niemand bemerkt alte Damen, und die Typen im Flughafen müssen sich jeden Tag Tausende von Pässen ansehen.«

»Und was willst du damit sagen?«

»Du musst nur dein Gesicht ein bisschen verziehen, dir die Haare färben, und du könntest jeder sein. Passbilder schmeicheln ja niemandem. Die sind einem oft nicht mal ähnlich. Und erinnere dich, was du über den vorgeblichen Professor Truebody gesagt hast – dass er aussieht wie der typische Professor aus dem Fernsehen.«

Vor ihnen war ein Umleitungsschild.

Der Taxifahrer rief ihnen über die Schulter zu: »Ich muss einen Umweg machen. Das könnte ein bisschen länger dauern.«

»Kommt nicht in Frage!« Honey bohrte dem Fahrer ihren Zeigefinger in die Schulter. »Bringen Sie mich dahin, und zwar schnell!«

»Erschießen Sie mich sonst?« Er hatte die Augen weit aufgerissen, aber seine Stimme war noch ganz ruhig.

»Das ist mein Zeigefinger, und der ist nicht geladen. Los, und mit mehr als Lichtgeschwindigkeit, wenn ich bitten darf!«

»He, gute Frau. Sie sitzen in einem Taxi, nicht im Starship Enterprise.«

Doherty packte sie an der Schulter und zog sie auf den Sitz zurück.

»Am besten warten wir, bis die Verstärkung vom Revier eintrifft.«

»Kommt nicht in Frage.«

Eine Mutter, die ihr Kind beschützen will, ist zehnmal so wild entschlossen wie jeder normale Sterbliche. Hätte sich Honey in den Cobblers Court beamen können, sie hätte es ganz bestimmt getan.

»Sie sind also von der Polizei?«, fragte der Taxifahrer noch einmal nach.

»Ja.«

»Haben Sie schon rausgekriegt, wer den Rentieren die roten Plastiknasen anklebt?«

»Leider nicht.«

»Das ist gut. Ich hab nichts übrig für diesen ganzen Kunstkram, und mein Kleiner – der ist fünf – liebt die roten Nasen einfach. Ist ja irgendwie wie eine Invasion von lauter Rudolf Rotnasen. Mehr als genug für den Schlitten des Weihnachtsmanns. Das macht zwölf Pfund.«

Doherty rief dem Fahrer noch rasch zu, das solle er über die Kostenstelle der Polizei abrechnen.

»He!« Der Taxifahrer glaubte ihnen kein Wort, da würde Honey jede Wette eingehen.

Sie rannten in die Gasse hinein, die zum Cobblers Court führte.

Der Cobblers Court war menschenleer. Niemand da. Kein Licht in den Gebäuden. Die Gaslaterne, die flackernd in der Dämmerung an einer Außenwand hing, konnte gegen die Finsternis nicht ankommen.

Doherty wollte schon die Schulter gegen die Haustür rammen, versuchte es aber erst einmal mit der Klinke und stellte überrascht fest, dass die Tür sich knarrend öffnete.

Drinnen war es wie bei Honeys erstem Besuch. Die Notbeleuchtung blinkte an der Wand. Es war ungeheuer kalt. Sie nahm an, dass man keine Vorkehrungen getroffen hatte, auch während der Feiertage bei Frost zu heizen.

Doherty zückte eine LED-Taschenlampe. Geführt von ihrem bläulichen Lichtstrahl, machten sie sich auf den Weg zur Treppe.

Steve streckte einen Arm aus, um sie daran zu hindern, ihm gleich zu folgen.

»Bleib lieber unten«, flüsterte er.

»In Ordnung«, flüsterte sie zurück.

Er ging zur Treppe. Honey folgte ihm jedoch auf dem Fuß. Doherty seufzte und murmelte was von halsstarrig.

»Die Treppe kann ein bisschen ...«

Eine Stufe knarrte unter Dohertys Fuß.

»... knarren«, ergänzte sie leise.

Er ging nun viel langsamer weiter und setzte die Füße ganz vorsichtig auf die Stufen.

Schon wieder knarzte eine, und dann waren sie nur noch drei Stufen vom Treppenabsatz entfernt.

Sie blieben stehen. Sie lauschten. Sie hielten die Luft an. Niemand kam. Niemand hatte sie gehört.

Honey fuhr es durch den Kopf, dass sie es bestimmt merken würden, wenn jemand hier war. Sie hatte ja neulich Patricia Pontefract auch deutlich gehört. Jetzt war alles totenstill. Honey verlor jeden Mut. Es war niemand im Gebäude.

Doherty sagte über die Schulter zu ihr: »Sieh du im Büro nach, und ich schaue in die Wohnung.«

»In Ordnung.«

Sie folgte ihm jedoch die nächste Treppe hinauf bis zur Wohnung.

Er blieb auf dem obersten Treppenabsatz stehen, drehte sich zu ihr um und sagte: »Spreche ich Chinesisch? Hast du irgendeinen Knopf im Ohr, der meine Anweisungen umtextet? Oder hast du einen anderen guten Grund, zu ignorieren, was ich sage?«

»Lindsey«, antwortete sie.

Er seufzte. »Okay.«

Die Tür zur Wohnung war nur angelehnt. Doherty schob sie auf, ließ eine Hand an der Klinke, damit sie nicht zu rasch aufschwang.

Sobald die Tür ganz geöffnet war, drückte er sich flach an die Wand. Honey tat es ihm nach. Das Herz schlug ihr bis in den Hals. Sie wollte ins erste Zimmer schauen, hatte aber zu viel Angst.

Doherty trat ein, ließ den Schein der Taschenlampe über das spartanische Mobiliar gleiten, die Bücherregale, den verschlissenen türkischen Teppich zwischen dem Sofa und dem Kamin.

Die Regale waren beinahe leer. Der größte Teil der Bücher lag verstreut auf dem Boden. Schubladen und Schranktüren standen offen.

Doherty schaltete das Licht ein. »Hier hat sich jemand gründlich umgeschaut.«

Honey gab sich alle Mühe, die Ruhe zu bewahren, während Doherty die Zimmer durchsuchte.

»Keiner da.«

Einen Augenblick lang lauschten sie reglos auf die Stille. Der Atem stand ihnen in der kalten Luft in kleinen Wölkchen vor dem Mund.

Ein plötzliches Poltern ließ sie auffahren.

Das Büro!

Doherty nahm die Treppe zwei Stufen auf einmal und war lange vor Honey da.

»Die Tür ist abgeschlossen. Jemand muss hier gewesen sein. Meine Leute haben nur die Haustür abgesperrt, keine Türen im Inneren des Gebäudes.«

Wieder einmal stemmte Doherty die Schulter gegen eine Tür. Das musste doch weh tun, überlegte Honey, tröstete sich aber mit dem Gedanken, dass er ja die Muskeln dafür hatte. Und die richtige Einstellung. Wenn was getan werden musste, stürzte er sich sofort drauf.

Der Schein der Taschenlampe fiel auf die Unterseite eines Stuhls, der umgekippt war. Man konnte ein Paar nackte Füße sehen, die an die Stuhlbeine gebunden waren, dazu einen Arm, den man an die Lehne gefesselt hatte. Honey schaltete das Deckenlicht an. Ihr wäre beinahe das Herz stehengeblieben, vorsichtig ausgedrückt.

»Jake Truebody«, erzählte Lindsey bibbernd, sobald sie wieder aufrecht saß und sie ihr den Knebel aus dem Mund genommen hatten. »Jake Truebody, das ist nur einer von vielen Namen, die er benutzt. Der hat sogar seinen eigenen Tod gefälscht, um die Verfolger abzuschütteln. Er hat den echten Professor und einen Kumpel aus dem Knast ermordet. Kann man so was glauben?«

Je mehr sie berichtete, desto mehr zitterte Lindsey.

Honey nahm sie fest in den Arm. »Spar dir den Rest. Jetzt muss dir erst mal wieder warm werden.«

Lindseys Zähne klapperten wie Kastagnetten.

»Ich vermute stark, dass sein richtiger Name Crispin Mallory ist.«

»Du hast recht, das wissen wir inzwischen«, antwortete Doherty. »Jemand hat euch beide zusammen gesehen und ihn erkannt, weil er seinem Vater so ähnlich sieht.«

Lindsey wollte nichts von einem Krankenwagen wissen, obwohl ihre Kleider nirgends zu finden waren und Honeys alte wattierte Jacke ihr kaum bis zum Oberschenkel reichte.

Während Honey mütterlich die Arme und Beine ihrer Tochter massierte, um den Kreislauf wieder in Schwung zu bringen, stellte Doherty Fragen.

»Wo ist er?«

»Weggegangen. Es war noch jemand bei ihm. Ich konnte die Person aber nicht sehen. Wie habt ihr mich eigentlich gefunden?«

»Wir wollten mit dem Taxi in die Manvers Street, zufällig mit dem gleichen Fahrer, der auch euch hierhergebracht hat. Er erinnerte sich noch an dich, weil er auch das Theaterpferd bei uns abgeholt hat.«

Lindsey brachte ein bibberndes Lachen zustande. »Toll! Ich hatte ja gebetet, dass mich ein Engel retten soll. Ein Taxifahrer kommt da schon ziemlich nah ran.«

»Du hast nicht gehört, ob sie darüber gesprochen haben, wohin sie wollten?«

»Er war auf der Suche nach einer Bibel. Inzwischen hatte er den Gedanken aufgegeben, dass sie hier sein könnte, glaube ich.«

Doherty schaute sich jetzt erst richtig um. Das Büro war ebenso verwüstet wie Scrimshaws Wohnung. Schreibtischschubladen waren herausgerissen, Schachteln mit Büromaterial einfach ausgekippt worden.

»Hier hat er sie nicht gefunden. Wo würdest du ein wertvolles Buch verstecken?«

»Bei anderen religiösen Texten?«

Schwere Schritte kamen die Treppe heraufgepoltert. »Meine Hilfstruppen«, meinte Doherty.

Er hatte sich geirrt. Die Tür ging auf.

»He«, sagte der Taxifahrer, »ist das Tatsache, dass ich die Rechnung an die Polizei schicken soll?«

»Natürlich.«

Sie wanderten zusammen die Treppe hinunter und standen dann alle im Schnee vor dem Eingang zum Cobblers Court. »Und jetzt fahren Sie die junge Dame bitte ins Green River Hotel zurück«, blaffte Doherty den Taxifahrer an. Er wandte sich zu Honey. »Und wir warten auf einen Streifenwagen, der uns in die London Road bringt.«

Lindsey schaltete sich ein. »Nein. Ich will, dass du diesen Mann sofort verhaftest. Du darfst nicht mehr warten!«

Es hätte beinahe Streit gegeben.

»Ich sehe da einen rosa Caddy«, erklärte Honey. Die Hilfstruppen in Gestalt von Gloria Cross und Mary Jane pflügten sich durch den dichten Schnee und kamen schleudernd zum Stehen. Lindsey stieg sofort bei Mary Jane ein.

»Schnappt ihn euch«, brüllte sie Honey und Doherty hinterher, als Mary Jane den Motor aufheulen ließ.

Doherty hielt die Tür des Taxis weit auf und wollte sie dann gleich wieder schließen. »Du musst da nicht mitkommen. Du hast Lindsey zurück, und es ist Weihnachten«, sagte er zu Honey.

Die reckte das Kinn vor. »Ich will diesem Schweinehund ins Gesicht schauen. Und dem Scheißkerl sagen, was ich von ihm denke.«

Sechsunddreißig

Crispin Mallory und die zweite Person aus dem Verlagshaus hatten nicht erwartet, in Clarence Scrimshaws Wohnung in Beaufort East auf Probleme zu stoßen. Aber sie waren mitten hineingeraten.

Im Haus spielte gerade die Familie Crommer wie jedes Jahr zu Weihnachten Scharaden und hatte viel Spaß dabei nach dem üppigen Festessen, als Crispin eintraf.

Leider hatte er für keine der Türen einen Schlüssel. Daher trat er zuerst die Wohnungstür ein, dann die Zimmertür, hinter der er die vielen alten Bibeln vermutete.

Der Lärm war im ganzen Haus zu hören, und Mr. Crommer, der Weihnachten am liebsten im trauten Kreis der Familie feierte, fand das gar nicht komisch. Der Lärm hatte die Familie nicht nur bei ihrem Vergnügen gestört, sondern auch noch den jüngsten Spross der Crommers aufgeweckt, der eben neun Monate alt war und zahnte.

Mr. Crommer war ein bulliger Mann und hatte Freunde zu Besuch. Alle drei hatten sie Arme, die im Umfang etwa Crispins Oberschenkeln entsprachen, und bauten sich mit geballten Fäusten und gestrafften Schultern vor Crispin auf.

Crispin Mallory war einigermaßen überrascht.

Aus der Wohnung ertönte das Geschrei des Babys. Köpfe tauchten in den Fenstern im Obergeschoss auf, und die Leute wollten wissen, was der Lärm bedeutete.

Als Honey und Doherty mit ihrem Taxi eintrafen, hatten sich die Streitigkeiten bereits bis auf den Bürgersteig ausgedehnt.

Fäuste flogen; man hatte Crispin Mallory eindeutig auf dem falschen Fuß erwischt.

»Wie kommen Sie eigentlich dazu, uns das Weihnachtsfest zu verderben!«, brüllte Neville Crommer.

Wäre Crispin Mallory aus Bath gewesen, dann hätte er gewusst, dass er sich besser nicht mit dem Prop Forward der ruhmreichen Rugbymannschaft der Stadt anlegen sollte. Dann hätte er auch bemerkt, dass die beiden Besucher Crommers Mannschaftskameraden waren, und er hätte blitzschnell beschlossen, vielleicht an einem anderen Tag wiederzukommen. Das alles wusste er aber nicht, und so stürzte er sich auf die drei. Es war, als wäre er gegen eine Betonwand gerannt.

»Hört mal, tut mir leid, Leute ...« Seine Stimme war glatt wie eine Öllache und genauso wenig willkommen. Crommer und seine beiden Kumpels droschen weiter munter auf ihn ein.

Hinter Honey und Doherty fuhr ein Streifenwagen vor.

Mallory hatte keine Chance, sich aus dem Staub zu machen. Die Familie, deren Weihnachtsfest er so empfindlich gestört hatte, war finster entschlossen, es ihm zu vergelten. Was musste er ihnen auch die Feier verderben!

Mr. Crommer war mächtig begeistert, dass die Polizei schon da war. »Volle Punktzahl, dass ihr so schnell gekommen seid, Jungs. Wir haben doch gerade eben erst angerufen.«

»Wir waren zufällig in der Gegend«, sagte Doherty, und dann wies er die Uniformierten an, Mallory mit in die Stadt zu nehmen.

»Wir freuen uns, wenn wir Ihnen helfen konnten«, fügte er noch hinzu.

»Einer ist weg, zwei sind noch da«, erklärte ein Passant. »Die beiden Frauen sind oben und prügeln sich unerbittlich.«

Honey und Doherty tauschten einen raschen Blick und sprinteten die Treppe hinauf.

Die Tür zu Scrimshaws Wohnung stand sperrangelweit offen. Es sah furchtbar aus, und mittendrin hatte sich Mrs. Withers aufgebaut und fluchte. Außerdem schwang sie einen Besen.

Sie fuhr herum, als Honey und Doherty hereinkamen. »Sie beide sind also auch wieder da, was?«

»Was machen Sie denn hier, Mrs. Withers?«, wollte Honey wissen.

»Mr. Crommer hat bei mir angerufen und mir gesagt, dass hier jemand die Türen eintritt, er aber die Stellung halten wird, bis ich eintreffe. Ich bin gleich losgelaufen. Ich wohne nicht weit weg am Ende der Häuserreihe. Zum Glück! Sehen Sie sich nur die Verwüstung an, die die beiden angerichtet haben! Der alte Scrimshaw dreht sich im Grab rum. Dass solche Typen hier eindringen und alles auf den Kopf stellen.«

Honey bemerkte, dass Mrs. Withers den Mitgliedern der ruhmreichen Rugbymannschaft von Bath keine Schuld am Chaos gab. Wahrscheinlich war sie ein treuer Fan.

»Es ist noch jemand drin«, erklärte Mrs. Withers.

Honey und Doherty bewegten sich in Richtung Bibliothek.

Mrs. Withers, den Besen noch in der Hand, folgte ihnen. »Sie will nicht rauskommen.«

Sie?

Mrs. Withers wedelte mit dem Besen. »Sie hat versucht, mich mit ihrer Handtasche zu schlagen. Aber da war sie bei mir an die Richtige geraten.«

Honey schätzte die Lage ab. Handtasche gegen Besen. Ein ungleicher Kampf.

»Kennen Sie die Frau?«, fragte Honey Mrs. Withers.

»Klar kenn ich die«, antwortete Mrs. Withers und schmatzte missbilligend mit den Lippen. »Immer hat sie den alten Herrn belästigt, besonders in letzter Zeit. Ist auch früher schon hergekommen, als sie noch jünger war, damals mit ihrem Alten.«

»Ihrem Ehemann?«

Honey witterte den Anfang einer Geschichte – beinahe einer Gespenstergeschichte.

»Der war mal der Geschäftspartner von Mr. Scrimshaw. Aus irgendeinem Grund waren sie später zerstritten. Aber die, die ist immer wieder hier aufgetaucht.«

Doherty hämmerte an die Tür. »Kommen Sie raus, Mrs. Mallory. Polizei!«

Langsam öffnete sich die Tür.

Honey sackte der Unterkiefer herunter. Mrs. Mallory. Patricia Pontefract.

»Ich glaub, mich tritt ein Pferd!«, sagte Honey.

Patricia Pontefract schniefte herrisch. »War wohl eher ich, als ich Ihnen einen Schlag auf den Kopf verpasst habe. Ich habe gestern Nacht nur meinen Sohn besucht – nicht dass Sie da auf falsche Gedanken kommen.«

Honey schnupperte. Das Parfüm, das Crispin Mallorys Mutter trug, war unverwechselbar. Der riesige Anhänger an ihrer Kette hätte einer kleineren Frau als Brustharnisch dienen können. So wie sie da stand, spiegelte sich das Licht in dem Anhänger und ließ ihn noch heller erscheinen. Den hätte man nicht einmal im Nebel und in der Abenddämmerung übersehen können.

Genau das hatte Tallulah ja berichtet!

Nun lächelte die Frau, als dächte sie an etwas besonders Schönes.

»Ich könnte ein Buch über all das schreiben, wissen Sie. Es würde wahrscheinlich ein Bestseller. Scrimshaw, dieses

Schwein, hat mir gesagt, mein Sohn sei tot. Er sei mit seinem Vater bei einem Brand umgekommen. Das hat er mir nur weismachen wollen, um mich bei sich zu behalten. Nicht dass in den späteren Jahren da noch was Körperliches lief. Aber er hätte es mir sagen müssen. Mein Sohn hat mich gefunden. Darauf hat er sich spezialisiert, auf Ahnenforschung. Und er kann sich wunderbare Geschichten ausdenken und Dinge herausfinden.«

Honey verspürte eine gewisse Sympathie für die Frau. Eine Mutter wissentlich von ihrem Kind zu trennen, das war unverzeihlich.

»Das klingt so, als wären Sie stolz auf ihn.«

»Das bin ich auch. Sie sind doch auch eine Mutter. Wären Sie das nicht?«

Honey verzog das Gesicht. »Bis zu einem gewissen Grad, ja. Aber Ihr Sohn hat Clarence Scrimshaw umgebracht.«

Patricia blähte ihren umfangreichen Busen auf. »Nein, das hat er nicht. Das war ich. Ich habe es für meinen Jungen getan. Aus Rache wegen all der Jahre, die wir getrennt waren. Das war nicht fair, aber fair war Clarence eigentlich nie. Ich dachte, die Polizei würde diese Steinumarmer und Mondanbeter verdächtigen.«

»Wegen der Art, wie er umgebracht wurde?«

»Genau. Die Zahl drei ist auch den Heiden heilig. Ich habe mich beschränkt und nicht noch mehr Hinweise hinterlassen. Nur genug, um Verwirrung zu stiften.« Sie wandte sich an Doherty. »Und wenn Sie wissen wollen, wo das Messer ist, das habe ich verkauft. Der Erlös reicht für einen guten Rechtsanwalt.«

Siebenunddreißig

Patricia Pontefract und Crispin Mallory alias Professor Jake Truebody alias Wes Patterson verbrachten das restliche Weihnachtsfest hinter Gittern.

Patricia Pontefract würde man wegen Mordes anklagen, ihren Sohn als Komplizen, ehe man ihn an die Vereinigten Staaten auslieferte, wo er des Mordes an dem richtigen Professor Truebody angeklagt werden würde, der so dumm gewesen war, ihm bei dem Wintersturm Unterschlupf in seinem Zuhause zu gewähren.

Honey hatte beschlossen, dass Silvester alle für das chaotische Weihnachtsfest entschädigen sollte, das sie hatten durchleiden müssen. Nicht dass sich jemand beschwert hätte. Ganz im Gegenteil, es herrschte die allgemeine Meinung, Weihnachten sei wesentlich aufregender gewesen als sonst. Die Jagd nach den Schurken hatte auch entschiedene Vorteile mit sich gebracht. Zunächst einmal hatte Honey keine Gelegenheit gehabt, zu viel zu essen und zu trinken. In der obersten Schublade des Empfangstresens wartete noch eine ganze Schachtel Marzipanpralinen. In die weiße Seidenunterwäsche, die ihr Doherty geschenkt hatte, würde sie auch noch reinpassen. Im Gegenzug konnte sie ihm in die schicken Boxershorts helfen, die sie ihm gekauft hatte – oder aus den Boxershorts heraus, wenn ihm das lieber war.

Ja, dachte sie, Neujahr wird wunderbar. Die ganze Familie würde da sein. Das Personal hatte sich entschieden, im Hotel zu übernachten und die Party zu genießen. Um die Arbeit für alle in erträglichen Maßen zu halten, würde Smudger, der Chefkoch, ein kaltes Büfett vorbereiten.

Lindsey hatte gelernt, dass man sich nicht unbedingt darauf verlassen konnte, dass einem das Internet die Wahrheit über jemanden sagte. Und Honeys Mutter hatte herausgefunden, dass man lieber nicht zu viele persönliche Daten ins Netz stellte.

»Ich hab's kapiert. Weniger ist mehr«, sagte sie. »Genau wie bei Unterwäsche.«

Der Vergleich war Honey ein wenig schleierhaft, aber zumindest hatte Gloria Cross die Angaben über sie und Lindsey von ihrer Website gelöscht.

Crispin Mallory hatte sich in weiser Voraussicht, noch ehe er sich nach England auf den Weg machte, eine Website gebastelt, die Anfragen zu seinem Alter Ego, Jake Truebody, beantwortete. Eine Schwester hatte es nie gegeben. Nur ihn.

Einerseits war das ein ziemlich schlauer Einfall. So konnte er herausfinden, wo man ihn angeblich gesehen hatte, und gleichzeitig seine Ausreise aus den Vereinigten Staaten tarnen und der Anklage wegen des Mordes an dem wahren Jake Truebody und dem anderen entlassenen Sträfling entgehen. Andererseits war es auch ein ziemlicher Egotrip, denn Crispin dachte, er sei zu clever, als dass man ihn je schnappen könnte. Leider hatte ausgerechnet Lindsey darauf reagiert.

Honey konnte es sich nicht verkneifen, ihre Tochter immer wieder fest zu umarmen, wenn sie in ihre Nähe kam. Das fand Lindsey zunächst nicht schlimm, aber irgendwann ging ihr die ständige Drückerei auf die Nerven.

»Meinetwegen, dann heirate ihn doch, wenn du willst«, sagte Lindsey, als sie zwischen den Jahren zusammensaßen.

»Wir haben es uns noch mal überlegt. Wozu soll die Heiraterei eigentlich gut sein? Wir wollen ja schließlich keine Familie gründen. Nicht in unserem Alter.«

Lindsey grinste so frech, wie nur sie grinsen konnte. »Was

hat denn das Alter damit zu tun? Ich könnte mir vorstellen, dass es ganz lustig wäre, noch ein Brüderchen oder Schwesterchen zu bekommen.«

Honey schüttelte den Kopf. »Aber nicht für die Eltern.«

»Ganz gleich, wofür du dich entscheidest, ich bin mit allem einverstanden. Ehrlich.«

Honey wurde ganz warm ums Herz, weil Lindsey so freundlich auf sie einredete, obwohl ihre Einstellung zu potentiellen Halbgeschwistern eher besorgniserregend wirkte.

Sie trank ihrer Tochter zu. »In unserer Branche hast du nie Langeweile – nicht mal Weihnachten, obwohl ich zugegebenermaßen heilfroh bin, dass sich die Dinge beruhigt haben. Die restlichen Feiertage läuft sicher alles wie geschmiert.«

Lindsey erhob ihr Glas. »Darauf trinke ich.«

Leider zerstörte ihnen der Chefkoch diese Illusion gleich wieder.

»Wir haben ein Problem.«

Er schien ganz aufgelöst. Sein Mund zuckte von einer Seite zur anderen, als suchte er nach Worten und könnte einfach keine finden.

»Bist du etwa krank?«, fragte Honey. Panik lauerte wie eine schwarze Wolke an ihrem sonnigen Horizont. Das konnte sie jetzt überhaupt nicht gebrauchen, dass ihr Chefkoch an den restlichen Feiertagen, an Silvester und Neujahr, krank würde. Betrinken konnte er sich gern, und das würde er sicher auch tun – sie hatte ihn schon öfter Silvester in seinem Kilt herumspringen sehen. Dieses Jahr würde da sicher keine Ausnahme bilden.

»Raus mit der Sprache«, sagte sie und verspürte den Drang, sich die Finger in die Ohren zu stopfen, weil sie die Antwort bestimmt nicht hören wollte.

»Clint klebt an einem Stuhl fest!«

Chefkoch und Küchenhelfer hatten sich bei den Vorbereitungen für das Silvesterbüfett eine kleine Pause gönnen wollen. Clint wollte warten, bis Smudger sich umgezogen hatte, und hatte sich schwungvoll auf einen Stuhl fallen lassen. Pech war nur, dass eine Tube Sekundenkleber in der Hintertasche seiner stonewashed Jeans steckte. Noch größeres Pech war, dass er sie nicht richtig zugeschraubt hatte. Der Kleber lief aus der Tube. Clint, zumindest seine Jeans, klebte nun am Stuhl. Außerdem hatte Smudger im Kühlraum einen Haufen rote Nasen gefunden – übriggeblieben vom Red Nose Day, an dem die BBC alljährlich Spenden für wohltätige Zwecke sammelte. Die gehörten nicht dem Green River Hotel. Clint hatte zugegeben, dass er sie aus dem Zodiac Club gemopst hatte.

»Da bleiben sie schön steif«, hatte Clint erklärt, als Smudger ihn gefragt hatte, warum sie im Kühlraum lagen.

»Das will ich lieber nicht so genau wissen«, sagte Honey. Sie verschränkte die Arme und durchbohrte Clint mit einem vorwurfsvollen Blick. »Die Nasen und der Sekundenkleber sagen alles. Schlimmer noch, du hast auch noch das Green River Hotel in deine Streiche mit reingezogen. Das macht mich nicht besonders glücklich.«

Clint ließ den Kopf hängen und stöhnte.

Sie zeigte kein Erbarmen. »Ich glaube nicht, dass Doherty das erfahren sollte. Sonst könntest du möglicherweise einige Zeit hinter Gittern verbringen. Und es wirft auf uns alle hier ein sehr schlechtes Licht. Was ist denn in dich gefahren, dass du so was machst?«

»Es war doch nur ein Scherz«, murmelte Clint zerknirscht. »Ich fand, die Rentiere sehen damit viel besser aus. Festlicher, findest du nicht?«

Honey seufzte. »Mach, dass du aus den Hosen rauskommst. Ich habe eine, die dir passen könnte.«

Während Clint versuchte, sich aus seiner Jeans und natürlich von dem Stuhl zu befreien, an dem sie festklebte, holte Honey aus dem Wäschezimmer eine Clownshose, die einmal ein Alleinunterhalter vergessen hatte, der bei einer Kinderparty aufgetreten war. Honey hatte ihn angerufen, aber er hatte sich geweigert, die Hose abzuholen. Er hatte sich inzwischen entschlossen, eine Stelle an der Delikatessentheke eines der großen Supermärkte anzunehmen.

Es waren auch noch andere Hosen liegengeblieben, die sie Clint hätte geben können, aber sie fand, dass er eine Lektion verdiente.

Die Hose war aus Rhomben genäht, abwechselnd aus grünem und rotem Stoff, der im Licht schimmerte. Unten an den Hosenbeinen waren ein Paar übergroße Schuhe aus steifem Filz befestigt. Sie waren sehr groß – geradezu riesig. »Da, zieh die an.«

Clint starrte Honey an, als hätte sie ihn gebeten, in eine Eiserne Jungfrau zu steigen – mit spitzen Nägeln gespickt und einem gusseisernen Gürtel.

»Die zieh ich nicht an. Außer du schneidest vorher die Schuhe ab!«

Honey schüttelte den Kopf. »Das können wir nicht machen. Die sind unten an den Hosenbeinen angenäht, und ich will die Hose nicht ruinieren, falls der Clown sie doch noch holen kommt. Entweder diese Hose oder Shorts. Na, komm schon. Du bist ein Clown. Entscheide dich.«

»Die Jeans da war total neu.«

Protest schwang in seiner Stimme mit, aber sie nahm seinen Blick wahr. Er hatte keine Wahl. Heute Abend wollte er Anna besuchen. Irgendwas musste er ja anziehen, zumindest so lange, bis er nach Hause gehen und sich umziehen konnte.

Casper kam am Abend auf einen Drink vorbei. Gloria Cross, die ihn sofort als Mann in den besten Jahren erkannte, stürzte sich unverzüglich auf ihn.

»Haben Sie schon von meiner Partnerschaftsbörse im Internet gehört? Für die Generation sechzig plus. Da Sie ein Freund meiner Tochter sind, kann ich Ihnen einen guten Preis anbieten.«

Das Glas fest umklammert, stand Casper nun mit dem Rücken zur Wand zwischen dem Fenster und dem Weihnachtsbaum.

»Ich könnte Sie mit einer Witwe aus Shepton Mallet zusammenbringen. Sie hat ein Privateinkommen, Grundbesitz und immer noch eine Taille!«

Honey warf einen kurzen Blick auf Caspers Gesicht. Seine Miene war kälter als das Hinterteil eines Eskimos. Der arme Mann war vor Angst wie erstarrt.

Honey entfloh einem Gespräch mit einer Dame aus Trowbridge, die ihr gerade in epischer Breite ihre Operation schilderte, und verhalf nun ihrerseits Casper zur Flucht.

»Mutter, ich glaube nicht, dass sich Casper für diese Dame interessiert – eigentlich interessiert er sich überhaupt nicht für Damen.«

»Das weiß ich doch, meine Liebe«, erwiderte ihre Mutter entrüstet. »Evelyn ist auch nicht immer Evelyn. Manchmal ist sie Edward. Edward war ihr Geburtsname. Du erinnerst dich vielleicht, dass ich dir alles über sie – oder vielmehr ihn – erzählt habe.«

Honey verdrehte die Augen gen Himmel. »Ich geh und berichte das gleich Casper. Oh«, sagte sie und versuchte, Überraschung zu heucheln. »Oje, er ist weg.«

Sie hatte recht. So schnell und leise wie Elvis nach einer Bühnenshow war Casper aus dem Hotel entschwunden.

Weihnachten in England

Das Weihnachtsfest in England, wie etwa Honey und ihre Familie es feiern, unterscheidet sich in einigen Aspekten ein wenig vom traditionellen deutschen Weihnachten.

Das beginnt schon in der Vorweihnachtszeit, die insgesamt nicht so heimelig ist wie in Deutschland. Allerdings gibt es in vielen Orten inzwischen auch schon ab Anfang Dezember Weihnachtsmärkte, aber zum Beispiel keine Adventskränze und erst seit einigen Jahren Versuche, einen Adventskalender einzuführen. Dafür erscheinen schon ab Anfang Dezember in den Wohnzimmerfenstern Weihnachtsbäume. Diese Sitte wurde Anfang des 19. Jahrhunderts von Prinz Albert, dem Ehemann Königin Viktorias, aus Deutschland importiert.

In den ersten Dezembertagen beginnen die besser organisierten Briten auch bereits damit, ihre unzähligen Weihnachtskarten zu verschicken. Es ist nicht ungewöhnlich, dass Leute bis zu 100 Karten von Freunden, Verwandten, Kollegen und Nachbarn bekommen, die dann auf dem Kaminsims aufgestellt oder zur Dekoration an den Fenstern aufgehängt werden.

Wer noch selbst kocht und bäckt, rührt Anfang Dezember auch den Christmas Pudding an, der aus sehr wenig Mehl und sehr vielen Rosinen, Sultaninen, Korinthen, Zitronat und Orangeat, Mandeln und Gewürzen wie Muskat, Zimt und Muskatblüte mit einem guten Schuss Rum und dunklem Bier besteht und in einer geschlossenen Puddingform etwa drei Stunden im Wasserbad gegart wird. Ein weiteres weihnachtliches Gebäck sind die Mince Pies. Es sind kleine Mürbteigpastetchen, die mit einer Mischung aus Äpfeln, Zitronat, Orangeat und Gewürzen (Mince Meat) gefüllt sind. Weihnachtsplätzchen gibt es so gut wie gar nicht.

Heiligabend ist in England ein ganz normaler Werktag. Oft bereitet man bereits das große Weihnachtsessen am nächsten Tag vor. Oder man geht in einen Carol Service (Gottesdienst), in dem viele der sehr schönen alten, oft sehr fröhlichen englischen Weihnachtslieder gesungen werden. Früher gab es in vielen Städten die Tradition, dass Carol Singers mit diesen Liedern durch die Stadt zogen. Heute – wie im Roman – singen oft noch auf den Plätzen verschiedene Gruppen Carols.

Bescherung ist in England am Weihnachtsmorgen. Den Kindern wird erzählt, dass »Santa Claus« oder »Father Christmas« in der Weihnachtsnacht mit dem von Rentieren gezogenen Schlitten über das Land fliegt und die Geschenke durch den Kamin wirft – oder selbst durch den Kamin kommt und sie bringt. Manche Familien stellen ihm noch ein Glas Milch und Kekse zur Stärkung hin.

Außer den »richtigen« Weihnachtsgeschenken, die mit dem Namen der Empfänger beschriftet unter dem Weihnachtsbaum liegen, gibt es noch für jedes Familienmitglied einen »Stocking«, einen großen Strumpf, etwa so wie unseren Nikolausstiefel, in dem sich kleine Geschenke und Süßigkeiten befinden.

Das traditionelle Weihnachtsessen wird in vielen Familien im Kreis der Familie und Freunde am 25. 12. genossen. Es besteht aus gebratenem Truthahn, der mit unterschiedlichen Füllungen (immer mit Schweinehack, vermischt mit Salbei oder Kastanien oder Walnüssen, je nach Geschmack) und einer Brotsoße (aus Brot und Milch mit Lorbeer, Nelken und Muskat) gereicht wird. Dazu gibt es mitgegarte

Würstchen, die in Speck eingewickelt sind, Rosenkohl in großen Mengen und im Ofen mitgegarte Kartoffeln und Pastinaken.

Zum Dessert reicht man den Christmas-Pudding, der noch einmal eine Stunde im Wasserbad erhitzt wurde. Er wird dann mit Brandy übergossen und flambiert und mit Rumbutter (Butter, Zucker, Rum) oder Brandybutter gereicht. Meist steckt oben im Pudding ein festlicher Stechpalmenzweig mit roten Beeren.

Wenn dann noch Bedarf nach Süßspeisen besteht, kann auch ein Trifle vorbereitet werden, ein Schichtpudding aus mit Sherry getränkten Keksen, Vanillepudding und Sahne. Zum Abschluss wird oft noch Stilton, ein Blauschimmelkäse, serviert.

Nachbarn und Freunde, die an den Weihnachtstagen zu Besuch kommen, werden mit Mince Pies und Sherry, manchmal auch mit pikantem Käsegebäck oder mit einem im Ganzen gegarten Schinken bewirtet.

Insgesamt geht es an Weihnachten etwas ausgelassener zu als in Deutschland, nicht nur bei den legendären, oft sehr übermütigen Büroweihnachtsfeiern. Auch im Kreis von Familie und Freunden gibt es weihnachtliche Knallbonbons, in denen sich Papierkronen oder alberne kleine Hütchen befinden, die alle während des Weihnachtsessens auf dem Kopf tragen. Scharaden und andere Gesellschaftsspiele gehören bei denen, die sich nach dem üppigen Weihnachtsessen noch rühren können, ebenfalls zum weihnachtlichen Unterhaltungsprogramm.

Zu den Unterhaltungen der Weihnachtszeit gehört für Jung und Alt traditionell auch die »Christmas Pantomime«, die mit deutschen Weihnachtsspielen nur wenig Ähnlichkeit hat. Rund um eine bekannte Märchenhandlung wird eine ausgelassene Harlekinade aufgeführt, oft mit Slapstick-

Elementen, kabarettistischen Anspielungen auf zeitgenössische Begebenheiten und zweideutigen Witzen. Die Hauptperson, meist ein Junge oder junger Mann, wird stets von einem Mädchen in Jungenkleidern gespielt. Dafür ist die »Dame«, eine ältere Frau, oft die Mutter des Haupthelden, ein Mann in Frauenkleidern. Fast immer kommt ein Tier vor, in dem zwei Schauspieler stecken. Zumeist ist es ein Pferd oder eine Kuh. Es gibt auch feste Konventionen für die Beteiligung der Zuschauer. So wird der Held vor Gefahren gewarnt (»Hinter dir! Pass auf!«), der Böse ausgebuht und das arme Opfer mit lautstarkem »ooooah« bemitleidet. Mindestens eines der vielen Lieder soll vom Publikum mitgesungen werden. Dazu wird eine »Wolke« heruntergelassen, auf der sich der Text befindet.

Zu den beliebtesten Pantos gehören Cinderella (Aschenputtel), Babes in the Wood (etwa Hänsel und Gretel), Jack and the Beanstalk (Jack und die Zauberbohne), Little Red Riding Hood (Rotkäppchen), Puss in Boots (Der gestiefelte Kater), Sleeping Beauty (Dornröschen), Aladdin (Aladin und die Wunderlampe) und Ali Baba and the 40 Thieves (Ali Baba und die 40 Räuber).

Nach Weihnachten beginnt die große Zeit der Resteverwertung, unter anderem mit den aus Film und Fernsehen (Bridget Jones) legendären Truthahn-Curry-Gerichten oder Unmengen von Sandwiches mit Truthahnaufschnitt und würzigen Soßen.

Wie Alistair andeutet, haben die Schotten ein etwas anderes Verhältnis zu Weihnachten. Allerdings gleicht sich die schottische Weihnachtsfeier immer mehr der englischen an. Unverändert sind jedoch Hogmanay (Silvester) und der Neujahrstag in Schottland weiterhin die wichtigeren Feiertage.

Ulrike Seeberger

FRIDA MEY
Manchmal muss es eben Mord sein
Ein Büro-Krimi
288 Seiten
ISBN 978-3-7466-2868-4
Auch als E-Book erhältlich

Büroleichen aller Art

Elfriede Ruhland bringt selbst die schlimmste Ablage auf Vordermann. Sie hat für alles eine Lösung – auch wenn sie dazu die schikanösen Chefs aus dem Weg räumen muss, die ihren Angestellten das Leben zur Hölle machen. Plötzlich verläuft eines ihrer »Projekte« anders als geplant, und Kommissarin Alex droht ihr auf die Schliche zu kommen. Aber die hat mit der herrischen Tante Lydia selbst eine echte Tyrannin am Hals, die sie nur zu gern loswerden würde …

Mehr Informationen erhalten Sie unter www.aufbau-verlag.de
oder in Ihrer Buchhandlung

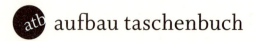

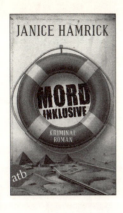

JANICE HAMRICK
Mord inklusive
Kriminalroman
Aus dem Englischen
von Helmut Ettinger
304 Seiten
ISBN 978-3-7466-2884-4
Auch als E-Book erhältlich

Mord am Nil

Jocelyn, frischgeschiedene Lehrerin aus Texas, und ihre Cousine Kyla haben sich eine lang erträumte Ägyptenreise geleistet. Doch leider steht sie unter keinem guten Stern: Eine alte Dame aus der Reisegruppe wird ermordet. Besonders verdächtig erscheint Jocelyn der attraktive Alan, der sich nicht nur für sie, sondern auch für ihre Cousine interessiert. Er spricht Arabisch und ist wohl nicht der, der er zu sein vorgibt.

»Ein prima Krimi mit tollen Charakteren in exotischem Ambiente und einer gutgemachten Geschichte.« THE MYSTERY READER

**Mehr Informationen erhalten Sie unter www.aufbau-verlag.de
oder in Ihrer Buchhandlung**

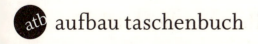

ELLEN BERG
Du mich auch
Ein Rache-Roman
304 Seiten
ISBN 978-3-7466-2746-5
Auch als E-Book erhältlich

Rache ist … Frauensache

25 Jahre Abi, drei Freundinnen treffen sich wieder: Evi, die dem Gatten und den Kindern zuliebe die Karriere an den Nagel gehängt hat, Beatrice, die als Creative Director um die Welt jettet, und Katharina, aufstrebende Politikerin und glücklicher Single. So weit die Erfolgsstorys beim Klassentreffen. Am Ende des promillereichen Abends kommt die traurige Wahrheit ans Licht: Alle drei wurden von ihren Männern betrogen, ausgenutzt oder sitzengelassen. Jetzt wollen sie nur noch eines – Rache!
Unglaublich komisch, herrlich fies und ein Riesenspaß – zieht euch warm an, liebe Männer!

Mehr Informationen erhalten Sie unter www.aufbau-verlag.de
oder in Ihrer Buchhandlung

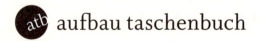

JOSEPH CALDWELL
Das Schwein war's
Kriminalroman
Aus dem Amerikanischen
von Irmhild und Otto Brandstädter
234 Seiten
ISBN 978-3-7466-2627-7
Auch als ebook erhältlich

Saukomisch!

Ein liebeswunder Amerikaner erscheint in Begleitung eines Schweins bei seiner Tante Kitty an der irischen Steilküste. Über Nacht gräbt das Schwein in Kittys Garten eine Leiche aus. Der Fund bringt drei Tatverdächtige, viele verfahrene Beziehungskisten und alte Geschichten ans Licht. Doch zur Polizei gehen will niemand. Liebe, Eifersucht und Mord in einem skurrilen, sehr irischen Kriminalroman.

»*Caldwell erzählt absurde Begebenheiten in einer leichten und humorvollen Sprache und überrascht mit einem Ende, das der Leser so nicht erwartet.*«
PUBLISHERS WEEKLY

Mehr Informationen erhalten Sie unter www.aufbau-verlag.de
oder in Ihrer Buchhandlung

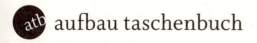